假名草子集成

第四十二巻

深沢秋男・伊藤慎吾
入口敦志・花田富二夫 編

東京堂出版

例言

一、『假名草子集成』第四十二巻は、文部省の科学研究費補助金（研究成果刊行費）による刊行に続くものである。

二、本『假名草子集成』は、仮名草子を網羅的に収録することを目的として、翻刻刊行するものである。ここにおいて、本集成の刊行により、仮名草子研究の推進におおいに寄与せんことを企図する次第である。

三、既刊の作品は、全て、今一度改めて原本にあたり、未刊の作品については、範囲を広くして採用したい、という考えを、基本としている。

四、仮名草子の範囲は、人によって多少相違がある。中で、最も顕著なる例は、室町時代の物語との区別である。これについては、横山重・松本隆信両氏の『室町時代物語大成』との抵触は避ける予定である。しかし、近世成立と考えられる、お伽草子の類は、仮名草子として検討する方向で進めたい。

五、作品の配列は、原則として、書名の五十音順によることとする。

六、本集成には、補巻・別巻をも予定して、仮名草子研究資料の完備を期している。

七、校訂については、次の方針を以て進める。

1、原本の面目を保つことにつとめ、本文は全て原本通りとした。清濁も同様に原本通りとした。

2、文字は、通行の文字に改めた。

3、誤字、脱字、仮名遣いの誤りなども原本通りとし、（ママ）或は（……カ）と傍注を施した。

4、句点は原本通りとした。句点を「。」とせる作品は「。」、「・」を使用する作品はそのまま「・」とした。但し、読み易くするために、私に読点「、」を加えた場合もある。句読点の全くない作品は、全て「、」を以て、読み易くした。

5、底本にある虫食、損傷の箇所は□印で示し、原則として他本で補うこととし、□の中に補った文字を入れて区別した。他本でも補う事が不可能な場合は、傍注に（……カ）とした。

6、底本における表裏の改頁は、」を以って示し、丁数とオ・ウとを、小字で入れて、注記とした。

7、挿絵の箇所は〔挿絵〕とし、丁数・表裏を記した。

8、底本の改行以外に、読み易くするために、私に改行を多くした。

9、和歌・狂歌・俳諧（発句）・漢詩・引用は、原則として、一字下げの独立とした。ただし、会話・心中表白部は、改行、一字下げとしない。

10、挿絵は全て収録する。

八、巻末に、収録作品の解題を行った。解題は、書誌的な説明を主とした。備考欄に、若干、私見を記した場合もある。

九、原本の閲覧、利用につき、図書館、文庫、研究機関、蔵書家など、多くの方々の御理解を賜ったことに感謝の意を表す。

十、仮名草子研究に鞭撻配慮を賜った故横山重氏、故吉田幸一博士、また出版を強くすすめて下さった野村貴次氏、神保五弥名誉教授、ならびに困難なる出版をひき受けて下された東京堂出版に、感謝する次第である。

平成十九年七月

朝倉治彦

第四十二巻　凡　例

一、本巻には、次の五篇を収めた。
四しやうのうた合　　無刊記古活字版、二冊、無彩色本
四十二のみめあらそひ　　写本、一冊
水鳥記　　寛文七年五月中村五兵衛板、二巻二冊、絵入
水鳥記　　松会板、三巻三冊、絵入
杉楊枝　　延宝八年板、六巻六冊、絵入（巻四は元禄十六年板）
二、それぞれの翻刻・解題は、『四しやうのうた合』は伊藤慎吾、『四十二のみめあらそひ』は入口敦志、『水鳥記』（寛文七年板）『水鳥記』（松会板）『杉楊枝』は花田富二夫が担当した。
三、『四しやうのうた合』は、天理大学附属天理図書館所蔵のものを底本とし、欠丁部分を桝田書房所蔵本をもって補った。
四、『四十二のみめあらそひ』は、近世文学書誌研究会編『近世文学資料類従　仮名草子編19』勉誠出版刊を底本に用いた。
五、『水鳥記』（寛文七年板）は、秋田県立図書館所蔵のものを底本とした。
六、『水鳥記』（松会板）は、東京大学総合図書館所蔵のものを底本とした。

七、『杉楊枝』は、東京大学総合図書館所蔵の延宝八年板を底本としたが、巻四のみ東京国立博物館所蔵の元禄十六年板を用いた。挿絵は東京大学総合図書館本を使用したが、巻四については東京大学総合図書館所蔵享保板を用い、28丁ウのみ東京国立博物館本を使用した。巻五6オ・9ウ・10オは国立国会図書館所蔵の延宝板を使用した。

八、本文のあとに、解題、写真を附した。

九、底本の閲覧、調査、翻刻、複写、掲載を御許可下さいました天理大学附属天理図書館、秋田県立図書館、東京大学総合図書館、国立国会図書館、東京国立博物館、桝田書房、勉誠出版の御配慮に感謝申し上げます。

十、第三十九巻より、前責任者朝倉治彦氏の全体企画を参考に検討し、菊池真一・花田富二夫・深沢秋男が各巻の編集責任者となって、当集成の続刊にあたることとなった。共編者には今後を担う若い研究者を中心に依頼したが、編集責任者ともども、不備・遺漏も多いかと思う。広く江湖のご寛容とご批正を願いたい。

菊池真一
花田富二夫
深沢秋男
伊藤慎吾
入口敦志

目次

例言
凡例

假名草子集成　第四十二巻

四しやうのうた合（無刊記古活字版、二冊、無彩色本）……一
上……二
下……三八
解題……二七三
四十二のみめあらそひ（写本、一冊）……七一
解題……二九一

水鳥記（寛文七年五月中村五兵衛板、二巻二冊、絵入）……八三
上……八五
下……一〇六
解　題……二九三
水鳥記（松会板、三巻三冊、絵入）……一三三
巻之上……一三六
巻之中……一四九
巻之下……一五九
解　題……二九三
杉楊枝（延宝八年板、六巻六冊、絵入〔巻四〕元禄十六年板、六巻六冊、絵入）……一七三
巻一……一七五
巻二……一九〇
巻三……二〇八
巻四……二二五
巻五……二四一

巻六……二五四
解題……三一一
写真

假名草子集成

第四十二巻

四しやうのうた合

（無刊記古活字版、二冊、無彩色本）

入ゐ

四生哥合《ししやうのうたあはせ》　上（題簽）

（虫の歌合）

とかくするほどに、やう〳〵秋もくれ、無神月のはしめ、木からしのをとも寒ゆくゆふへは、うつみ火のあたりに、をきもせす、ねもせぬまくらの上に、かけさむき月さし入あれたるやとは

　むしのねきくをとりところにして

といへる古事、なにとなくおもひ出るおりふし、霜むすふにわのあさちふに、かす〳〵あつまるむしの月にみへ侍し、ねられぬまゝに、まくらをそばたて、よもすから、かれらがありさまをみゐたるに、いとあわれに又おかしき事も侍りし程に、あけて、物かたりのたねにやとおぼゆるを、こゝにかきつゝり侍る

にわのかたはらなるはぎの一むら、かれ残りたるかけより、こうろぎといふむしのかけいて、かす」一オ〳〵のむしにかたりけるは、事めつらしからねど、われらが身のうへこそ、ことさらあわれにあさましくなりはて侍れ、めん〳〵もさこそおぼすらめ、いで〳〵申侍らん、はるもすき、夏もたけ侍れば、くさもみとりをまし、五月六月のゆふたちすくるころほひ、野べのちくさに露たまをなせるゆふへは、そゞろに心もうきたつ斗、またふみ月のすゑ、八月の中の五日は、名にあふ月のさやかなれど、はやそろ〳〵と風も身にしむ也、めん〳〵は、なにとおもしろげも、うすくなり侍らすや、それさへあるに、今、かみな月のいたくしもむすぶ月かけニは、中〳〵ねもなかれす、あし手さへ、おもふやうにはたらかす、此ころは、たのみたるはぎ」一ウはら、ちくさ、かやはらまでも、あれはてゝ、かくれがも夜な〳〵しもに、かきほもうすくなり侍れば、とりのおそれも、しのひがたくこそ、なりもてゆけ、あるひは人ちかきへいのね、あるはすぎゐんの下なんどに身をかくさんとすれは、またねづみのかよひぢに、むねやすからす、ゆきも

やうやくつもりなまし、なにはをおもひつゞくるにも、心ぼそかりぬ、あなあさましや、今夜の月に、おもふどち、さしつどひたるこそ、うれしけれ、いざや、めん〳〵、こゝろのそこをかたりあかし、なに事をもさんげして、または其いにしへ、たまむしの君にうたをおくり侍しに、つらかりし心のうらみおもひ出して、一しゆつゝ、うたよみ給へかし、めん」二オ〳〵はいかゝおもひ給ふぞといへば、かず〳〵のむし、かしらをあけて、これこそ、なによりも、のぞましき事なれ、さて、そもじはいろもくろし、すかたかゝりもいやしげにて、かりそめにも、いそがしぶりにて、かけはしり給へは、おほかた、なさけもさこそとおもひやり侍しに、かゝるおほせこそ、おくゆかしく、ありかたき御心さしなりけれ、いさや、よもふくるに、其むかしをしのひて、おもふこゝろのしな〳〵を、うたにつくり侍らんとて、ちりかゝるおちばがうへに、ざをつらねて、かず〳〵のむしども、あんしゐたり、其中より、ひきかいる、すゝみ出て、いひけるは、めん〳〵、一しゆつゝ、よみ給へは、およそ、うたかず三十しゆにおよべり、とてもの」二ウおもひでならば、右ひだりにわかち、うた合にして、此うちより、こゝろへたらん人をはんじやになして、かちまけをさためたまへかしといへは、おなしこゑにて、これもおもしろかるへしといふ

はんしやはゑらふまても侍らす、かゝるおほせこそ、ゆへありておほへ侍れ、そのうへ、こきんのぢよにも

　水にすむかはずのうたをよみし

と、つらゆきがふてのあとも、なつかしけれは、ぜひをのたまふべからす、はんじやにさだめ侍りなんといへは、さうなく、ひきがいる、もく〳〵として、上さになをりゐて申けるは、はゞかりおほけれとも、とかくを申なは夜もふくるにとて、よみいだすうたを、きゝゐたるありさま、ふてきにみへて、ふ」三オつゝかなり、かたはらには、くちなわとのも、あるそかし、むやくのすいさんかなと、つぶやくかたもありけり

十五番うた合

はんじや

やぶのもとの

ひきがいる

〔挿　絵〕」三ウ

ひだり　こうろぎ

中〱にあれてもよしや

くさのいほいつこうろぎと

きみはたのめず

一番

みぎ　はち

こゝろにははりもちなから

あふときはくちにみつある

きみそわびしき

〔挿　絵〕」四オ

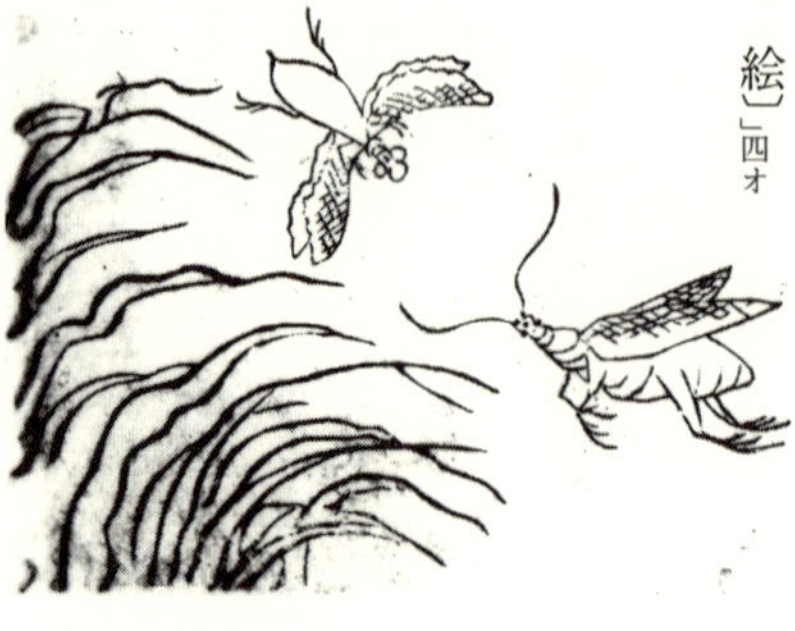

はんしやとして、やぶの本のひきがいる、申ていはく、左《さ》
の哥、いつこうろぎと君はたのめすなど、わがなをいひな
して、人をうらみしこそ、さくいありてきこへ侍れ
右のうた、くちにみつあるきみといへる、すこしいやしき
やうにきゝなし侍れは、ひだりのうたをかちとや申はんべ
らん

〔六行空白〕」四ウ

左　げぢ〳〵

つれなさをおもひあまりて
身にぞしるたれかとをりし
きみとわが中

二番

右　あり

なさけなき君か心は
三つの山くまのまいりを
していのらまし　〔挿　絵〕」五オ

はんにいはく、右のうた、なさけなきを、神にかけていの
らましといへるも、せんかたなきふせいは侍れと、左の、
たれかとを《(ママ)》らしといへる身にしれる心をおもひ入たるやう
に侍れは、左にこそ、こゝろひかれ侍りけれ

〔三行空白〕」五ウ

三番　左はたおり

まちくらす日は中〳〵に
しらいとのむすぼふるとも
君やよりくる

右　みのむし

うらみわひなみだのあめに
ぬれにけりわか身のむしは
きてかひもなし〔挿　絵〕」六オ

はんじや申ていはく、左のうた、すかたことば、ゑんにやさしくつらねたれど、さくしやのこゝろ、かなひがたくや侍らん
右の、なみたのあめに、あはれもふかく、はんじやがそてさへぬらし侍る

〔三行空白〕」六ウ

左　かまきり

ちきりをきしゆふべもすき
ぬわれならて君かくるまを
たれかとゞめし

四番

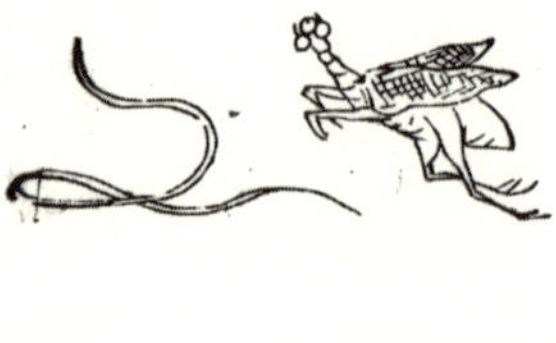

右　あしまとひ

たのめでもきみきまさねは
ゆくかひのあしまとひてや
ひきとゝめなん〔挿　絵〕」七オ

はんしや申ていはく、左のうた、さくしやのなをかくして、君がくるまをわれならで、たれかとゝめじといへる、げにほんもんをおもひ出て、かくれなく侍る
右の、あしまといてや、引とゝめなんとあるも、あまりの

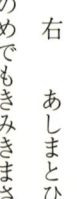

事にや、これも又おかしくこそ侍れ、そのうへ、父《フ》子の御中なれば、かたくちにこそ侍らめ

〔五行空白〕」七ウ

左　いもむし

うらめしな君もわれにや
ならひけんふり〳〵として
つれなかりけり

五番

右　てふ

おもかけははなにねふれる
夜もすからきみにあふせの
ゆめにさへなき

〔挿　絵〕」八オ

はんじやのいはく、左の哥、さくしやのすがたに、よくにあひ侍る、されども、ふり〳〵と侍る下の句、みゝにあたりて、きゝよろしからす

右のうた、おもかけははなにといへる、きみによそへて、ねふれると、いひなされたり、されど、これもさくしやのせん、たちがたくは侍れと、はなにねふるといふほんもんにてこそ侍らめ

よつて、みぎのおもかけに、こゝろひかれ侍る

〔四行空白〕」八ウ

左　けむし

いかにせん身のむくひにや

かくばかりさしつくやうに
　こひしかるらん

六番

右　くつわむし

かずならでものをおもふも
くつわむしさひてはならぬ
　こひとこそしれ

〔挿　絵〕」九オ

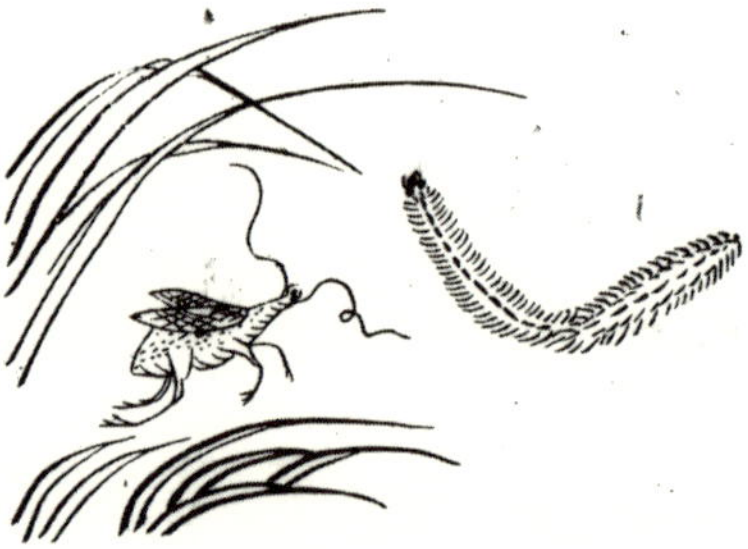

はんしやいはく、右うた、下の句のつゝき、しうくのいひなし、さくいありて、おかしくこそ侍れ
左の哥、さしつくやうにといへる、これは、はりをもちたまへるかた〳〵には、いつれにもわたり侍らん、しかれば、とりわけ此さくしやにかきるべからす、よのつね、なをかくしてよまんニは、くめんに其せん、まぎれぬやうにこそ、あらまほしけれ、此なんは侍れども、あまりのつれなさにや、身のむくいまておもひ出され侍るも、又すてがたし

（三行空白）」九ウ

左　きり〳〵す

わがこひはあふせの道や
きり〳〵すかへにも君が
　おもかげをみず

七番

右　みゝず

此ころはつちの中なる
すまゐして君がすかたも
　みゝずなくなる　〔挿　絵〕」十オ

はんしやの申ていはく、右のうたのことば、いやしけなれと、さくしやにさうおうのこゝちし侍る

左哥、かへにもおもかけをみすといへる、ふるきこゝろね侍る、うたがらもよろしくきこへ侍れば、かちまけのさたは申されす、このこゝろをもつて、ぢと申侍らんか

（三行空白）」十ウ

左　すゞむし

なとてかくたへぬおもひを
すゞむしのふりすてかたき
　こひぢなるらん

八番

右　まつむし

あはれしれ月にや君がとふ
やとてくさの戸さしをあけ
　てまつむし　〔挿　絵〕」十一オ

はんじや申ていはく、右ひだりともに、名あるかた〳〵の御うたなれば、ぢにさたし侍るなり

（五行空白）」十一ウ

左　　むかで
おもひやれひとりぬるよは
われからのあしのかずく〵
　　　　　きみぞこひしき
九番
右　　きこりむし
としもへぬおもひたきますき
みしあれはあふさかやまに

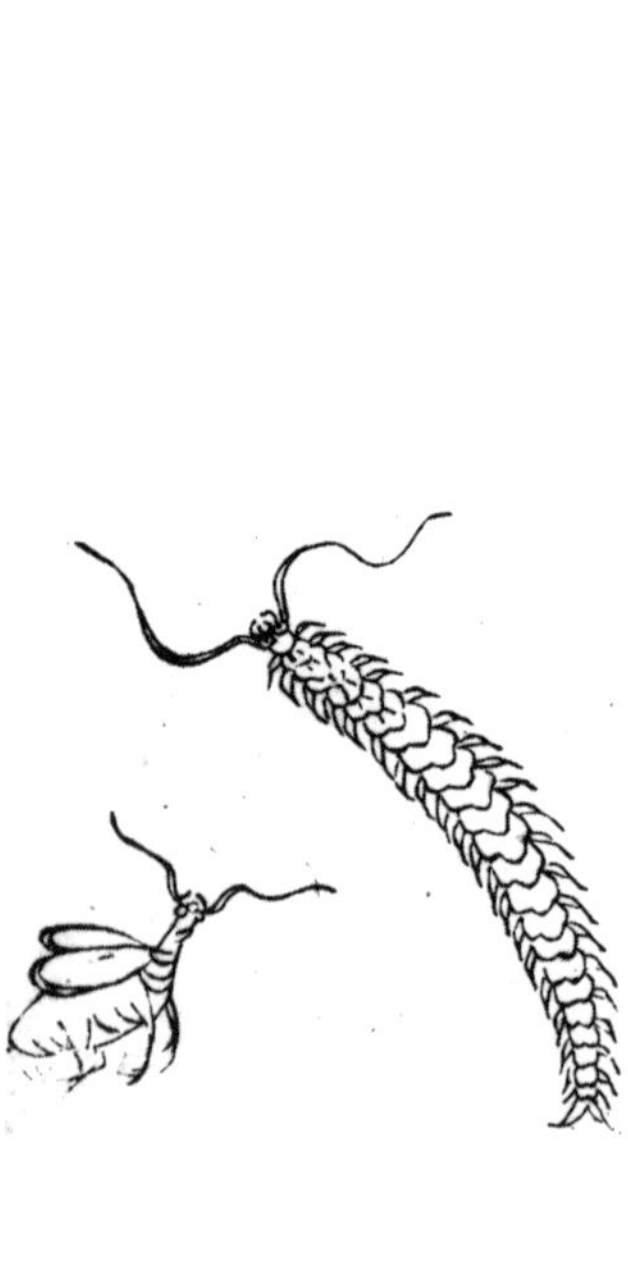

　　　　なけきこりむし　　〔挿　絵〕」十二オ
はんじや申ていはく、左のうたさまはおかしく侍れど、あ
しのかずく〵といへるこそ、かへつてふそくにはおほへけ
れ
右のうた、たかくらのゐんの御うたをとられ侍る、もつと
もみぎにこそ、おもひたきましはんへる
　　　　　　　　　　　　　　　（四行空白）」十二ウ
左　　ひくらし
よもすがらおもひあかして

くさの戸にねをのみなきて
　　またはひくらし

十番
右　　こがねむし
つれなさの君にしあればこ
ゝろみにわがなをそへてを
　　くるたまつさ　〔挿　絵〕」十三オ

はんじや申ていはく、右哥、さくしやのほんい、きこへが
たけれど、世のわらびくさをほんもんにとりなされたるも、
おかし
左の哥、ことばのつゞきも、ゐんにやさしくこそ侍れ、左
をかちとや申侍らん
〔四行空白〕」十三ウ

左　　はい
かつらきのかみにはかはる
ちきりかなよるのあふせの
　　身にはかなはす

十一番
右　　か
しのびぢのこゑたてねとも
ゆふぐれはつれるかてふや
　　夜半のせきもり　〔挿　絵〕」十四オ

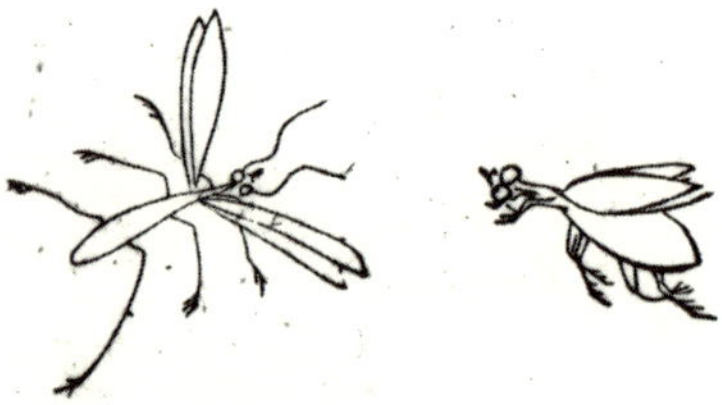

はんしや申ていはく、左哥のさくいに、よるのあふせのかなはぬをいはんとて、かつらきの神をいひ出したまふも、おもひ入たるやうに侍る、されと、よるかなひたまはぬかた〳〵もあるへけれは、これもまた、さしつくやうにと、けむしどのゝいへるほとのなんも侍る
又、右の哥、かてふを夜半のせきもりといひなされたるは、いせものかたりの歌に
よひ〳〵ことにうちもねなゝんの心、おもひ出されて、あはれもふかくこそ侍れ、此さくしやは、竹のそのふを大かたすみかにしたまひて、おり〳〵はんじやがねふりのうちニは、うしろなんとおもひかけす、したゝかにさゝれ侍る事、たび〳〵なれば、すこしはうらみも侍れと、かゝ」十四ウるうた合などのはんしやとさゝれ申て、わたくしのいしゆをそんせん事、すみよしたまつしまのしんりよもおそろしく侍れば、ぐいにおよぶ、まことをあらはし侍る
右はひるをいとひ、左はよるかなひたまはねは、御うたもちにさたし侍る也

（六行空白）」十五オ

左　　のみ
こゝろにはとびたつばかり
なけゝどもわがくふほども
　　きみはかひなき

十二番

右　　しらみ
せくこゝろきみにつけても
とにかくにいひしらみなる
　身のあはれしれ　　〔挿　絵〕」十五ウ

はんしやのいはく、左哥、とびたつ斗といへるは、しらみとの、さくいにこそ、めづらかにも、あるへけれのみとのゝ御さくいニは、いかゞ侍らん、さらぬときだに、ゐものにて侍れは、いかゝ侍らん
又しらみとのゝ御さくいニは、とにかくにいひしらみといへる、おもしろくこそ侍れ、よのつね、此御さくいの御名

は、きゝてもいやしげなるを、ことばの下にいひかくされたる心ざし、しゆしやうに侍れば、かちにさだめ侍るなり
（三行空白）」十六オ

十三番
左　　けら
つれなさの君にぞ
はらはたちにけりにくし
つぐみのよろこひやせん
右　　ほたる
しのびぢのやみにかしらは
かくせどもあとのひかりそ
人やとがめん　　〔挿　絵〕

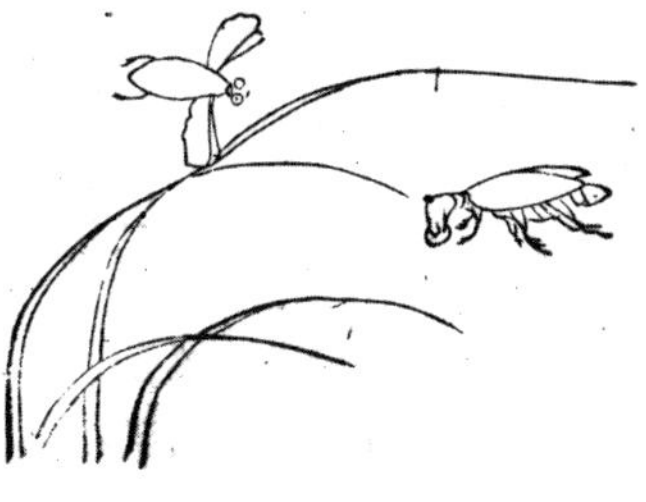

（三行空白）」十六ウ

はんしや申ていはく、左歌、われとわがなをかくされたれども、世のことくさをほんもんにしてよみたまへは、かく

れなくこそ侍れ、下の句のつゝきおかしくこそ、おほへ侍
れ
右のうたのさくい、ひかるところをあとゝいひなされたる、
おもひ入て、あはれにもおかしくも侍る、これもなはかく
されたれど、身のひかりより、あきらかになれば、右をか
ちと申侍らん

（四行空白）」十七ォ

左　　くも
君くべきよひをば人に
つぐれどもわがあふせには
うらなひもなし

十四番

右　　せみ
なさけなくかたきこゝろは
石かわやせみのをかわに
身をやなけなん

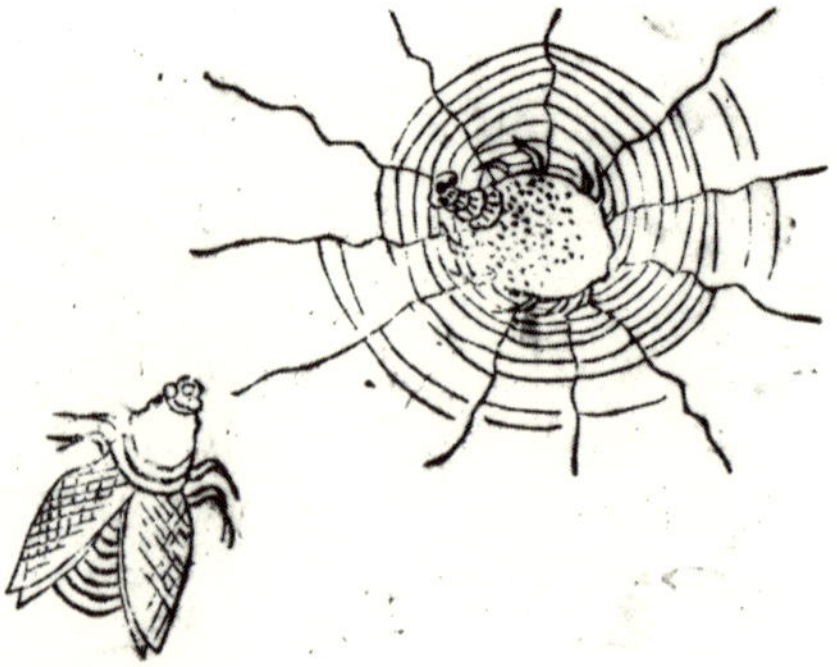

〔挿　絵〕」十七ゥ

（二行空白）

はんに申ていはく、左哥はそとをりひめのふるあとをしの
び、右哥は長めいがなかれをたつねよられ侍る、いつれを
いづれと申かたし、これも、ぢたるへからんや

（三行空白）」十八ォ

左　　くちなわ

おもへどもへだつる人やか
きならん身はくちなわのい
ふかひもなし

十五番

右　ひきがいる

つれなさの人もうらめしか
ずならぬ身をひきがいるね
にやなかまし

〔挿　絵〕」十八ウ

はんじやのひきがいる、申ていはく、くちなわとの丶御哥を、ふる〳〵さたし仕るに、かみの句に、へだつる人をかきとあそはし、下の句に、御なによそへて、いふかひもなしと、ことばのゑんを入、まことにあはれもせつにして、しかも御さくいのかんせいふかくして、中〳〵ごんごにおよはぬ御哥かなと、おほへ侍る、おそらくは、かきのもとのいにしへにもはぢたまふべからす、ならのみかどのまん

やうしうをはしめて、代々のすべらぎ、あつめさせたまふしう〳〵の中にも、かほとの御さくい、きもにめいじ、身のけもよたちて、おそろしき御うた也、されは、これにぐゑいをならべ侍らんは、わうごんにいさごをましへたらんこ丶ち」十九オし侍れば、かた〳〵おそれふかしといへとも、めにみへぬおにかみにも、あはれとおもはせ、たけきものゝふのこ丶ろをもなくさむるは、此道なりといひ、たつとからずして、こうゐにましはるも、此道なれば、御ゆる

しもふかくや侍らん
われらがうたに、身をひきがいる、ねにやなかましとつゞけ侍るも、ことばふつゝかなれど、ぐゐいには又、すこしはよろしくもきこへ侍らんか
今、かゝる哥合のはんじやになり申たるおもひでのとくぶんに、よなる御かた〳〵にも侍らは、かちに申うけ侍らんなれど、なにとやらん、いはんとすれは、むねふたがり、そらおそろしく、しそんのためも、いかゝとおもひ侍れは、とかくをさしをき、此うへは、かみ」十九ウざをへり下り、もつたいなしや、しかるへからすや、といひて、あせ水になりて、竹のはやしの、おちばがしたに、はい入ぬ、よなるむしたちも、よきしあんにこそ侍れ、いのちが有てこそ、水にすむかはすの歌もよむへけれと、どつとかへして、さたしたり

（六行空白）」二十オ

（空　白）」二十ウ

（鳥の歌合）

春の日のなか〳〵しくくらしわびたるに、おりにそふながさめのころ、よろつのとりとも、こなたかなたに、ともなひ侍るを、あるはこづたへなれしもりのかげ、あるは山のかたきしにたゝずみて、けふいくかふりつゝきけん、いまいくかありて、はれもてゆかんなど、かたらひけり
そのなかに、みそさゝいと申小鳥、野やまをもよそにして、小いゐがちなるのきのつま、しばがき、竹がきのかげをすみわたり、すきまかぞへて、よの中のとりさた、小みゝにはさみ、うぐひすのちくりんほうにちかつきて、つゝしりうたふやうは、もろ〳〵のむしたち、あつまり給ひて、うた合のありつると、うけたまはる、たまむしを恋のうたになぞらへて、よろつの」一オことのはをつくせり、はんしやは、ひきがいる、いたしたるよし也、いかなればとて、むしのいゐにおとらんや、すでに是みなもとうぢは、とりのいゐ、たいらうぢは、むしのいゐ、ふぢはらうちは、けだ

もの、たち花は、うをのいゐなんとゝ、きゝつたへたり、なま〳〵に四かのなかれの中にても、みなもとなんどいはれつる、とりのいゐにて、うた合のなからんは、かひなく侍らんや、本より、うたはしらざりけれど、むしのうたをさきにたてゝ、あとにつき侍らば、うき世の中のとりさたもおとしめん事、侍らじ

きつねはとらのおをかる

あをばいはきりんのおにつく

とやらん、つたへきゝ侍るまゝ、ひとへにおもひたち給へかし、さうもん哥とやらん」二ゥは、こひの哥を申すと、まんようにあらはれたるよしなり

さも侍らば、さゆはひ、此ころ、うそひめをこひにして、こなたかなたより、そでをひき、めをひき、いかなるつてもがな、あひたや、みたや、きゝたや、そひたやなんど、そのかんも侍らす、是こそよきさうもん哥のたいならめと、いといたく鶯にすゝめけり

ちくりん、此よし、きゝたまひ、さてはさやうの事の侍る

や、いかにとして、よろしく侍らんと、しばしつらづへをして、びゝらきゐたり、此よしをのき下のみそさゝい見侍りて、らうたげにあんをめぐらし給ふに、およひ侍らす、うくひすの哥よむといふ古事あれば、はんじやはのがれたまはん事なりかたかるへし、いとゞく、もよほし給へ」二ォと申す

ちくりん、ぢたいしてのたまふは、かやうのわたくしならぬ御事を、うへみぬわしどのをさしをかん事、おもひもよらす、きゝ出したまふこそ、さゆはひならめ、御へん、御ひろふあれと申めり

のき下きひて、それこそ、ゆいにかひなき、おほせなれ、心におよぶとて、わしどのゝまへわたりして、すいさん申事、ぞんじもよらず、御すがたをだに八しゆんにあまれ共、しかと、みたてまつりしためしなし、たゝ〳〵、うたのいゐとむまれ給ふうくひすどのより申しあげられたまへ、おさもあさやといひて、のき下へとびのく

ちくりん、心におもふやう、このうへはちからなし、まつ、

ふくろうのどうさいほうに、あんないせんとて、ふるへご」二ゥゐにて、かたりけり

どうさい、きゝもあへす、うへみぬわしどのへ申上れは、わし、このよしをつや〳〵おもふに、ぢう代四かのなかれのうちに、むしのいゐばかりにて、けさうぶみ合のあんめれは、のこりたるものども、よしあしひきのやますしも、くね〳〵しくくちにかけ侍るまゝ、けだものと、うをとのいゐととひ合、みやけをもよほし、よくてもあしくても、さうるひなれば、しさいなし、さも侍らは、鶯とみそさゝい、つかひにまいれと侍れば、両人のもの、御まへをさりて、うぐひすに、さゝい、申やう、これはおもひもよらぬ御ぢやうかな、うをのいゐにては、ともかくも、けだ物なんとへまいりつゝ、ねこまたのこんへい六どのなどへ、いかにとし」三ォて、ものもいはれ申すへき、ひきやうにてはまさねども、むねむしがおこり侍るまゝ、われらをはなひ〳〵にて御ゆるしたまへ、いちごの御おんにこうむるへし《と》申けれは、ちくりん、きひて、わごぜの申ににたれとも、しもこしをふるひ、もはやこしがぬけたるかとおほへ侍る、此ぶんならば、中〳〵なるましきとて、ほうすあたまをふりたてゝ、とかくもいはで、竹のそのふにひきこみ、ばんじかぎりとなやみけり

さるほとに、廿日あまりもすぎぬれば、ふくろうのどうさいは、二人《の》ものゝいゐどうじに、るすのをとつれしけれは、さゝいもちくりんも、ゆめのさめたるふぜいにて、あわかゆなどをすゝりつゝ、はちまきをして、をきゐたり

いかゝ」三ゥし侍るぞと、とひけれは、一人はむねむし、一人はしもこしにとりつめられ、こんじやうこしやうのさかいにて、いまにをゐて月日をおくり申す、御つかひは御めんあるやうに、おほせあけられ給へとて、くどきさけんて申けり

どうさい申は、わしとのなとへ、さ申侍らば、子孫まて御たやしあらんは、あんの中なり、たゞとく〳〵と、あへなく、はやめければ、ちくりん、さゝい、なく〳〵たびのおもひたち、なみたなからに、女ぼうことも、よせあつめ、

かたみおくりをつかまつり、さて二人のものは、さんせんばんりをしのぎつゝ、うをのやかたにまいりて、ものもふこうて、一〱しさい申めり、めつらか也しつかひなれば、ばんしゆ、あつまり、あんごうづ」四オらして、ぬらりめく、うなぎどぢやうに、なまずなと、あちこち有く、かにとゑび、たかばひいつる、たこの入道、きゝ侍りて、いつれもさうなみしたいと、うなぢをさぐる、さて、それより、けだ物のやかたへまいりつゝ、あんないこうて、このよし申す

おりふし、ひろまのばんしゆには、とら、大かめに、いぬとさる、きつね、たぬきのいたちゐに、りつすまじりが、とのゐせり、おくより、ねこまたのこんへい六といひし人、そうしやのばんにて申やう、とりの御いゑより、のき下のみそさゝい、うくひすのちくりんぼうと申は、いつかたにさふらいたまふそと、なのりもあへす、まちかくより、二三寸有つめうちたて、二しやくあまりのおをもつて、二人のせなか」四ウをなてゝ、日月のまなこにすゞをはり、いがみこゑして御へんじ申なり

さゝい、ちくりん、きもたましひもぬけはてゝ、おそろしきとも中〱ニ申もおろかなれば、なにのわけもきゝとめず、あまのいのちをひろいつゝ、くにもとへたちかへり、わしとのに、いつれもしかるべくこそおほしめせ、われなればこそ、かやうの御つかひをもし侍れなといひて、いんげんたら〱申めり

わし、此よし、きゝ給ひ、今こそおもふさまなれとて、だいのしな〱には、むしのいゑにてさうもんうたのてはじめしたまへは、さきにも申侍ることく

　きつねはとらのおをかる

といふぎにまかせ、たゝ〱けさうぶみ合とやらんににせ侍りて、わしがこのみのご」五オとくに、めん〱もよみたまへかし

　けをふひて、きすをもとむる

とは、此事なんめれと、まつ、長哥、たんか、せんどう、こんほん、おりく、おなしく上下くはひぶん、れんが、は

いかいうたとやらんをまねたく侍る、此うちのはいかいうたをはおほくのせたまふへし、はゝかりおほき事なれど、古今にも、はいかいを大むねとし給ひけると、うけたまはる、これは道にあらすして、道をおしへ、しやうどうを、どうにあらすして、しやうどうをすゝむるといふ心にかなひたるよし也、まことに、とうばうさくはせん人なれと、まつりことをたすけんために、うき世の中にたび〱出しとなり、うたをよまんとてのはいかいなれば、まさしき道にいらんため」五ウ のきやうかいのはしとかや、しかれは、なを以てくちたるへしや、りくぎのはじめの風とや申、其しなも、ものにあたりて、そのすがたのかぜとしるよしなりとて、物道のたすけにて侍らば、はいかいの心をうけて、だいのいろ〱出し侍らんまゝ、いづれも出てひろいたまへといふにこそ

（六行空白）」六オ

とりのうた合たいぐみ

一番はしぶとにくどくこひ　左とびのきんすけ
右からす田のくろ助
二番野やまをたつぬるこひ　左山とりのかゝみのかみ
右ひろ野きじゑもん
三番さゑずりかはすこひ　左山がらの小六
右四十からおひの助
四番ゑにつまるこひ　左すゝめじまさねかた
右しとゝぬれゑもん
五番はつねをきくこひ　左ほとゝぎすをりへもん
右鷺のちくりんほう」六ウ
六番はねをかはすこひ　左つばめのせき助
右こま鳥のもくへもん
七番あふてくちすう恋　左ほうじろやぶへもん
右ひがらにしの助
八番おかしらにすがる恋　左ましこのげん太ひやうへ
右ひわくれへもん
九番わかれてなくこひ　左にわ鳥の平内ざへもん
右あひるのいざりの助

十番ざいほうにふけるこひ　左のき下のみそさゝい
右つかみつらのこうもり
十一番ね木をおしむこひ　左ふくろうのどうさいほう」七オ
右よく野くまたか
十二番ひんなるもの、こひ　左ふろやのひたき
右うまい物くいなのすけ
十三番あみによするこひ　左なごりおしとり
右いつかみやことり
十四番とりもちによする恋　左はとのかいゑもん
右いとをしぼうのむく鳥
十五番わなによするこひ　左ちとりの百のすけ
右かしとりの七の助

合十五番

〔一行空白〕」七ウ

はんじや
うへみぬわしのすけ〔挿　絵〕」八オ

左　からす田のくろすけ
四しやうのうた合　上

いせくまのなをよびからす
こゑをだに君はしぶとく
きかぬものかな

一番はしぶとにくどくこひ

右　とびのきんすけ

はしぶとに日よりよかれと
ねがへとも君はつれなく
　ふりご〻ろかな　〔挿　絵〕」八ウ

はんしやのわしのすけ、申ていはく、とひのきん助どの〻うた、さすがにこかねとりと申侍れば、なをきくだにもめでたくこそ、おもひ侍れ、うけばりて、くはんどうにすへられ侍るや、さて、哥の心はさいとりさしのさかなまひに日よりよかれ〳〵とまひ給ふ古事をとりたまへるか、ふりご〻ろも此ことばのゑんなるや、しかれ共、はしふとにくどくといへるだいの心は、いまたあはざるこひなり、ふりこ〻ろといへるは、一度あふて、すこしのふしをかこちわび、おもふ中のこいさかひとやらんにて、ふりこ〻ろも出るものなれば、くどくといふだいの心に、すがらさるか、これをば、うたの道にて、らうふうびやうとやらんのなんつくべ」九オけれは、からす田のくろ助が、なをよびからすといひ、きみはしふとくと、たいをかすりいれ、しよこく、こひわたりたるさくいニはおとり侍らんか

これによつて、からすの哥、かちとさため侍るめり

（七行空白）」九ウ

左　山鳥《とり》のか〻みのかみ
あしびきの山ぢにのぢを
たつぬれどなが〳〵しくも
　あはぬきみかな

二番野やまをたづぬるこひ
右　ひろ野きじゐもん
わがこひは野山をかけて
けいやくのけいとはなけど
　　ほろゝとぞなる　〔挿　絵〕」十オ
はんしや申ていはく、左歌は人まろの御うたに

あしびきのやまどりのおのしだりおのなが〳〵し夜をひ
　とりかもねん
とあるをとれりと見ゆ、いかなる野のすゑ、やまのおくまでも、おさまる御代ニは玉ぼこの道のゆくゑのたへやらで、すゑがすへまでたつぬる道はあれと、うそひめにはなが〳〵しくもあはぬといへる、まことにあはれふかく侍るなり
右の、ひろのきじゐもんの歌も、やしまのまひに
　けいならばけいとはなかてなんぞやのちのほろゝのこゑ
とある古事をとりたまふか、けいはよろこぶといふ字なり、ほろゝはほろふるといふもじなり、野やまをかけて、ちぎりたまふにつけて、たつね侍るうちに、身もほ」十ウろひなん、かくなせそかしと、わびあへるこゝろのうち、おもひやるのみなり
いづれも左右のうたのすかた、ことは、ゆふにして、しかもみやひやかなる古事ともを、おくにひかへ侍れは、わたくしのひはんにおよひがたし、たゝ、これらをは、ぢと申

さんや

（五行空白）」十一ォ

左　やまがらの小六
うらみつゝなくねにやがて
くるみぞとまはすことはも
　うれしかりけり

三番さゑつりかはすこひ

右　四十からおひのすけ
あさゆふにちん〳〵からり
から〳〵とわらうやうにて
　なきかはすかな

〔挿　絵〕」十一ゥ

はんにいはく、四十からのうたは、をのかすかたに、にたる哥なり、かる〳〵しくや侍らん、かゝれども、おひのはじめのとりなれば、らうこうをいひて、ゑんのことばのうたざま、おかしくそ侍る

山がらの哥は、まんように
山がらのまはすくるみのとにかくにもてあつかふは心成
けり
とあるをとれりや、これは、あはんといふ夜、しのびてあへど、なにかといひまはすに、もてあつかひたるといふぎ也、然るに、山がらの哥は、とやかくやとまはす、そのことばも、すてかたく、うれしきとつゞけられたり、こひざ

うのをとりて、四きの哥をゑいぜよといへる、ていかの心
ニは、たかび《ママ》たれ共、右の哥よりはたちあがらんか
よつて左をかちとす　」十二オ

左　すゝめじまの
むめゑもんさねかた

ゆきの日はせめて人めの
ちかくともおなしのきはに
　きみとすまはや

四番　ゑにつまるこひ

右　しとゝぬれゑもん

あめにしとゝぬれてもはま
じあはできびのわるさにま
　よふしのぶほそ道

〔挿　絵〕」十二ウ

はんしや申ていはく、右の、しとゝぬれゑもんの哥は、あめにぬれて、くるしきがうへに、あわときび、しかもこうぶつなれとも、なをきけは、いま〱しきこひのみちのわ

さはひとて、はまじといへる、もつともあはれふかし、むかしはやりし小うたにも

　しのふほそみちにあわときびとはうへまひのあはてもと
　る夜はのきひのわるさよ

とあり

左のすゞめのうたも、また、こひには人めといふせきの、いかばかりかなしきものなるに、そのせきも、さもあらは

あれ、おなしのきばにすまばやと、こひねかふこゝろ、あぢきなく侍るめれど、ゑにつまるといふたいに、ゆきの日といへるはかりにて、もたせたるは、すこしよはくも、おほろけに」十三オも侍れば、右のぬれてもはまじとあるさくいには、をとしめられんや

これをもつて、しとゝぬれゑもんのうたをかちとす

（八行空白）」十三ウ

左ほとゝぎすのもりゑもん
われをさへ二四八なけと
いふ人にきかせてしがな
　うそひめのこゑ

五番　はつねをきくこひ

右うぐひすのちくりんぼう
きくからに身のけもよだつ
うそひめ《の》うゐことのねに
　かよふこひかぜ　〔挿　絵〕」十四オ

はんにいはく、左の哥、わか身をひげして、うそひめのこゑをいひたて、はつねを五句ながらにそなへ、しかもふるきことばを以て、こゝろをあたらしくゑいじたる、きめうのいたり、すみにそめ心にしめすもおろかなり、古哥に

をちかへりいほになけともほとゝぎすにしはつともにめ
　づらしきかな

とあり、二四八ははじめてきく心なり、二四は八つなり、八つははつとよめれは、はつねの心なり、をちかへりいほ

とは、百千かへり五百とかきつゝけたり、いく度なけど、
めつらしきとよみたる哥也
また鶯のうたも、うそひめのひくことのねに、かよふかせ
の身にしみて、身のけもよたつといふさくい、かんにたへ
たるありさまなり、これ」十四ゥもまた
ことのねのことぢにむせぶゆふくれはけもいよたちぬ
そゝろさむさに
といふ古哥をとりたるとみゆ、ことに下の句などは
ことのねにみねのまつかぜかよふらし
のおもかげも侍りぬ
いつれをいつれと、かちまけのさたし侍らんや、まことに
よの人の、やうしゆんのはしめには、鶯のこゑをみゝそば
だてゝ、まちたまひ、しゆかのいたるには、ほとゝきすを
人つてにさへきかまほしきなといひ侍る、もつとも以て、
ことはり也、しよ鳥の中にも心ことば、ゑんにやさしくす
ぐれ侍れは、かやうの御とうざなとさへ有へき事にもあら
ず、なを〳〵おくゆかしくおもひ侍るのみ」十五ォ

左　つはめのせきすけ
いくとせか春きてあきに
たちかへるなごりしのぶの
やまのうそひめ

六番　はねをかはすこひ

右　こまとりのもくゑもん
うそひめはきたかせにのる
こまとりのやぶしがくれに
　なくこゑもせて

〔挿　絵〕」十五ウ

はんにいはく、つはめせき助のうたは、年ことにあふてわかるゝならひのあるは、いといたく、せつなるこゝろばへときこへ侍る、たなばたは、としに一夜とおもへども、此よのあらんうちのちぎりにて、あふよのかぎりなきに、これをさへ、わびぬれば、つねはゆゝしきとよめり、いはんや、つゆのみのあすをもしらぬいのちにて、としごとになごり、しのぶのやまといへるは、らうたげにぞ侍る

右、こま鳥の哥も
　こまなくふうにいばひたり
といふ古事をふまへて、やぶしかくれにこゑもせで、みさほにもゆるおもひときこゆるは、しのふ心によくかないたり

いつれかをとりまさり侍らん、これらをちと申べけんや」十六オ

左　ほうじろやふへもん
さきのよのむくいあるかや
みる度にしたのねかはす
　ちきりなるらん

七番あふてくちすう恋

右　ひがらにしのすけ

ひがら立てたま〳〵あふは
うどんげのはなおしをする
　　ことそうれしき　〔挿　絵〕」十六ウ

はんにいはく、左哥、したのねかはすといふにて、あふて口すうの心をよくいひとりたり、きやうもんにも
　げんざいのくわをみて、くわこみらいをしる
といへるをふまへたるとみゆ
又、ひからの歌も、わがなをいひたてゝ、百まんのうたひに
　たま〳〵あふはうとんけの、はなまちゑたり、ゆめかうつゝか
といふまてに、心をかけて、よくひき入たるきんけん也、はなおしをするにて、くちすうをもたせたるさくい、たくみにて、ぢんしん也
左右の歌共、物にたとへは、右ひがらのよみ給ふうどんけのうたをさく花にたとへ、左のほうじろの哥をちるはなにたとふへし、しがらば《ママ》左哥よりは、すこし、ひからの哥さかり有て、み所おほからんか」十七オ

左　ましこのげん太びやうへ
いぬのこがおやにはなれぬ
身なりせはとがむる人に
ましこそはせめ

八番おかしらにすかる恋

右　ひわくれゐもん
とり〳〵のさたはありとも
おかしらにすかるまおしく
日はたけにけり　〔挿　絵〕」十七ウ

はんにいはく、左のましこけんだびやうへのうたは、ゐのこが、おやにはなれぬは、おかしらにすかるといはんためのさくいか
また、ひわくれへもんのうたは、あしざまのさたにのるとも、おかしらにすからではといへるさくいとみゆ
いづれもその身のなをよみかくしたれ共、ことなる事なし、か丶るうた合などには、み丶とをき事はよむまじき事と、せんだつも申をかれしなれば、ほめんところもなし
〔三行空白〕」十八オ

左庭とりの平ないざへもん
きみによりおもひぞならふ
身のうへにあかぬわかれの
むくふとりのね

九番わかれてなくこひ

右　あひるのいさりの助
わかれてはなみだなかしの
せ丶なぎにうきぬしづみぬ
ねをぞなくなる　〔挿　絵〕」十八ウ

はんに申ていはく、右哥は、あひるのいさりの助が、なり

ににせて、へそをまくといふ、せこによくかないたるうたさまなり、たとへ身こそいさりにむまれめ、やさしきうたの道なれば、なかすなみだも、そでやたもとにひちまさるなとゝこそ有べきに、せゝなぎになみたをながし、あまつさへ、身までうきしつませたるは、むさんや、あさゆふにふりたるほりの中、せゝなきの水のくさきをもいとはず、つらおしこめて、どろほうとなるゆへそかし、たゞうぢよりそたちと、きこへたり

さてまた、にわとりの哥は、いせものかたりに

きみによりおもひならひぬよの中の人はこれをやこひと
いふらん

の、なりひらがうたをとりたまへるときこゆ、」十九オ これのみならす、よの人の君にあふよのふくるをかなしめるとき、しばとり、うたへは、わがなくゆへに、あかぬわかれをするとて、きつにはめなんなど、おこづきたまふ、そのむくい、今、身のうへにしられたると、いひなされたまふは、くらへんかたもなく、せつならんこゝち、おしはかるのみなり、右哥には、あまつほしに、いのもとほともちがはんや

（五行空白）」十九ウ

左　のき下のみそさゝい
きやうこつやいくたびうそを
つきかねにふくるをきけば

くるしさぞます

十番ざいほうにふげる恋

右　つかみづらのこうもり
おもひでにきみこうもりと
身をなさはしかみつらして
とらんこれしき

〔挿　絵〕」二十ォ

はんにいはく、左哥の心は、さいほうにふけて、よそへはなびき、こなたへはいくたびかこんといひて、うそをつき、ふけゆくかねをきかするぞと、うそひめの名をよみ入て、かこちたまふにや

右、こうもりの哥もいしやうさへきぬ、まるはだかにて、世をわたる身なれば、われになびきなんは、おもひもよらす、せめて君のまもりめと也て、よろつのとりのこひかなしみ、いかなるつてもかなと、ねがはんとき、たそかれときにはしりいて、われにまかせよなと、おほめかし、これしきのれいもつをつませ、もたせぶりにて、しぶ〳〵づらをなし、おもひてにつかみとらんとのさくいにや

左右ともに、ゑんずべきたよりもなきに、ゑんじたるさくい、ふ」二十ゥかしきのいたりなれば、いつれかおとりまさりのあらんとも、おほへねば、これらをこそ、よきぢとは申侍らん

（九行空白）」二十一ォ

左ふくろうのどうさいぼう
物すこく今からこゑに
うそひめのいねしこずゑを
もりやまのかけ

拾一番ね木をおしむこひ

右　よくのくまたか
よくふかくまたさくるとも
うそひめのこなたかなたの

こゐははなさし

〔挿　絵〕」二十一ウ

はんにいはく、右哥は、うそひめのね木、こなたかなたなれは、もろあしにて、つかみはなさしと、したてたるにや、こゐはね木の心なり、まことはくまたかの大心にて、おそろしけなる哥さまかな、せごに

よくのくまたか、またさくる

といへるにや

さて、ふくろうの哥は、うそひめのね木をまもり、山かけにて、からこゑを以て、おそろしくしなさんとのたくみなるうたなり、げんぢ、ゆふかほに

とりのからこゑになきわたるも、おそろしき山になくなん

と有、からこゑはふくろうの事か、これらや下心にありつらん、然はおしむことはりのよくたちて、ふまへあるうたなれば、おくふかく侍る

よつて左をかちとす」二十二オ

左　ふろやのひたき

すねにひをたきのしらいと

いくすしの道が中にも

こひのさまたけ

十二番　ひんなるものの恋

右　うまいものくいなの助

たゝきやめはくいなん事も

ならざかやこのていになる
　　ふたおもひかな〔挿　絵〕」二十二ウ
はんにいはく、左のひたきの哥は
　ひんはしよどうのさまたけ
といふほんもんをとりたるや、万やうのうたにも
　おもひかねしばおりくふる山さとをなをさひしとやひた
　　きなくなり
此うたもこゝろにかけ給へると見ゆ、まことにわれ人ひんなるていなれば、おもふ事もかなはざるなり

なさけにはいやしきそでもなきものをもらさでやどれ夜
半の月かけ
といへるも、ひんなるもののよみたるにや
右の哥も又
　あはぬさへ、かなしきに、まつしげ（ママ）れは、するわさもな
　かりけり
と、いせものかたりにかけることく、二おもひにて、こがれはつるといふこゝろにや、いにしへのうたに
　ならさかやこのてがしはの二おもてと」二十三オ　にもかく
　にもねぢけ人かな
といへるをとりたる、くいなの哥ときこゆ、又ひんなるかぢがいひけるせごにも
　たゝきやめはくいやむ
といふ古事にもあへり
いつれも〳〵ゆらいあることをひかれたれ共、うたのすがた、けすしけれは、たちまさらんかたもなし、名さへふろやのひたき、うまい物くいなの助など申さんは、でんぶや

じんのやうにて、やんことなきうそひめのなをよひたまはんともおもへらす、うたさへ、そひなびたり、たゝ、ぢたるへしと申さんや

左　なこりをしとり
みじきかじこゝろにかけじ
あじろなわ引てやるてに
　物おもへとや

（三行空白）」二十三ウ

十三番　あみによする恋

右　いつかみやことり
わがおもふこゝろ斗を
かけあみのめにみぬ世にも
　すみ田かわかな　〔挿　絵〕」二十四オ

はんにいはく、左のをし鳥の哥は、こしつよく一ふし哥也、みもきゝも心にもかけじと、きみにすてられ、二六じ中、おもひのやむ事侍らずといへるにや

又、右のみやことりの哥は、すみたかわにて、
なにしおはゝいさ事とはんみやことりわがおもふ人はありやなしや
といふ哥を、わか名におほせて、ひきいたせるときこへたり、みもせぬよにすめる、あはれふかきにや

いつれもきやうありて、ほんまつともによろしけれは、しやうれつのつけんかたなし、然は、ぢたるへし

（二行空白）」二十四ウ

左　はとのかひへもん
物おもふわが身にひたと
もち月のたちてもゐても
かげははなれす

十四番とりもちによする恋

右　いとをしほうのむく鳥
さりとてはとりつく斗
なけゝども用られざる
ことのはのすゑ

〔挿　絵〕」二十五オ

はんじや申ていはく、左のはとの歌は、こひにはさま〴〵のおもひあるうへに、きみのおもかけ、身につきそひて、つゐにはなるゝよしなしといふぎなり、ことに、うたのすがた、たけたかく、ゆふけんにして、ゑんの字、ゑんのことば、にほひのふかさ、だいにしこくしたるうたにて侍らんや

右の歌も、さりとてはの五もじにて、あはれもすゝみ、下の句の用られさるのことば、たぐひなければ、左のうたのたけあらんにも、おとるまじや
心とことばのすぐれたれは、ともを以て、ぢと申さんや

〔二行空白〕」二十五ウ

左　ちとりの百の助
君があたりみつゝおふらん
ともちとりはねはなかけそ

名をはよぶとも

十五番　わなによする恋

右　かしどりの七の助

こしよりも下にこゝろを
かけわなのいとをしけにも
さぐるいせしやう

〔挿　絵〕」二十六オ

はんにいはく、右のかしどりのうたは、こしより下にこゝろをかけ、なまめきわたるてい、しるすにおよばす、おもひやるへし、とうせいのはやりとて、みな人のうたひ給ふこ哥に

いせしゆのくせにさくりたひとおしやるさぐりたくはか
わのせをさぐれ

といふをとりたるや、しかも、このかしどりのうたは、おもてうらの心有、おもてはいせしゆがわなのいとを、おしみ〳〵かけたるていなり、うらの心はこひに心をつくし、手がきあしがきをして、せつなるこゝろか

又、左のちどりのうたは、たとへ名はよぶとも、はねをはならふる事なかれと、ねたしげに、ともちどりにしゆんして、いひたてたるうたなり、いせものがたりに

きみか」二十六ウ　あたりみつゝ、おほらんいこま山くもなか
くしそあめはふるとも

といへるすかたをにせたり、すかたをにするはみくるしと、古人もいましめられ給へは、なんつくへきや

かしどりのうたも、こゝろにうかぶとも、こしより下の事

をおもふさまに、いひのへたるは、びんなく、あながちにして、あまりにや、これもいやしき心のなんつくべければ、かた〳〵以て、ちたるへしと申侍らんか

（四行空白）」二十七オ

（空　　白）」二十七ウ

四しやうのうた合　下（題簽）（天理本欠。桝田本による）

（魚の歌合）

うをのうた合

一番　長哥」一オ

左おめでたいゑもん　右君を恋のすけ

二番　はいかい哥　左ふきぬきさんあんごうぢ

右ふぐつらさんふくとうぢ

三番　たんか、左あゆみはこびの助、右からいとはへの助

四番はいかいうた、左なまうなぎぬかりのぼう

右なまずのひよん太郎

五番　こんぼんか、左あぢぐちのひるねぼう

右ふなばしうきよ

六番　はいかいうた、左はまぐりかいのすけ

右たこの入道けんさい

七番　せんどうか、左すゞきの六郎太、右かつをのだしす
け
八番　はいかい哥、左なに共いはし、右一ふりたちのうを
九番　おり句の哥、左あかひげのゑびゑもん
右なにかにおもひのすけ
十番はいかい哥、左おもひますへもん、右大ざけ九郎太
十一番上下おり句の哥、左なまこのさゑもん
右あはびさん大かいぢ
十二番はいかいうた、左どぢやうのぬらりのすけ
右かな物かちか

」一ウ

十三番くはいぶんの歌、左四かいとびうを
右わき道さよりのすけ
十四番はいかい哥、左よろこびをしらす
右ゑそはでなく〳〵ひやうへ
十五番くはいぶんのれん歌おもて八句
なか〳〵しはものせう　からころもきすご
はなだらのたれすけ　春さめふりんほう

さはらばひやしのすけ　こちたまへのすけ
いかのこうゑもん　くじさたさばきのすけ
い上八人
合拾五番

」二オ

左　おめてたいゑもん
いかにして心の水に
すみながらおもひはきへぬ

わか身なるらん

一番長うた

右　きみをこひのすけ
などてかく道もかわらぬ
ふな人やこひてふひれの
さはぐあけくれ

〔挿　絵〕」二ウ

はんしや申ていはく、左の哥は
しんはまんきやうにしたがつててんず、てんしよのしつ
は、よくゆふなる
に、なにとしておもひの火は心の水にてきへぬものぞ、す
でにきやうもんにも
一ねんみたぶつ、そくめつむりやうざいげんじゆ、むび
らくごしやう、〱ぢやうど
ゝあり、これは、一たひ、みたをねんすれは、むりやうの
つみもめつして、けんさいにてはむびのらくをうけ、ごし

やうにてはしやうぢやうの身となるといふもんなり、一度
みだをねんじてさへ、このことく也、ましてわがきみをお
もふ事は、よるひるともに、つかのまもわするゝためしな
し、これをたとへは、ふしはいそにて侍るものそと、ふし
ぎを立ていへるさくい、きめうにして、しこくせり
さ」三オて右の哥は、わがかよひぢを、ふな人のあけくれ道
もかへずゆきかひ給へは、むねとゞろき、さはぐにつけて、
なとてかく有そと、なけきのあまりによめるにや、古哥に
こきまはるみなとのふねのこいはせにひれのさはきのな
みたかくみゆ
といへるを、おもひいたされたるか
ほんかとる事は、ことばをとりて心をかへ、心をとりてそ
のいろをかへ、かみを下に引かへ、又ほんかの大いをとる
なと、さま〱のやうにはし〱きゝ侍るに、これは本哥
のこゝろ、ことば、たかはざるによつて、なんつくべけれ
は、左《さ》のうたをかちとさため申さんか

（一行空白）」三ウ

左　ふきぬきさんあん
ごうち
ねとられてあんごうつらの
あをき名やたつなみ風に
ふきぬかれけん
二番はいかいうた
右　ふぐづらさんふく

とうぢ
きらはるゝ身をきのどくと
おもふにそむねはらまでも
ふくれこそすれ　〔挿　絵〕」四オ

はんしや申ていはく、左のあんごうのうたは、君をねとられて、あくなんのつきたるは、あきなのかせにあふて、あひたちなき心をよめるにや、ぶぐのうちのふきぬきといふさし物は、あんごうをひやうじたるよし也、此ゑんによりて、ふきぬきとよみ出したるや

右、ふぐの哥はきらはるゝ事のはらたゝしけれは、身のほどをうらみ、そのもうしうがどくとなり、むねはらをふくらかすとよめるにや、ほんざうにも

物にふるゝときんは、いかつて、はらちやうじ、きゝうのことく、水にうかふ也、ことに大とくあつて、人をころすがゆへに、よにみなこれをきらふ

といふを、おもひ合たるか、まことにみ侍れは、ふくのすかたは、はらたちげなるけ」四ウしきなれば、くみしてあは

れにそ、おもひやるのみ
よつて左のうたよりは、おもひますところ侍れは、右、ふくつらさんふくとうじの哥、かちとさたし申さんや、いつれも左右共に、じがうさんがうまでつきたまひ、たうとくまします、御しゆつけの身として、ねとられたるなといへる五もじ、きゝどころにてこそ侍れ、ぼんなふよりぼだいのをこるといふにて、ほんなふのちゑ、かしこくましますや、ぼだいもとうへきにあらさるか

（三行空白）」五オ

三番たんか
左あゆみをはこひの助
あづまがた道はなみだに
かきくれてもしほたきけつ
あま人のけふのほそぬの
むねあはてきなれん事を
うらみてもうらみは
つきじ八百日
ゆくはまのまさこの
かきりなけれは

〔挿　絵〕」五ウ

右　からいとはへの助
山鳥のおろのはつおのをの
づからおもひそめしも心にて
つれなきいろをちよみぐさ
八ち世しへてもからいとの

むすふゑにしやあらざらん
此よのほかのつみとがとな
らんさがみんくるしさにい
きもつきあゑず物をこそお
もはゞおもへとにかくに月
のかゝみやおもかけにたつ

〔挿　絵〕」六オ

はんじや申ていはく、左右共に、いまたあはざる恋をよめるにや
たんかのつくりやうは、ゑんにひかれて、いか程もことばをつゝけて、はてに一しゆの長哥をすへ、又、はての七七にはじめの五七五ととり合、ことはりのたつごとくにとやらん、なをまた、いつれの五もしからよみはじめ侍れど、こん本哥にきこゆることくにとやらんきゝ侍れど、そのしなく〱、わたくしのひはんにおよびがたければ、かんのふのところもあらんやと、くみはかるのみ

（二行空白）」六ウ

四番

左なまうなぎぬかりのぼう
山のいもふちせにかわる
なみだかわうきみとなりて
　なをなかすらん

右　なまずのひよん太郎
風のふくへさきのおきな
おさへかねなまつらさげて
こかれゆくふね

〔挿　絵〕」七オ

はんにいはく、左哥、ひとりすみし山の井の水も、いまはつゝまれぬなみだかわとなりて、うきみのなをながすとよめるか、なを又

　山のいもがうなぎになる

と、よの中のさた侍れば、わかみのうはさをこゝろにかけてよめるにや

右の哥は、わかきものゝこがるゝをさへ人の口にかけ侍るに、おきなの身として、こひ心のいでんとせしをおさへかね、なまづらさげて、身をこがす事のくるしきことよめるにや、是もせごに

　ふくべにてなまずをおさゆる

といふをかすりたるや、しかも此古事はきかぬ事をいへるなれは、おきなのこひはきかぬ物かなと、くいなげきたるよそほひ也、このうた、上下の句のすへにおなしもじのなら」七ウびたるは、いんじひやうのなん、つくへけれは、左のうなきのうたをかちと申さんか、これはなびやかに、こゝろふかくかなしみありて、はんしやがこゝろもおもひつくのみなり

〔三行空白〕」八オ

左　あぢ口のひるねぼう
そでのうへもなみたにさら
すぬのびきの
　　　たきのなゝれや
五番　こんほんか

右　　ふなはしうきよ
うきなたにみさへはなさへ
たちはなのむかし
　　　こひしき　　〔挿絵〕」八ウ
はんじや申ていはく、左右ともに、なのたつこひをよめるにや
右の哥の心は、うきなさへたゝぬむかしがこひしき、まして、せしむつごとをおもひ出せは、いかばかりなつかしく侍るめれは、たち花のむかしにおもひよせたるとや、このたちはなのむかしといへるは、せうむ天《テン》わうの御宇に、天平八年十一月、井ての左《さ》大じんもろゑこうに、御まへなるたちはなを給はりて、たちばなうちのはしめとなされけるときの御せいに
　たちはなはみさへはなさへそのはさへゑたにしもをけま
　　してときは木
と、あそはされけるよしなり、これらのうたぞや、おもひよせたまへるか

又、左哥は、わがなのたつをおもひよせてみ侍れは、そてのうへ」九オも、ぬのびきのたきににて、よるひるともに、まなく、ときなく、さらすのみ、たくらべたまふや左右共に、しなをつくし侍るやらん、しらずかし、はんじやのくじらだんざへもんが心ニは、たゝこれこそ　ぐちむちにして

かのていやうのれつちやくにひとし

と、かうほう大しのさく、ひざうほうやくにかゝれしに、おなしからめ

〔五行空白〕」九ウ

左　はまぐりかいの助

おそらくはふがひなしとも
きみならでたれにふまれん
　　こしのうみづら

六番はいかいうた

右　たこの入道けんさい

うすなさけかけてうみかわ
ちきりてはくもでひまなく
　　かよふやつあし

〔挿絵〕」十オ

はんにいはく、左の哥の心は、かひなきこひに、身はむもれて、きみにこそ、こしにても、つらにても、ふまれめ、

よなる人にはおそらくふまれまじきと、がいをいはんとて
のうたにや、古哥に
しほのほるこしの水うみかせたちてはまぐりも又ゆられ
きにけり
とあるをとりたまへるか、まことに人にふまれなれて、き
みならでとおもはれぬる事、おしはかるのみ
さて右、たこのうたは、一きうのしに
たこの入道、手うたゝおほし、ゆのすをしぼりかけみよ、
いかん、さしうのふうみ、てんねんべつ也、きんかいを
はたのらうしやかにかへす
といへるをふまへたまふや、哥のこゝろは、うみかわをか
け、ひまなくかよふとよめるにや、みかわ」十ウをきつて、
すさけをかけてくらふといふことばをよみ入たるは、げに
も一きうのしのこゝろによくかなひたり、なをはた
三かわにかくる八つはしのくもでひまなくな
といへる、いせものかたりのおもかけも侍るなり
をどろのかみのいはんかたなければ、入道どのゝうた、か
ちたるへし
（五行空白）」十一ォ
左　すゞきの六郎太
うつりゆく月日もしらす
すきのはのいつをいつとか
つれなきいろの
かわらざるらん

七番せんどうか
右　かつをのだしすけ
もしほぐさかきあつめたる
をとづれはなみのたよりに
　　あふこゝちする
　　うらかせぞふく

〔挿　絵〕」十一ゥ

（一行空白）

はんじや申ていはく、せんどうかとやらんは、人のよみたるをもみなれ侍る事もなく、わきて、ぢせんし侍る事もまさねば、なをはた、さたし申におよばす、此うたのよみやうは、つねのうたにて、心をもらさずして、その五句のうへにいま一句をくはへ、又ことはりのたつさまにして、其一句とかみにも、心のひきあふことくになど、きゝつたへつれども、よみならはさねは、よしあしをさぐらん事、おもひもよらす、せんどうといふもしの心は、かしらにめぐるといふか、又はじめにかへるやうのこゝろか、いつれも心のくまのくらけれは、みわけんかたも侍らす　」十二ォ

左　なにともいはし
君があたりめしよせらるゝ
むらさきのいろになるまて
　　身をこがすらん

八番　はいかいうた

右　一ふりたちのうを
つかのまもみねはみにつく
おもかけをなに中だちの
おもひきれとや

〔挿　絵〕」十二ウ

はんにいはく、左のゆはし(ママ)のうたは、身のなりはひを、よくおもひいれられたるや、よのつね、きみのまはりにはなれず、なまやけなるなととて、みをこがさせしかも、大口にいひて、ほねみをくだかせ、あるときは、うすじほなる、なけのなさけなど、かけまひらすれど、つゐにあぢのよきといはしめしたる事も侍らぬのみ、おもひよせて、よみたまふや

又、たちのうをのうたは、その身のなによそへて、ゑんの字、ゑんのことば、まことに古人のことばのはなを以て、ことのはをもてあそぶへしと、おほせをかれしに、よくかないたる哥ざま也、つかのまはすこしのま也

左右共に、おほろけならす、なびやかなれば、ぢたるへし」十三オ

左　あかひけのゑびへもん
ゑぢがたくひかりとも見よ
かく斗うきみにそへて
たゑぬおもひを

九番おりの句のうた

右　なにかにおもひの助

からころもにしきのそてを
かへしつゝうたゝねにたに
たのむおもかけ

〔挿　絵〕」十三ウ

はんにいはく、左のゑびの哥は、ゑひが哥といふ五もじを五句の上にをき、右のかにの哥は、かにが哥といふ五もしを、是も五句のかみにすへてよめるにや、ゑびの哥の心は、大なかとみ吉のぶが哥に

　みかきもりゑぢかたく火のよるはもへ

といへるをとりて、わかみのあかき事はたへぬおもひのゆへとよめるにや

右歌は、万やうに

　しろたへのそておりかへしこふればかいもがすがたのゆめにしみゆる

と有をとりたるや、是はそてをかへして、かほにあてゝねぬるよは、おもふ人をゆめにみるといふ古事也、万やう古風をおもはれたるや、今みるやうにて、なつかしくよまれたり

左右共に、さだかにこそ侍れ、おり句の歌なれば、よくてやあらん、あしくてやあらん、よみし心もしらずかし」十四オ

左　おもひますへもん

めすといふことばもがもな
いくとせ欸《か》ふるかわ水に
　おもひますらん

十番　はいかいうた

右　大ざけ九郎太

おりはへてひとへにおもふ
きぬかわのなみのよる〳〵
　　　なさけともがな　　〔挿　絵〕」十四ゥ

はんにいはく、左のますの哥は、とし月ふれど、めすにことばをもかはさゞれは、おもひますとよめるか、めすとはめますをいふ也

又、右哥、きぬかわのゐんにおりはへ、ひとへなといひて、なみのよる〳〵なさけともがなとよめるにや、古哥に
　きのふたちけふきて見ればきぬかわのすそほころびてさ
　けのぼる也
と侍るをおもひよせたるや、こゝろ、ことば、ゆふびに侍れは、右のうたにこそ心もひかれ侍れ
　　　　　　　　　　（四行空白）」十五ォ

左　なまこのさへもん

四しやうのうた合　下

なに事もまづはしのふの
ころもてをめなれなからも
　　かたみにぞおもふ

十一番上下のおり句の哥

右　あはびさん大かいぢ
かたいとをたちよるかたも
おもひわび物あはれにし
　ひとりこそぬれ

〔挿　絵〕」十五ウ

はんしや申ていはく、左のなまこの哥は、なまこめがものおもふといふ十字を、五句の上下にをき、右、あはひのうたは、かたおもひ〳〵しれといふ十字を、これも五句の上下にすへてよみ侍るときこゆ
左右ともに、しのぶこひのこゝろをよめるときこへ侍れと、せうれつわきまへがたし、とりわけ、おり句のうたはよまれぬものと、つたへきゝ侍れは、少々のなんはゆるさるゝ道も侍らんとおもへど、そのさたさへしらざりき

〔三行空白〕」十六オ

左　どぢやうのぬらりの助
さぎのゐに身はならはなれ
おもひかわ一たひあふて
　うかぶせもかな

十二番はいかいうた

右　かな物かぢか
ことのはもかはらぬかわの
そこにゐてこひしき事の
　いはほとぞなる

〔挿　絵〕」十六ウ

はんにいはく、左の哥、おもひかわに身をしづめ、くるしみに心をくたさんより、一たびあふて、うかぶせ侍らば、たとへさぎのゐに身はなるとも、くいかなしまじといへるにや

右のうたは、かはらぬこひに身をしづめて、こいしがいはほになるほど、いくとせかふるとよめるにや

まことにおもひのせつなればこそ、左うたはいのちをかけ、右の哥はこいしがいはほとなるまで、心をつくし侍るのみ、いつれかあだにおもへらす、しからば、ぢとこそ申べけんや

（三行空白）」十七ォ

左　四かいとびうを

しらむかととひよるよしに
もとめきめともにしよるよ
　　　ひとゝかむらし

十三番くはいぶんのうた

右　わき道さよりの助

しらるゝはかなしきけなし
とこやみやことしなけきし
　　　中はるゝらし　〔挿絵〕」十七ゥ

はんじや申ていはく、くはいぶんのうたとやらんは、すゑからもおなしやうに、もしつゝきてよまるゝを申すときゝ

侍る、まことによまるまじきさまなれば、かたはらいたきこと、おほかんめるとも、いかでをとしめられんや、はんじやがこゝろにも、口にもおよひがたけれは、左右ともに、こゝろの水のすみ、にごりいさしらなみのよるへもさだめがたく、むごにのみ侍るめり

〔五行空白〕」十八オ

左　よろこびをしらす
しら〳〵ししらするとてや
うみつらによろこびわたる
　こひのはてかな

十四番はいかいうた

右ゐそはでなく〳〵びやうへ
ゐそすきぬなみのかへさに
引あみはこれや人めの
せきぢならまし

〔挿　絵〕」十八ウ

はんじや申ていはく、左のしらすの哥、わかなをよみ入て、こひのはては、よろこびをするといへるにや、ことはりは哥のおもてにあらはなり
右哥は、あふてたちかへるとき、引あみにわがみのかゝらんをおもひやれは、ゐぞすぎられぬ、今まで人めのせきといへるをしらざりしに、此あみぞ、人めのせきなるらんと、よみたまへるは、こひのほんいならざるや

こひにはあふ恋、まつこひ、しのぶこひ、わかるゝこひ、
きくこひ、みるこひ、いとふこひなと、中〳〵しな〳〵の
かぎりは侍らす、いつれのこひにても、おもひのそはぬは、
ほひなし、かやうにこひのほんいをよみそゝやかすうたを
は風はう痛とやらん申て、うたの中のすて物とや、いかに
おも」十九オひてなればとて、人にしらせはや、人めのせき
はいかなる物そなとよめるは、かゝるところもなきさくい
なれば、左をかちに申さだめん

（八行空白）」十九ウ

十五番

くはいぶんのれんがおもて八句

なか〳〵しはものせう
なかき名やたまのをのまたやなきかな
からころもきすご
きゆるなかとののとかなるゆき
いかのこうゐもん
てれはみなはる日のひるはなみはれて
くじさたさばきのすけ
月ひとおとこことをとひきつ
こちたまへの助
」二十オ
きたかせやくさはなはさくやせかたき
さはらばひやしの助
やともとおしむしをともとや
はなだらのたれ助
みなれなばむらとりとらんはなれなみ
春さめふりんぼう
しけるはのまややまのはるけし

（四行空白）」二十ウ

はんじや申ていはく、くはいふんのれん哥と申も、はやう
より侍るものや、れん哥六十二ていのほかなるや、内なる
や、ちかき世には、なをだにもきゝ、たまはねば、あまたの
うをの心の水にしめしたまはん事も、うるほひがたし、も
つとも、すがた、ことば、さし合までもいみしからぬもあ
んめれど、おもふさまによまるまじけれは、なんつくへき

にあらず、しかれば、はんと申もおふそうならんや

（四行空白）」二十一オ

（空　　白）」二十一ウ

（獣の歌合）

けだ物の哥合たいぐみ、はんしや、しゝわう

一番　水にたはふるゝこひ

左かわうその水ゑもん、右ぶたのほうしどろぼう

二番　おもかけにたつ恋

左いぬ山の四郎太、右さるまろのあかたゆふ

三番　あはてなかるゝ恋

左いのしゝゑもん、右山のべのしかの助

四番　手あしもはたらかぬ恋

左もち月のこまの助、右よだれづらあめうし

五番　あはさるこひ　　ひやうへ

左きつねづかあなゑもん、右たぬきしるこんにやく」一オ

六番　はぢをしらぬこひ

左くまがいの四郎、右かみすきのひつじのすけ

七番　みればしんきとなるこひ

左おうしうしろうさき、右いたちゐのこしぬけ

八番　　やがてあふこひ
左ぢこくさがしむくろもち、右このみのほうしりつす
九番　　おぢらるゝこひ
左こくうとらの助、右野山大かめ
十番　　あふこひ
左よもすがらねづみ、右ねこまたのこんへい六
合十番
」一ウ
左　かわうその水ゑもん
水むすぶかひもなぎさの

たはれをとたれかはうそを
月のよことに
一番水にたはむるゝこひ
右　ぶたのほうしどろぼう
ねかはくは心ひとつに
たふ〳〵とうけ引君の
なさけくまばや　〔挿　絵〕」二オ

はんしや申ていはく、左の、かわうそをたはれをといふ、たはれはたはふるゝ心なり、此たはれといふにつけて、たれかはたはれをといへるぞ、水は心にとる物なれば、心をむすふかひもなきに、いつはりの名をよびたまへる事かなとよめるや

又ふたのほうしの哥は、ぢやうごにてましますやらん、さけをひきうけ、たふ〳〵とこゝろひとつにのめることくに、きみをたとへて、此うたはよみ給ふや、たゝくらい物に、

あさゆふこゝろをつけ給へるときこゆ、まことは、おもひ、
うちにあれは、いろ、ほかにとやらんにて、うたざまゝで
いやしけれは、かわうそのなごやかにして、そこにきんぎ
よくをしき、ぢんしん、きもにめいじたるうたニはならふ
るかた」二ゥも侍るまじ、名さへどろぼうとつき侍れば、お
そのたはれのたはれきて、よごれん事、くちおしく、なめ
しとや、おもひけん
よつて、かわをそのうたをかちとさたし申侍らん

（八行空白）」三ォ

左　いぬ山の四郎太
いつまでかたつきはなれぬ
おもかけやまほにには見せぬ
月そかなしき

二番月にまちふかすこひ

右　さる丸のあかだゆふ
ふしまちやたちてもゐても
もち月のおもかけはいさ
よひふかすまて

〔挿　絵〕」三ゥ

はんにいはく、左哥は
しづかに花けんの月にほゆる
と、ぐはひしうに有をとりたるや、哥心は、鳥をかきりの
ちぎりなれば、まつまの月のおもかけばかり打そひて、ま
ことのきみをは見せぬものかなと、月におほせて、まちふ
かす夜をうらみかなしむ心にや

また右、さるまろのうたは、たちて、まちゐて、まちふして、まてとも月のおもかげはしらす、きみのおもかげはみえで、よをふかすものかなといへるにや、まことにこのうたは一しゆのうちにさま〳〵の月をよみ入たるときこへたり、まづ、もち月は十五夜、いざよひは十六日、たちまちの月は十七日、ゐまちの月は十八日、ふしまちの月は十九日、ふけまちの月は廿日の月をい」四オへば、此ぶん、みな一しゆによみ入たるとみゆ

しかれば、此つき〳〵にまちふかしたるかんせいは、左の一夜をまちわひたるより、おもひはまさらんや、よつて、さる丸の哥をかちとす

（七行空白）」四ウ

左　いのしゝゑもん

くみてしるなさけはいかに
いかりゐのゑいにみだるゝ
　心こそすれ

三番あはでなかるゝこひ

右　山のべのしかの助

つまとみるはなをすがひて
さをしかのなくこゑさへぞ
　うらやまれぬる

〔挿　絵〕」五オ

はんに申ていはく、左のいのしゝの哥は
ぐんちよ、くわいんにして、なをゑふへし

と、さんこくにあるをとりたるか、うたの心は、一たびあふて、またとあはねは、みだれごゝろと身はなりて、こはそもなにゆへぞとおもへは、さけにゑひたるこゝろこそすれといふぎなり

右哥は、まんやうに

花やをしかのつまならんとあるはぎのはなをしかのつま

といふ心なり、また、げんぢに

すがひ〳〵にをしかなく

とあり、これかれのことばをとりたるか、こゝろは、はぎのはなをつまとみて、なれもてゆくしかのねさへもうらやましと、身のうへをよその事になして、こひかなしむさくいときこへたり

しかるに、左右のたけ、いつれかた」五ウかゝらんとおもへは、左のうた、さけにゑひたる古事をよくおもひよせて、みだれしことのせつなるまゝに、かなたこなたと、こゝろをめぐらすには、しかのなくさへ、うらやましとのさくいより、あけてかぞふべからす、よつて、左哥をかちとす

（六行空白）」六オ

四番てあしもはたらかぬ恋

左　もち月のこまの助

さいわうが馬のたつなもひけはひくひまゆく恋のみちはかなはず

右よだれづらのあめうし

おひぬればはたらかぬ身を

うしとだにいよ〳〵おもふ

中そくるしき　〔挿　絵〕」六ウ

はんに申ていはく、左哥の上句は

にんげんばんじさいわうが馬

といふをとりたるや、この心は、さいわうといひしもの、

よき馬をもちたり、世の人、うらやみほめそやかし侍れと、

さいわう、是をもよろこばす、しかるに、さいわうが子は、

あひしてのり侍れは、ほどなく馬よりおちて、こしを打お

りぬ、そのおりしも、国のさはぎ有て、みな人ぢんへたて

ども、こしおれ、わづらひぬれは、ぢんたちもならず、し

もが下にいたるまで、かなしむ事かぎりなし、このときも

又、さいわうは、すこしもかなしまず、されは、かのぢん、

まけいくさとなりて、一人ものこらすうたれけり、かるが

ゆへに、ぜんはあくのもとひなり、よろこぶへきにあらす、

かな」七オしむへきにあらす、人げん、ばんじかくのごとし

といふたとへなり、下句は又万やうに

ゆふやみは道はみへねどふるさとはもとこしこまにまか

せてぞくる

といひて、馬は、やみのよにも、よく道をしりたるやうに

いはれしに、こひの道にはなにとして、ゆかれぬぞと、わ

かみをさしていへるさくいか、惣の心は、さいわうか馬も

ぜんはあくとなりてれば、ふりあふはわかるゝもとひなれ

ば、いく日たちても、かなはぬこひは、かなふべきもとひ

なるに、なにとしてかなはぬぞと、一ぢうこして、うちな

げきたるさまなり

さて又、右のあめうじのうたも、とうばに

われ、らうぎうににて、むちうてども、うこかす

とあるをとり、又、なりひらへ」七ウはゝのかたより

おひぬれはさらぬわかれのありといへばいよ〳〵みまく

ほしき君かな

といひやりしうたのことばをとりたるや、うたの心は、さ

なきたに、おもふさまにかなはぬうき世なるに、よる共いはせす、おもに、こづけをそへて、くるしみのなんだ、かずまさり、おひはてぬれは、手あしもかなはすといふさくいは、いよ〱のことば、よくたちて侍る也
馬のうたも、此くるしみあるがうへに、いかなるいはがんぜきをも、はたらかんと、おもふに、恋の道ニはなにとしてゆかれぬ物そと、をきつ、ねつ、まろびをうちて、せつなる心ばへ、まことに左右ともにあはれもすゝみければ、ごがくのうたかなと、さたし侍るへし　」八オ

左きつねづかのあなゑもん
きたまどやひるもみまくの
ほしのかけしら〱しくも
けなばけなゝん

五番あはざるこひ
　　　びやうへ
右たぬきじるのこんにやく

もはらうつゝみのひやうし
かねごともあはでこよひや
　　ねにたがふらん　〔挿絵〕」八ウ

はんにいはく、左哥は
　ほくとをはいして、へんけして人となる
と、さでんに有、まんようの歌にも
　人もみなあなしら〱しおひぎつねいとゞもひるのまし
らひなせそ

といふうたをとりたるときこゆ、これはあまりしら〳〵しきほとに、ひるのましらひは、人もみるなといふ古哥のさくいをひきかへて、たとへしら〳〵しくとも、きみにあふとならば、ひるなりともうちとけんとよめるきつねの哥也、けなばけなゝんの心ハひる也とも、ほくとのほしをみたや、しら〳〵しくも、ばけなば、ばけなんといふ、へんげのけもじ也、又、うちとけんとのきも有

又、たぬきの哥は、たぬきのはらつゞみといふことばのほんかに

　人すまぬかね」九オ もをとせぬふるてらにたぬきのみこそ
　　つゝみうちけれ

といふ、まんやうのことはをとりたるか、哥心は、もはらはもつはら也、かねごとはかねてやくそく也、こよひはあはんとまつ心のうれしさに、はらつゝみをうちあかせとも、其夜こざりければ、ひやうしも、かねごとも、あはで、ねどこにたがひたるといふを、おもひよせたるか、さくい、たゝしく、すがたもゆふけんなれど、左哥のひるは人めのはづかしきに、その人めもはぢすあふとならは、うちとけんとのさくいニはくらへかたくや侍らん、かく申すしゝわうも、いか斗ひるのまじはりにおもひをとげ侍れは、身のうへにておし斗、おもぶせしくも、あはれふかくも侍れは、左をかちと申侍らん」九ウ

左くまがいの四郎なをさだ

　くましある心みやまの
　おくまてもあなまどはする

こひの道かな

六番はぢをさらす恋

右　かみすきのひつじの助
たはれゆくなさけともみよ
のみかはすもゝやそくさの
ちぶさならねど　〔挿　絵〕」十ォ

はんじや申ていはく、左哥、心のくまといふはくらき事也、わがおもひのせつなる事をは、きみはしらずして、くらくまどはするこひの道かなとよめるにや、はぢをさらすといふだいをよみとらんは、あまりまばゆけれは、こひの道のあなまどはするに、もたせたるや、あなはあらの心也、ありはらのなりひらも

わがいらんとする道は、つたかいでにしげり、ものこゝろぼそく

と、うつの山にていはれしにや

さて又、右のひつじのうたのこゝろは、ぎやうぎぼさつの
もゝくさにやそくさそへてたまひしにちぶさのむくひけふぞわがする

とあることばをとりたるか、もゝくさにやそくさとは、おさなきものゝむまるゝより、」十ゥ はゝのちぶさをはなるゝまて、百八十こくのむものなれは、百八十こくといふことば也、そのむくひとて、御はゝのねんきをなされしときの、ぎやうきぼさつの御うたなり、しかるに、ひつじのすけがさくには、めうとかしたるとき、うれしさのあまりに、たがひにのみかはすちぶさとよみたるや、とりわけ、ひつじといひしものは、つゝぢのはなをさへ、おやのちぶさとこゝろへてをどる物ときゝ侍る、哥にもその心あらはれたり

右ひだりのおもひよせたるうたとも、あちはひさぐりてみ侍るに、まことはちくしやうの哥さまかな、いかに、だいにそのこゝろあればとて、あなにまよふの、ちぶさをたがひにのみかはすの、なといへるは、」十一ォ いつれもむごに

して、はづかし、たゝあさゝはみづのそこふかく侍らねば、かちまけのさたし申におよばざるかし、かれとも、これらをも、また、ぢとこそ申侍らめ

〔八行空白〕」十一ゥ

左　おうしうのしろうさぎ
てつほうやわしくまたかに
くだりさかきみ見る度の
　むねぞとゝろく

七番みれはしんきとなる恋

右　いたちゐのこしぬけほう
らうさいにかみはうつ〱
いたちゐをみるにこしほね
　なへにけるかな

〔挿　絵〕」十二ォ

はんにいはく、左うたは、むねうちさはぐをかんせいとしてよめるにや、まことに、てつぼうのをと、わしくまたかにあひ、しかも、うさぎはまへあしみしかきとき、侍れは、くたりさかにはころびおつるにて、むねもさはぎ侍らん、そのことく、きみをみるたびに、むねとゝろきてくるしからんは、うたがひもなし

又、みきうたも、こひしき事、かずまさりて、らうさいとなり、かみもうちこし、ほねもみるたびに、なゆることくなるへし、これは、よの人の小うたに

　きみはうつ〱かるたをうつが、われはらうさいにてか
みがうつ

といへるをふまへたるとみゆれども、やさしきうたの道とて、こゝろ、ことばをゆふになまめかんこそ、こひの哥と」十二ゥもいふへきに、こしほねのなゆるなどいへるは、ぞくごんといひて、よにげすしく申ことば也、なを又、此うたには、にもじおほけれは、みゝにたちたるか、むねたかの三百しゆに

しらくものあとなきみねに出にけり月のみふねも風をたよりに

とある哥を、ためいゐのことばかきに、にもじさし合たるかとあり、ほうしの哥ならば、つよきをこそ、いみしくおもひ侍らめ、にもじのおほき哥は、よはく侍れは、ししやうのいましめもおそれざるや、つよからぬはおふなの哥と、古今にあれは、ぞくとしゆつけはつよきをほんとすときこへたり、かるかゆへに、うさぎのうたにはまけたるへし」十三ォ

左　ぢごくさがしの
　　むくろもち
むつくりとあけつちのまはひろけれどあなたのみがた
　あすの夜のこと

八番やかてあふこひ

右　このみのほうしりつす
かねつけてゐみをふくめるかほはせにこよひあふみの
おちぐりの本

〔挿　絵〕」十三ゥ

はんにいはく、左うた、またの夜はあはんとちぎりければ、ちりをだにとおもひて、すみあらしたるつちのまをひろくなして、あすのよをまちたる心をよめるや、なを、いせ物かたりに

さくらはなけふこそかくもにほふとも

といふうたのしもの句を、すかたをかへず、そのまゝとりたるは、あまりにや

また、右哥は、あふみのくりもとのこほりにてあはんとのさくい、ところをさして、ゑんをふかく、しかも物づよきうたなれば、はんしやがこゝろも、此うたにこそおもひよせて侍なり」十四オ

左　こくうとらのすけ

きらはれて身はから竹の

中となりふしだつせにそ

いのるかみ〳〵

九番おぢらるゝ恋

右　野山大かめ

ねたしさやいくたび人を

大かめの野ちに日くれて

かよふもそうき

〔挿　絵〕」十四ウ

はんにいはく、左哥は　こうろくにさかしまにがいこにのつて、こうろうにのほり、せなかにしんふをかけて、めうやくをぜつす

と有、このせなかにのるといふことばを、せにそのるかみ
〳〵とつゝけられたるや、又
人心てがいのとらにあらねどもなれしもなどかうとくな
るらん
といふ古歌をよせたるや
さて右哥は　としみに
ざいらう道をさしはさんで人だんぜつす
と有をとるや、哥心は、きみとわが中にはさはる事侍らね
ど、よの人、野ぢに日くれてかよふ事のねたしさに、せき
もりとなるよしのさくいか
左の、ふしだつせにいのるかみ〳〵といふこそ、おもひも
こひもふかく侍れば、左をかちと申さんか」十五オ
左　よもすがらねづみ
うれしさをなにゝたとへん
月日へてしづはたおびの
とけやすきころ

十番　あふ恋
右　ねこまたのこん平六
ふかみくさあふといふなる
したばまてなをなつきよき
いもとわが中

〔挿　絵〕」十五ウ

はんにいはく、左うたは、
ほつはう、こほりのあつき事、百しやくそあつて、した

にあり、但、こほりをくらふけのたけ百しやくもつて、
　ぬのにつくるへし
と、いんふにあり、きたのくには、こほりのあつさ十ぢやう、ねずみのけのながさ十ぢやう、これにて、ぬのをおるといふ古事をとれりときこゆ、又、月日のねすみの事は、たとへは人げんがとらにおはれてあなへかくれ入とき、あなのそこニはわにといふもの、其人をぶくさんとて、まちゐたるによりて、あなの中ほどのくさにすかりてゐたるとき、其くさのねを、こくびやくのねすみ出てくらふ也、これをせけんにたとゆれは、とらはこのよのつみとが、わニはぢごく、しろねすみは日りん、くろ」十六オ ねすみは月りん也、此こゝろを古哥に
　のちのよにみだのりさうをかふらすはあなあさましの月のねすみや
とあり、これによりて月日のねすみといふ也、いつれもよき古事共、をとりたるときこゆ
さてまた、ねこまたのこんべい六のうたは、まんやうに
　まくずばらしたはいありくのらねこのなつきがたきはいもが心そ
とあり、これも又へきがんに
　ぼたんくはかのすいめう
とあるをとりたるときこゆ、哥の心は、ふかみぐさはぼたんの事なり、此下にてあひなれ侍れは、下ばまて、なつきよくおもふとよめるか
左右共におくふかき古事をとり、なを、うたざまゝてたくひなけれは、くるまの両わにて、まことはねす」十六ウ みのうたに、月日とよみ入られたることく、いんとやうといつれかひとつとして、かくる事あらじ
すべてうたは卅一字、せつ〳〵おほきといへ共、まつ申て申さく、三十一じのうち廿八字は廿八しゆく、残り三つは日月しやうの三くはう也、これをわけてきかんニは、上の五文字は、みだ、しやか、大日、あしゆく、ほうしやう、此五ぢのによらい也、のこる十二字は、十二ゐんゑん、さて下の句の上のなゝもじは、くはこの七仏、はての七も字

ハ天神七代をひやうす、一しゆゐいじたまふ人は、ほとけを一そんつくるにことならす、此卅一じにさうのかたちを一つそへ、卅二相そくしんそくぶつとなつて成道せりとかや、しかれば、うを、とり、むし、けだ物」十七オまでも天りにかない、和合なつとくの道たれは、はんしやもともに、ぶつくわにいたり侍らんや

（九行空白）」十七ウ

四十二のみめあらそひ（写本、一冊）

いまはむかし、すかはらのこむ大納言よしみちと申人いまそかりける、天下のいろこのみになうおはしまして、むさしのくに江戸のみやこに、みつ葉よつ葉に家作して、月日のゆくをさえうちなけき、よるひるのさかひもなく、此みちにこゝろをよせて、あかしくらさせおまし〳〵侍つる事、七とせ八とせはかりになん有ける

にしのたひひんかしのたひに、をんなあまたすへをき、にしの対はたつみの角のまちと名つけ、東の対はうしとらのよし町と」二ォなん名つけ給ける、まろうとの侍りけるときは、よひいたし侍りて、かはらけとらせ、小舞なと〻云舞をかなて、舟おさのさほとる折しもうたふなるうたなとをうたひ、三の緒をしらへと〻のへたんせさせ、心〳〵おもひ〳〵のあり様を御らんしましへさせ給て、あそひたはふれ給ふ事たえすそなんありける、さるに、長雨をやみなく、つれ〳〵なる折しも、これかれあまたよりあひ給て、此つれ〳〵をた〻にくらしてはほゐなかるへし、いさ〻むかしの四十二の物あらそひの名をかりて、此あまたの女の中を、四十二人えりいたして、四十二のみめあらそひと名を替て」二ゥ廿一にあはせ、きくさの花にたとへ、をのれ〳〵のこゝろをみむとおほせられければ、まろうとたちも、けにこれそまことしかなむ、いさ心よせ有題をえりとりて、とみに哥をなむよみて、よしあしのしなさため、ひたり右にかちまけをわかち、おとことちの心をみんとなん侍りし

(五行空白)」三ォ

一番

左　勝　　庄司門院太夫

八重さくらの、ちりもせす咲も残らぬ、今をさかりに、にほひも色もけちめなくえんにうつくしき姿と

右　　宮内卿

しら玉つはきの、春の半比に枝もたは〻に咲みちて、冬さりましかはとねたまる〻すかたと

平宰相二道朝臣

しら玉は一よに咲てちりにけりあかぬ心は八重さくらかな

二番

左　かつ　和泉式部

白梅の立枝、ふくやかなる梢に一ふさ二ふさ」二ウ咲そめて、いますこしはなやかなるいろそへはや、とおもはるゝすかたと

右　金作

紅梅の、色うつくしく、枝残りなく咲て、はなの心にも、我より先立てさける花もあらし、と我はかほに色にみえたる枝に、つよき嵐吹あてゝ、にほひもいろも散〱に取とむる方なきすかたと

　橘小島中将諸公朝臣

紅の色はなにせんにほひふかき一重の梅そおらまほしけれ

三番

左　かつ　大くらきやうのきたの御かた　」三オ

糸さくらの、吹春風のよはきにさへむすほほれ、かすみの間よりにほひこほるゝ折しも、三か月のかけほのかにあるかなきかにうつろひたるに、しらいとにつゆのたまつらぬきたらんやうにて見えしか、うちみたれてなよひかなるすかたと

みき　よしまつの内侍

ふちのはなの、かなたこなたの木すゑにはひかゝりて、我枝ならぬ枝をも我えたのたよりにせむ、と心をかけて、あらはに色にみせたるすかたと

　よみひとしらす

ふちのはな色むらさきにそめなせと心のよるはいとさくら哉

四番

さ　かつ　ていかの君　」三ウ

ゆきのうちに、わか木のむめ一え心に咲そめて、春えては、色も一しほ咲つかんと、にほひをふくむ姿と

みき　修理大夫

うすいろつはきの、一枝にわかやかに心よくたちて、ひけはたはみ、ひかねはなひかぬすかたと

　細川蔵人太郎一通

このはなのにほひもとむる心かな色の椿は我ものにして

五番

さ　かつ　万御方

やま梨のはな、弥生末つかたにちりはてゝ、青葉かちになりたる木の本《もと》に、またきえ残る雪かともみるはかりなるすかたと」四オ

右　一角房

しら桃の花、はるも半過て、枝にひとつふたつちり残りて、けにはなものいはぬ

下野守馬内侍

しらもゝの色もにほひもなきあとにゆきともみるは山なしの花

六番

さ　くき

水にひたれるやまふきの、岸のひたひに根をさして、色つやもなく、はなもはもかしけてなひくすかたと

右　かつ　左京大夫

鉢にすへたるいはのもとに根をさせるいはつゝし」四ウの、枝をつみ、枝をまけしたるに、はなふささきたる

酒井兵衛尉

山吹はくちなしとてもいはつゝしいはねはこそあれ恋しき物を

七番

左　持　にしのたいすみの町やまと

すもゝのはな、木本にちりつもりて、ゆきともなく、ちりあくたとみゆるすかたと

右　万衛門院家いつ

やまかつの小柴かきに、うはらの花の葉しけく咲て、いつれ枝ともわかさるすかたと

無能犬検校諌路城

よしやちれかきほのうはら咲すもゝちらすと誰か花とみましや」五オ

八番

左　　庄司門院家かはち

むらさきのせんよの牡丹の、はなふさ大きに咲たるか、うつろひたるになりたるすかたと

右　かつ　はつね

しやくやくのはな、ゆふしてこまかにきりかけて、枝もたはゝに、かなたへふり、こなたへふりたるやうのすかたと

　九郎御曹司

さくやこの花の牡丹はうつろひて今を盛とさくやこのはな

九番

さ　かつ　かつらきの大きみ

てまりのはな、ときならぬ雪をまろはしたらん」五ウやうにて、見るに、さなからなん、つくへきかたもあらさめれと、はなのさまおも〱しくて、香もなくかんもなきすかたと

みき　　すみよし

卯のはな、ゆきを梢にみる心ちして、ちかくよれは、たゝそのまゝ、ゆひなしたるかきほに、しろく咲たるとはかりみるすかたと

　大中臣よしひろ

卯花をゆきとはかりはみなせとも心のつくはてまりなりけり

十番

左　かつ　北川院家かもん

二葉よりかうはしきおほちのはなに、雨よりのちの」六オ　つゆをきて、かせしつかなる夕暮のすかたと

右　　庄司門院家たんこ

ませもうこかぬ園に、なてしこのはな、一もとさきて、かせになひくすかたと

　宰相柳郭中人

なてしこの色は樗にをとらねと深きにほひはまけにけるかな

十一番

左　勝　にしのたいはうき

はちすのはな、沼の中よりおひ出れと、にほひも色
もにこりにします、夕かせにかほる姿と
みき　万衛門院家むさし
おもたかのはな、池の汀のうきくさにとちられて、
むら〳〵に咲たるすかたと　」六ウ
紙谷川大将高人
おもたかもおなし汀に咲しかと蓮のはなの下にみえけり

十二番
左　持　庄司門院家九衛門助
おにのしこくさ、あらはに名をきくさへおそろしき、
みるはさこそと思ひやりて、身もひえ心もきえいる
すかたと
右　はちや
大木のこふしのはなの木を、山かつの薪におりもき
て、木つきみくるしき枝に、花十はかり、うちしわ
ひてのこりたるすかたと　」七オ
草庵新中納言細道

た丶にけよにきりこふしてた丶かれなあらおそろしのおに
のしこくさ

十三番
さ　かっ　にしのたいはやと
きりのはな、から木めきてすけなふ木立おもしろき
すかたと
右　庄司門院家小吟
さくろのはな、ほけのはなに丶て、すこしはな大き
にうなたれたるすかたと
蒔田回真文時
ちるなきりみぬもろこしの鳥もねんさくろきからすそちへ
とひのけ

十四番　」七ウ
左　持　万衛門院大夫長門房
あさかほの、かきねにか丶りて、出る日のかけをも
またて、露と丶もにはかなくきえしすかたと
右　北川院大夫内蔵助

夕かほのはな、しつかふせやのむねこえて、白く咲
たるえたを、しろきあふきのつまこかしたるに、お
りて一ふさすへたるすかたと
法界無縁徒坊主
槿の色もうつろふ軒のつまにほの〳〵見えしはなの夕かほ

十五番

さ　かつ　小長門侍従」八オ
はなす、きの、つゆをはらみて、またほにもいてや
らぬに、かせ心してよはく吹たる姿と

右　大やま中務
萩の、はにかせさはかしく吹て、末のつゆも本の雫
にきえかへりみたれあひたるすかたと
平中納言惟光朝臣
萩に吹かせあらましくさはけともす、きに聞は哀なりけり

十六番

左　かつ　庄司門院家うねめ
蘭の、みたれほころひたるを、つ、りさせてふ虫も
鳴かれて、まれなる野へに秋の風物さひしく吹て、
露しん〳〵とをきたるすかたと」八ウ
北川院家たむら丸
しほにのはな、すくやかにたちて、秋のかせ物さは
かしく吹て、露をけはこほれ、こほるれはをくすか
たと
むらさきの色一しほのふちはかましほにのはなはみる甲斐
そなき

十七番

左　かつ　万衛門院家義大夫
女郎花、みにしむ色はなけれとも、名にめて、、お
とこちかくなまめきよれはなひき、のきたちのけは
またもとのことくにうちえみたる風情にてくねると
みへしすかたと」九オ

右　衣擣絃乙女
かるかや、これもまたみにしむ色はなけれともと、

古哥にもよまれ侍れは、けにさこそあさ（ママ）らめ、なまめきたるかたもなく、たはみたる方もなく、かせにふし、つゆにおきて、たゝみるまゝのふかきこころもなく、うちみたれたるすかたと

　平宰相賤男朝臣

かるかやはみにしむ色もなき野辺にまくらならへてみん女郎花

十八番

左　かつ　庄司門院あはち

冬かけて咲しらきくの、はなか波かとまとはするま」九ウておきあまれる霜のませのうちに、枝もとをゝにみゆるすかたと

右　こまちのきみ

神無月のそらすこしあたゝかなる比、かへりはなといひて、ときならぬさくらか枝に一ふさふたふささきいてゝ、けにさくらのはなとはみゆれとも、春咲ことちるはをし、咲はおそしと待をしむへきにもあらさめるすかたと

　川越大将二郎君

かへりはな咲も桜は枝さひし冬こそきくはなをあはれなれ」十オ

十九番

左　かつ　漢竹横笛

たてかれのあしの一むら、水にとちられて、月さえさむきよ、河きしにちいさき舟をつなき、笘をむしろ、みのを右にかたしきてねたるすかたと

右　つしま

ひしつるのはな、ふかき渕にはいふさかりて、水のこゝろのそこもつめたく、おそろしきまてすみ入て、蛇もすむへく、ひとのこゝろなやます姿と」十ウ

　小堺長二法橋

劔ひしをこゝろにふくむひとははなにはあしくとかんちくとよし

廿番

左　持　いつも

くさきの、はな枝をきり、十よ日雨つゆにうたせ、しほたれたるに、ふむ〳〵とにほひこゝちあしくて、あたりにをくもいやなすかたと

右　こしま

こむにやくの、はな水くみすてし古きつるへのはれかけたるに、土くれ入て、こんにやく玉とやらん云物をすてをけは、をのれとをひいてゝ、葉ひろこりたるすかたと」十一オ

典薬助卜泉院

こんにやくもくさきも人のとくそかしかまへて誰も聞しめさるるな

廿一番

左　左大夫

しやかのはな、われもはなの数と、しまんしたるやうに咲ふくれて、はなの根もとはつちよりあらはれ、みくるしくやふしかくれ、あるひは細みそのかたはらを、しやかすみ所として咲たるすかたと

みき　大夫

きほうしのはな、うつろひすきて、みる所はあらねと、ことかくときのはなのかす」十一ウ めきて、水たこにつゐ入たる姿と

土佐坊阿闍梨道文字法印

きほうしを橋のひやうふの絵にかゝんしやかつらのこと人はかゝれす

（九行空白）」十二オ

かくて二十一首よみはてさせ給て、たとうかみ、しきし、たむさくなとの、えむにふかう香にしみたるを、おもひ〳〵に御ふところよりとりいたさせ給ひて、みつからあそはしつけて、一まきにかきあつめさせたまふ

さて、哥の判者には、此あまたの御中に誰はかりにやあらむ、かれしたまへ」十二ウ これしたまへと、名をさしたまひ侍れと、誰かし、それかし、それかしとしたひ、やゝほとふりて、事さめて有しところに、こゝにむかしより此み

ちにもとつきすける海老江の太郎孫嫡子といふ人ありけり、かくたはふれことしたまふ人かすにもめしくはへさせ給はぬうらみをはるかさへとて、さるあたりに酒のみてまかり居侍りけれと、居るそらもなくて」十三オ そこをはにけかくれてまかりぬとあれあれとあるしもまろうとたちも、うたはみなよみてはへりつれと、はんしやなくて、ためらひいはへりつるに、よくこそいらせ給ひぬれと、この人をとらへてはんしやにして、一まきを御らんせさす、まことに酔こゝちとみえて、ゑひのことあかきかほして、おとろ〳〵しくのゝしり、こしかゝめて入給」十三ウ ゑひ江の太郎、のしきりひけくひそろへて、判者になりて、まつ材木の花、くさひのはなにたとへられしきみたちを、札を入てかちまけを、もくろみん哥のおもてにて、をのつから、かちの見えたるはかちといひ、まけの見えたるはまけといひ、また持とさため置たるは持と、ひとのはけたることくに判をつけて、このほかにさのみたかひたる事」十四オ はあらしと、しまんかほにほこりもし、またこのうへのふかき心は我もしりはへらぬとて、とんてしりそき給、さてもたのみ甲斐あるよき判者かなとて、みな人〳〵わらふ事になりて事やみぬ

さるほとに、これをけうにて、きみたちをかみすへてをき、よと、もにさけのみ、小舞、こうた、いと竹、つゝみなどに」十四ウ て、こと心もなくあかしたはふれさせ給ふ、またよのあけさめるまに、さらは帰り給ひね、かれは誰、是は誰ときみたちをひとり〳〵をくらせつかはしたまふて、主はきたの御方はかりとめをかせて、よるひるのをましにいらせたまひけり

そのふたりの御ならひは、人のしるへき事にあらさめれは、さま〳〵のこと」十五オ さこそとおもひやりてん、まことに一栄一らくもみなもつて一ねふりの夢の中にあらすや、ゆめとしりせはさめさらましとおもふも、けにはかなきこゝろにてなん、身をくわんすれは、よろつのたからあまたたくはへもてる人も、此よに有はてんものかは、さためなきうき」十五ウ 世なれは、今日ありて明日をしらす、明日また

今日にかへるといふ事もなし、たゝなかるゝ水行ふねのあとなきににたり、わかきときのさかりは、たかきもいやしきも、しゐては五とせ六とせ、そのうちのたのしひ、いかはかりかあらん、さてはさらに甲斐あらし、誰も〳〵此事をよくおもひ」十六オ さとしめ給ひて、ならむかきりは、ほと〳〵につけてあそひたはふれさせたまへとなむほんにありし

（六行空白）」十六ウ

水鳥記

（寛文七年五月中村五兵衛板、二巻二冊、絵入）

水鳥記　序

つれ〳〵なるまゝに、日くらし。さかづきにむかひて。心のうつるまゝに。よくなし。酒《さけ》を、そこはかとなく、のみつくせば。あやしうこそ、物ぐるおしけれ。いでや、この世に生《むま》れては。下戸《げこ》ならぬこそ。おのこはよけれと。よしだの兼好《けんこう》が、いひをきし。とかく、のむほどに。上戸《ご》の名《な》は。たつた川。もみぢばをたきて。さけをあたゝめけんも、いづれ、われらか。先祖《せんぞ》とかや。

其、子孫《しそん》として。今、樽次《たるつぐ》と、示現《じげん》し。酒の縁起《ゑんぎ》を尋《たつぬ》るに、異国《いこく》にて、杜《と》」一オ康《かう》と云《いひし》人の妻《つま》。癸《みつのと》の酉《とり》の年。始《はしめ》て、作りそめければ。三ずいに酉《とり》を書《かき》て。酒《さけ》とよむ。是を、水鳥《すいてう》の二字《じ》に通用《つうよう》して。かく、名付《なつけ》たるべし。

今《いま》、此、品々《しなぐ〵》を顕《あらは》すも。酒《さけ》の一字《じ》を広《ひろ》めんが為《ため》也。是かや、釈尊《しやくぞん》、法花《ほつけ》八軸《ぢく》を説《とき》給ふも。妙《めう》の一じをのべん為。それは、一切衆生《しゆじやう》。堕獄《だごく》せん事を悲《かなしみ》て。成仏《じやうぶつ》なすべきための仏法《ぶつほう》。是は、遍《あまねく》の。下戸《げこ》どもの、呑《のま》ざる事を歎《なげき》て。上戸《ご》になすべき為の酒法《しゆほう》。かれは、天竺《ぢく》にて、釈尊《しやくそん》のじひ。是は、我朝《わがてう》にて、樽次《たるつぐ》の情《なさけ》。国こそちがへ、世こそかはれ。人を教化《けうけ》して、民《たみ》を救《すくひ》給ふ方便《はうべん》は、瓜《うり》を二つに」一ウわつたる如《ごとく》なれは。いづれ、ならづけの類《たぐい》とも思はるる。

其上、仏法には。飲酒戒《をんじゆかい》とて。酒呑《のむ》事を、戒《いましめ》けれ共。天竺《ぢく》の末利《まつり》と云。女人には。釈尊《しやくそん》、自《みづから》、酌《しやく》とつて。しゐたまふ。我《われ》はして人のぼらけや。嫌《きら》ふらんと、世俗《ぞく》の諺《ことわざ》に、にたる。教化《けうけ》なれは。もちいてせんなしとて。貴僧《きそう》、高僧《かうそう》よりあひ。終《つい》に、此かいを、呑《のみ》やぶりたまふは、だうりかく。五かいの内。一戒《かい》、破《やぶれ》ぬれは、跡《あと》は、四海波《かいなみ》しづかにて、国もおさまる時津風《つかぜ》と、謡《うた》ひたのしめるも。是、皆《みな》、水鳥《すいてう》のわざなれは、かく、名付侍《づけはべ》るとぞ

序ノ終」二オ

水鳥記上目録

一　大塚地《おほつかのぢ》黄坊《わうばう》樽次《たるつぐ》ゆらいの事并ニ酒《さけ》の威徳《いとく》
一　樽次、底深《そこふか》が一門等《もんら》に吐血《とけつ》させ給事付底深、腹立《ふくりう》の事
一　斎藤《さいとう》伝左衛門尉忠呑《たゞのみ》、大塚《つか》へ飛札《ひさつ》をさゝぐる事付同返《へん》簡《かん》の事
一　樽次《たるつぐ》、道行《みちゆき》の事
一　在〻《ざい〳〵》の水鳥等《すいてうら》、南河原《みなみかはら》に馳来《はせきた》る事付底深住所《そこふかぢうしよ》へ使者《ししや》をたてらるゝ事
一　五ケ《か》条《でう》の制札《せいさつ》を立らるゝ事
一　樽次、薬師堂《やくしだう》へ願書《ぐはんじよ》をこめ給ふ事

」二ウ

水鳥記上

大塚地《おほつかのぢ》黄坊《わうばう》由来《ゆらい》并ニ酒《さけ》の威徳《いとく》の事

をよそ。おろかなる。こゝろにも。十八公《こう》のいとくを。かんがふるに。とこしなへに。いろをへんぜず。君子《くんし》の徳《とく》を。あらはす。名木《めいぼく》なれば。しもばんみんに。いたるまで。めでたき事のみ。松《まつ》の御世とかや。されば。たみのかまども。にきはひけるにより。家《いゑ》〳〵に。しゆゑんのこゑ、これぞ、まことに、天長地《ちやうち》久のためし成へし」三オかく、御代《みよ》も。めでたきゆへにや。こゝに、ぜんだいみもんの。大じやうご。一人。出来《しゆつらい》す。

武州《ぶしう》江戸。大塚《つか》にきよぢうして。六位《い》の大酒官《しゆくはん》。ぢわうぼう。樽次《たるつぐ》とぞ。名乗《なのり》ける。ゆらいをくわしく。たづぬれば。かたじけなくも。晋《しん》のりうはくりんが。こんはく。いま。わがてうにとびきたり。樽次《たるつぐ》と。じげんして。一さいしゆじやうを。こと〴〵く。しゆゑんのみちに。ひきいれ

んためのはうべんに。かりに、あらはれたまふとかや。」三ウそも、地黄《ちわう》といふやくしゆは、さけにひたりて。鉄《てつ》《くろかね》気《き》をいむ。くすりなれば。われも、そのごとく。朝暮《てうぼ》、さけにはひたれども。てつきにあたるは。きらいとて。ぢわうばうとは。つかれたり。

さて、つねに。かしこまらぬ人なれば。ろくにばかり、おるぞとて。ろくいの大しゆくはんとぞ。まうしける。いにしへの。大しよくはん。それは鎌《かま》たり氏《うぢ》。いまの大しゆくはん。これは。かんなべうぢにて。重代《ぢうだい》の大盞《さん》あり。させ。のまふと云《いふ》」四オこゝろにや。蜂《はち》に龍《れう》を絵《ゑ》かいたれば。すなはち、蜂龍《ほうりやう》の。大盞《さん》とぞ。まうしける。

然《しか》るに。此翁《おきな》。あまたの男子《なんし》をもたる。二郎《じらう》は。太郎《たらう》にも。すぐれて。よくのめば。そしながら。惣領《そうりやう》をつぎ。家《いゑ》のながれをも。子孫《しそん》まで。くみつたゆべき、器量《きりやう》ありとて。かたじけなくも。この大盞《たいさん》を、二郎に。ゆづりたまふ。この盃《さかづき》のならひにて。そし。さうりやうのわかちなく。たゞ、つよからんものに。ゆづりきたつたる。例《れい》なれは。太郎もうらみはあるまじいとぞ。のたまひける」四ウ

〔挿　絵〕」五オ

されば、此道をたのしむ事。樽次《たるつぐ》のみにもあらず。いこくにも。孔子《こうし》といへる聖人《せいじん》は。只《たゞ》、さけは。はかりなしと。のたまふ、又、白氏文集《はくしぶんじう》には。たとへ、死後《しご》に。こがねをして。北斗《ほくと》をさそふとも。生前一樽《しやうぜんいつそん》の酒《さけ》にはしかじといひ。林和靖《りんくはせい》は、胸中《けうちう》のあくまを降伏《がうぶく》せよと。詩《し》につくり。越王勾践《あつわうこうせん》は。簞醪《たんらう》(ママ)を河《かは》に投《なげ》て。いくさにかち。其《その》うへ、酒《さけ》

は百薬《はくやく》の長《ちやう》とて。よろづのくすりにも。すぐれりとは。前漢《ぜんがん》にあらずや。むべなる哉《かな》。玄冬《げんとう》。そせつのさむき日《ひ》に、これをあたゝめ、もちゆれは。」五ウ たちま地《ち》に。身《み》もあたゝまり。しら雪《ゆき》のふるをみても。春《はる》の花ちるかと、うたがはる。又、九夏《きうか》三《さん》伏《ふく》のあつき日《ひ》に。かれをひやしてもてあそべば、そのまゝ、はだへも冷《すゞ》しく。木《き》ゝのこすゑも、もみぢする。秋《あき》になるかと。なぐさまる。かほど、めでたき御酒《みき》なれど•ゑんなき衆生《しゆじやう》は、下戸《げこ》とむまれ。このたのしみにも、はづれぬるこそ。むざんなれ

○大塚《おほつか》のぢわう坊樽次《はうたるつぐ》。そこふかゞ一門《もん》らに吐《と》血《けつ》させ給ふ事付リ底深《そこふか》、腹立《ふくりう》の事」六オ

去程《さるほと》に、樽次《たるつぐ》の酒法《しゆほう》。遠国《をんごく》波濤《はたう》にいたるまで。ことごとく。るふせしかば。およぶも。及《をよ》ばざりけるも。みな、此道《このみち》にきぶくして。なびかぬ上戸《じやうこ》は。なかりけり。されども、こゝに。樽次《たるつぐ》を。あざむくほどの、くせものこそ。出《いで》きたれ。たとへば、武州《ぶしう》橘《たちはな》のの《（ママ）》郡《こほり》、川崎《かわさき》のしゆくより。二十町ばかり脇《わき》に。弘法大《こうぼうたい》しの、自作《じさく》の御ゑい、立《たち》たまふにより。大《だい》しがはらとは、いひ伝《つた》ふとかや。かの村《むら》に。池上太郎衛《いけがみたらうゑ》門尉《もんのぜう》底深《そこふか》とて。無二無三《むにむさん》の上戸《じやうご》あり。われは、唯我独酒《ゆいがとくしゆ》と、披露《ひろう》して。近江《きんこう》の水鳥等《すいてうら》を。ことぐ〵」六ウ く。しゐふせ。くがの猩ゝ《しやうぐ》と。おごりしところに。山下《した》さくないとて。そこふかゞいとこ、ありしが。あるとき。江戸《ゑど》あか坂《さか》にて。ぢわうぼうに。さんくわいし。其座《ざ》より。血《ち》をはきながら。戸《と》いたにのりて。かへりけり。また、そこふかゞ。おいに。いけがみ三郎兵衛といふもの。りうぐはんの子細《しさい》ありて。めぐろにまいり。そのかへさに。かのぢわうぼうに。よせあはせ。是も、おなじやうに。とけつして。ぞんめい」七オ ふぢやうのていなれば。そこふか、おほきにはらをたて。こゝにては、ぢわうぼう。かしこにては。樽次《たるつぐ》となのり。それがし一《いち》もんらに。血《ち》をはかせぬるこそ。きつくわいなれ。いかさま、その御坊《ごばう》にも。血《ち》

をはかせて。くれんとて。蟷螂《たうらう》が。おのを、いからかし。はや、うつたちけるところに。にはかに。ふうどくしゆといふもの。もゝにいでぬれば。しばし。れうぢのためとて。」七ウその日《ひ》のかと出《で》は、やみにけり

〔挿　絵〕」八オ

○斎藤《さいとう》伝左衛門忠呑《たゞのみ》。還忠《かへりちう》して大塚《おほつか》へ飛札《ひさつ》を捧《さゝぐ》る事同ク返簡《へんかん》の事

爰《こゝ》に、斎藤《さいとう》伝左衛門の尉忠呑《ぜうたゞのみ》とて。底深《そこふか》がたにて、みなみかはらといふ所《ところ》に。居住《きよぢう》す。川《かは》さきより十町ばかり。わきにてぞ、ありける。日比《ひごろ》、そこふかに。ふた心なかりしかども。今度《こんど》、こゝろかはりして。大塚《おほつか》へ、注進《ちうしん》の飛札《ひさつ》をさゝげける。

それを、いかにといふに。菅村《すげむら》の住人《ちうにん》。佐保田《さほだ》の某《なにかし》、酔《よい》久《ひさ》がつまは。忠呑《たゞのみ》が姪《めい》にて侍りしが。先年《ひとゝせ》、もつての外《ほか》なやみ。すでに、玉《たま》の緒《お》も絶《たへ》なんと見え」八ウける時《とき》。樽次《たるつぐ》。不老不死《らうふし》の妙薬《めうやく》をあたへたまふゆへ。からき瀬《せ》をも、のがれつゝ。松寿《せうじゆ》のちとせを、あらそふ。けはひなれば。かのかた。樽次《たるつぐ》ならではと。もてはやしけるにより。忠呑《たゞのみ》も、此所縁《このしよゑん》にひかれて。樽次《たるつぐ》にきぶくし。底深《そこふか》、くはだてを。ありのまゝに。早馬《はやむま》にて注進《ちうしん》するとぞ。聞《きこ》えける。

彼《かの》、飛札《ひさつ》。大塚《おほつか》につきしかば。樽次取《たるつぐとつ》て、披見《ひけん》したまふ、其文《そのふみ》にいはく

僭《ひそか》に奉レ捧《たてまつりさゝげ》二愚冊《くさつを》一候。于茲《こゝに》池上《いけがみ》太郎右衛門尉底深《そこふか》と云《いふ》
者《もの》(ママ)。大師河原《しかはら》に居住《きよぢう》し。唯我独 酒《ゆいがとくしゅ》《たゞわれひとりのさけ》と、方《はう》」九オを立《たて》。夏《なつ》
は庭前《ていぜん》に。池《いけ》を掘《ほつ》て。酒《さけ》をたゝへ。かうべを。かたぶけ
て、是《これ》をのむ。只《たゞ》。夏《か》の桀《けつ》が。酒池牛飲《しゆちきういん》とも、いつつべ
し。冬《ふゆ》は酒《さけ》をあたゝめて、桶《おけ》に入《いれ》。舌《した》をたれて、是《これ》を吸《すふ》。
たとへば。大蛇《だいじや》が。水《みづ》うみをほすに、ことならず。しか
のみならず、大盞《たいさん》を提《ひつさ》げて。近郷《きんこう》をはせめぐる間《あいだ》。そ
くばくの水鳥等《すいてうら》。みな。かれに帰服《きぶく》して。樽次《たるつぐ》にそむく
もの多《おほ》し。剰《あまつさ》へ。かの一門等《いちもんら》が。恥辱《ちじよく》をすゝがんため。
近日《きんじつ》、大塚《おほつか》へ。可《べき》レ致《いたす》二参入《さんにう》一風聞《ふうぶん》あり。はゞかりながら。
御思案《ごしあん》をめぐらさるべく候。注進《ちうしん》」九ウ

〔挿　絵〕」十オ

之《の》状如《てうことし》レ件《くたんの》　慶安元年《きやうあんぐはんねん》　八月三日
大塚地黄坊樽次公《おほつかぢわうばうたるつぐこう》　御館《みたち》において。飯嫌殿《いゝきらいどのこ》御披露《ひろう》。南《みなみ》
がはらの住人斎藤《ぢうにんさいとう》伝左衛門忠呑《たゞのみ》
とぞ、書《かい》たりける
樽次《たるつぐ》御らんじて。是《これ》は、一向《いつかう》、気《き》もさんぜぬ事かな。さり

なから。此事《このこと》ゆるかせにしては。あしかりなん。あすは•
とらの一点《いつてん》に。打立《うつたち》。さかよせにしてこそ。せうぶには。
かつべけれ。まづ、返札《へんさつ》あるべしとて。うす墨《すみ》に。かうこ
そ、かゝれけれ
珍冊到来《ちんさつたうらい》。再三令《さいさんせしめ》二披見《ひけん》一候。仍大師河原《よつてだいしがはら》」十ウ 之住人《のぢうにん》。
池上《いけがみ》太郎右衛門尉底深《そこふか》。かたじけなくも。唯我独酒《ゆいがどくしゆ》と。
はきかへすのみならず。夏之《かの》。桀《けつ》が。酒池牛飲《しゆちぎういん》をまなび。
近郷《きんごう》をはせめぐるによつて。そくばくの。水鳥等《すいてうら》。我《われ》に

そむいて。かれにしたがふよし。歴功《りやつこう》不思儀《ふしぎ》の珍事《ちんじ》なり。あまつさへ。彼《かの》一門等《もんら》が。ちじよくをすゝがんため。当地《たうち》へ入来《じゆらい》せんと、ほつするの条《でう》。是非《ぜひ》なし。さて、底《そこ》深《ふか》一門《もん》。わが宿所《しゆくしよ》にとりこみなば。当座之《たうざの》ついへ。後《ご》日之《にちの》内損《ないそん》かたく〳〵もつて。迷惑《めいわく》にをよぶべし。これに」十一オよつて。愚案《ぐあん》をめくらすに。大《だい》しがはらへ。さかよせに。おしかけ。勝負《せうぶ》を。けつすより。ほかは、他事《たじ》無之《これなし》。これ人に。先《さきん》ずるの、はかり事にあらずや。猶其節《なをそのせつ》。案《あん》内《ない》せらるべき者《もの》也

同《おなじく》　月日　斎藤《さいとう》伝左衛門尉忠呑殿《ぜうたゞのみどの》への返簡《へんかん》　大塚地《つかのぢ》黄坊《わうばう》

樽次《たるつぐ》

とぞ、書《かき》給ふ

○樽次《たるつく》、道行《みちゆき》の事

さる程《ほど》（ママ）に。樽次《たるつぐ》は。つまの女房《にようばう》にちかづきて。我《われ》、此《この》あかつき。大《だい》しがはらへ参《まい》り侍《さふら》ふへし。それがし、何事《なにこと》も候はずは。来月《らいげつ》はじめのころ。たよりの」十一ウふみを、まいらすべし。もし、そのころしも、過《すぎ》ゆかは。うき世《よ》は、上戸《じやうご》のならひにて。盃《さかづき》の露《つゆ》しもと。消《きへ》うせぬるよと、おぼしめし。古酒《こしゆ》をば。たむけて。たびたまへ。いとま申て、さらばとて。ぢたいが。樽次《たるつぐ》は。こせうそだちの人なれは。からきたぐひをあつめつゝ。すいづゝの重《ぢう》に、こめをきて。いまだ、夜《よ》くらきに。大塚《おほつか》を。立《たち》いで。行《ゆけ》ばほどもなく。いつもさかてをおいわけの。しゆくをも。はやく。うちすぎて。こりせで酒《さけ》をもり川《かわ》しゆく。それよりも。本《ほん》ごうとをりにさしかゝり。ゆし」十二オまになれは。しん〳〵たる森《もり》のうちに。いらかを。ならべたる。社檀《しやだん》あり。樽次《たるつぐ》、馬《むま》かたを、まねきよせ。これは、いかなる神《かみ》ぞと。のたまへば。是《これ》こそ、昔《むかし》は平親王将門《へいしんわうまさかど》。いまは。かんだの明神《みやうじん》とあらはれ。一切《いつさい》しゆじやうを、さいどしたまふと。こたふれは。樽次《たるつぐ》、斜《なのめ》ならずよろこび。ひやにても。みきならば。いたゞかんに。かんだときけは。うれしやと。馬《むま》よりはやく、飛《とん》でおり。しやだんにかしこまり。そも、みづからをば、いかなるものとか。おぼすらん。大塚《おほつか》のぢ

わうぼう樽次《たるつぐ》とは、わが事也。いづれの神《かみ》の、ぐはんより
も。」十二ウ

〔挿　絵〕」十三オ

かんだときけば。たのもしや。今度《こんど》。大《だい》しがはらのせりあひに。御《ご》はうべんあれと。ふかく、きせいをかけ給ふ。まづ、所願成就《しよぐはんじやうじゆ》のけいやくに。御酒《みき》を。いたゞき申《まう》さんと。内陣《ないぢん》へつつと入《いり》。神前《しんぜん》を見給へば。げにも、鈴《すゞ》あり。すゞならば。ふれといふ事にやと。再三《さいさん》ふれども。酒《さけ》はなし。樽次《たるつぐ》は。あきれて。物《もの》をものたまはず。たゞ、うたばかりぞ。よまれける

当世《たうせい》は神《かみ》もいつはるよなりけりかんたといへとひやさけ
　もなし

かやうにつぶやきつゝ。駒《こま》、引《ひき》よせ。打乗《うちのつ》て。すぐに行《ゆく》」十三ウと、思《おも》へども。いつのまにかは。すぢかひばしをも打渡《うちわた》り。まだ、夜《よ》ふかくも。とをり町《ちやう》。さかなや。はさまん。二《に》本《ほん》ばし。つまれる人の。盃《さかつき》を。すくるは是ぞ。中《なか》ばしと。ゆけば、ほどなく。はや、新《しん》ばしになりぬれば。増《ぞう》上寺も見へにけり。あの御寺《みてら》のそのうちに。いか程《ほど》つよき上戸《じやうご》たちの。そも、たくさんに。あるらんと。心《こゝろ》にしみて。しゆせうなり。しばしは。爰《こゝ》に、柴《しば》ざかな。かずをつくして。めすほどに。すいづゝの内《うち》も、皆になるこそ、かなしけれ。

さらば、是《これ》より。いそげとて。駒《こま》をはやめて。打《うつ》ほどに。」十四オ音《をと》にのみ聞《きゝ》し。品川《しながわ》にもつきにけり。まづ、弓手《ゆんで》のかたには・まん〳〵たる海上《かいしやう》に。のほればくだる、れうし舟《ふね》。

あなたこなたと、こがれ行《ゆく》は・なみまにものや。おもふらん。沖《おき》には、かもめむらがりて。たつ波に身をまかせ。ねふりを、もよほすあり様《さま》を。しづかなること、われににたりと。山谷《さんこく》が筆《ふで》のすさび。今《いま》こそ、おもひしられたれ。馬手《めて》には、大山《たいさん》つゞきたり。あら面白《おもしろ》のかいだうや、浦山《うらやま》。かけたる。名所《めいしよ》なれば。我朝《わがてう》は、さてをき。唐土《たうど》、天竺《てんぢく》とても、かほどの見所《けんしよ》は。よもあらじと。一首《しゆ》」十四ウ は、かくぞ、詠《えい》じたまふ

ゆんては海《うみ》めてには山《やま》かそひへたりうら山しとはこれを
いふらん

山にやまが重《かさな》りて。大木《たいぼく》は。かずしらす。えだをならべ、葉《は》をたゝみ。しげりあひたる。そのなかに。見てさへも、うれしきは。まづ、われに酒《さけ》を椎《しい》の木《き》や。こよひのとまりに。上戸《しやうご》ばかりば(ママ)。ありのみの。下戸《げこ》はひとりも梨《なし》の木《き》の。名《な》を聞《きく》もいやの、もちつゝじ。いつさて、さかもりに。あふちの木《き》。あくじをば、皆下戸《みなげこ》どもに。ぬるでの木《き》。われ」十五オ をば。さかやのかたへ、ひいらぎの、下戸《けご》(ママ)のまへをは・もはや、杉《すぎ》のかど。上戸《じやうご》は、我《われ》を松原《まつばら》の・しそんまで。さけのむ事を、ゆづりはや。ならはゞ、下戸《げこ》も上《じやう》戸《ご》に、ならの木《き》の・さかてをやすく。うるしの木《き》もあり。下戸《げこ》は、恥《はぢ》をかきの木《き》の。われらか、よはひは。長《なが》〳〵(ママ)しくも。ひさゝきの。思《おも》ふ事は。おつ付《つけ》、あすならふの木《き》もあり・女三《によさん》の宮《みや》に、心《こゝろ》を。かけし。其《その》ゆかりにては。なけれども、人にかねを、かしわぎの。金銀《きんぎん》たくさんに。櫧《もち》(ママ)の木《き》なれは、物を杏《あんず》る、くもなくて、いつも心《こゝろ》は、さはら木《ぎ》や。われは」十五ウ 爰《こゝ》までも。はる〳〵と。きわだの木《き》かなと。にがにがしくも。おもひしに。やがていつきを。退治《たいぢ》して。大《おほ》つかへ。楓《かへで》の木《き》こそ。うれしけれ。をよそ。江戸《えど》より。川《かわ》さきへ。四里半《よりはん》と。聞《きゝ》つるに。くりの木《き》あるは。ふしぎかな。げに行《ゆき》て、かへりたる。名《な》なるべし。あらおもしろの。道《みち》すがらと。むかふをきつと御《ご》らんずれば。一町《ちやう》ばかりさきに。小《こ》坂《ざが》(ママ)を。かたどりて。小《こ》家《いへ》ひとつぞ。見えにける。たる次《つぐ》、あれは、堂《だう》か宮《みや》かと。往還《わうくはん》の人に。とはせたま

へば。あれこそ、此《この》ほど。いできたる。ちや屋にて。もち」十六オ

〔挿　絵〕」十六ウ

〔挿　絵〕」十七オ

なども候へば。（濁点「。」）もちやとも申《まうす》ぞかしと。こたふれば、樽《たる》次《つぐ》、きこしめし。酒《さけ》のせうぶを。のぞみて。いづるかと出《で》に。もちやときくこそ。不吉《ふきつ》なれと。おほしめし。いかに、たび人。たとへ、もちやにても•ちや屋にても。あらばあれ。さかに家《いへ》をたてたれば。さかやとこそは。いふべきに。御《こ》へんは。ふかく仁《じん》かなと。とがめられ。けうさめ顔《がほ》にて。にげにけり。

其《その》まに、彼《かの》こ家《いゑ》も、近《ちか》く成《なり》ぬれば。馬《むま》よりおり。一しゆは•かうぞ、きこえける

　名《な》にしおはゝいさ事とはん茶《ちや》やのかゝ」十七ウ　わかおもふ
　酒《さけ》はありやなしやと

と、口《くち》ひき給へば。ちや屋のかゝも、とりあへず
　めには見て手《て》にもとらるゝ樽《たる》の内のかんろのごとき酒に

そありける

樽次《たるつぐ》、この返哥《へんか》にめで丶。おくのまに入給へば《(濁点「。」)》、柴《しば》ざかなに、銚子《てうし》をそへて。まいらする。是はふなか。何《なに》ぞとのたまへば。茶《ちや》やのか丶、とりあへず

しな川《かわ》にのほれはくたるふな人のふなにあらねとしはしのめきみ

かやうに申つ丶。いろ〳〵のめいしゆを。遊君《ゆうくん》に。」十八オしやくとらせてぞ、出しける。

もとより、この。ぢやうらう。しな川の。はまそだちなれは。しなじなに。しほのあるは。だうり。はだへは、しろふして。ふる白雪《しらゆき》のごとくなれば。誰《たれ》も、よりそはゞ。消《きへ》ぬべし。その立ふるまふありさまは。楊柳《やうりう》の、かぜに。なびくがごとくにて。かにだう《(ママ)》一ばんの花なれと。わがま丶にならねば。あら、二九の十八ばかりと。見えけるが。赤《あか》地《ぢ》の短冊《たんざく》を。持参《ぢさん》して。まことや。一樹《いちじゆ》のかげにやどる事も。他生《たしやう》の縁《ゑん》ときく時《とき》は。すゐまつ山の。わすれがたみに」十八ウ

〔挿　絵〕」十九オ

〔挿　絵〕」十九ウ

はつかしながらも、一筆《ひとふで(ママ)》と。すゞりをそへて。まいらすれば。

樽次《たるつぐ》、につこと、うちわらひ•やさしうも、きこゆる人の。ことのはや。とても、筆《ふで》をそむるならば。御みの名をも。のせぬへし。なにとか。まうすと、ありければ。かずならぬ。賤《しづ》が身《み》は。さして、まうすべき名《な》も候はす。木の丸《まる》どのにもあらばこそ。なのりもせめとて。打《うち》かたぶけるありさまは。志賀《しが》からさきのひとつ松。たゞつれなふ、見えしかば。樽次《たるつぐ》は。いとゞあこがれて。風《かぜ》はふかねど。葛《くず》の葉《は》の。うらめしき人のぶせい《(ママ)》かな。むかし、斎藤別当《さいとうべつたう》」二十オ実盛《さねもり》こそ。なのれ〳〵とせむれども。つゐに、なのらぬと聞てあり。今《いま》そこにも。なのりたまはぬは。もし、さねもりが。ゆかりにても。ましますか。しからば、びんの髪《かみ》の、白《はく》はつたるべきに。くろきこそ、ふしんなれと。のたまへば。

さすが、上らうも。岩木《いはき》ならねば。はや、うちしほれたるふぜいにて。今《いま》は、なにをか、つゝむべき。そも、みづからと申すは。此品川《しながわ》に。ながれを。たつるものなれば。かみよりくだる人も。いなかよりのぼれるも。やなぎはみどり。花はくれなゐの、いろ〳〵に、寵愛《てうあい》して、只《たゞ》、いとをしきとのみ。あり」二十ウ しかば。すなはち。おいと、申と。なのりけり。

たる次《つぐ》きこしめし。さればこそ、さいぜんより。よし有風《あるふ》情《ぜい》とは、見てあるをとて。墨《すみ》すりながし。筆《ふで》をそめ。なりひらの、あづまくだりを思《おも》ひ出《いで》て

いとゝしく過《すぎ》ゆくあとのこひしきにうらやましくもとま
るふてかな

と、小野《をの》にては、なけれども。道風《たうふう》りうに、さつと、かゝれければ。かのおいとも、へんか、申さんとて

いとによる物《もの》ならなくにわかれちのこゝろほそくもおも
ほゆるかな

」二十一オ

これは、紀《き》のつらゆきが。よみし、うたなれと。ついで。

よければ。いまぞ、おもひ出《いで》の。しな川《がわ》の、しな〳〵に。なさけをかけて。もりこぼせば。樽次《たるつぐ》も打《うち》とけて。天《てん》にあらば、ひよ鳥《どり》。地《ち》にあらば、れんがくくはんと、ちぎりつゝ。心《こゝろ》も次第《しだい》に、みだれ髪《かみ》の。長《なが》〳〵しくも、のむ酒《さけ》に。やうやく、時刻《しこく》もうつり。夕日《ゆふひ》、にし山にかたぶけり。其とき、樽次《たるつぐ》。けふは何《なん》どきぞと、のたまへば、かの、おいと。鶯《うくひす》の、はつねをあらそふ御《み》こゑにて、まだ、われに。何《なに》にてもくれ。むつのまへと。そせうがほにきこゆれは。いちぼくも」二十一ウすゝみ出《いで》。もはや、こゝもとを。まかり申《さる》のときと。いさむれば。樽次《たるつぐ》は名残《なごり》のたもとを、ふりちぎり。門外《もんぐわい》さして出《いで》たまへば。あるじも、ともにはしり出《いで》。一《いち》ぼくにつかみ付《つき》て。なんじらは。のみにげするか。おあしをいだせと、せめにける。樽次《たるつぐ》、御らんじて。何《なに》より、やすさうなる所望《しよもう》なり。もゝまでも。くりあげ。見せよかしと。のたまへば。いや、其《その》あしにては候はず。けふいろ〳〵をめされける。そのかはりを給《たま》はれとぞ、申ける。

樽次《たるつぐ》は、案《あん》にさういしたる事《こと》なれども。さはがぬていに、もてなし。いかに、あるじ」二十二オきゝたまへ。そも、みづからと申は。江戸《えど》、大《おほ》つかのものなるか。大《だい》しがはらへ。いそぎて行《ゆく》みちなれば。こゝらへ立《たち》よるべきとは。おもひよらず。たゞ、かりそめにいでたれば。おあしとやらんも、用《よう》意せず。何心《なにごゝろ》なく、とをりしに。かたじけなくも。あの、さかばやしのおたちあるを。みづから、一《ひと》め見るよりも。はや、恋《こひ》となり。心《こゝろ》も、そらにあこがれて。ゆかんとすれど、道《みち》見えず。もすそに、針《はり》はつけねども。杉《すぎ》たてるかどゝ、見てしより。やがて、おくにもいり酒《さけ》の。樽《たる》のかず〳〵、れんぼして。心《こゝろ》も、そゞろにうき」二十二ウたち。じこくのうつるも。わきまへず。長居《なかい》する鷺《さぎ》ひきめにあふ、とは是《これ》とかや。さりながら。やがて、かへらん道《みち》なれば。其折《そのおり》ふし。たちよりて。さけのかはりを、まいらすべし。御芳志《ごはうし》に。まち給へと。色《いろ》〳〵わびぬれど。なびくけしきに。見えざれば。

かほど、つれなき。あるじには。しんでのちに、おもひしらすべし。あのさかつぼの内《うち》に、飛《とん》で入《いり》、心《こゝろ》のまゝに、のみじにし。五躰《ごたい》をあかくして。あら、猩〻神《しやうぐがみ》と変《へん》じ。のぼりくだりの、上戸《じやうご》たちに。われらがための本尊《ほんぞん》と。おがまれん事の、うれ」二十三オ しやと。思《おも》ひきつて候ひしが。まて、しばし。わがこゝろ。ひとゝせ、哥道《かだう》とやらんを。けいこしたると、おぼえたり。こしおれなりとも。一《いつ》首《しゆ》よみ。あるじがこゝろを、やはらげばやと。おぼしめし。大江《おほへ》のちさとが哥《うた》を、おもひ出《いで》て

さけのめは銭《ぜに》にものこそかなしけれわか身ひとりの上戸《じやうご》にはあらねと

と、きこゆれば。あるじも、返哥《へんか》をぞ、申ける

ほの〳〵とあかしのかほのとろ坊《ばう》にしんしゆのまるゝせにおしそ思《おも》ふ」二十三ウ

かやうに、つぶやけば。たとへ、何《なに》ともよまばよめ。にぐるを、さいわゐと。駒《こま》、引《ひき》よせ。打乗《うちのつ》て。いかに、馬《むま》かたもきけ。それ、人と生《むま》れ。よむべきものは、うたなり。さても、たゞいまのていたらく、虎《とら》の尾《お》をは、ふまねども。あやうかりしところに。一首《いつしゆ》のうたにて。毒蛇《どくじや》の口《くち》をのがれし事。哥道《かだう》の。いとくにあらずや。目《め》に見えぬ鬼神《おにかみ》をも、あはれと。おもはせ。おとこ、女《をんな》のなかをも。やはらぐるは、哥《うた》なりと。紀《き》のつらゆきが。古今《こきん》の序《じよ》に、かき置《をき》し。ふでのあと。今《いま》こそ、おもひしられたれ。

さても、只《たゞ》」二十四オ いま、よみしうた。みづからが。作意《さくい》にて。よもあらし。たねん、頼《たの》みをかけ申《まう》す。ゆしまの天《てん》神《じん》。われに、よませ給ふかや。あら、ありかだ(ママ)やと。かたりつゝ。さしも、物うき道《みち》なれと。此物語《このものがたり》になぐさみて。行《ゆけ》ば、やう〳〵、むさしなる、川崎《かわさき》をゆんでに見て。みなみがはらは。忠呑《たゞのみ》が。やどにつきたまふ

○在〻《ざい〳〵》の水鳥等《すいてうら》、南河原《みなみがはら》へ馳来《はせきた》る事付リ底深住《そこふかぢう》(ママ)所《しよ》へ使《し》者《しや》を立《たて》らるゝ事

さるほどに、樽次公《たるつぐこう》。昨朝《さくてう》、大《おほ》つかを御立有《をんたちこれ》レ之《あり》。その日《ひ》のくれがたに。みなみがはらにつきたまふと。風聞《ふうぶん》」二十四ウ ありければ。ざい〳〵の水鳥等《すいてうら》。すいづゝ、取て。わきばさ

み。われさきにと。はせまいる人〳〵には。まづ一番《ばん》に。鎌倉《かまくら》の甚鉄坊常赤《じんてつぼうつねあか》。あか坂毛蔵坊鉢呑《さかのけさうぼうはちのみ》・武州《ふしう》わらびの宿《しゆく》に。半斎坊数呑《はんさいほうかずのみ》。かわさきに。小倉《をぐら》又兵衛忠酔《たゞよひ》。多麻郡《たまのこほり》。菅村《すげむら》の住人《ぢうにん》。佐保田《さほた》の某《なにがし》。酔久《よひひさ》。小石川《こいしかわ》に。佐藤《さとう》権兵衛むねあか。ひら塚《つか》に。来見坊《らいけんぼう》たる持《もち》。江戸ふな町《ちやう》に。鈴木《すゞき》半兵衛飲勝《のみかつ》。おなじく、あさ草《くさ》に。名子《なご》屋《や》半之丞盛安《はんのぜうもりやす》。木の下杢《もく》兵衛の尉飯嫌《ぜういゝきらい》。とび坂《さか》に。三《み》うら新之丞樽明《しんのぜうたるあきら》。あざぶに、佐ゝ木《さゝき》五郎兵衛すけ呑《のみ》。おなじく、弥三《やそ》左衛門酒丸《さけまる》」二十五オ

〔挿　絵〕」二十五ウ　〔挿　絵〕」二十六オ

八わうじに。松井《まつい》金《きん》兵衛夜久《よるひさ》。あるじの、斎藤《さいとう》伝左衛門忠《たゞ》呑《のみ》。都合《つがう》十五人。そのほか。村《むら》〳〵、谷《やつ》〳〵より。馳《はせ》くはゝる。雑兵《ざうひやう》等。庭前《ていぜん》にみち〳〵て。木の下。岩《いは》の陰《かけ》。人ならずといふ事なし。

樽次《たるつぐ》、のたまふ様《やう》。さらば、明朝《みやうてう》。卯《う》の刻《こく》に。打立《うつたち》・辰《たつ》のこくに、手合《てあわせ》すへし。去《さり》ながら。まづ、大《だい》しがはらへ、使者《ししや》をたて。底深《そこふか》、所存《しよぞん》をきかんとて。赤《あか》さかの、けざう

坊《ぼう》をめされ。なんじ、大師《だいし》がはらへ、はせゆき。樽次《たるつぐ》、これまでよせてあり。明朝《みやうてう》は、早天《さうてん》におしかけ。せうふをけつすべし。もし、一種《しゆ》一荷《か》、持参《ちさん》し。あやまりなきむね。白状《はくじやう》せば。」二十六ウ

〔挿　絵〕」二十七オ

今度《こんど》は赦免《しやめん》たるへしと。いひかけ。ちと、おびやかして見よと。のたまへは。うけたまはるとて・けざう坊《ぼう》、駿馬《しゆんめ》にぶち打《うつ》て。時《とき》をうつさず・大《だい》しかはらに着《つき》しかば。かれが、しゆくしよに、つつと入《いり》。大《たい》おんじやうにて・これ〳〵御使《おんつかひ》に。愚僧《ぐそう》が来《きた》つて候と、おめきける。

あはれなるかな。底深《そこふか》は。としつもつて六十九、其《その》うへ、大病《たいびやう》には、おかさる丶。たけきこ丶ろも、よはりはて。題目《だいもく》となへて居《い》たりしが。此《この》こゑにおどろき、郎等《らうどう》に・手《て》をひかれながら。対面《たいめん》し。さても、めづらしの御出《をんいで》や。さ候へは、それがし。所存《しよぞん》を、かたつてきかせ」二十七ウ申《まう》すへし。近年《きんねん》、人〳〵のとりさたには。大《おほ》つかにこそ。ぢわう坊《ぼう》といふものがすみて・夜な〳〵、しのびいで・人を呑《のみ》ころすといへる。風聞《ふうぶん》ありしかども。世中《よのなか》のそらごとにやと、おもひおり。侍《はべ》りしに・それがし、いとこに。山下作《したさく》内《ない》と申すもの。去年極月《きよねんごくけつ》・江戸《ゑど》・赤坂《あかさか》にて。大血《おほち》をはき。戸《と》いたにか丶れて・かへりしを。是《これ》、いかにと、とへば。ぢわう坊《ぼう》の所行《しよぎやう》とこたふ・そのうへ、又《また》、同名《どうみやう》三郎兵衛と申すもの、此春《このはる》、めぐろに。りうぐはんありて、まいり。ある谷《たに》あいにて。樽次《たるつぐ》によせあはせ、これも、おなじやうに血《ち》をはき。存命《ぞんめい》ふぢやうにて」二十八オかへりしを。これ

はときけば、樽次《たるつぐ》の• わざなりといふ、そのほか、樽次《たるつぐ》に。さんくはいするほどのもの。何《いづ》れ、ぶし（ママ）にてかへるものなし。

そのとき。底深《そこふか》、おもふやう。よしよし、その樽次《たるつぐ》も、おに神《かみ》にては、よもあらじ。此《この》おきなが、大樽《おほたる》ひつさげて、出《いづ》るほどならは。血《ち》をはかせぬ事は、よもあらじ。さてこそ、かれらが恥《ち》ぢよくをも。すゝ（濁点「。」）がんと。馬《むま》に、くらをかせ候ところに。それがし、しゆうんや、つきたりけん。にはかに。ふうどくしゆと云《いふ》もの。もゝに出《いで》たれば。羽《は》ぬけ鳥《とり》とは、これとかや。たつもたゝれぬ、風情《ふぜい》にて。やまふの床《ゆか》に。よりかゝりぬる」二十八ウ こそ、無念《むねん》なれ。それさへ、あらめ。かへつて、さかよせになりぬる事。重畳《てう〴〵》もつて。いこんなれ。しかるに、明朝《みやうてう》、これまで御こし。あるべきよし。ねがふところの、さいわゐなり。とても、病死《びやうし》せんよりは。酒《さけ》のかたきと。のみじにし。名《な》を後代《こうたい》に。あげんとて。ちんずるけしきは、なかりけり。

けざう坊《ばう》は。元来《ぐはんらい》、目《め》はやき法師《ほうし》にて、いや〳〵長居《なかゐ》せば。あしかりなんと。いそぎ、たちかへり。底深《そこふか》、所存《しよぞん》を。ありのまゝに。披露《ひろう》すれは、おりふし、なみ居《い》たる。侍《さふ□（らカ）ひ》たちは。かれが病中《びやうちう》こそ、みかたの吉事《きつじ》なれ。こよひにも、をしかけ給へと。いさみす」二十九オ すんで、申けれども。樽次《たるつぐ》は、一向《いつかう》、すゝみたまはず、しばらくしあんして、のたまひけるは。窮鼠《きうそ》。かへつて、猫《ねこ》をかむといふ事あり。そこふか、老人《らうじん》といひ。大病《たいびやう》をうけ。おもひ切《きつ》たるこそ、だうりなれ、かゝるくせものに、わたりあはゞ。たとへ、せうぶには。のみかつとも。みかたは、おほく、ないそんすべし。たゞ、此度《このたび》は。りをひにまげて。かれが本復《ほんぶく》を、まつよりほかの事あらじ。いづれも、このむねを。存《ぞん》じせよとぞ、のたまひける。

むかしも、さる、ためしあり。和田《わだ》。くすのき。二千騎《ぎ》にて、摂州《せつしう》天王寺《わうじ》に、出張《しゆつちやう》」二十九ウ の時《とき》。宇都《うつ》の宮《みや》。七百騎《き》にて、よせくるを。和田《わだ》は、これをつたへきゝ。楠《くすのき》にむかつて。いぜん。隅田《すだ》、高《たか》はしが。五千騎《ごせんぎ》にて、よせけるをだに。をしちらし候に。今度《こんど》、宇都《うつ》の宮《みや》が。わづか、七百騎《き》にて、よせきたる風聞《ふうぶん》あり。いさ、さかよせにして。一騎ものこさず討取《うつとる》べしと。いさみか丶つて、申ければ。くすのき。しばらく思案《しあん》して。いや〳〵今度《こんど》の軍《いくさ》は大事《だいじ》。先度《せんど》、大《おほ》ぜいをだに。をしちらし候あとへ、わづか七百騎《き》にて、よせくるは。一騎《き》も、生《いき》てかへらんとおもふものは、よもあらじ。かく、おもひ切《きつ》たる」三十オ 強敵《がうてき》に、わたりあはゞ。たとへ、いくさにはかつとも。みかたは、過半《くわはん》うたるべし。されば。いくさは、今度《こんど》ばかりに、かぎるべからず。しかるに。そくばくの人数《にんじゆ》、うたれなば。かさねての。かつせん、いかゞせん。楠《くすのき》におゐては。はかり事をめぐらし。かれをむなしくかへさんとて。さ丶へたる陣場《ぢんば》を、すこし。ひきしりぞき。にげたるやうにみせければ。あんのごとく。うつのみやは。わだ。くすのきが。ひきしりぞき。たるを。きぼにして。一《ひと》いくさもせず。京都《きやうと》をさして、引にける。

されば。うつのみやが。こぜいを。おそれて。」三十ウ いくさを。せざるは。くすのきが軍法《ぐんはふ》。いま、底深《そこふか》が腫物《しゆもつ》をおそれて。か丶らざるは。樽次《たるつぐ》の酒法《しゆはふ》。かれこれ、時代《じだい》は、かはれども。はかりことは。わりふを。あはせたるが。ごとくなり

○五ケ条《ごかでう》の制札立《せいさつたて》らる丶事

翼日《よくじつ》《あくるひ》にもなれば。はせまいる人〳〵をめされ。池上《いけかみ》が。本《ほん》ぶく。せざらんうちは。たとへ、年月《ねんげつ》を、をくるとも。此《この》地《ち》に逗留《とうりう》すべし。めん〳〵も。そのかくご。あれとぞ、のたまひける。

その比《ころ》。あるじの忠呑《たゞのみ》は、茶屋《ちや》を立《たて》けるが。にはかに、さかばやしを。おつたて丶。」三十一オ 樽次公《たるつぐこう》にま見へ。忠呑《たゞのみ》こそ、うらに、さけのみやを持《もち》て候と申せば。たる次《つぐ》。うなづきたまひ、その日《ひ》の午《むま》のこくに。入《いら》せたまへば。人〳〵参《まい》りつ丶。終日《しうじつ》の酒宴《しゆゑん》をはじめらる。

その日もくれぬれは。かまくらの甚鉄坊《ぢんてつぼう》をめされ。樽次《たるつぐ》が。しばしなりとも。とうりうせんに。掟《おきて》なふては叶《かな》ふまじ。これこれ、五ケ条《かでう》のおもむきを。制札《せいさつ》にたてらるべしと、

のたまへは。うけたまはるとて。退出《たいしゆつ》す。なかにも、けざう坊《ぼう》は。きこふるぶんじやにて。かうこそは、かきたりけれ」三十一ウ

〔挿　絵〕」三十二オ

一　既《すで》に。さかばやし。たて候うへは。出入《しゆつにう》せらる丶面《めん》〳〵。今日《こんにち》よりして。御酒《をんさけ》のみやと申さるべし。もし。あやまつて。ちや屋と申やから。これあるに。おゐては。その過怠《くわたい》として。下戸《げご》(ママ)には。酒《さけ》をしゐ。

上戸《じやうご》には。かへつて。ふるまふ間敷《まじき》事

一　この庭前《ていぜん》において。みだりに。痰《たん》を吐《はく》べからず。但《たゞ》し。さけはかれ候義《き》は。くるしからざる事

一　樽次《たるつぐ》。興《けう》に乗《ぜう》し。躍《おど》られ候刻《きざみ》。上戸《じやうご》の歴《れき》〳〵は。地《ち》うたひのやくたり。あをぐみの下戸《げこ》等《ら》は。白砂《しらす》になみ居《い》て。けだいなく。ほめ申されべき事」三十二ウ

一　此御《このをん》さけの宮《みや》に。相《あい》つめらる丶めん〳〵。たがいに酌《しやく》を取《とつ》て。おほく呑《のま》るべし。酒《さけ》はすごすをもつて。なぐさみとす。もし、すこさずんば。あに、なんの益《えき》あらんや

一　樽次老《たるつぐらう》は。りよしゆくの内《うち》。女人血戒《によにんけつかい》の御《をん》たしなみありといへとも。容顔美麗《ようがんびれい》の御かたに。おゐては。ひそかに、御対面《ごたいめん》あるべき事

右、五ケ条之《かでうの》趣《おもむき》、かたく可《へき》二相呑《あいのむ》一者也《ものなり》
年号《ねんがう》　月　日、奉行《ぶぎやう》、鎌倉甚鉄坊常赤《かまくらぢんてつぼうつねあか》。木下杢《きのしたもく》兵衛尉飯嫌《いゝきらい》等《ら》、在判《ざいはん》して・門外《もんぐわい》に。たてたまへば。皆人《みなひと》、厳蜜《げんみつ》の(ママ)」三十三オ

おきてと、かんじけり

〇樽次《たるつぐ》、薬師《やくし》堂《だう》へ、願書《ぐはんじよ》をこめたまふ事

光陰矢《くはういんや》のごとくとやらん。うつりかはるは、月日にて。昨日《きのふ》とすぎ。けふとをくるほどに。いつのまにかは。八月中旬《ちうじゆん》になりにけり•かく、月日のたつにしたがひて。底《そこ》深《ふか》も、いやましに、おとろへ行《ゆけ》ば、一門《いちもん》は、きもをけし。本道外科《ほんだうげくわ》、かずをつくして、まねきよせ。華佗《くわた》•偏鵲《へんじやく》が。術《じゆつ》を。つくせども。そのしるし。あらざれば。いまは、今生《こんじやう》の縁《ゑん》つき。めいど黄泉《くはうせん》に、おもむかんとするこそ、あはれなれ。

樽次《たるつぐ》」三十三ウ このよし、きゝたまひて、あるじをめされ。いかに、たゝ呑《のみ》。こんど。底深《そこふか》は。老人《らうじん》といひ。大病《たいびやう》をうけ。ひとかたならぬくるしみに。あみのうちなる魚《うを》とかや。のがれがたきと、聞《きい》てあり。しからば。疫病《やくびやう》の神《かみ》にて•かたき、とつたるとやらんなれば。樽次《たるつぐ》が本意《ほんい》にあらず。いかにもして。底深《そこふか》が命《いのち》を。いけがみにする、謀《はかりこと》こそ。聞《きか》まほしけれと、宣《のたま》へば。忠呑《たゞのみ》、承《うけたまは》り。されは、昔《むかし》が今《いま》に至《いた》る迄《まで》。ぼんぶの及ばぬ願《ねが》ひをば。仏《ぶつ》神《じん》に祈《いの》るならひあり。証拠《せうこ》を、唐《もろこし》に尋《たづ》ぬれは。周《しう》の武王《ぶわう》、病《やまふ》にふして、既《すで》に、崩御《ほうぎよ》し給《たま》はんとせし時、周公旦《しうこうたん》、天《てん》に」三十四オ 祈《いのり》しかは。武王《ぶわう》の病《やまひ》。忽《たちまち》にいえけり。まして、我朝《わがてう》は神国也《しんこくなり》。などかは。利生《りしやう》なかるべき。神《かみ》に誓願《せいぐわん》し給《たま》はゞ、一定《いちぢやう》、ほんぶく。つかまつるべう候と。申ければ。樽次《たるつぐ》、げにもとおぼしめし。あたりなる薬師《やくし》堂《だう》に。一《いつ》通《つう》の願書《ぐはんじよ》を、持参《ぢさん》したまふ•

その文《もん》にいはく

帰命頂礼《きみやうてうらい》• 夫《それ》薬師《やくし》如来《によらい》者《は》。東方《とうばう》浄瑠璃《じやうるり》世界《せかいの》本主也《ほんしゆなり》• 衆生《しゆじやうの》願《ねかひを》為《せんと》二円満《ゑんまん》一、誓給《ちかひたまへり》偉哉《おほいなるかな》。為《たること》二其徳《そのとく》一矣、所以《ゆゑん》二尽《なりつくす》レ誠《まことを》也。樽次《たるつぐ》。潜《ひそかに》依《よつて》レ有《あるに》二諸願《しよぐはん》一。奉《たてまつる》レ捧《さゝけ》二愚《ぐ》書《しよを》一。旨趣《ししゆといつは》者。非《あらず》二他事《たじに》一。于《こゝに》レ茲。有《あり》二池上《いけがみ》太郎《たらう》右衛門《ゑもんの》尉《ぜう》底深《そこふか》者《といふもの》一。聞《きくに》二其行跡《そのかうせきを》一。常《つねに》枕《まくらとして》レ麹《かうじを》」三十四ウ 籍《しき》レ糟《かすを》• 提《ひつさげて》レ盞《さかつきを》招《まねき》レ友《ともを》• 傾《かたむけて》レ樽《たるを》飲《のむ》レ之《これを》、惟《たゞ》如《ごとし》レ吸《すふか》二鱣鯨《せんけい》之《の》大《だい》海《かいを》一• 故《かるかゆへに》威勢《いせい》日《ひゞに》盛《さかんにして》而• 近郷之《きんがうの》水鳥等《すいてうら》尽《こと〴〵く》。被《られ》レ強《しい》一

臥《ふせ》畢《をはんぬ》。加《しかのみ》レ之《ならず》。蜜《ひそかに》盗《ぬすみ》二経文《きやうもんを》一、称《せうず》二唯《ゆい》我《が》独《どく》酒《しゆと》一。剰《あまつさへ》
掠《かすめて》二樽次《たるつぐが》酒法《しゆほうを》一、恣《ほしいまゝに》（ママ）酔狂《すいきやう》・倩《つら〳〵》惟《おもんみれは》。是《これ》仏法《ぶつほう》・酒法《しゆほう》
之《の》両敵《りやうてき》也《なり》。我《われ》偶《いやしくも》生《むまれて》二此家《このいゑに》一。不《ず》レ強《しい》コ臥《ふせ》彼《かれを》一者《ば》。天下《てんか》之《の》
嘲《あざけり》。難《がたし》レ逃《のかれ》、是非《これあらすして》二吾《わが》恥辱《ちじよくに》一而。何乎《なんぞや》・故《かるかゆへにと》与《と》レ彼《かれ》。
為《ため》レ決《けつせんせうぶを》二勝負《》一・揚《あげて》レ策《むちを》馳《はせ》コ来《きたる》於当地《たうちに》一之《の》処《ところに》・底深《そこふか》。俄然《がせんとも》
被《され》レ犯《おか》二大病《たいびやうに》一。依《よつて》レ傾《かたむくるに》二枕《まくらを》老後《らうご》之《の》病床《びやうしやうに》一・樽次《たるつぐ》掩《おさへて》レ
憤《いきとをりを》延引《ゑんいんす》。可《へし》レ謂《いひつむ》無念《ねんなり》也《と》。悲哉《かなしきかな》。進《すゝんて》欲《ほつすれは》レ企《くわたてんと》二乱《らん》
酒《しゆを》一」三十五オ

〔挿　絵〕」三十五ウ

彼《かれか》病《やまひ》火急《くわきう也》。嘆哉《なげかしきかな》。退《しりそひて》欲《ほつす》レ待《またんと》二後日《ごにちを》一。彼《かれが》命《いのち》不《ふ》
定《ぢやうなり》。若今般《もしこのたび》。不《ずんば》二参会《さんくわいせ》一。何時《いづれのときにか》散《さん》二遺《ぜんい》恨《こんをや》一乎、樽次《たるつぐ》一《いち》
期《ご》之《の》浮沈《ふちん》。在《あり》レ焉《ここに》。嗚呼《あゝ》。伏《ふして》希《ねがはくは》施《ほどこし》二霊仏《れいぶつ》之《の》薬力《やくりきを》一。
忽《たちまちに》。令《しめ給へ》レ為《たら》二本復《ほんぶく》一。然者《しからば》即時《そくじに》押掛《をしかけ》。強臥事《しいふせんこと》。不《べから》レ可《す》レ
廻《めぐらすの》二咽本《どのもとを》一也。再拝《さいはい》　慶安元年《きやうあんぐはんねん》八月十日
薬師御宝前《やくしごほうぜん》　大塚《おほつか》　地《のぢ》黄坊《わうぼう》樽次《たるつぐ》　敬白《うやまつてまうす》

と、かきしたゝめて・仏前《ふつぜん》に持参《じさん》し・たからかに。よみあげたまへは。丁寧《ていねい》に。こと葉《ば》をつくし・玉《たま》をつらねたるぶ

んしやうなり」三十六オ とて。きく人、しんじんのおもひを、なすところに。地震《じしん》、おびたゝしく、ゆりぬれは。やくし十二神《じん》たちも。一度《いちど》にどつと。うなづきたまふ。そのとき。たるつぐ（濁点「。」）。さては。そこふかゞいのちも。万歳《まんざい》らくと、いわゐつゝ、下向《げかう》したまふそ。たのもしき

（三行空白）

水鳥記上終

」三十六ウ

水鳥記下目録

一　底深《そこふか》、本復《ほんぶく》付さかろんの事
一　鎌倉甚鉄坊常赤《かまくらぢんてつぼうつねあか》、先懸《さきがけ》付醒安《さめやす》が事
一　底深《そこふか》、乱舞《らんぶ》の事付稲荷詫宣《いなりたくせん》の事
一　底深《そこふか》、よりきをまねく事付タリ名《な》主四郎兵衛、松原《まつばら》へはせむかふ事
一　樽次《たるつぐ》、松原《まつはら》に着給《つきたま》ふ事付来見坊《らいけんぼう》、物見の事
一　松原手合《まつはらてあはせ》付タリ樽明《たるあきら》、高名《かうみやう》の事
一　樽次《たるつぐ》、大師《たいし》河《が》原《はら》へつけ入にしたまふ事付タリ甚鉄坊《ぢんてつぼう》、なのりの事
」一オ
一　甚鉄坊《ぢんてつぼう》、一、二の樽《たる》をやぶる事付タリさめやす、しゐふせらるゝ事
一　近郷《きんがう》の水鳥等《すいてうら》、底深《そこふか》に加勢《せい》の事付タリ樽次《たるつぐ》、おりべながしの事
一　樽次《たるつぐ》、さめやすを尋《たづ》ねさせたまふ事付タリさめやす、哥《うた》よむ事
一　そこふか、降参《かうさん》の事
一　樽次《たるつぐ》、菅村《すげむら》に逗留《とうりう》の事付タリ大塚《つか》へ帰《き》宅《たく》の事
一　村〻《むら〲》里〲《さと》の一揆《き》、退治《たいぢ》の事
」一ウ

水鳥記下

○底深《そこふか》、ほんぶく付さかろんの事

さても、かの、そこふかゞ。腫物《しゆもつ》といつは• 一夜《いちや》がうちに。こつゞいより。涌出《ゆじゆつ》したる。しゆもつなれば。いたむといふ事、かぎりなし、しかるに、此《この》ほど。樽次《たるつぐ》の。ぐはんじよ。仏意《ふつい》にやかなひけん。さしも、大《おほ》きなる。風《ふう》どくしゆ。たちまちにやぶれて。へんしがうちに• へいゆうするこそ、ふしぎなれ。さてこそ、底深《そこふか》も。よみぢがへりと。よろこふ事。かぎりなし。」二オ

樽次《たるつぐ》、このよし、つたへきゝたまひ• 所願成就《しよぐはんじやうじゆ》と、やくしのかたを、ふしおかみ。この事。時日《じじつ》をうつしてかなふまし。はや、打立《うつたち》候べし。こよひ、大《だい》しがはらにつきなば• さだめて、銚子《てうし》のかけひきたるべしとて。ながゐをそろへ、けつかうしたまへば。ざいぐ〵の。すいてうら。よりあひて。そもそも。われらは。いまだ、ながへをたんれんせず。いかゞはせんと。評定《ひやうぢやう》す。

鈴木《すゞき》半兵衛のみ勝《かつ》。すゝみ出《いで》て。今度《こんど》のてうしには• あとさきに、口《くち》をつけんと申。樽次《たるつぐ》、あとさきのくちとは。なんぞと。」二ウ のたまへば。のみ勝《かつ》、つねのてうしは。つがんと思《おも》へば、つぎ。とめんと。おもへば、とめ。ゆんでへも。めてへも。まはしやすう候が。ながゐは。さやうのとき。きつと。おしまはすが。大事《たいじ》で候へば。あとさきに。口《くち》をつけ。わがかたへも。つぎやすきやうに、し候はばやと。申《まう》しければ。樽次《たるつぐ》。まづ、かと出《で》のあしさよ。乱《らん》しゆは。すごさじとおもふだに。あはいよければ、過《す》すは。つねのならひ。まして。さやうに、つぎまふけせんに。なじかは。よはざるべき。御《ご》へんたちは。あとさきに• 千口《せんくち》。万《まん》くちも。つけたまへ、樽次《たるつぐ》は」三オ

〔挿　絵〕」三ウ　〔挿　絵〕」四オ

もとのまゝにてあらんと。のたまへば。のみかつ、聞《きい》て。それ、よき大将《たいしやう》と申《まう》すは。むかふへも、かゝり。あとへも、ひき。うけはづしの。たつしやなるを

もつて。よき大酒《たいしゆ》くむとは申す。さやうに。一《いつ》はうのみするをは。いのしゝ。上戸《じやうご》とて。よきにはせずと申す。たるつぐ。いのしゝ。かのしゝは、しらず。らんしゆは。たゞ、ひらのみに呑《のん》でも。よはぬぞ。こゝ地《ち》はよきと。のたまへは。飲勝《のみかつ》。再三《さいさん》のもんだうに。めんぼくやなかりけん。天《てん》せい。この御坊《ごほう》は。げこふりすると、つぶやけば。樽次《たるつぐ》、おほきに、はらをたち。なんじは」四ウ げこのものかな。手なみのほどを見せんとて。ながへに。手《て》をかけ。すでに。さしちがへんと。したまへは。樽次《たるつぐ》には。飯嫌《いひきらい》。ぢんてつら。とりつき。たてまつり。飲勝《のみかつ》には。半斎坊《はんさいぼう》。つかみついて。前《まへ》には。底深《そこふか》といへる。大《たい》てきを、もちながら。同士《どじ》のみ。したまはん事。もつたいなしと。いさめ申すにより。無事《ぶじ》にこそは。なりたりけれ

○鎌倉甚鉄坊常赤《かまくらぢんてつぼうつねあか》、先懸《さきかけ》の事付タリさめやすが事

そののち、樽次。さふらひたちをめされ。けふも」五オ はや。ひつじのこくと、おぼえたり。是《これ》より。三十町《ちやう》の道《みち》をへ

て。大《たい》しがはらにつくならば。ほどなく、日《ひ》もくれなんず、然《しから》は、をのづから。夜《よ》るのせうぶになりぬべし。夜分《やぶん》のかけあひは。用《よう》あるものぞ。たんれんの人あらは。さけをこのめと、のたまへは•鎌倉《かまくら》のぢんてつ坊《ぼう》、すゝみ出《いで》。われらこそ。真言《しんごん》そだちの事なれば。若年《じやくねん》の比《ころ》より。日待《ひまち》。月まち。廿三夜《や》。などゝて。諸旦那《しよだんな》を•かけまはり。よるばかり、たべ習《ならふ》て候へば。夜分《やぶん》のはたらきに。ついに、けが取《と》つたる事候はす。たとへ、つよからん敵《てき》にても。一《いつ》方《ほう》のみ」五ウ破《やぶ》つてまいらせんと、いふまゝに。まつさきかけて、すゝみければ。つゞいて、樽次《たるつぐ》も。いでたまふ。け蔵《ざう》ぼうは。おさへのやくにて。あとにこそ。乗《のつ》たりけれ。そのほかの人〳〵も。樽つぐをしゆごし。たてまつりて。みなみがはらをうち過《すぎ》。たんぼをまつ下《くだ》りに。乗《のり》たまふ。たる次、きのふまでも。さふらひ十五騎《き》。大将《たいしやう》ともに、十六騎と、きこへしが。今日《けふ》、さふらひ十六き。大しやうともに。十七きのゆらいを、くはしくたづぬれば。ちかきころ。天《てん》も心《こゝろ》よく。晴《はれ》しかば。樽次、あるしをめされ。それ、山にあそぶとかき」六オ

〔挿　絵〕」六ウ

て、遊《ゆ》山《さん》とよむぞかし。これほど間近《まぢか》き山《やま》に。あそばぬことや。あるべきとて。大《おほ》ぜい打《うち》つれ。山《やま》〳〵を、はいくはいしたまふ。

ころしも、八月中旬《ちうじゆん》の事なれば。ところ〴〵はもみぢして。木〻《きゞ》のこずゑも、酒《さけ》に酔《ゑゝ》るかと、うたがはる。あら、おもしろの、けふのたのしみや。まことに、一《いつ》こく千金《せんきん》の

時節《じせつ》なりと。おしみたまへとも。はや、日《ひ》もくれなんとすれば。いざや人〳〵、天下たいへい、こくどあんをんの、御代《みよ》なれば、道《みち》くらからぬ、そのさきに。鳥《とり》はふるすに。我《われ》はやどに、かへらんと。みねよりふもとに、おりさせたまふ」七オところに。物《もの》こそひとつ、見へにけれ。

こは、いかにと、御らんずれば。すがたは人にて。木《き》のえだに。あしを引《ひっ》かけ。まつさかさまになりながら。いまやうを。うたふてぞ、居《い》たりける。そのとき、樽次、すこしも、さはぎたまはず。されば、異国《いこく》にも。東坡《とうば》といへる人《ひと》。赤壁山《せきへきざん》にあそびしとき。くろきつる、どうじに変《へん》じて。こと葉《ば》を、かはしけるとかや。いま、たる樽次《たるつぐ》も。此山中《このさんちう》にて。かゝるしれものにあふこそ、ふしぎなれ。いか様、これは、みづからを。たぶらかさんとて。狐《きつね》か。狸《むじな》の。わざと、おぼへたり。さあらば、一句《いっく》さづけてくれん」七ウとて。吸筒《すいづゝ》取《とつ》て。なげつけ。汝《なんぢ》、元来《ぐはんらい》、上戸《じやうご》生《しやう》。急ゝ《きう〳〵に》、酒《さけ》〳〵と。かの、せつしやうせきのもんを。さづけたまへば。はや、木のえだ。ふたつに。さけて、ぬしは、下《した》へぞ、おちたりける。

そのとき、樽次《たるつぐ》。なんぢ。いかなる。変化《へんげ》のものぞ。ありのまゝに申せと。あれは。されば、それがし。まつたく。へんげのものにて候はず。此ふもとに。すま居《い》する。山がのものにて候が。いかなる、仏神《ぶつじん》のはうべんにや。世《よ》にたぐいなき、上戸《じやうご》に生《むま》れては候へとも。朝三《てうさん》のたすけもなき。しづの身《み》にて。酒のあたへも。あらされば。世人《よひと》」八オは。みな、酔《ゑゝ》れども。我ひとり。さむる事のかなしさに。きのふ、此山《このやま》に入《いり》。杵《きね》といふものをつくり。けふ、川崎《かわさき》の市《いち》にたち。きねをかはりに、酒《さけ》のふて候へども、やどへかへらぬ、そのさきに。はや、さめて候へは。余《あま》り、念《ねん》なふぞんじ。もし、さかさまになりて、ふらめかば。かしらへ血《ち》がさがつて。上気《じやうき》し。よふたるこゝちやせんと。里《さと》は、人めもしげければ。此山《このやま》に入《いる》。このていたらくをなすところに。おもひもよらぬ人〳〵に。見みへ申こそ、はづかしけれとて。うちかたむいてぞ、居《い》たりける。樽次《たるつぐ》、そのほかの人《ひと》〴〵も。あつ」八ウはれ、上戸《じやうご》の手本《てほん》と。かんじつゝ。ながすなみだの雨《あめ》は、たゞ。ふるもろはくのごとくなり。

そのゝち。樽次《たるつぐ》。御《ご》へんの仮名《けみやう》はとあれば。されは、このふもとに居住《きよぢう》して。あるときは、山にのぼつて、木《き》を切《きり》、さとへおりては、田《た》をつくり。このふたつのわざにて。世《よ》すがを、をくるものなれば。木《き》をも、田《た》をも、すてじとて。すなはち、喜太郎《きたらう》と申すなりとあれは。あら、ゆゝしの名《な》のつきやうや。さて、実名《じつみやう》はと、のたまへは。もとより、山がのものにて。けみやうばかり、ありのみの。じつみやうはなしと、こたふ。

げに、これは」九オ さぞあるらん。さらば、名《な》のりを。ひとつ、とらせんと。まづ、御《ご》へんは、何《なに》ほどのふでも。さむる事の。やすければ。すなはち。さめやすと。なのれとて。すいづゝを、三《さん》〳〵九度《くど》、ふるまひたまへは。これほど、のふでも。やがて、さめやすといふぐれの。いづくともなく、見へざりしが。けふ、樽次《たるつぐ》の御かど出《で》と。かぜのたよりにきゝしかば。御みかた申さんと。はせくはゝるほどに。さてこそ、十七騎《き》には成《なり》給ふ

○底深《そこふか》、乱舞《らんぶ》付稲荷《いなり》詫宣《たくせん》の事

そこふかは。たる次《つぐ》の、おしかけたまふをば。知《しら》ず」九ウ して。このほとのつかれを。なぐさまんと。一門《いちもん》をまねき。らんぶをしてぞ、居《い》たりける。既《すて》に、らんぶもなかばのころ。その座《ざ》に、酌《しやく》とりける。十四、五のわらは。にはかに狂気《きやうき》して。二、三間《げん》ばかりつゝ。とびあがり〳〵しけれは。人〳〵、きもをけし。いかさま、これは。ものゝけの。つきたるにやと。目《め》をすまし。見居《い》たるところに。案《あん》のごとく。口《くち》ばしりて、申すやう。

われをは。いかなるものと。おもふらん、けふは、廿日《はつか》なれども。われは、とうかの大明神《だいみやうじん》にてあるぞ。さても、樽次《たるつぐ》は。これ〳〵、十六騎《き》を引《ひき》ぐし」十オ たゞいま、こゝもとへと。いそぐなり。こよひ、こゝは。しゆらの座《さ》となりて。なんぢら。いち〳〵。ざうふを。はき。うきめにあはんずるをば。凡夫《ぼんぶ》のかなしさは。しらずして。らんぶのた

はふれこそ。ふかくなれ。氏子《うぢこ》なれば。ふびんをたれ。しらせんために来《きた》る也《なり》、いまは、はや。かへるとて。五《ご》たいより。あせをながし。こん〳〵とないてぞ、しづまりける

○底深《そこふか》、よりきをまねく事付タリ名主《なぬし》四郎兵衛、松原《まつばら》へはせむかふ事

まことに、氏神《うぢかみ》のつげ、あらたなれば。底深《そこふか》、おほき」十ウに。おどろき。いそき、よりきをまねきければ。馳《はせ》きたる人〳〵には。名《な》ぬしの四郎兵衛つね広《ひろ》。藪下《やぶした》の勘解由《かげゆ》左衛門の尉早呑《せうはやのみ》。竹野《たけの》小太郎手洗呑《たらいのみ》。おなじく、弥太郎数成《かずなり》。米倉《よねぐら》八左衛門吐《はき》つぐ、底深惣領《そこふかそうりやう》に。長吉底成《そこなり》。次男《じなん》、百助底平《そこひら》。田中《たなか》の内徳坊《ないとくぼう》のみ久《ひさ》。朝腹《あさはら》九郎左衛門桶呑《おけのみ》。またを九二郎常佐《つねすけ》。そこふか。しやていに。池上《いけがみ》七左衛門底安《そこやす》。池上《いけがみ》左太郎忠成《たゞなり》。かの、吐血《とけつ》せし、山下作内請安《やましたさくないうけ》。いけがみ三郎兵衛強盛《つよもり》。

これらをさきとして。こゝかしこより。大《おほ》ぜい、はせよれば。そこふか」十一オ いそき対面《たいめん》し、申けるは。それがし、じやくねんのころより。おほくの人を。しゐふせし。その因果《いんぐわ》、たちまち。そこ深《ふか》が身《み》に、むくい。きたつて。今宵《こよひ》をかぎりとなりて候ぞや。それを、いかにと申すに。大《おほ》塚《つかの》ぢわう坊樽次《ぼうたるつぐ》といへるは。きこゆる。大将《たいしやう》にて。つゞく。御坊《ごばう》たちには。かまくらの。甚《ぢん》てつぼうつね赤《あか》。ひら塚《つか》の。らいけん坊樽持《ぼうたるもち》。あか坂《さか》の。け蔵《ざう》ぼうはちのみ。わらびの半《はん》さい坊《ばう》しげのみ。そのほか。飯《いひ》ぎらひ酒丸《さけまる》。などゝいへる。あふれ人。数《かず》をつくして。よせたまふよし。たゞいま。あらたなる」十一ウ 御つげのありけるぞや。さてこそ。おの〳〵をも、まねき申すところに。さうそく、御出《をんいで》。しうちやく申て候。さ候へば。それがし。としはよつて。此《この》ほどの大病《たいびやう》に。身《み》もつかれて候へば、こよひは、一《いち》ぢやう。のみじにと、おもひきつて候。われ、むなしく成《なる》ならば。あの兄弟《きやうだい》を、さきにたて。父《ち》がかたきなれば、本望《ほんまう》とげさせたまへと。ありしかば。座中《ざちう》の人〳〵も。たもとを。かほにあてぬは、なかりけり。

かゝりしところに。そうりやうの、長吉底成《そこなり》は。そのころ、

十一さいにてありしが。す丶み出《いで》。申けるは。むかしが」十二オいまにいたるまて。小《せう》をもつて大《だい》にかち。よはきをもつて。つよきをうつに。はかり事《こと》にしくはなしと、見えて候へば。もつはら。ちりやくを。めぐらしたまふべし。まづ、それがし。ぞんじ候は。これより、八町《ちやう》ほど。いづれは。ほそ川《かわ》ながれ候。異国《いこく》の、韓信《かんしん》が背水《はいすい》のぢんを、まなび。かの、ほそ川《かわ》を。うしろにあて。まへなる小松原《こまつばら》に。大《おほ》ぜい、かくれ居《ゐる》ならば。二相《にさう》をさとる樽次《たるつぐ》も。これをは、ゆめにもしらずして。なにこ丶ろなく。とをりたまふ所《ところ》を。松《まつ》ばらより。やなじりをそろへ。一度《いち》にどつ」十二ウと。か丶るほどならば。いかなる。たるつぐも。一《いつ》たん、引給はぬことは、よもあらじと。たゞ、手《て》にとるやうに申ければ。底深《そこふか》、うちうなづき。せんだんは。ふた葉《ば》より。かうばしとは。是《これ》なるべし、わとのは。いまだ。幼少《ようせう》の身《み》として。ち丶が智略《ちりやく》には、抜群《ばつくん》ましてあり。さらば、早速《さつそく》。うつ立《たち》たまへと。そこふかも、座敷《ざしき》をたちぬれは。長吉、はしりより。父《ち丶》がたもとをひかへつ丶。いま、思《おも》ひ出《いで》たる事の候。樽次《たるつぐ》は。すきまかずへと聞《きい》てあり。もし、わき道《みち》にか丶つて。留守《るす》をねらはれ」十三オたまはゞ。あしかりなん。たゞ。そこふかは。此所《このところ》にまし〳〵て。松《まつ》ばらへは。それがし。はせむき候はんとあれば。そこふか、聞《きい》て。これもいはれたり、さて、松《まつ》はらへは、たれにてもさしむけ。御へんも、このところにまし〳〵て。ち丶をみつぎてたまはるへし、いまだ、としにもたらぬ。わとのを。へんしなりとも、はなし申すべきが、ぎせちなふ候とて。今《いま》までよひし、そこふかも。たゞ、さめ〳〵と見えけれは。

長吉も。いまは、ちからなし。さらば、名代《みやうだい》をさしむけんとて。名《な》ぬしの四郎兵衛を招《まね》き」十三ウいかに、名《な》ぬしどの・御へんこそ。度〻《とゞ》のせうぶにも。つゐに。ふかくをとらぬと、聞《きい》て候へは。今度《こんど》・松《まつ》ばらの大《たい》しやうに。たのみ申すなり。もとより、敵《てき》によつて。転化《てんくわ》する事なれども。樽次《たるつぐ》は。無双《ふさう》の大《たい》しゆにて。てき、大《おほ》ぜいなれば。なをもつて。いさみか丶る。こはものと。聞《きい》てあり。あらかじめ。そのかくご、したまへと。下知《げぢ》すれば。

名《な》ぬし聞《きゝ》て。御こゝろやすくおぼしめせ。たとへ、余人《よじん》はにげちり候とも・この、つねひろにおゐては。てきに、うしろをば・みせ候まじ。そのうへ。たるつぐも。たゝみのうへにて」十四オこそ、口《くち》をば聞《きゝ》たまふらめ。野原《のばら》のかけあひをば、いつ、鍛錬《たんれん》したまふべきなれば。それがし、はせむかつて。まつばらへ引《ひき》こみ〳〵。いち〳〵、よこに、ねせなんものをとて。座敷《ざしき》を、づんと。たちぬれば。あつはれ。しそんずまじき。けいきかなと・みな、たのもしくぞ。おもはれける

○樽次《たるつぐ》、松《まつ》ばらにつきたまふ事付タリ平塚《ひらつか》の来《らい》けん坊《ばう》、ものみの事

さるほどに、名《な》ぬし四郎兵衛は。松《まつ》はらにもつきしかば。こゝやかしこに、かくれつゝ。樽次《たるつぐ》の御通《をんとをり》を」十四ウいまやをそしと、まち居《い》たり。

これはさてをき、樽次《たるつぐ》は・へんしもはやくと。おぼせども。せつしよを。かまへたる。なんじよにて。あるひは、ふかたを。こぐときもあり。ほそみちを。たどるところもあり、九折《〔つ〕ゞらおり》なる。たに坂《さか》を。のぼり、くだゝらせたまふほどに。やうやく、申《さる》のなかばに。かの、松《まつ》ばらに、着《つき》たまふ。こゝらこそ。用心《ようじん》あるべきところぞと。むかふを、きつと、御らんじけるが。あらふしぎや。こゝなる松《まつ》はらより。虎《こ》狼《らう》、野干《やかん》の、さはぎたつのみならず。そらを飛《とぶ》。鳥《てう》るいまで。羽《は》をしげく。打《うつ》て」十五オつらをみだしける事の、ふしきさよ。げに、こゝろ得《へ》たり。そこふかは。老《らう》こうといひ。はかりことの上手《じやうず》と、聞《きい》てあるなれば。たるつぐが。なにこゝろなく、とをるところを。よこあいに。かゝれとて。松《まつ》ばらに。くさをふせたると、おぼへたるぞ。たれかある、見てまいれと、のたまへば。ひら塚のらいけん坊《ばう》。愚僧《ぐそう》が見てまいらんと。いふまゝに。すこし、くぼきところより。はいより、支度《したく》のていを、ひとめ見て。いそぎ、たちかへり。なにとはしらず、やなじりを。みがきたてたる。水鳥《すいてう》ら。五十騎《き》」十五ウほど、柴居《しはい》をかためて候と申す

○松《まつ》ばら手《て》あはせの事付樽明《たるあけ》、高名《かうみやう》の事

樽次《たるつく》、きこしめし。さてこそ、ゆゝしき大事《たいし》は。いできたれ。てきは、大《おほ》ぜいなれば。ひらがゝりに。かゝつて•かなふまじ。めん〳〵は、辰巳《たつみ》のかたに。しぐれたる、やぶのうちをかたどり。せいの多少《たぜう》を見せずして。くるまがゝりといふものに。まんまるに成《なつ》て、かけいりたまへ。かまへて、はじめてのはだあはせに。ひけ取《とつ》て。樽次《たるつぐ》をうらみたまふなと。下知《げぢ》をなし。みづからは。てきのうしろより。かゝらんとて」十六オ 折《おり》から。あきの野《の》なれば•ききやう。かるかや。をみなへし。その外《ほか》、いろ〳〵の。ちくさの中《なか》を。かきわけ〳〵。しのびいり。ひともとすゝきのありける、そのもとに。たちかくれてぞ、おはしける。

さるほどに。やぶの手《て》の人〳〵。おめきさけんで、かゝりければ。まつばらの大《おほ》ぜい。あはてさはぐ事、かぎりなし。されども。はせむかひ。ひつくみ、さしちがひ。おつつ。まくつつ。ひまなくぞ、見へにける。樽次《たるつく》、いまこそ。時《じ》分《ぶん》はよけれとて。すゝきもとより、ほに出《いて》て。はや、みだれあひたまへば。」十六ウ まつばらのせいは。前後《ぜんご》より。とりこめられ。かなふまじとや、おもひけん。大《だい》しがはら、さして、にげてゆく。

かく、にげゆく、その中《なか》に。名《な》ぬし四郎兵衛そこ広《ひろ》は。大《だい》しがはらにて。いひすてし。ことばのすへも、はづかしければとて。たゞ、一騎《いつき》。かへしあはせ〳〵、にげんずる。けしきはなかりけり。樽《たる》つぐどのがたよりも。白髪《はくはつ》まじりのおのこ、一騎《いつき》。すゝみ出《いで》。あなやさしや。みな、にげさふらふ、その中《なか》に。たゞ、一騎。かへしあはせたまふは。いかなる人にてましますぞ。なのれ、きかんとあれば」十七オ まづ、さいふ、わとのはたそ。これは。たるつぐどのがたに。三《み》うら新之丞《しんのぜう》たる明《あけ》なり。

名《な》ぬし、きいて。さては、たがひによきあいて。但《たゞ》し、わとのを。さぐるにてはなけれども。ぞんずるむねが、あるなれば。名乗《なのる》事はあるまじ。よれ、くまんといふまゝに。はや、おしならぶと、見へしが。名《な》ぬしは、らんぶには、しつかれたり。古酒《こしゅ》のちからも、うせはてゝ。三《み》うらがしたに、なるところを。おさへて、盃《さかづき》をうばいとり。樽次《たるつぐ》の御前《をんまへ》にまいり、申やう。みうらこそ、きいのくせものと、くんで。大盞《たいさん》、取《とつ》て候へ。」十七ウ じやうごかと見れば。つゞく樽《たる》もなし。又《また》、下戸《げこ》かとおもへば。黒漆《こくしつ》の大盞《たいさん》をもつたり。なのれ、なのれと、せむれども。つゐになのらず。声《こゑ》は、塩《しほ》からごゑにて候と申す。

たるつぐどの、あつはれ。名《な》ぬしの四郎兵衛にてや。あるらん。然《しか》らは、さかづきの朱《しゅ》いろたるべきに。くろきこそ、ふしんなれ。たゞのみは、見しりたるらんとて、めされしかば。たゞのみまいり。たゞ、ひとめ見て。あな、むさんや、名ぬしの四郎兵衛にて候ひけるぞや。名ぬし、つね〴〵申せしは。六十にあま」十八オ つて、らんぶをせは。わかとのばらに。あらそひて。酒《さけ》をかけんも、おとなげなし。また、老《らう》むしやとて、人〴〵に。あなづられんも、くちおしかるべし。さかづきを墨《すみ》にそめ。わかやぎ、のみじに、つかまつるべきよし。つね〴〵申し候ひしが。まことに、そめて候。あらはせて御らん候へと。申もあへず、さかづきをもち。御《をん》まへを立《た》つて。あたりなる。ほそみぞ川《かわ》の、きしにのぞみて。やなぎのうちも皆になる。ゐたきては。酒心中《さけしんちう》のかみにあがり。こゝろきへては。なを、ばくたいの」十八ウ

〔挿　絵〕」又十八オ

〔挿　絵〕」又十八ウ

さかづきを、あらひてみれば。すみは、ながれ落《おち》て、もとのしゆいろに、なりにけり。げに、名《な》をおしむ。さけのみは。たれも、かくこそ、あるべけれや。あら、やさしやとて、みな。かんざけをぞ、のまれける。

また、名《な》ぬしが。そこひろと名乗事《なのること》、わたくしならぬ、のぞみなり。名《な》ぬし、大《たい》しがはらを出《いで》しとき。そこふかに申すやう。古郷《こきやう》には、にしをさかなに。のむといへる、本《ほん》もんあり。名主《なぬし》、生国《しやうこく》は、越中《ゑつちう》のものにて候ひしが。近《きん》年《ねん》、御酒《ごしゅ》につけられて。むさしの川崎《かわさき》に、居住《きよぢう》つかまつり」十九オ 候ひき。このたび、まつはらに。まかりくたつて候はゞ。さためて、のみじにつかまつるべし。上戸《じやうご》のお

もひ出《いで》。これにすぎし。御《ご》めんあれと、のぞみしかば。そこふかの。底《そこ》の字《じ》を。ゆるしたまはりぬ。しかれは、古哥《こか》にも、もろはくを。のみつゝゆけはもみぢして。いろにいづると。人やみるらんと、よみしも。此本《このほん》もんのこゝろなり

○樽次《たるつぐ》、大《だい》しかはらへ付入《つけいり》の事付タリ甚《ぢん》てつぼう。なのりの事

樽次《たるつぐ》は。池上《いけがみ》がにくるせいに。おつすがふて。大《だい》」十九ウしかはらに、おしよせたまふ。その日《ひ》の。しやうぞく。いつにすぐれて、はなやかなり。はだに取《とつ》ては。きぬにかみこを引《ひつ》ちがへ。ふかやなの、上と下とをはねぬき。桶《おけ》がわどうと、名《な》づけつゝ。白《しら》あやにて、はちまきし。かすげなるむまに、白くら置《をい》て。うちのり。そこふか、門前《もんぜん》に。つつたちあがり。大《だい》おんじやうにて。そも〳〵、是《これ》まて、よせきたるものをは。いかなる、すいきやうじやとか、おもふらん。かたじけなくも。晋《しん》のりうはくりんが末孫《ばつそん》に。六位《ろくい》

の大酒官《たいしゆくはん》。大《おほ》つかの」二十オ ぢわう坊樽次《ぼうたるつく》とは、わが事なり。底深《そこふか》は、なきか。げんざんせんと、なのりたまひし。御《をん》こつがら、あつはれ、大酒《たいしゆ》とぞ、見へにける。

そこふかも。よかりけり。こゝろゑたりと、いふまゝに。ひろしき迄《まで》、おどり出《いで》。ゑんの板《いた》も。さけよ〳〵と、ふみならし。このおきなこそ。当地《たうち》の大蛇丸《たいじやぐはん》。いけがみ太郎右衛門の尉底深《ぜうそこふか》とは、わが事なり。間《ま》ぢかきところまで、馬上《ばしやう》のていこそ。尾籠《びろう》なれ。はや〳〵、おりべせよ。せうぶをはじめんとぞ、申しける。

かゝりしところに。樽次《たるつぐ》がたより、としのころ」二十ウ 五十ばかりなる。大入道《にうだう》、一騎《き》。すゝみいで。なのるやうこそ、おかしけれ•そも〳〵、こゝもとへ。あらはれいでたる法《ほう》しこそ。かまくらのぢんてつ坊《ぼう》と申す。ちしきにて候。ぢたい、それがしは。かまくらの山里《さと》。いき村《むら》と申すところに。寺《てら》をたて。真言《しんごん》の秘蜜《ひみつ》（ママ）を、となへしかば。たつとき御僧《そう》とて。しよだんなに。ちさうせられ候ひしが。あるとき。となりの庭鳥《にはとり》、とびきたり。餌《ゑ》をひろふて。居《い》たりける。おりふし。小僧《こぞう》らも見へざれば。天のあたふるところと。取ておさへ。ねぢころし。ぶちやうほう」二十一オ

〔挿　絵〕」二十一ウ 〔挿　絵〕」二十二オ

ながらも、りやうりし。日比《ごろ》の妄念《もうねん》を、はらしけるに。天にまなこ。かべに耳《み》ある、うき世にて。かのあるじ。はやくも聞つけ。かけり入て、申すやう。

そこなる。わ入道。御みのこゝろは。つね〳〵、あらいそのこぞうらが。あたまも、うつせがい。日だにくるれば。何やら。かほ〳〵と。いふ。からす貝《がい》。かやうの貝も。やぶるときく。また、大ざけのみて、おんじゆかい。けふ。にはとりをころして。せつしやうかいまで。おかしぬれば。こと〴〵く。五かいをやぶるにあらすや。前代未聞《せんだいみもん》の悪僧《あくそう》なれば。かみへ申し」二十二ウ いかやうにもと、おもへども。かねてなじみし事なればとて。いのちばかりは。いきむらの。寺《てら》をば、つゐにをひいだされ。せんかたなみだに。むせびつゝ。家《いゑ》をかずへて。鉢《はち》を。ひらきしに。あくじ千里をはしるとやらん。かまくら中にかくれなければ。是こそ。

かの、ぢんてつ坊《ぼう》よ。ころもをはげと、いふものこそあれ。一はんのたすけも、あらされば。すでに、かつみやうに、をよひしとき。いかなる仏神のはからひにや。あの、ぢわう坊にさんくはいし。医道《いだう》の弟子《でし》となつて」二十三オ 世をわたり。重恩《ぢうをん》かうふつたるものなれば。御さきをつかまつらんため。はせきたつて候ぞや。見れば、二階《かい》、さんがいを。あげ。ようじんきびしく、見えて候へども。五かいをだに。やぶつたる入道が。まして、その二階《かい》やさんがいなどを。やぶらんに。なにのしさいあるべきと。きしよくばうて、申しければ。さても、しゆしやうなる。御もの語と、あなたこなたの人〳〵。一度にどつと。わらひければ。堂《だう》みやにてはなけれども。わにぐちになつてぞ。ひかへける二十三ウ」

○甚鉄坊《ぢんてつぼう》、一、二の樽《たる》をのみやぶる事付さめやす、しゐふせらるゝ事

やゝあつて。池《いけ》上がたよりも。としのころ、四十ばかりなる。ひげぐろのをのこ、一人、まかり出。これこそ。朝《あさ》は

らにも。よく、くろうやつとて。すなはち。朝腹《あさはら》九郎左衛門と。かたじけなくも、御代官《くはん》に。あだなつけられ申したる。ものにて候。わきみ、法《ほう》しながら。まつさきに、す丶みたまふやさしさよ。すいさんながらも。中ざし。ひとつ、まいらせんと。いふま丶に。よしのうるしにて。」二十四オためぬりに。ぬつたる、大さん、とりいだし。うへから下まで、ひとつになれと。引うけ、しはし。たもつてぞ、見へにける。

ぢんてつ、おもふやう。いやいや、きやつめに。どうなか、とをされ。かなふまじ。さしよりて。手づめのせうぶにいたさんと。もとより、はやわざのたつしや。しばしといふよりはやく。とんでいり。むかふさまに。むずとひつくみ。ながへを、おつとりなをし。かれがどうなかまでも。とをれ〳〵とさしふする。

これを、はじめとして。手もとにす丶むつはものを。さしうけ」二十四ウ

〔挿　絵〕」二十五オ

ひきうけ。北《きた》から、みるめ。西《にし》から、ひらめ。くもで、かくなは、十もんじ• やつめざかなといふものに、さん〲にこそは、しゐふする• もとより、五《ご》かいやぶりの、ぢんてつ坊《ぼう》。はや、一、二のたるをも。おしやぶつてぞ。見へにける。

そこふか、これを。見るよりも。まつ、この御坊《ごぼう》に。引《ひつ》くまんとおもひしが。いや〲、はむしやどもに。めをばかけまじ。いかにもして。樽次《たるつぐ》にと、おもひしかば。まつさ

きに、す丶みいで。大《だい》おんじやうにて。宵《よひ》よりも。度度《どど》、げんざんすといへども●　いまだ、せうぶなし。初《しよ》」二十五ウたいめんのしるしに。すいさん申さんと。いふま丶に。鷹《たか》の羽《は》を。絵《ゑ》がいたる。大中わんの大盞《さん》。とりいだし。ゑいやつと引《ひつ》かけ。見へければ。たるつぐも。のがれがたしと、おほしける所に。うしろのかたより。とし比《ころ》、はたちあまりの。おのこ。す丶みいで。これこそ。山がの住《ぢう》人、喜太郎醒安《さめやす》と申すものなり。たるつぐの御《ご》名代《みやうだい》に。はせむかつて候と申せば。たれにても。あいてはきらふまじと。いふま丶に。手《て》もとをはなつて。とばせぬれば。あやまたず。のどぶへより。」二十六オ

〔挿　絵〕」二十六ウ〔挿　絵〕」二十七オ

どうなかさして、つつといり。いたみなれば。こらへずして。弓《ゆん》手のかたへ。たをれふし。ぜんごもしらで。はきいたり。事、かりそめとはおもへとも。あなたには。桶呑《おけのみ》。はんし。はんしやうのていなれば。こなたには。さめやす。ぞんめい、ふ定《ちやう》と見へければ。たがひに。あはれと、お

ぼしけるが。しばしなりとも。やすめとて。あいびきにこそ。ひかれけれ

○近郷《きんがう》のものども。底深《そこふか》にかせいする事付樽次《たるつぐ》、おりべおとしの事」二十七ウ

すでに、時刻《じこく》もうつりゆけば。樽次《たるつぐ》、人〳〵をめされ。一《いつ》騎当千《きたうぜん》のさめやすも。かく、なりゆくことのふびんさよ。これもつて。わが恥《ち》じよくと。おぼえたり。めん〳〵粉骨《ふんこつ》をつくし。会稽《くわいけい》の恥《はぢ》を、すゝいで。たべとあれば。たれも、かうこそ。ぞんずとて。大ぜい、どつと、きばをならしてぞ、かゝりける。そこふか、このよし、見るよりも。敵《てき》ははや、さめはだになつて。よせくるぞ。そこをやぶらるなと。下知すれば。うけたまはるとて。一騎《き》ものこらず。すゝみいで。こゝをせんどゝ。もみあひける」二十八オ

〔挿　絵〕」二十八ウ　〔挿　絵〕」二十九オ

犬虎《けんこ》。目礼《もくれい》。木仏《こぶつ》の座《ざ》などゝいへる。酒宴《しゆゑん》の道《みち》、たがひに、知《しつ》たる事《こと》なれば。はぼねをならし。舌《した》つゞみ、うつて。お

つつ、まくつつの。かけあひに。いけがみがたの。にぐるときもあり。たるつぐ方《がた》の、おはるゝおりもあり。両方《りやうはう》。おめき。さけぶ声《こゑ》、これぞ、まことに。しゆらだうに。おちこちの。たちはもしらぬ、時節《じせつ》なるべし。

かゝりしところに。かつ手《て》へさしむけられし。けざう坊《ばう》。五《ご》たいは。みな、あかうなり。たじり〳〵と。たゞ酔《よひ》、あら、くるしや。飯《いひ》きらひよ。君《きみ》は。いづくに。おはします。たる次《つぐ》」二十九ウ 御らんじて。あれは。あかさかどのか。これへ〳〵と、のたまへば。やがて、かしこまり。さても。そこ深《ふか》は。両度《りやうど》のもみあひに。一、二の樽《たる》もやぶられ、いまは、はや。こびせんらはかりにて候へは。もはや、かつてはつゞき候まじ。この事《こと》、申さんため。ひそかに、参《さん》じて候と申せば。たるつく、うなづき、神妙《しんべう》なりとぞ、のたまひける。

これは、さてをき。近郷《きんかう》の水鳥《すいてう》ら。とうかの宮《みや》に。はせあつまつて。ひやうぢやうしけるは。大塚《おほつか》のぢわう坊《ばう》と。当《たう》地《ち》の大《だい》じや丸。牛角《ごかく》のせりあひとは申《まう》」三十オ せども。やゝもすれば。そこふか。ひきいろに。見ゆると。聞《きい》てあり。いざ〳〵、後詰《ごつめ》して。参《まい》らせんと。おほぜい、はせくははりければ。池《いけ》がみ。これにちからを得《へ》。あら手《て》をいれかへ。そくじに。しゐふせんとす。

たるつぐは。いつもかはらぬ、十六騎《き》。はや。なかばは。ゑいふし。のこる人〳〵も。大《おほ》かた。うす茶《ちや》。おもゆのてい。なれば。いまこそ、みづからが。さしいづべき。時節《じせつ》なりと。大《おほ》ぜいの中《なか》に。かけいりたまへは、これこそ。大《たい》しやうよ。あますまじと、いふまゝに。真中《まんなか》におつとりこめ。」三十ウ ながへをそろへて。さしかゝる。されとも。たるつく、玉《たま》になれたる鳳凰《ほうわう》の。おとろくけしきは。ましまさず。おつかけ。すかさず。くるさかづきに。ひらりとまわり。さしふせ。ねぢふせ。手《て》もとにすゝむ、やつばらを。六、七き。しゐふせ。めぐりめくりて、いまはまた。そこふかに。くまんと、たくみたまひしに。なにとか、したまひけん。おりべをひとつ、とりおとし。たまふ、おりふし。むかふは、ひきくして。あなたのかたへ、ころび行《ゆく》、されども、これをは。かたきにわたさじと、はる」三十一オかの末座《ばつさ》に。おりくだり。とらん〳〵と、したまへば。かたきは。これを見るよりも。ながへに。ひつかけて。ゐいやつと。あらそへば。みかたは、声《こゑ》を。そろへて。たゞ、すてさせ給へ〳〵と。申《まう》しけれと。つゐに。おりべをとりかへし。につことわらふて。かへりたまふ。

そのとき。いひぎらひ。申《まう》すやう。あら、くちおしの、御ふるまひやな、南《みなみ》かはらにて、数呑《かすのみ》か申しも、これにてこそ候へ。たとへ、千盃入《ばいいり》の、おりべなり共《とも》、御さかなには、かへ給ふへきかと、涙《なみた》をながし申せは。いやとよ、盃《さかづき》を惜《おしむ》にあらず、樽次《たるつく》、座興《ざけう》に、盃《さかづき》を」三十一ウとつて、私《わたくし》なし。然《しかれ》は、此盃を、かたきにとられ、樽次《たるつぐ》は。小《こ》蛇《へび》なりといはれんは、無念《むねん》の次第成《しだいなる》へし。よし、それ故《ゆへ》につかれんは。力《ちから》なし、樽《たる》つくか。酒運《しゆうん》のきわめと思ふへしと。語《かた》り給へは、飯嫌《いひきらい》、扠《さて》、其外《そのほか》の人までも、皆《みな》、かんなべをぞ、とられける

○樽次《たるつく》、さめやすを尋《たつ》ねさせ給ふ事付タリさめやす、うたよむ事

その、ち。赤坂《あかさか》のけざう坊《ばう》をめされ。さめやすは。夜《や》はんのころ。そこふかに、わたりあひ。はんしはんしやうとは、見てあれど。かけあひの。」三十二オさいちうなれば。こと葉《ば》をかくる事もなし。いかゞ、おぼつかなし。たづねてまいれとありければ。いひきらひも、これをきゝ。けふは、人の上。あすは、わか身《み》のうへぞかし。いざや、さめやすを。みつがんと。けざう坊《ばう》、もろともに。たづねゆくこそ、あはれなれ。かたき、みかたは、しらねども。こゝかしこに。大《おほ》ぜい、たをれふしたるは。たゞ、さんをみだせることくなり。このうちに、醒安《さめやす》や、おはする。喜《き》太郎や、あると。しつかによふでぞ、とをりける。むざんや。さめやすは。黄《き》はぶ」三十二ウ

〔挿　絵〕」三十三オ

たへにて。かしら、つゝみ。小屏風《ひやうふ》をかたとり。前《ぜん》後もしらで。居《い》たりしが。よばはる声《こゑ》を。聞《きゝ》より。いまこそ、

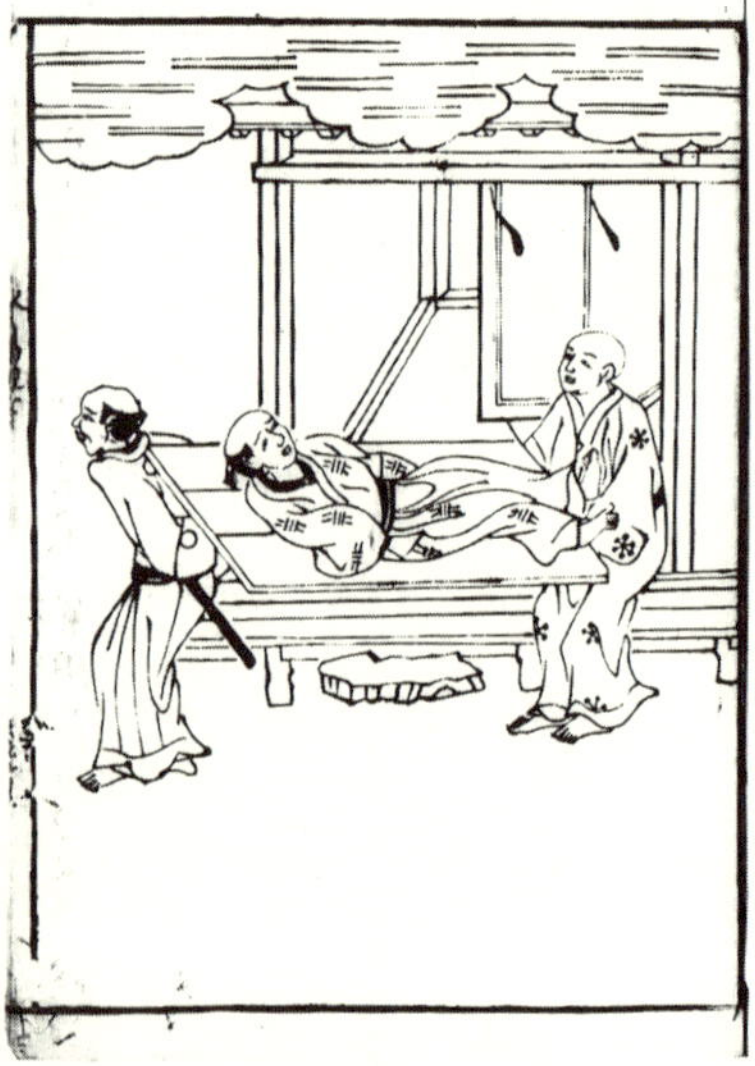

目《め》がさめやすと。こたふ。二人の人〳〵、はしりより。あたりなる。戸《と》いたにのせて。さきを。いひきらひ。かきぬれは。あとをば、けざうぼう。ひかへつゝ。たるつぐの御まへに。すえてをく。かくは、かへりきたれども。わるざけの、わざと見へて。五たいも、のこらず。あかふ成たり。体《たい》も、いたづらになり。ぬしも、むなしく。よはりけるよと。たるつぐ、なけきたまふ。

其時、け蔵坊《さうぼう》」三十三ウ

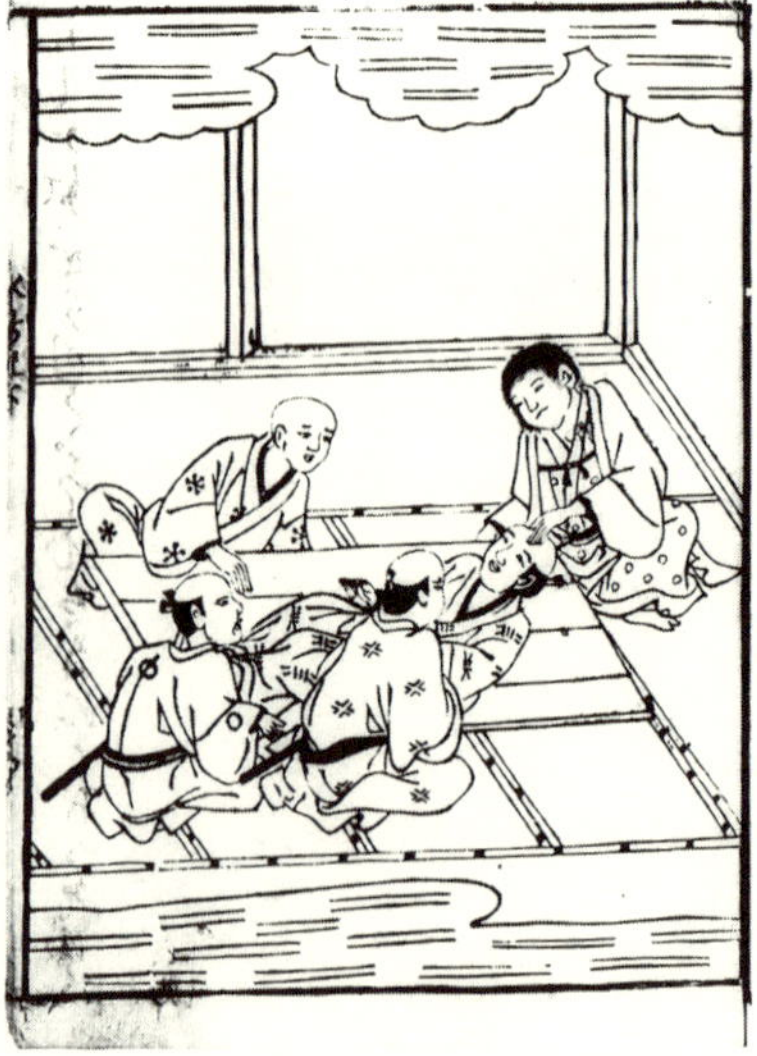

〔挿　絵〕」三十四オ

かれが手《て》をとつて。こゝちは、なにとあるぞ。まくらもとは。かたじけなくも。たるつぐとの。あとは、いひきらひ。弓手《ゆん》のかたは。佐保田《さほだ》どの。かく、申すは。赤坂《あかさか》のけざうぼう。なりと、すゝむれど。とかうの返事もなければ。かれに、ちからを。つけんとて。あらゝかなる声《こゑ》をあげ。あら、ゆいかいなの、ありさまや。たとへ事にては、なけれども。みうらの新之丞《しんぜう》は。まつばらの手合《あはせ》に。名ぬし四郎兵衛を、くみふせ。黒漆《こくしつ》の大さんを。ぶんどりしてこそ。三浦《みうら》のたるあけとは。」三十四ウ ゆはれたまふぞかし。それほどこそ。おはせずとも。かほどの事に。やみ〳〵と。よはりたまふ、くちおしさよと申せば。さめやす、聞《きい》て。なにと申すぞ。けざう坊《ばう》•かの樽《たる》あけに。さめやすが。おとるべきにて、あらねども。いけがみどのゝ。大さんは。いなかまでも、かくれなし。はゞ広《ひろ》ふ、そこふかく。ものゝ上手《ず》か。木《き》うすに。つくつたる。大さんにて。たゞなかを、とをされ。なんぼうくるしいと。おもふぞよ。まだ、さめやすにてあればこそ。御まへにて。かくものをは。申せと」三十五オ て、たゞ、よはりに、よはりしが

われしなはさかやの庭《にわ》の桶《おけ》の下われてしつくのもりやせんもし

とは、よみけれども、ぜんごもしらぬ、ふぜいなり

○そこふか、降参《かうさん》の事

かやうに、みな、よはり行《ゆけ》ば。こよひのせうぶ。いかゞあらんと。たるつぐも、いさむこゝろは。したまはず。そのころ。いけがみがたに、田《た》中のないとく坊呑久《のみひさ》とて、大さんとつての、つはもの。きんごうに」三十五ウ かくれなき。きやく僧《そう》のありけるが。今度《ど》も、一ばんに、はせくはゝり。数度《すど》の手《て》がら、ならぶもの、なかりしが。たびかさなれば、よはりけるにや。そこふかにむかつて、まうすやう。たるつぐは。きゝしにまさる、大しゆにて。いまだ、ちつとも、よはりたまはず。そのうへ、いひ嫌《きらい》さけ丸などゝいへる、くせものら。こわきに。ひかへて、見へ候ぞかし。しかるに、みかたは、大ぜい成《なり》とは申せども。へろ〳〵上戸《ご》の。はむしや」三十六オ

〔挿　絵〕」三十六ウ

ども。かの人〳〵に。たてあはんずるものはなし。あまつさへ。そこふかも。なにとか、したまひけん。こよひは、おくして、見えたまふなり。

かく、まうす、それがしも、よひより。数度《すど》のせりあひに。はげしく、こみつけられ。いまは、前後《せんご》をぼうして。弓《ゆみ》も

なき、うつぼばかり。つけたるていなれば。もはや、御すけ申《まう》す事《こと》も。なりがたし。この時節《じせつ》を。うかゞひ。たるつぐ、おこり出《いで》たまひなば。そこふかの御《をん》いのちも。あやうく。この、ないとく坊《ばう》も。かへつて。ないそんぼうに。なるは、ひつぢやうなり。たゞ」三十七オ とく〳〵、こうさんしたまへとて。小《こ》がいなとつて、ひつたつれば。ちからなく。そこふかも。たるつぐの御前《をんまへ》にひざまづき。いまよりのちは。御門《ごもん》ぐはいに。駒《こま》をつなぎ申《まう》さんと。ありしかば。樽次《たるつぐ》、おほきに、うちわらひ。さては。そこふかどのも。いまは、底《そこ》あさになりけるよと。あざむかれける。

そのころ。いかなる。しれものゝ。わざにてか、ありけん。一首《いつしゆ》のらく書《しよ》をぞ。たてにける

池《いけ》がみにすめる大《だい》じやと聞《き》ぬれとさけのむくちはこへびなりけり」三十七ウ

〔挿　絵〕」三十八オ

さて、たるつぐは。いまこそ、本望《ほんもう》とげぬとて。函谷《かんこく》の関《せき》に、あらねども。鳥《とり》をかぎりに。大《たい》しかはらを、たち出《いで》て。みなみ河原《かはら》に。帰陣《かいぢん》したまふ。きのふまでも。けふまでも。おに神《かみ》といはれし、そこふかを。わづか、三時《とき》がうちに。せりかちたまふぞ。おそろしき

○たるつく、大塚《おほつか》に帰宅《きたく》の事

あくれば、樽次《たるつぐ》、さふらひたちをめされ。今度《こんど》、勝利《せうり》を得《へ》し事。御《ご》へんたち、いつにすぐれて。すゝみたまふゆへぞかし。かつうは、たるつぐ。酒《しゆ》うんに」三十八ウ

〔挿　絵〕」三十九オ

かなふと、おぼへたり。もはや、めん〳〵も。帰宅《きたく》して。このほどの。つかれを、さまし。たまへとありければ。おの〳〵、よろこび。ざい〳〵所《しよ》〳〵へぞ、かへられける。たるつぐは、それよりも。ついでよければとて。菅村《すげむら》に、たちよらせたまへば。かの夫婦《ふうふ》、まいりむかひ。君《きみ》ならではと。いろ〳〵の。珍物《ちんぶつ》、とりそろへ。さま〴〵に。もて

なせば。あるじのなさけに、ほだされて。爰《こゝ》にも、数日《すじつ》を送《をく》りたまふ。

すでに、九月上《じやう》じゆんにもなりしかば、いまは、大塚《おほつか》にかへらんと。ものしたまへば。とも」三十九ウ

〔挿　絵〕」四十オ

かくも、尊慮《そんりよ》にまかすとて。大《おほ》ぐろといふ馬《むま》に、白《しろ》くらおゐて、ひつ立《たて》たり。たるつぐ、引《ひき》よせ、うちのりたまへば。馬《むま》は、きこふる名馬《めいば》にて。みぞをとび。川《かわ》をこし。くがち

をはしる事《こと》は、たゞ、いなつまのごとくなれば。さては。けふ、むまのこくばかりに。おほ塚《つか》につきなんと。よろこひたまふところに。こ濃《の》道中《たうちう》に。かくれなければ。たるつぐの御かへりを。さまたげ申さんと。しゆくじゆくのあふれものども。ようがいかまへ。うむかのごとく。まち居《い》たり。

されども、たる次《つぐ》」四十ウもの、かずとも、したまはで。しゐふせ〳〵、とをりたまふは、どこ〳〵ぞ。すげ。すがほ。のぼつと。きたみ。いづみ。せたがへ。めぐろ。しぼや。など、いふ。なんじよ〳〵を、うちすぎて。あを山《やま》じゆくにつきたまへは・秋《あき》の日《ひ》のならひとて。ほどなく、暮《くれ》わたり。いぬのこくばかりに、なりにける。このしゆくの人〳〵も。さかはやし、おつたて、待《まち》ぬる躰《てい》には見へけれと。おりから、そらもかきくもり。目《め》さすともしらぬ。やみの夜《よ》なれば。とをりたまふを、しらざりけるにや。たれ、とが」四十一オ

〔挿　絵〕」四十一ウ　〔挿　絵〕」四十二オ

むるものもなし。

こゝに、たるつく。おぼすやう。たゞいま、こゝもとを。あんないなしに、とをるならば。しゆくのものに。おそれて、夜《よ》にげに。したりなんどゝ。後日《ごにち》のひはん、家《いゑ》の疵《きず》と、ぞんずれは。なのるべしと。おぼしめし。とある城戸《きど》ぐちに、駒《こま》ひきすゑ。大《だい》おんじやうにて。大《おほ》つかに、地《ち》わう坊《ばう》、すみけるとは。かねて、聞《きゝ》てもあるらん。いまは、めにも見よ。こんど、池上《いけがみ》にうちかち。其《その》うへ、道中《だうちう》のあふれも

のども。こと〴〵く、おつふせ。たゞいま、こゝもとを、とをるなり。われと。お」四十二ウもはん人〳〵は。出《いで》よ、くまんと、よばはり。たまへば。しゆくのものども。これをきゝ。。愚人《ぐにん》なつのむし。とんで火《ひ》にいるとは。これとかや。にがすまじと、いふまゝに。たいまつ、おつとり。うへを。したへとぞ、さはぎける。

なかにも。さいかし原《はら》の第六《だいろく》。だいはち。とて、おとゝい、ありけるが。樽《たる》つぐを、手《て》とりにせんと。まつさきかけて。はしりよる。たるつぐ、御《ご》らんして。奴原《きやつばら》は。おこのもの。ちかふよせて。かなふまじ。のみずてにして。くれんとて。れいの大《たい》さん。とつて、ひきうけ。」四十三オ

〔挿　絵〕」四十三ウ　〔挿　絵〕」四十四オ

しばし、たもつて、とばせたまへば。あやまたず、まつさきにすゝんだる。第六《たいろく》がのどぶへ、やぶつて。つつとぬけ。うしろにひかへたる。第八《たいはち》がどうなかにこそ、とまりけれ。いづれも、いたみなれば。ゆんで。めてへ、たをれふし。ぜんごもしらで、見えにける。

しゆくのものども。これをみて、かなふまじと、いふま丶に。村《むら》〳〵へ、さつと引《ひき》にける。その間《あいた》に。たるつぐは。駒《こま》にふちをす丶めつ丶。大塚《おほつか》さして、かへりたまへば。このいせいにや、おそれけん。きせん、なん女《によ》。おしなへて」四十四ウ 日〻夜〻《や〳》に、まいりつ丶。いねうかつごうするほどに。樽《たる》にたる。柳《やな》にやなが。かさなりて。はんじやうしたまふ。くわほうのほとこそ。めてたけれ

そも〳〵、此さうしを、おもひたちぬる事。ちかくの山里《やまさと》に。われをしる人ありて。くすしなどに、行《ゆき》かよひ侍《はべ》る。折《おり》〳〵に。酒宴《しゆゑん》にあそべる友《とも》たちを。ひとりふたり、いざなひて。かの、さと人と。敵《てき》みかたをわかち。朝夕《あさゆふ》、あらそひ。のみしを。いかなるつてにや。さる、玉《たま》だれの内」四十五オ に、聞《きこ》えしかは。その、たはふれのしな〳〵を、きかまほしくおぼすよし。き丶しかど。人つてならで。いふよしのなければ。かずならぬみと、おもふこ丶ろを。たねとして。よしあしの。ことの葉《は》を。もしほくさに。かきあつめ侍《はべれ》

は、なには物かたりとも、人のいふべきかは

寛文七年五月吉日

（一行空白）

寺町二条下ル町
中村五兵衛」四十五ウ

水鳥記下終

水鳥記

（松会板、三巻三冊、絵入）

水鳥記　序

つれ〲なるまゝに、日くらし、さかつきにむかひて、心のうつるまゝに、よくなし酒《さけ》を、そこはかとなくのみつくせは、あやしうこそ物くるおしけれ、いでや、此世《このよ》に生《むま》れては、下戸《げこ》ならぬこそおのこはよけれと、よしだの兼好《けんこう》がいひをきし、とかくのむほとに、上戸《じやうご》の名はたつた川、もみち葉《ば》をたきて、酒をあたゝめけんも、いづれ、われらが先祖《せんぞ》とかや

その子孫《しそん》として、今樽次《いまたるつぐ》と示現《じけん》し、酒の縁起《えんき》を尋《たつぬ》るに、異国《いこく》に」一オて、杜康《とかう》と云《いひし》人の妻《つま》、癸酉《みつのとのとり》の年、はじめて作《つく》りそめけれは、三ずいに酉《とり》をかきてさけとよむ、是を水《すい》鳥《てう》の二字《じ》に通用《つうよう》して、かく名付たるへし

今此品ゝ《しな〲》をあらはすも、酒の一字《じ》をひろめんか為也、是かや、釈尊《しやくそん》、法花《ほつけ》八軸《ぢく》をとき給ふも、妙《めう》の一字をのべん為、それは一切衆生《さいしゆじやう》、堕獄《だごく》せん事をかなしみて、成仏《じやうぶつ》なすへきための仏法《ふつほう》、是は遍《あまねく》の下戸《げこ》共の、呑《のま》さることをなけきて、上戸《じやうご》へ引いれん為の酒法《しゆほう》、かれは天竺《ちく》にて釈尊《しやくそん》のじひ、是は吾朝《わがてう》にて樽次《たるつぐ》の情《なさけ》、国《くに》こそちかへ、世こそかはれ、人を教化《けうけ》して、民《たみ》をすくひ給ふ方便《はうべん》は、瓜《ふり》を」一ウ二つに割《わり》たることくなれは、何れ、なら付の類《たぐひ》共思はる、

其上、仏法には、飲酒戒《をんしゆかい》とて、酒呑《さけのむ》事をいましめけれ共、天竺の末利《まつり》と云女人には、釈尊《そん》みづから、酌《しやく》とつてしゐ給ふ、我はして人のぼらけやきらふらんと、世俗《せぞく》の諺《ことわざ》ににたる教化《けうけ》なれは、用てせんなしとて、貴僧《きそう》、高僧《かうそう》よりあひ、終《つい》に此戒をのみやぶり給ふはだうり

かく五戒のうち、一かいやふりぬれは、あとは四海《しかい》なみしづかにて、国もおさまる時津風と、うたひたのしめるも、是みな水鳥のわざなれは、かく名付侍るとそ」二オ

水鳥記《すいてうき》目録《もくろく》

一 大塚地黄坊《おほつかぢわうばう》樽次《たるつぐ》ゆらいの事并酒の威徳《ゐとく》

二 樽次底深《たるつぐそこふか》か一門等《もんら》に吐血《とけつ》させ給ふ事付底深腹立《そこふかふくりう》

三 斎藤伝左衛門《さいとうでんさへもん》　尉忠呑《のせうたゝのみ》大塚え飛札《ひさつ》を捧《さゝぐ》る事付おなじく返簡《へんかん》の事

四 樽次みち行の事

五 在〻《ざい〳〵》の水鳥等南河原へはせきたる事付底深宿所へ使《し》者を立らるゝ事

六 五ケ条の制札《せいさつ》をたてらるゝ事

七 樽次薬師堂《やくしだう》へ願書をこめらるゝ事 」二ウ

八 底深本復《そこふかほんふく》付さかろんの事

九 鎌倉《かまくらの》　甚鉄坊常赤先懸《ちんてつばうつねあかさきかけ》付醒安《さめやす》か事

十 底深乱舞《そこふからんぶ》の事付稲荷託宣《いなりたくせん》

十一 底深よりきをまねく事付名主四郎兵衛松はらへはせむかふ事

十二 樽次松原《たるつぐまつはら》へ着《つき》給ふ付来見坊《らいけんばう》ものみの事

十三 松原手合付樽明かうみやうの事

十四 樽次大師かはらへつけ入にし給ふ事付甚鉄坊《ちんてつばう》なのりの事

十五 甚鉄坊一、二の樽《たる》をやぶる事付さめやすしゐふせらるゝ事 」三オ

十六 近郷《きんがう》の水鳥《すいてう》等そこふかに加勢《かせい》する事付樽次をりべなかしの事

十七 樽次《たるつぐ》さめやすをたつねさせ給ふ事付さめやすうたよむ事

十八 そこふか降参《かうさん》の事

十九 樽次すげむらにとうりうの事付大つかへ帰宅《きたく》の事

二十 村〻里〻《むら〳〵さと〳〵》一揆《き》たいぢの事

（一行空白）」三ウ

一　大塚地《つかち》黄坊《わうばう》由来《ゆらい》幷酒《さけ》の威徳《ゐとく》の事

をよそおろかなる心にも、十八公のいとくをかんかふるに、とこしなへにいろをへんせす、君子《くんし》のとくをあらはす名木なれは、しもはんみんにいたるまて、めてたき事のみ、松の御世とかや、されは、たみのかまども、にきはひけるにより、家ゝにしゆえんのこゑ、是そまことに、天長地久《てんちやうちきう》のためしなるへし、かく御代《み》もめてたきゆへにや、こゝにせんたいみもんの大じやうご、一人出来《しゆつらい》す

武州《ぶしう》、江戸大塚にきよちうして、六位の大酒官《しゆくはん》、ちわう坊樽次《たるつぐ》とそ名のりける、ゆらいをくはしくたつぬれは、忝も晋《しん》のりうはくりんかこんはく、今わかてうにとひきたり、たるつぐとけんじて、一さいしゆしやうを、こと〳〵くじやうごにひきいれんためのはうへんに、かりにあらはれ給ふとかや、そも地黄といふやくしゆは、さけにひたりて、てつきをいむくすりなれは、われもそのことく、朝暮《てうぼ》さけにひたれ共、てつきにあたるはきらひとて、ちわうばうとはつかれ」四オ たり

さてつねにかしこまらぬ人なれは、ろくにはかりおるそとて、ろくゐの大しゆくわんとそ申ける、いにしへの大しよくわん、それはかまたり氏、今の大しゆくわん、これはかんなへうぢにて、重代の大盞《さん》有、させ、のまふといふ心にや、蜂《はち》に龍《れう》を絵《ゑ》かいたれは、すなはち、蜂龍の大盞とそ申ける

しかるに此おきな、あまたの男子をもたる、二郎は太郎にもすくれてよくのめは、そしなからそうりやうをつぎ、家のながれをも、子孫《しそん》まてくみつたゆへき、きりやう有とて、忝も此大盞を二郎にゆつり給ふ、此さかつきのならひにて、そし、そうりやうのわかちなく、たゞつよからんものに、ゆつりきたつたる例《れい》なれは、太郎もうらみはあるましいとその給ひける

されは、此道をたのしむ事、樽次のみにもあらす、いこくにも、孔子《こうし》といへる聖人《せい》は、たゞさけははかりなしとの給ふ、又白氏文集《はくしぶんじう》には、たとへ死後《しご》に、こかねをして北斗《ほくと》をさそふとも、生前《しやうせん》一樽《そん》のさけにはしかじといひ、林和靖《りんわせい》

は、胸中《けうちう》のあくまをがうぶくせよと、詩《し》につくり、越王勾《ゑつわうこう》践《せん》は、簞醪《たんかう》（ママ）を」四ウ河《かは》になけていくさにかち、そのうへ、酒は百薬《はくやく》の長とて、よろつの薬にもすくれりと、前漢《せんかん》にあらすや

むへなるかな、玄冬《けんとう》そせつのさむき日に、これをあたゝめて用れは、たちまちに身もあたゝまり、しら雪のふるを見ても、春の花ちるかとうたかはる、又九夏《きうか》三伏《ふく》のあつき日に、かれをひやしてもてあそへは、そのまゝはたへもすゝしく、木ゝのこすゑももみちする、秋になるかとなくさまる、かほとめてたき御酒なれと、えんなき衆生は下戸《げこ》と生れ、此たのしみにも、はつれぬるこそむさんなれ

〔二〕大塚地黄坊樽次《おほつかちわうはうたるつく》そこふかゝ一門等《もんら》に吐血《とけつ》させ給ふ事付底深《そこふか》ふくりうの事

さるほとに、樽次の酒法《しゆほう》、をんごくはたうにいたるまて、ことく〳〵くるふせしかは、をよふもをよはさりけるも、みな此みちにきふくして、なひかぬ上戸《じやうご》はなかりけり、されとも、こゝに、樽次をあさむくほとのくせものこそ出きたれ

たとへは、武州《ぶしう》、橘《たちはな》の郡《こほり》、川崎《かはさき》のしゆくより二十町はかりわきに、弘法《こうほう》大師《し》の」五オ

〔挿　絵「そうりやう」「二郎さかつきうけ取」」五ウ〔挿　絵「大しゆくわんぢわう坊」」六オ

自《じ》作《さく》の御ゐい立給ふにより、大師《し》がはらといひつたふとかや、かの村に、池上《いけかみ》太郎右衛門尉底深《せうそこふか》とて、無二無三の上戸有

我は唯《ゆい》我独酒《どくしゆ》と披露《ひろう》して、きんがうの水鳥等《すいてうら》をことく〳〵くしゐふせ、くがの猩ゝ《しやうぐ》とおごりし処に、山下作内《やましたさくない》とて、そこふかゝいとこありしか、ある時、江戸あか坂《さか》にて、ちわうばうにさんくはいして、其座より血をはきなから、戸《と》板《いた》にのりてかへりけり

又そこふかゝおいに、いけかみ三郎兵衛といふもの、りうくはんのしさいありて、めくろに参り、そのかへさに、かの地黄坊によせあはせ、是もおなしやうにとけつして、そ

んめいふぢやうのていなれは、そこふか大きにはらをたて、こゝにてはぢわうばう、かしこにてはたるつくとなのり、それかしか一門らに、血《ち》をはかせぬるこそきつくわいなれ、いかさま、その御坊にも、血をはかせてくれんとて、蟷螂《たうらう》かをのをいからかし、はやうつたちける処に、にはかにふうとくしゆといふもの、もゝにいてぬれは、れうちのためとて、その日のかどではやみにけり　」六ウ

三　斎藤伝《さいとうてん》左衛門尉忠吞《たいのみ》かへり忠《ちう》して大塚《つかへ》（ママ）へ飛札《ひさつ》をさゝくる事同返簡《へんかん》の事

こゝに、斎藤伝左衛門尉たゝのみとて、底深《そこふか》かたにて、みなみかはらといふ所にきよちうす、川さきより十町はかり、わきにてぞ有ける、日比、そこふかにふた心なかりしか共、今度心かはりし、大塚へちうしんの飛札をさゝけけるそれをいかにといふに、菅《すけ》村のちう人、佐保田《さほた》のそれかし酔久《よひひさ》かつまは、忠吞かめいにて侍りしか、ひとゝせ、もつての外なやみ、すてに玉のをもたえなんと見えける時、樽

次、不老不死《ふらうふし》のめうやくをあたへ給ふゆへ、からき瀬《せ》をものかれつゝ、松寿《せうじゆ》の千とせをもあらそふけはひなれは、かのかた樽次ならてはと、もてはやしけるにより、忠呑も此しよえんにひかれて、樽次にきぶくし、底深くはたてを、有のまゝにはや馬にてちうしんするとそ聞えし

かの飛札大つかにつきしかは、樽次とつて披見し給ふに、其文にいはく

僣《ひそか》「に愚札《くさつ》をさゝけ奉り候、于茲《こゝに》、池上《いけかみ》太郎右衛門尉底《のせうそこ》深《(ママ)ふか》と」七オ いふ者、大師河原《しかはら》に住居《ちうきよ》し、唯我独酒《ゆいかどうしゆ》(ママ)と法《ほう》を立、夏《なつ》は庭前《ていせん》に池《いけ》をほつて酒をたゝへ、かうべをかたふけてこれをのむ、たゝ夏の桀《かけつ》か酒池牛飲《しゆちきういん》ともいつつへし、冬《ふゆ》は酒をあたゝめて桶《をけ》に入、舌《した》をたれてこれをすふ、たとへは、大蛇《じや》かみづうみをほすにことならす、しかのみならす、大盞《さん》をひつさけてきんがうをはせめぐる間、そくはくの水鳥等、みなかれに帰服《きふく》して、樽次にそむく者多し、あまつさへ、かの一門等《ら》かちしよくをすゝかんため、近日、大塚へ参入いたすへき風聞《ふうふん》あり、はゝかりなから、御思案《しあん》をめくらさるへく候、注進之《ちうしんの》状如件《しやうくたんのことし》

慶安元年八月三日

大塚地黄坊樽次公《おほつかちわうほうたるつくこう》　御館《みたち》にをいて飯嫌《いひきらひ》殿御披露《ひろう》

南　河原住人《みなみかはらのちうにん》斎藤伝左衛門尉忠呑《たゝのみ》

とそかいたりける

樽次御らんして、是は一向《かう》気もさんせぬ事かな、さりなから、此事ゆるかせにしてはあしかりなん、あすはとらの一点《てん》にうつたち、さかよせにしてこそ、せうふにはかつへけれ、まつへんさつ有へしと」七ウ て、うすすみにそかゝれける

珍札到来《ちんさつたうらい》、再三披見《さいさんひけん》せしめ候、よつて、大師河原《しかはら》のちう人、池上《いけかみ》太郎右衛門尉底深《そこふか》、かたしけなくも、唯我独酒《ゆいかどくしゆ》とはきかへすのみならす、夏の桀《かけつ》か酒池牛飲《しゆちぎういん》をまなひ、近郷《きんがう》をはせめくるによつて、そくはくの水鳥等、我にそむいてかれにしたかふよし、歴劫不思議《りやくこうふしき》の珍事《ちんじ》なり、あまつさへ、かの一門らかちしよくをすゝかんかため、当地へ入来せんとほつするの条、是非《ぜひ》なし、さて、底深

一門、わか宿所《しゆくしよ》へとりこみなは、当座《たうさ》のついえ、後日《ごにち》の内損《ないそん》、かた〳〵もつて、めいわくに及へし、これによつて、愚案《ぐあん》をめくらすに、大師かはらへさかよせにをしかけ、勝負《せうぶ》をけつすより外は、他事《たし》これなし、是、人にさきんするのはかりことにあらすや、猶、その節あんないせらるへきものなり

同月日　斎藤《さいとう》伝左衛門尉忠呑《たゝのみ》殿への返簡《へんかん》　大塚《つか》地《ち》黄《わう》
坊樽次《はうたるつく》

とそかき給ふ」八オ

〔四〕　樽次道行の事

さるほとに、樽次はつまの女房にちかつきて、我此あかつき、大しかはらへ参りさふらふへし、それかし何事も候はすは、来月はしめの比、たよりの文を参らすへし、もし其比しも過ゆかは、うき世は上戸のならひにて、さかつきの露しもときえうせぬるよとおほしめし、古酒《こしゆ》をはたむけてたひ給へ、いとま申てさらはとて、じたいか、樽つくは、こせうそたちの人なれは、からきたくひをあつめつゝ、すいつゝの重《ちう》にこめをきて、また夜くらきに、大つかを立出ゆけは、ほともなく、いつもさかてをおひわけの、宿をもはやくうちすきて、こりせてさけをもり川しゆく、それよりも、ほんがうとをりにさしかゝり、ゆしまになれはしん〳〵たる、森《もり》のうちにいらかをならへたるしやたん有たるつぐ馬かたをまねきつゝ、是はいか成神そといふ、是こそむかしは平親王将門《へいしんわうまさかと》、今はかんだの明神とあらはれ、一さい衆生《しゆしやう》をさいどし給ふとこたふれは」八ウ

〔挿　絵「かんだの明神」〕」九オ

樽次なゝめならすよろこひ、ひやにてもみきならはいたゝかんに、かんたときけはうれしやと、馬よりはやくとんており、しやたんにかしこまり、そもみつからをは、いかなるものとかおほすらん、大つかのちわうはう樽次とはわか事也、いつれの神のくわんよりも、かんたときけはたのもしや、今度大しかはらのせりあひに、御はうへんあれと、ふかくきせいをかけ給ふ

まつしよくわんじやうじゆのけいやくに、御酒《みき》をいたゝき申さんと、内陣《ないぢん》へつつと入、神前《しんぜん》を見給へは、けにも錫《すゝ》あり、すゝならはふれといふ事にやと、さい三ふれ共、酒はなし、樽次あきれて、物をもの給はす、たゝうたはかりそよまれける

当世《たうせい》は神もいつはる世なりけりかんたといへとひや酒もなし

かやうにつぶやきつゝ、駒《こま》引よせうちのりて、すくに行とは思へ共、いつのまにかは、すぢかへはしをも打わたり、また夜ふかくもとをり町、さかなやはさまん、二ほんはし、つまれる人のさかつきを、すくるは是そ中はしと、ゆけはほとなく、はや」九ウ 新はしになりぬれは、増上寺《ぞうじやうじ》も見えにけり、あの御寺のそのうちに、いかほとつよき上戸たちの、そもたくさんにあるらんと、心にしみてしゆせう也、しはしはこゝにしばさかな、かすをつくしてめすほとに、すいつゝの内もみなに成こそかなしけれ

さらは是よりいそけとて、駒をはやめてうつほとに、をとにのみ聞ししな川にもつきにけり、まつ弓手のかたには、まん〳〵たる海上《かいしやう》に、のほれはくたるれうし舟、あなたこなたとこかれゆくは、なみまにものやおもふらん、沖にはかもめむらかりて、たつ波に身をまかせ、ねふりをもよほす有さまを、しつかなることわれににたりと、山谷《さんこく》か筆のすさひ、今こそ思ひしられたれ

馬手には大山つゝきたり、あらおもしろのかいたうや、浦《うら》山《やま》かけたる名所なれは、わがてうはさてをき、唐土《たうと》、天竺《ちく》

とても、かほとの見所はよもあらしと、一しゆは、かくそゑいし給ふ

ゆんては海めて《ニ》は山かそひへたりうら山しとは是をいふらん」十オ

山に山かさなりて、大木は数しらす、えたをならへ葉をたゝみ、しけりあひたる其中に、見てさへもうれしきは、まつわれに酒をしゐの木や、こよひのとまりに上戸はかりありのみの、下戸はひとりも梨《なし》の木の、名をきくもいやのもちつゝし、いつさて酒もりにあふちの木、あくしをはみな下戸共にぬるての木、われをは酒やのかたへひいらきの、下戸のまへをはもはや杉のかと、上戸は我を松原の、しそんまて酒のむ事をゆつりはや、ならはゝ下戸も上戸にならの木の、さかてをやすくうるしの木も有、下戸ははぢをかきの木の、我らかよはひはなか〳〵しくもひさゝきの、思ふ事はおつつけあすならふの木も有、女三の宮に心をかけし、そのゆかりにはあらね共、人にかねをかしは木の、金銀たくさんに檰《もち》（ママ）の木なれは、物を杏《あん》するくもなくて、いつも心はさはら木や、われはこゝまてもはる〳〵ときわたの木かなと、にが〳〵しくも思ひしに、やかていつきをたいぢして、大つかへ楓《かいで》の」十ウ 木こそうれしけれ

およそ江戸より川さきへ、四里半ときゝつるに、くりの木あるはふしきかな、けに行てかへりたる名なるへし、あらおもしろの道すからと、むかふをきつと御らんすれは、一町はかりさきに、小坂をかたとりて、小家ひとつそ見えにける

樽次、あれは堂《だう》か宮《みや》かと、往還《わうくはん》の人にとはせ給へは、あれこそ、此ほといてきたるちや屋にて、もちなとも候へは、もちや共申そかしとこたふれは、樽次聞召、酒のせうふをのそみて出るかとてに、もちやと聞こそ不吉《ふきつ》なれと思召、いかにたひ人、たとへもちやにても、ちや屋にてもあらはあれ、坂にいへを立たれは、さかやとこそはいふへきに、御へんはふかくじんかなとかめられ、けうさめかほにてにげにけり

そのまに、かの小家もちかくなりぬれは、むまよりおりて、

一しゆは、かうそきこえける

なにしおは丶いさこととはん茶やのか丶わか思ふ酒はありやなしやと

と口ひき給へは、ちやのか丶も、とりあへす

めには見て手にもとらる丶樽の内のかんろのことき酒にそ有ける」十一オ

樽次、此へんかにめて丶、おくのまに入給へは、芝《しば》さかなにてうしをそへて参らする、是はふなか何そとの給へは、ちやのか丶、とりあへす

しな川にのほれはくたるふな人のふなにあらねとしはしのめ君

かやうに申つ丶、いろ〳〵のめいしゆを、遊君《ゆうくん》にしやくとらせてそ出しける

もとより此上らう、しな川のはまそたちなれは、品〻《しな〳〵》にしほのあるはたうり也、はたへはしろうして、ふるしら雪のことくなれは、誰もよりそは丶きえぬへし、その立ふるまふ有さまは、楊柳《やうりう》の風になひくかことくにて、かいたう一はんの花なれと、わかま丶にならねは、あら二九の十八はかりと見えけるか、赤地のたんさくを持参して、まことや、一じゆのかけにやとる事も、他生のえんときく時は、すゑまつ山のわすれかたみに、はつかしなからも一筆と、す丶りをそへて参らする

樽次につことうちわらひ、やさしうもきこゆる人のことのはや、とても筆をそむるならは、御みのなをものせぬへし、何とか申と有けれは、かすならぬしづが身は、さして申へき名も候はす、木の丸殿にもあらはこそ、な」十一ウ

［挿　絵「たるつくやすみ」］十二オ

のりもせめとて、うちかたふける有さまは、しか、からさきのひとつ松、た丶つれなう見えしかは、樽次はいと丶あこかれて、風はふかねとくずのはの、うらめしき人のふせいかな、むかし、斎藤《さいとう》へつたうさねもりこそ、なのれ〳〵とせむれ共、つゐになのらぬと聞てあり、今そこにもなのり給はぬは、もし実盛《さねもり》かゆかりにてもましますか、しからは、びんのかみのはくはつたるへきに、くろきこそふしん

なれとの給へは

さすか上らうも岩木ならねは、はやうちしほれたるふせいにて、今は何をかつゝむへき、そもみつからと申は、此しな川になかれをたつるものなれは、かみよりくたる人も、いなかよりのほれるも、やなきはみとり花はくれなゐの、いろ〳〵にてうあいして、たゝいとおしきとのみ有しかは、すなはち、おいとゝ申となのりけり

樽次聞召、されはこそ、さいせんより、よし有ふせいとは見て有をとて、すみすりなかし、筆をそめ、なり平のあつま下り、思ひ出て

いとゝしく過行かたのこひしきにうら山しくもとまるふてかな

と、小野にてはなけれとも、道風《たうふう》りうに、さつとかゝれけれ」十二ウ は、かのおいとも、へんか申さんとて

いとによる物ならなくにわかれぢの心ほそくもおもほゆるかな

是は、きのつらゆきかよみし哥なれと、ついてよけれは、いまそ思ひでの、しな川のしな〳〵に情をかけて、もりこほせは、樽次もうちとけて、天にあらはひよ鳥、地にあらはれんがくはんとちきりつゝ、心も次第にみたれかみの、なか〳〵しくもののむ酒に、やうやくじこくもうつり、ゆふ日にしにかたふけり

其時、樽次、けふはなんときそとの給へは、かのおいと、うくひすこゑにて、またわれに何にてもくれむつのまへと、そせうかほに聞ゆれは、一ぼくもすゝみ出、もはやこゝも

とをまかり申の時といさむれは、樽次はなこりのたもとをふりちきり、門外さして出給へは、あるしもともにはしり出、一ほくにつかみ付て、なんちらはのみにけするか、おあしをいたせとせめにける、樽次御らんして、何よりもやすさうなるしよまうなり、もゝまてもくりあけ見せよかしとの給へは、いやそのあしにては候はす、けふいろ〳〵を召れける、そのかはりを給はれとそ申ける

たる」十三オ つくは、あんにさういしたる事なれ共、さはかぬていにもてなし、いかにあるし聞給へ、そもみつからと申は、江戸大つかの者なるか、大しかはらへいそきて行道なれは、こゝらへ立よるへきとは思ひよらす、たゝかりそめに出たれは、おあしとやらんも用意せす、何心なくとをりしに、忝もあのさかはやしのお立あるを、みつから一め見るよりも、はやこひとなり、心もそらにあこかれて、ゆかんとすれと道見えす、もすそに針はつけね共、杉たてるかとゝ見てしより、やかておくにもいり酒の、樽のかす〳〵れんほして、心もそゝろにうき立、じこくのうつるもわきまへす、長居《なかゐ》する鷺《さぎ》ひきめにあふ、とは是とかや、さりなから、やかてかへらん道なれは、其折ふし立よりて、酒のかはりを参らすへし、御はうしに待給へと、色〻わひぬれと、なひくけしきに見えされは

かほとつれなきあるしには、しんで後に思ひしらせん、あのさかつほにとんて入、心のまゝにのみしにし、五躰《たい》をあかくして、あら猩〻《しやう〳〵》神《かみ》と変《へん》し、のほりくたりの上戸たちに、我らかための本尊」十三ウ と、おかまれん事のうれしやと、思ひきつて候ひしか、まてしはしわか心、ひとゝせ、哥道《かだう》とやらんを、けいこしたるとおほえたり、こしおれなりとも一しゆよみ、あるしか心をやはらけはやとおほしめし、大江のちさとかうたを、思ひ出て

酒のめは銭に物こそかなしけれ我身ひとりの上戸にはあらねと

ときこゆれは、あるしも、へんかをそ申ける

ほの〳〵とあかしのかほのどろ坊にしんしゆのまるゝ銭おしそ思ふ

かやうにつふやきけれは、たとへ何ともよまはよめ、にくるをさいはひと、駒引よせ打のつて、いかに馬かたもきけ、人と生れて、よむへきものはうた也、扨もたゝ今のていたらく、虎《とら》の尾《お》はふまね共、あやうかりし処に、一しゆのうたにて、毒蛇《どくしや》の口をのかれし事、哥道のゐとくにあらすや、目に見えぬ鬼神をもあはれと思はせ、おとこ女の中をもやはらくるは哥也と、紀のつらゆきか古今《こきん》の序《じよ》にもかき置しふてのあと、今こそ思ひしられたれ

扨もたゝ今よみしうた、みつからか作意《さくい》にてよもあらし」十四オたねん頼みをかけ申、ゆしまの天神、われによませたまふかや、あら有かたやとかたりつゝ、さしも物うき道なれと、此ものかたりになくさみて、ゆけはやう〳〵むさしなる、川さきをゆんてに見て、みなみ河原、忠呑かやとにつき給ふ

五　在《ざい》〻の水鳥等南河原へはせきたる事付リ底深住所《ちうしよ》へ使者《ししや》を立らるゝ事

さるほとに、樽次公、昨朝大つかを御立これ有、其日のくれかたに付給ふと、ふうふん有けれは、ざい〳〵の水鳥等すいつゝ取てわきはさみ、我さきにとはせ参る人〻には、まつ一ばんに、鎌倉《かまくら》の甚鉄坊常赤《ぢんてつはうつねあか》、赤坂《あかさか》毛蔵坊鉢呑《けさうはうはちのみ》、武州《ふしう》わらびの宿に半斎《はんさい》坊数呑《かすのみ》、かはさきに小倉《をくら》又兵衛忠酔《たゝよひ》、多《た》麻郡《まのこほり》、菅《すげ》村の住人、佐保田《さほた》の某《それかし》酔久《よひさ》、小石《こいし》川に佐藤《さとう》権兵衛むねあか、ひらつかに来見《らいけん》坊たるもち、江戸ふな町に鈴木《すゝき》半兵衛飲勝《のみかつ》、おなしく、あさ草になごや半之丞もりやす、木下杢兵衛の尉飯嫌《いひきらひ》、とび坂に三浦新之丞樽明《たるあけ》、あざぶに佐ゝ木五郎兵衛すけ呑」十四ウ

〔挿　絵〕」十五オ

同、弥三左衛門酒丸、八わうしに松井金兵衛夜久《よるひさ》、あるしの斎藤伝左衛門忠呑《たゝのみ》、都合《つかふ》十五人、其外、村〻谷〻《むら〳〵やつ〳〵》よりはせくはゝる雑兵《さうひやう》、庭前にみち〳〵て、木の下、岩のかけ、人ならすといふ事なし

樽次の給ふやう、さらは明朝、卯《う》のこくにうつ立、辰《たつ》の刻《こく》に手合すへし、さりなから、まつ大しかはらへ使者をたて、底深かしよそんをきかんとて、赤坂の毛蔵坊《けざうはう》を召れ、なんち大しかはらへはせゆき、樽次、是まてよせて有、明朝はさうてんにをしかけ、せうふをけつすへし、もし一種《しゆ》一荷《か》持参《ぢさん》し、あやまりなきむね白状せは、今度はしやめんたるへしといひかけ、ちとおひやかして見よとの給へは、承るとてけさう坊、駿馬《しゆんめ》にぶち打て、時をうつさす大しかはらにつきしかは、かれか宿所につつと入、大をんしやうにて、これ〳〵御使に、愚僧《ぐそう》かきたつて候とおめきける

あはれなるかな底深は、年つもつて六十九、其うへ大病にはおかさるゝ、たけき心もよはりはて、題目《だいもく》となへてゐたりしか、此こゑにおとろき、郎等に手をひかれなからたい」十五ウ めんし、扨もめつらしの御出や、さ候へは、それかし所存をかたつてきかせ申へし、近年、人□《（こカ）》の取さたには、大つかにこそ地黄坊といふ者かすみて、よな〳〵しのひ出、人を呑ころすといへる風聞有しか共、世中のそらことにやと、思ひおり侍しに、それかしかいとこに、山下作内と申者、去年極月、江戸赤坂へ打こえ、大血をはき、戸板にかゝれてかへりしを、是はいかにととへは、地黄坊の所行《しよきやう》とこたふ、そのうへ又、同名三郎兵衛と申者、此春めくろへ参り、ある谷合《やつあひ》にて、樽次によせ合せ、是も同しやうに血をはき、存命不定にてかへりしを、是はときけは、樽次のわさなりといふ、其外、樽次に参会《さんくわい》するほとのもの、いつれ、ぶじにてかへるものなし

その時、底深思ふやう、よし〳〵、その樽次も、おに神にてはよもあらし、此翁《おきな》か大樽ひつさけ出るほとならは、血をはかせぬ事はよもあらし、扨こそかれらかちしよくをもすゝかんと、馬にくらをかせ候所に、某しゆうんやつきたりけん、にはかにふうとくしゆといふもの、もゝに出たれは、羽ぬけ鳥とはこれとかや、た」十六オ つもたゝれぬ風情にて、やまふのゆかによりかゝりぬるこそ無念なれ、それさへあらめ、かへつてさかよせになりぬる事、てう〴〵もつていこんなれ、しかるに明朝、これまて御こしあるへきよし、ねかふところのさいわゐなり、とても病死せんよりは、酒のかたきとのみしにし、名を後代《こうたい》にあけんとて、ちんするけしきはなかりけり

けざう坊は、くわんらいめはやき法師にて、いや〳〵長居せはあしかりなんと、いそきたちかへり、そこふかゝしよそん有のまゝに披露《ひろう》すれは、おりふしなみ居たる侍たちは、かれか病中こそはみかたの吉事なれ、こよひにもをしかけ給へと、いさみすゝんて申けれとも、樽次は一かうすゝみ

給はす、しはらく思案しての給ひけるは、窮鼠《きうそ》かへつてねこをかむといふ事有、おもひ切たるそこふか、老人といひ、大病をうけ、のみしにせんといふこそはたうりなれ、かゝるくせ者」十六ウ にわたりあはゝ、たとへせうふにはのみかつとも、みかたはおほくないそんすへし、たゝ此たひは理を非にまけて、かれかほんふくをまつよりほかの事あらし、いつれも此むねをぞんぢせよとその給ひける

むかしもさるためし有、和田、くすの木二千きにて、摂州天わうしに出張《しゆつちやう》の時に、うつの宮七百きにてよせくるを、わだは、これつたへきゝ、くすのきにむかつて、いせん隅《す》田《た》、高橋か、五千きにてよせけるをたにをしちらし候に、こんと宇都《うつ》の宮か、わつか七百きにてよせきたる風聞あり、いさ、さかよせにして、一騎ものこさすうつとるへしと、いさみかゝつて申けれは、くすのきしはらくしあんして、いや〳〵、今度のいくさは大事なり、せんど大せいをたにをしちらし候あとへ、わつか七百きにてよせくるは、一騎もいきてかへらんとおもふものは、よもあらし、かく思ひ

きつたるかうてきにわたりあは丶、たとへいくさにはかつとも、みかたは過半う」十七オたるへし、されは、いくさは今度ばかりにかきるへからす、しかるに、そくはくのにんしゆうたれなは、かさねてのかつせんいか丶せん、くすの木にをいては、はかりことをめくらし、かれをむなしくかへさんとて、さ丶へたるちんはを、すこしひきしりそき、にけたるやうに見せけれは、あんのことくうつのみやは、わた、くすのきか、ひきしりそきたるをきほにして、ひといくさもせす、京都をさして引にける

されは、うつのみやかこせいををそれて、いくさをせさるは、くすのきかくんほう、今そこふか丶しゆもつををそれて、か丶らさるは樽次か酒法、かれこれ、時代はかはれ共、はかりことは、わりふをあはせたるかことくなり

（四行空白）」十七ウ

水鳥記巻之中

六　五ケ《か》条《でう》の制札《せいさつ》たてらる丶事

翼日《よくじつ》にもなれは、はせ参る人ゝをあつめ、池上かほんふくせさらんうちは、たとへ年月ををくる共、此地にとうりうすへし、めん〳〵も、そのかくごあれとその給ひける

その比、あるしの忠呑は、茶屋《ちや》をたてけるか、にはかにさかはやしをおつ立、樽次公にまみへ、忠呑こそうらに酒のみやをもちて候と申せは、たるつくうなつき給ひ、その日のむまのこくに入せ給へは、人ゝ参りつ丶終日のしゆえんをはしめらる、その日もくれぬれは、かまくらのちんてつはうを召れ、樽次かしはしなりともとうりうせんに、をきて、なふてはかなふまし、これ〳〵五ケ条のをもむきを、せいさつに立らるへしとの給へは、承るとてたいしゆつす、中にもけざうはうは、きこふるふんしやにて、かうこそはかきたりけれ

一　すてに酒はやし、たて候うへは、出入せらるゝめん〳〵、今日より」十八オ して、御酒のみやと申さるへし、もしあやまつて、ちや屋と申やから、これ有にをいては、そのくわたいとして、下戸には酒をしゐ、上戸には、かへつてふるまふましき事

一　此庭《てい》前にをいて、みたりに痰《たん》をはくへからす、但、さけはかれ候義は、くるしからさる事

一　樽次公、興にぜうしておどられ候きさみ、上戸《じやうご》のれき〳〵は、地うたひのやくたり、あをくみの下戸《げこ》らは、しらすになみゐて、けたいなくほめ申さるへき事

一　此御酒の宮に、あひつめらるゝめん〳〵、たかひに酌《しやく》をとつて、おほくのまるへし、酒はすこすをもつてなくさみとす、もしすこさすんは、あに、なんの益《あき》かあらんや

一　樽次老は、りよしゆくのうち、女人けつかいの御たしなみ有といへ共、ようがんひれいの御かたにをいては、ひそかに御たいめんあるへき事

右、五ケ条之《かでうの》趣《をもむき》、かたく、可《へき》二相呑《あひのむ》一者《もの》也、年号《ねんかう》月日」十八ウ
奉《ふ》行《ぎやう》鎌倉《かまくら》甚鉄坊常赤《ちんてつはうつねあか》、木下杢兵衛尉飯嫌《いひきらひ》等、在判《さいはん》して立給へは、みな人、厳密《げんみつ》のをきてとかんしけり

七　樽次薬師堂《やくしだう》へ願書《くわんしよ》をこめ給ふ事

光陰矢《くはういんや》のことくとやらん、うつりかはるは月日にて、きのふとすぎ、けふとをくるほとに、いつのまにかは、八月中しゆんに成にけり、かく月日のたつにしたかひて、そこふかもいやましにおとろへゆけは、一門はきもをけし、本《ほん》道《たうけ》外科《きやう》、かずをつくしてまねきよせ、華佗《くわた》、扁鵲《へんしやく》か術《しゆつ》をつくせ共、そのしるしあらされは、いまは今生のえんつき、めいと黄泉《くわうせん》に、をもむかんとするこそあはれなれ
樽次此よしきゝ給ひて、あるじを召れて、いかにたゝのみ、今度そこふか、老人といひ、大病といひ、一かたならぬくるしみに、あみのうちなる魚とかや、のかれかたきと聞て有、しからは、疫病《やくひやう》の神にて、かたきとつたるとやらん

なれは、樽次か本意にあらす、いかにもして、そこふかゝ
命を、いけかみにするはかりことこそ、きかまほしけれと
の給へ」十九オは、忠呑うけ給はり
されは昔より今にいたるまて、ぼんぶの及はぬねかひをは、
仏神にいのるならひ有、そのしようこを、もろこしにたつ
ぬれは、周の武王《わう》やまふにふして、すてにほうきよし給は
んとせし時、周公旦《しうこうたん》、天にいのりしかは、武王の病たちま
ちにいへけり、ましてわかてうは神国なり、なとかは利生
なかるへき、神にせいぐわんし給はゝ、一定ほんふくつか
まつるへう候と申けれは、樽次けにもと思召、あたりなる
薬師堂に、一通《つう》の願書を持参し給ふ
その文にいはく

帰《き》命頂礼《みやうてうらい》、夫薬師《それやくし》如来者《によらいは》、東方浄瑠璃《とうはうじやうるり》世《せ》界本主也《かいのほんしゆなり》、
衆生《しゆしやうの》願《ねかひを》為ニ円満一《せんとえんまん》、誓給《ちかひ給ふ》偉哉《おほひなるかな》、為ニ其徳一矣《たることそのとく》、
所ヨ以《ゆへん》尽レ《なりつくす》誠《まことを》也、樽次《たるつく》、僭《ひそかに》(ママ)依レ《よつて》有ニ所願一《あるにしよくわん》、奉レ捧ニ《たてまつるさゝけ》
愚書《ぐしよを》一、旨趣者《しいしゆは》、非ニ《あらす》他事《たじに》一、于《に》レ兹《こゝ》、有ニ《あり》池上《いけかみ》太郎右衛門尉《のせう》

底深《そこふかといふもの》者一、聞ニ《きくに》其行跡《そのかうせきを》一、常《つねに》枕《まくらとし》レ麹《かうじを》籍《しき》レ糟《かすを》、提《ひさけて》レ盞《さかつき》招《まねき》レ
友《ともを》、傾《かたふけ》レ樽《たるを》飲《のむ》レ之《これを》、惟《たゝ》如《ことし》レ吸《すふが》」十九ウ

〔挿　絵〕」二十オ

ニ鱣鯨《せんけいの》之大海《かいを》一、故《かるかゆへに》威勢《せいひゝ》日《に》盛《さかんにして》而、近郷《きんがうの》之水鳥《すいてう》等尽《こと〳〵く》、
被ニ《られ》強《しゐ》臥《ふせ》一畢《をはんぬ》、加《しかのみ》レ之《ならす》、密《ひそかに》盗《ぬすみ》ニ経文《きやうもんを》一、称《せうす》ニ唯《ゆいか》我独酒《どくしゆと》一、
剰《あまつさへ》掠《かすめて》ニ樽次《たるつくか》酒法《しゆほうを》一、恣《ほしいまゝに》酔狂《すいきやう》、倩《つら〳〵》惟《おもんみれは》、是仏法《これふつほう》、
酒法《しゆほうの》之両敵《りやうてき》也《なり》、我《われ》俚《いやしくも》生《むまれ》ニ此家《このいへに》一、不《す》レ強《んはしゐ》ヨ臥《ふせ》彼《かれを》一者、天
下之《の》嘲《あさけり》、難《かたし》レ遁《のかれ》、是非《これあらすして》ニ我恥辱《わがちしよくに》一而、何乎《なんそや》、故《かるかゆへに》

与《と》レ彼《かれ》、為《ため》レ決《けつせんか》二勝負《せうふを》一、揚レ策馳《あけてむちをはせ》コ来《きたるの》於当地《たうちに》二之処《ところに》、底《そこ》深《ふか》、俄然《がぜんとして》被《され》レ犯《おか》二大病《ひやうに》一、依《よつて》レ傾《かたふくるに》二枕《まくらを》老後《らうこ》之《の》病《ひやう》床《しやうに》一、樽次《たるつく》掩《おさへて》レ憤《いきとをりを》延引《えんいんす》、可《へし》レ謂《いつつ》無念《むねん》也《なりと》、悲《かなしひ》哉《かな》、進《すゝんて》欲《ほつするに》レ企《くはたてんと》二乱酒《らんしゆ》一、彼《かれか》病《やはひ（ママ）》火《くわ》急《きう也》、嘆《なけかしき》哉《かな》、退《しりそいて》欲《ほつすれは》レ待《またんと》二後日《ごにちを》一、彼命《かれかいのち》不《ふ》定《ぢやう也》、若《もし》今般《このたひ》、不《すんは》二参《さん》会《くわいせ》一、何時《いつれのときか》散《さんせんやい》二遺恨《こんを》一乎、樽次《たるつく》一期《ごの》之浮沈《ふちん》、在《あり》レ焉《ここに》、嗚呼《あゝ》、伏希《ふしてこひねかはくは》施《ほとこし》二霊仏之《れいぶつの》薬力《やくりきを》一、忽《たちまちに》令《しめ給へたら》レ為二本復《ほんふく》一、然者《しからは》即《そく》時《じに》押掛《をしかけ》、強臥事《しゐふせんこと》、不《す》レ可《へから》レ廻《めくらす》二咽本《のともとを》一也　再拝《さいはい》

慶安元年八月十日

薬師《やくし》御《ご》宝前《ほうせん》　大塚地《つかち》黄坊《わうはう》樽次《たるつく》　敬《うやまつて》　白《まうす》」二十ウ

とかきしたゝめて、仏前に持参し、たからかによみあけ給へは、丁寧《ていねい》にこと葉をつくし、玉をつらねたるふんしやう也とて、きく人しん〳〵の思ひをなす所に、地震《ぢしん》おひたゝしくゆりぬれは、やくし十二神たちも、一度にとつとうなつき給ふ、そのときたるつく、扨はそこふかゝ命も、まんさいらくといはゐつゝ、下向し給ふそたのもしき

八　底深《そこふか》ほんふく付さかろんの事

さても、かのそこふかゝしゆもつといつは、一夜かうちにこつずいよりゆしゆつしたる事なれは、いたむといふ事かきりなし、しかるに此ほと、樽次のくわんしよ仏意にやかなひけん、さしも大なる風とくしゆ、たちまちにやふれて、へんしか内にへいゆするこそふしきなれ、さてこそ底深も、よみちかへりとよろこふ事かきりなし

樽次此よしつたへ聞給ひ、しよくわんじやうしゆと、やくしのかたをふしおかみ、此事時日をうつしてかなふまし、はやうつ立候へし、こよひ大しかはらにつきなは、定て銚子《てうし》」二十一オ のかけひきたるへしとて、ながえをそろへ、けつこうし給へは、ざい〳〵の水鳥等よりあひて、そも〳〵われらはいまたながえをたんれんせす、いかゝはせんとひやうちやうす

鈴木半兵衛のみかつ、すゝみ出て、今度のてうしには、あとさきに口をつけんと申、樽次、あとさきのくちとはなん

そとの給へは、のみかつ、つねのてうしは、つかんと思へはつき、とめんと思へはとめ、ゆんてへもめてへもまはしやすう候か、なかえはさやうのとき、きつとをしまはすか大事て候へは、あとさきに口をつけ、我かたへもつぎやすきやうにし候ははやと申けれは、樽次、まつかと出のあしさよ、乱酒はすこさしと思ふたに、あはひよけれは、過すはつねのならひ、ましてさやうにつきまうけせんに、なしかはよはさるへき、御へんたちは、あとさき千口も万口も付給へ、樽次は、もとのまゝにてあらんとの給へは

のみかつ聞て、それよき大酒と申は、むかふへもおさへ、あとへもさし、うけはつしのたつしやなるをもつて、よき大酒くむとは申、さやうに一はうのみするをは、ゐのしゝ上戸と」二十一ウて、よきにはせすと申、樽次、ゐのしゝ、かのしゝはしらす、らんしゆは、只ひらのみにのんてもよはぬそ、心地はよきとの給へは、のみかつ、さい三のもんたうに、めんほくやなかりけん、天せい、此御坊は、げこふりするとつふやけは、樽次大きにはらをたて、なんちは、けこのものかな、手なみのほとをみせんとて、なかえに手をかけ、すてにさしちかへんとし給へは、樽次には飯嫌《いひきらひ》、ぢんてつら取つき奉り、呑勝《のみかつ》には半斎《はんさい》坊つかみついて、まへには底深といへる大てきを持なから、同士のみし給はん事もつたいなしと、いさめ申により、無事にこそはなりたりけれ

九　鎌倉甚鉄坊先懸付さめやすか事

其後、樽次さふらひたちを召れ、けふもはやひつしのこくと覚えたり、是より三十町の道をへて、大しかはらにつくならは、ほとなく日もくれなんす（ママ）、しからは、をのつからよるのせうふになりぬへし、夜分のかけあひは用ある物そ、たんれんの人あらは、さけをこのめとの給へは、かまくらのちんてつばう」二十二オすゝみ出、我らこそ真言《しんごん》そたちの事なれは、じやくねんの比より、日まち、月まち、廿三夜なとゝて、しよたんなをかけまはり、よるはかりたべならふて候へは、夜分《やぶん》のはたらきに、ついにけかとつたる事候

はす、たとへつよからん敵《てき》にても、一方のみやふつて参らせんといふまゝに、まつさきかけてすゝみけれは、つゝいて樽次も出給ふ、けさう坊はおさへのやくにて、あとにこそのつたりけれ、其外の人ゝも、樽次をしゆこし奉りて、南かはらをうち過、たんほをまつくたりにのり給ふ

樽次きのふまても、さふらひ十五騎、大将ともに十六騎と聞えしか、けふ侍十六き、大将共に十七きのゆらいを、くはしく尋れは、ちかきころ、天も心よくはれしかは、樽次あるしを召れ、それ山にあそふとかきて、ゆさんとよむそかし、是ほとまちかき山に、あそはぬ事や有へきとて、大勢うちつれ、山ゝをはいくわいし給ふ

比しも八月中旬《ちうしゆん》の事なれは、ところ〳〵はもみちして、木ゝのこすへも、酒にゑゝるかとうたかはる、あらおもしろのけふのたのしみや、まことに一《いつ》こく」二十二ウ

〔挿　絵〕」二十三オ

千金のしせつなりと、おしみ給へとも、はや日もくれなんとすれは、いさや人ゝ、天下たいへい、こくとあんをんの御代なれは、道くらからぬそのさきに、鳥はふるすに、我はやとにかへらんと、みねよりふもとにをりさせ給ふ所に、物こそひとつ見えにけれ

こはいかにと御らんすれは、すかたは人にて、木のえたにあしをひつかけ、まつさかさまになりなから、いまやうをうたふてそゐたりける、そのとき、樽次すこしもさはき給はす、されは、異国《いこく》にも、東坡《とうば》といへる人、赤壁山《せきへきさん》にあそひしとき、くろきつる、とうしにへんして、こと葉をかは

しけるとかや、今樽次も、此山中にて、かゝるしれものにあふこそふしきなれ、いかさま、是はみつからをたふらかさんとて、きつねかむじなのわさと覚えたり、さあらは、一句さつけてくれんとて、すいつゝ取てなけつけ、なんち元来《くはんらい》上戸《じやうご》生急ゝ《しやうきう〱》酒ゝ《さけ〱》と、かのせつ生せきのもんをさつけ給へは、はや木のえた二つにさけて、ぬしは下へそおちたりける

其時樽次、なんちいかなるへんけのものそ、有のまゝに申せとあれは、されはそれかし、まつたくへん」二十三ウ けのものにて候はす、此ふもとにすまゐする、山がの者にて候か、いかなる仏神のはうへんにや、よにたくひなき上戸と生れては候へとも、朝三《てうさん》のたすけもなきしつの身にて、酒のあたへもあらされは、世人はみなゑゝれ共、我ひとりさむる事のかなしさに、きのふ此山に入、杵《きね》といふ物をつくり、けふ川さきの市にたち、きねをかはりに酒のふて候へとも、やとへかへらぬそのさきに、はやさめて候へは、あまりねんなふそんじ、もしさかさまになりてふらめかは、かしらへ血さかつて上気し、ゑふたるこゝちやせんと、さとは人めもしけけれは、此山に入、此ていたらくをなす所に、思ひもよらぬ人ゝに、見ゝえ申こそはつかしけれとて、うちかたふいてそ居たりける、樽次、其外の人ゝも、あつはれ上戸の手本やとかんしつゝ、なかすなみたの雨は、たゝふるもろはくのことく也

其後樽次、御へんのけみやうはとあれは、されは此ふもとに居住してあるときは、山にのほつて木を切、さとへおりては田をつくり、此二つのわさにてよすかを」二十四オ くる者なれは、木をも田をもすてしとて、すなはち、喜太郎と申也とあれは、あらゆゝしの名の付やうや、さてじつみやうはとの給へは、もとより山かの者にて、けみやうはかりありのみの、実名《しつみやう》はなしとこたふ

けに是はさそあるらん、さらは名のりを一つとらせんと、まつごへんは何ほとのふても、さむる事のやすけれは、さめやすとなのれとて、則すいつゝを、三ゝ九度ふるまひ給へは、是ほとのふても、やかてさめやすといふくれの、い

つく共なく見えさりしか、けふ樽次の御かと出と、風のたよりにきゝしかは、御みかた申さんと、はせくはゝるほとに、扱こそ十七騎にはなり給ふ

〔十〕底深乱舞《そこふからんふ》付いなりたくせんの事

そこふかは、樽次のをしかけ給ふをはしらすして、此ほとのつかれをなくさまんと、一門をまねき、らんふをしてそ居たりける、すてにらんふもなかはのころ、其座にしやくとりける十四、五のわらは、にはかに狂気《きやうき》して、二、三間つゝとひあ」二十四ウ かり〳〵しけれは、人〻きもをけし、いかさま、是はものゝけのつきたるにやと、目をすまし見居たる所に、あんのことく口はしりて申やう

我をはいかなる者と思ふらん、けふははつかなれ共、われはとうかの大明神にて有そ、さても樽次は、みな〳〵十六騎を引くし、たゝ今こゝもとへいそく也、こよひこゝはしゆらの座となりて、なんちら一〻ざうふをはき、うきめにあはんするをは、ぽんぶのかなしさは、しらすして、らんふのたはふれこそふかくなれ、うぢ子ふひんなれは、しらせんために来るなり、今ははやかへる也とて、五たいよりあせをなかしてそ、しつまりける

〔十一〕底深与力《よりき》をまねく事付名主四郎兵衛松原へ向事

まことに、うち神のつけあらたなれは、底深大きにおとろき、いそき与力をまねきけれは、はせきたる人〻には、名主の四郎兵衛つねひろ、藪下勘解由《やぶのしたかげゆ》左衛門尉早呑《はやのみ》、竹野《たけの》小太郎たらひ呑、同弥太郎数成《かずなり》、米倉《よねくら》八左衛門はきつぐ、底深惣領《そうりやう》に、長吉底成《そこなり》、次男《じなん》百助底平《そこひら》、田中内徳坊呑久《ないとくはうのみひさ》、朝腹《あさはら》九郎左衛門」二十五オ 桶呑《をけのみ》、またを九二郎常佐《つねすけ》、そこふかしやていに、池上七左衛門そこやす、同左太郎忠成《たゞなり》、かの吐血《とけつ》せし、山下作内請安《うけやす》、池上三郎兵衛強成《つよなり》

これらをさきとして、こゝかしこより大勢はせよれは、そこふか、いそきたいめんし、申けるは、某しやくねんの比より、おほくの人をしゐふせし其むくひ、たちまちにそこ

ふかゝ身（ママ）きたつて、こよひかきりとなりて候そや、それをいかにと申に、大塚地黄坊樽次といへる、きこゆる大将にて、つゝく御坊たちには、かまくらの甚鉄坊常赤、ひらつかのらいけん坊樽持、赤坂けさう坊鉢呑、わらひの半斎坊しけのみ、其外、いひきらひ酒丸なとゝいへるあふれ人、かすをつくしてよせ給ふよし、たゝ今あらたなる御つけの有けるそや

扨こそ、をの〳〵をもまねき申ところに、さうそくの御出、しうちやく申て候、さ候へは、某としはよつて、此ほとの大病に身もつかれて候へは、こよひは一ちやうのみしにと思ひきつて候、われむなしくなるならは、あの兄弟を、さ」二十五ウ

〔挿　絵〕」二十六オ

きにたて、ちゝかかたきなれは、ほんまうとけさせ給へと有しかは、座中の人々も、たもとをかほにあてぬはなかりけり

かゝりし所に、惣領の長吉底成は、其比十一さいにて有しか、すゝみ出申けるは、昔か今にいたるまて、小をもつて大にかち、よはきをもつてつよきをうつに、はかりことにしくはなしと見えて候へは、もつはらちりやくをめくらし給ふへし、まつそれかしそんし候は、是より八町ほと出れは、ほそ川なかれ候、異国《いこく》の韓信《かんしん》が背水《はいすい》のぢんをまなひ、かのほそ川をうしろにあて、前なる小松原に、大勢かくれゐるならは、二さうをさとる樽次も、是をは夢にもしらすして、なに心なくとをり給ふところを、松原よりやなしり

をそろへ、一度にとつとかゝるほとならは、いかなる樽次も、一たん引給はぬ事はよもあらしと、たゝ手にとるやうに申けれは

そこふか、うちうなつき、せんたんはふたばよりもかうはし、とは是なるへし、わとのはいまた幼少《ようせう》の身として、ちゝかちりやくには、はつくんまして有、さらは、さつそくうつ」二十六ゥ たち給へと、そこふかもさしきをたちぬれは、長吉はしりより、ちゝかたもとにとりつきて、今思ひいてたる事の候、たるつくは、すきまかそへときいて有、もしわき道にかゝつて、留守をねらはれ給はゝあしかりなん、たゝそこふかは、此所にまし／＼て、まつはらへは、それかしはせむき候はんとあれは、そこふか聞て、これもいはれたり、さてまつはらへは、たれにてもさしむけ、御へんも此ところにまし／＼て、ちゝをみつきて給はるへし、いまたとしにもたらぬわとのを、へんし也ともはなし申へきか、ぎせちなう候とて、今まてよひしそこふかも、たゝさめ／＼と見えけれは

長吉も、今はちからなし、さらは、みやうたいをさしむけんとて、名ぬしの四郎兵衛をまねき、いかに名ぬしとの、御へんこそ度〻のせうふにも、つゐにふかくをとらぬ人ときいて候へは、今度まつはらの大しやうにたのみ申なり、もとより、てきによつて、てんくわす」二十七ォ る事なれとも、たるつくはぶさうの大しゆにて、てき大勢なれは、なをもつていさみかゝることはものときいて有、あらかしめ、そのかくこし給へと、下知すれは

名ぬし聞て、御心やすくおほしめせ、たとへ余《よ》人はにけちり、此つねひろにをひては、てきにうしろをはみせ候まし、そのうへ、たるつくも、たゝみのうへにてこそ、くちをはき、給ふらめ、野はらのかけあひをは、いつ、たんれんし給ふへきなれは、それかしはせむかつて、まつはらへ引こみ／＼、いち／＼よこにねせなんものをとて、さしきをすんとたちぬれは、あつはれ、しそんすましきけいきかなと、みなたのもしくそ思はれける

（四行空白）」二十七ゥ

水鳥記巻之下

〔十二〕 樽次《たるつく》まつはらにつき給ふ事付リ平塚《ひらつか》のらいけん坊もの見の事

さるほとに、名主四郎兵衛は、松原にもつきしかは、こゝやかしこにかくれつゝ、樽次の御とをりを、今やをそしとまち居たり

是はさてをき、樽次《たるつく》は、へんしもはやくとおぼせ共、せつしよをかまへたるなんしよにて、あるひはふかたをこく時も有、ほそ道をたとる所も有、九折なるたに坂を、のほりくたらせ給ふほとに、やうやくさるのなかばに、かの松原につき給ふ

こゝらこそ用心あるへき所そと、むかふをきつと御らんしけるか、あらふしきや、こゝなる松原より、虎狼《こらう》、やかんのさはきたつのみならす、そらをとふてうるいまて、羽《は》をしけく打て、つらをみたしける事のふしきさよ、けに心得たり、そこふかは老《らう》こうといひ、はかりことの上手ときいてあるなれは、たるつぐか何心なくとをる所を、よこあひにかゝれとて、松はらにくさ」二十八オをふせたると覚えたり、たれかある、見て参れとの給へは、平塚《ひらつか》のらいけん坊、ぐそうか見て参らんといふまゝに、すこしくほき所よりはひより、したくのていを一め見て、いそき立かへり、何とはしらす、やなしりをみかきたてたる水鳥ら、五十きほと、柴居《しばゐ》をかためて候と申けり

〔十三〕 松原手《て》合《あはせ》の事付樽明《たるあけ》かうみやうの事

樽次きこし召、さてこそゆゝしき大事はいてきたれ、敵《てき》は大勢なれは、ひらかゝりにかゝつてはかなふまし、めん〳〵は、たつみのかたにしくれたる、やふのうちをかたとり、せいの多少を見せすして、くるまかゝりといふものに、まんまるになつてかけ入給へ、かまへて、はしめてのはたあはせにひけとつて、たるつくをうらみ給ふなと下知《げぢ》をな

し、みつからは、てきのうしろよりか丶らん折から、秋の野なれは、き丶やう、かるかや、をみなへし、其外いろ〳〵のちくさの中を、かきわけ〳〵しのひいり、一もとす丶きの有ける、そのもとに、立かくれ」二十八ウ てそおはしける

さるほとに、やふの手の人〻、おめきさけんてか丶りけれは、松はらの大せい、あはてさはく事かきりなし、され共、はせむかひ、ひつくみ、さしちかひ、のんす、さいつ、ひまなくそ見えにける、樽次、今こそしふんはよきと、す丶きのもとよりほに出て、はやみたれあひ給へは、前後《ぜんご》よりとりこめられ、かなふましとや思ひけん、大しかはらさしてにけてゆく

かくにけ行ゆく其中に、名ぬし四郎兵衛そこひろは、大しかはらにていひすてし、ことはのすゑもはつかしけれはとて、た丶一騎とつてかへし、にけんするけしきはなかりけり、たるつくとのかたよりも、はくはつましりのおのこ、一騎す丶み出、あなやさしや、みなにけさふらふ其中に、た丶一騎かへしあはせ給ふは、いかなる人にてましますそ、なのれ、きかんとあれは、まつさいふ、わとのはたそ、是は、樽次殿かたに、三うら新之丞たるあけなり

名ぬしきいて、扨はたかひによきあひて、た丶し、わとのをさくるにてはなけれ共、ぞんするむねが」二十九オ あるなれは、なのる事は有まし、よれ、くまんといふま丶に、はやをしならふと見えしか、名ぬしは、らんふにはしつかれたり、古酒《こしゅ》のちからもうせはて丶、三うらかしたになる所をおさへて、盃をうはひとり、樽次の御前に参り、申やう、三うらこそ、きいのくせものとくんで、大盞《さん》とつて候へ、じやうごかと見れは、つ丶く樽もなし、又下戸かと思へは、黒漆《こくしつ》の大盞をもつたり、なのれ〳〵とせむれとも、つゐになのらす、こゑはしほからこゑにて候と申

樽次との、あつはれ、名ぬしの四郎兵衛にてやあるらん、しからは、さかつきの朱《しゅ》いろたるへきに、くろきこそふしんなれ、た丶のみは見しりたるらんとて、めされしかは、た丶のみ参り、た丶一め見て、あなむさんや、名ぬしの四

郎兵衛にて候ひけるそや、名ぬしつね〳〵申せしは、六十にあまつてらんふをせは、わかとのはらにあらそひて、酒をかけんもおとなけなし、又らうむしやとて、人〻にあなつられんもくちおしかるへし、さかつきをすみに」二十九ウ

〔挿　絵〕」三十オ

そめ、わかやき、のみじにつかまつるへきよし、つね〳〵申候ひしか、まことにそめて候、あらはせて御らん候へと申もあへす、さかつきをもち、御まへをたつて、あたりな

る、ほそみそ川のきしにのそみて、やなきのうちもみなになる、ゑたきては酒心中のかみにあかり、こゝろきへては、なをはくたいのさかつきを、あらひて見れは、すみはなかれおちて、もとのしゆ色になりにけり、けに名をおしむさけのみは、たれもかくこそ有へけれや、あらやさしやとて、みなかんさけをそのまれける

また名ぬしか、そこひろとなのる事、わたくしならぬのそみなり、名ぬし、大しかはらを出しとき、そこふかに申やう、こきやうには、にしをさかなにのむといへるほんもん有、名ぬし、生国《しやうこく》は、ゑつちうのものにて候ひしか、きんねん御酒につけられて、むさしの川さきにきよぢうつかまつり候ひき、此たひ、まつはらにまかりくたつて候はゝ、さためてのみしにつかまつるへし、上戸の思ひいで、これにすぎじ」三十ウ 御めんあれとのそみしかは、そこふかの底《そこ》の字《じ》をゆるし給はりぬ、しかれは古哥《こか》にも

もろはくをのみつゝゆけはもみちして色に出ると人や見るらん

とよみしも、此ほんもんのこゝろなり

十四 樽次大しかはらへつけいりの事付タリちんてつばうなのりの事

樽次は、いけかみかにくるせいにおつつかふて、大しかはらにをしよせ給ふ、其日のしやうそく、いつにすくれてはなやか也、はたにとつては、きぬにかみこを引ちかへ、ふかやなの上と下とをはねぬき、おけかはどうとなつけつゝ、しらあやにてはちまきし、かすけなる馬に白くらをいて打のり、そこふかゝ門前に、つつたちあかり、大をんしやうにて、そも〳〵是まてよせきたるものをは、いかなるすいきやうしやとかおもふらん、忝も晋《しん》のりうはくりんかはつそんに、ろくゐの大酒官《しゆくはん》、大塚の地黄坊樽次とは我事也、底深はなきか、けんさんせんとなのり給ひし、御こつから、あつはれ大酒とそ、見えに」三十一オ ける

そこふかも、よかりけん、心得たりといふまゝに、ひろ敷まておとり出、えんの板も酒よ〳〵、ふみならし、此おきなこそ、当地の大蛇丸《だいじやぐはん》、いけかみ太郎右衛門尉そこふかとはわか事也、間ちかきところまて、馬上のていこそびろうなれ、はや〳〵をりべせよ、せうふをはしめんとそ申ける

かゝりし所に、樽次かたより、年の比五十はかりなる大にうだう、一騎すゝみ出、名のるやうこそおかしけれ、そも〳〵こゝもとへあらはれ出たる法師こそ、かまくらのちんてつ坊と申ちしきにて候、したいそれかしは、かまくらの山里、いきむらと申所に寺をたて、真言のひみつをとなへしかは、たつとき御僧とて、しよたんなにちそうせられ候ひしか、あるとき、となりのには鳥とひ来り、餌《え》をひろふて居たりけるおりふし、小僧らも見えされは、天のあたふる所と、とつておさへ、ねちころし、ぶちやうほうなからもれうりし、日比のまうねんをはらしけるに、天にまなこ、かへに耳あるうき世にて、かのある」三十一ウ し、はやくも聞つけ、かけり入て申やう

そこなるわ入道、御みの心は、つね〳〵あらいその、こそ

うらかあたまもうつせがい、日たにくるれは、何やらかほ〱といふからす貝、かやうの貝《かい》もやふるときく、また大酒のみてをんじゆかい、けふには鳥をころして、せつしやうかいまておかしぬれは、こと〱く五かいをやふるにあらすや、せんたいみもんの悪僧なれは、上へ申ていかやうにもと思へ共、かねてなしみし事なれはとて、命はかりはいき村の、寺をはつゐにをひ出され、せんかたなみたにむせひつゝ、家をかそへてはちをひらきしに、悪事千里をはしるとやらん、かまくら中にかくれなけれは、是こそかのちんてつ坊よ、ころもをはけといふ者こそあれ、一はんのたすけもあらされは、すてにかつみやうに及ひしとき、いかなる仏神のはからひにや、あのちわう坊にさんくわいし、医道《いたう》のてしとなつて世をわたり、重恩とかうふつたるものなれは、御さきを仕らんため、はせきたつて候そや、見れは、二かい三かいをあけ、ようしんきひしく」三十二オ 見えて候へとも、五かいをたにやふつたる入道か、ましてその二かいや三かいをやふらんに、何のしさい有へきと、きしよくばうて申ければ、扨もしゆせうなる御ものかたりと、あなたこなたの人〻、一とにとつとわらひければ、たうみやにてはなけれとも、わにくちになつてそひかへける

十五　甚鉄坊《ちんてつはう》一二のたるをのみやふる事付リさめやすしゐふせらるゝ事

や、あつて、池上かたよりも、としの比四十はかりなる、ひげくろのおのこ、一人まかり出、是こそあさはらにも、よくくらふやつとて、すなはち、朝腹《あさはら》九郎左衛門と、忝も御代官に、あだなつけられ申たるものにて候、わきみ法師なから、まつさきにすゝみ給ふやさしさよ、すいさんなからも、中さしひとつ参らせんといふまゝに、よしのうるしにて、ためぬりにぬつたる大さん取出し、うへから下まて、ひとつになれと引うけ、しはしたもつてそ見えにける

ちんてつおもふ」三十二ウ

〔挿　絵〕」三十三オ

やう、いや〱きやつめにとうなかをとをされ、かなふま

し、さしよりて手つめのせうふにいたさんと、もとよりはやわさのたつしや、しはしといふよりはやくとんて入、むかふさまにむすとひつくみ、なかえをおつ取なをし、かれかとうなか、とをれ〳〵とさしふする

是をはしめとし、てもとにすゝむつはものを、さしうけ引うけ、北から見るめ、西からひらめ、くもて、かくなは、十もんし、やつめさかなといふものに、さん〳〵にこそはしゐふする、もとより五かいやふりのちんてつ坊、はや一、二の樽をも、をしやふつてそ見えにける

そこふか是を見るよりも、まつ此御坊にひつくまんと思ひしか、いや〳〵はむしや共にめをはかけまし、いかにもして樽次にと思ひしかは、まつさきにすゝみ出、大をんしやうにて、よひよりも度《ど》ゝけんさんすといへとも、いまたせうふなし、しよたいめんのしるしに、すいさん申さんといふまゝに、鷹《たか》の羽をゑかいたる大中わん」三十三ウ の大盞とり出し、ゑいやつとひつかけ見えけれは、たるつくも、のかれかたしとおほしけるところに、うしろのかたより、としころはたちあまりのおのこすゝみ出、是こそ山かのぢう人、喜太郎さめやすと申者なり、たるつくの御みやうだいにはせむかつて候と申せは、そこふか聞て、たれにてもあひてはきらふましといふまゝに、手もとをはなつてとはせぬれは、あやまたす、のとふえよりとうなかさしてつつといり、いたみもろはくなれはこらへすして、ゆん手のかたへたをれふし、せんこもしらてはきゐたり、ことかりそめとはおもへとも、あなたにはおけのみ、はんしや

うのていなれは、こなたにはさめやす、そんめいふちやうと見えければ、たかひにあはれとおほしけるか、しはしなりともやすめとて、あひひきにこそひかれけれ

十六　近郷《きんかう》のもの共そこふかにかせいする事付　樽次をりべおとしの事

」三十四ォ

すてにじこくうつり行は、樽次人〻を召れ、一騎とうせんのさめやすも、かくなり行事のふひんさよ、これもつてわかちしよくと覚えたり、めん〳〵ふんこつをつくし、くわいけいのはちをすい（ママ）てたへとあれは、たれもかうこそそんすとて、大勢とつと、きばをならしてそかゝりける、そこふか、此よし見るよりも、てきは、はやさめはたになつてよせくるぞ、そこをやふらるなと下知すれは、うけ給はると申て、一きものこらすゝみ出、こゝをせんとゝもみあひける、犬居《けんこ》、目礼《もくれい》、古仏《こふつ》の座《さ》なとゝいへる、しゆえんの道、たかひにしつたる事なれは、はほねをならし、したつゝみうつて、おつつまへ（ママ）つつのかけあひに、いけかみかたのにくるときも有、たるつくかたのおはるゝおりも有、両方おめき、さけのむこゑ、是そまことに、しゆらたうにおちこちの、たちはもしらぬじせつなるへし

かゝりし所に、かつ手へさしむけられしけさうほう、五たいもみなあかうな」三十四ウり、たじり〳〵とたゝ、酔《よひ》、あらくるしや、飯《いひ》きらひよ、君はいつくにおはします、たるつく御らんして、あれはあか坂とのか、これへ〳〵との給へは、やかて御まへにかしこまり、さてもそこふかは、両度までのもみあひに、一、二の樽もやふられ、今ははや、小びぜんらはかりにて候へは、もはやかつてはつゝき候まし、此事申さんため、ひそかに参して候と申せは、たるつくうなつき、しんべうなりとその給ひける

是は扨をき、きんかうの水鳥ら、たうかのみやにはせあつまりて、ひやうぢやうしけるは、大つかのちわう坊と、当地の大じやぐわん、ごかくのせりあひとは申せとも、やゝもすれは、そこふかひきいろに見ゆると聞て有、いさ〳〵後詰して参らせんと、大せいはせくはゝりけれは、いけか

みこれにちからを得、あら手を入かへ、そくじにしゐふせ
んとす

たるつくはいつもかはらぬ十六騎、はやなかば丶ゐいふし、のこる人〳〵も、大」三十五オかたうすちや、おもゆのていなれは、今こそみつからか、さしいつへき時節なれと、大せいの中にかけいり給へは、これこそ大しやうよ、あますましといふま丶に、まん中におつとりこめ、なかえをそろへてさしか丶る、されとも、たるつく、玉になれたる鳳凰《ほうわう》の、おとろくけしきはましまさす、おつかけすかさすくるさかつきに、ひらりとまはり、さしふせねちふせ、手もとにす丶むやつはらを、六、七きしゐふせ、めくり〳〵て、今こ丶に、そこふかにくまんとたくみ給ひしに、何とかし給ひけん、をりへをひとつとりおとし給ふ、おりふし、むかふはひきくして、あなたのかたへころひ行、され共、これをはかたきにわたさしと、はるかのばつ座におりくたり、とらん〳〵とし給へは、かたきはこれを見るよりも、なかえにひつかけて、ゐいやつとあらそへは、みかたはこゐをそろへて、た丶すてさせ給へ〳〵と申けれ」三十五ウ

〔挿　絵〕」三十六オ

と、つゐにをりへをとりかへし、につことわらふてかへり給ふ

其時、いひきらひ申やう、あら口おしの御ふるまひやな、南かはらにて、かずのみか申しもこれにてこそ候へ、たとひ千ばい入のをりへなり共、御さかなにはかへ給ふへきかと、なみたをなかし申せは、いやとよ、さかつきをおしむ

にあらす、樽次座興《さけう》に、さかつき取てわたくしなし、然は、此盃をかたきにとられ、樽次は小蛇《こへび》なりといはれんは、無念のしたいなるへし、よしそれゆへに、つかれんは力なし、樽次か酒運《しゆうん》のきはめと思ふへしと、かたり給へは、いひきらひ、扨其外の人までも、みなかんなへをそとられける

十七　樽次さめやすをたつねさせ給ふ事付りさめやすうたよむ事

そのゝち、赤坂のけさう坊を召れ、さめやすは、やはんの比、そこふかにわたりあひ、はんしはんしやうとは見えて有けれと、かけあひのさいちうなれは、こと葉をかくる」三十六ウ事もなし、いかゝおほつかなし、たつねて参れと有けれは、いひきらひもこれをきゝ、けふは人の身の上、あすはわか身のうへそかし、いさやさめやすをみつかんと、けざうばうもろともに、たつね行こそあはれなれ、かたきみかたはしらねとも、こゝかしこに、大せいゐひふしたるは、たゝさんをみたせることく也、此内に醒安《さめやす》やおはする、喜太郎やあると、しつかによふてそとをりける

むさんやな、さめやすは、黄《き》はふたへにてかしらをつゝみ、小屏風《こひやうふ》をかたとり、前後もしらてゐたりしか、よばはるこゑをきゝしより、今こそ目かさめやすとこたふ、二人の人ゝはしりより、あたりなる戸いたにのせて、さきを、いひきらひかきぬれは、あとをは、けさう坊ひかへつゝ、たるつくの御まへにすへてをく、かくはかへりきたれとも、わるさけのわさと見えて、五たいものこらすあかふ成たり、躰《たい》もいたつらになり、ぬしもむなしくよはりけるよと、たるつくなけき給ふ

其時、けざうばう」三十七オかれか手とりて、こゝちはなにとあるぞ、まくらもとは、かたしけなくもたるつくこう、あとはいひきらひ、ゆん手のかたは佐保田《さほだ》との、かく申は、あか坂のけさう坊なりとすゝむれと、とかうのへんしもなけれは、かれにちからをつけんとて、あらゝかなるこゑをあけ、あらゆひかひなのありさまや、たとへ事にてはなけれとも、三うらの新之丞は、まつはらの手あはせに、名ぬ

し四郎兵衛をくみふせ、こくしつの大さんをふんとりしてこそ、三浦《うら》のたるあけとはいはれ給ふそかし、それほとにこそおはせす共、かほとの酒に、やみ〳〵とよはり給ふくちおしさよと申せは、さめやす聞て、何と申そけさう坊、かのたるあけに、さめやすか、をとるへきにてあらねとも、いけかみとの丶大さんは、いなかまてもかくれなし、は丶ひろふ、そこふかく、もの丶しやうすか木うすにつくつたるたいさんにて、た丶なかをとをされ、なんほうくるしいと思ふ」三十七ウ そよ、またさめやすにてあれはこそ、御まへにて、かくものをは申せとて、た丶よはりによはりしか

我しなはさかやの庭《には》の桶《をけ》の下われて雫《しづく》のもりやせんもし

とはよみけれ共、せんこもしらぬふせいなり

十八　そこふか降参《かうさん》の事

かやうにみなよはりゆけは、こよひのせうふはいか丶あらんと、たるつくもいさむこ丶ろはし給はす、其比、いけかみかたに、田中のないとく坊のみひさとて、大さんとつてのつはもの、きんがうにかくれなき、きやく僧のありけるか、こんども一はんにはせくは丶り、数度《すと》の手から、ならふものなかりしか、たひかさなれはよはりけるにや、そこふかにむかつて申やう

たるつくは、き丶しにまさる大しゆにて、いまたちつともよはり給はす、そのうへ、いひきらひさけ丸なと丶いへるくせものら、こわきにひかへ見えて候そかし、しかるに、みかたは大」三十八オ せいなりとは申せとも、へろ〳〵上戸のはむしやにて、かの人〻にたてあはんするものはなし、あまつさへ、そこ深も何とかし給ひけん、こよひはおくして見え給ふなり

かく申それかしも、よひよりすどのせりあひに、はけしくこみつけられ、今はぜんこをばうじて、ゆみもなきうつほはかりつけたるていなれは、もはや御すけ申事もなりかたし、此時節をうかゝひ、たるつくおこりいて給ひなは、そこふかの御いのちもあやうく、このないとく坊も、つゐに

は、ないそん坊になるはひつちやうなり、た丶とく〳〵かうさんし給へとて、小かひなとつてひつたつれは

ちからなく、そこふかも、たるつくの御前にひさまつき、今よりのちは、御もんくわいに、こまをつなき申さんとありしかは、樽次大きにうちわらひ、さてはそこふかとのも、今はそこあさになりけるよと、あさむかれける

そのころ、いかなるもの丶わさにてか有」三十八ウけん、一しゆ、らくしよをそたてにける

池上にすめる大しやと聞ぬれと酒呑《のむ》口は小蛇《こへひ》也けり

扨たるつくは、今こそほんまうとけぬとて、かんこくのせきにあらねとも、鳥をかきりに、大しかはらをたち出て、みなみかはらにかいちんし給ふ、きのふまても、けふまても、おに神といはれしそこふかも、わつか三時のうちに、せりかち給ふそおそろしき

十九　たるつく大塚に帰宅《きたく》の事

あくれは、樽次さふらひたちを召れ、今度勝利《せうり》を得し事、御へんたち、いつにすくれて、す丶み給ふゆへそかし、かつうは、たるつく、酒うんにかなふとおほえたり、もはやめん〳〵も帰宅して、此ほとのつかれを、さまし給へと有けれは、をの〳〵よろこひ、ざい〳〵しよ〳〵へそかへられける

樽次は、それよりも、ついでよけれはとて、すけ村に立よらせ給へは、かのふうふ参りむかひ、君」三十九オならてはと、いろ〳〵珍物《ちんぶつ》取そろへ、さま〳〵にもてなせは、あるしの情にほたされて、こ丶にも数日《すじつ》を丶くりたまふ

すてに九月上しゆんにも成しかは、今は大塚にかへらんと、ものし給へは、ともかくも尊慮《そんりよ》にまかせ候とて、大くろといふ馬に、しろくらをいてひつ立たり、たるつく引よせ、うちのり給へは、馬はきこふるめいはにて、た丶いなつまのことくなれは、さてはけふは、むまのこくはかりに、大つかにつきなんと、よろこひ給ふところに、此道中にかくれなけれは、たるつくの御かへりを、さまたけ申さんと、しゆく〳〵のあふれもの共、ようかいかまへ、うんかのこ

とくまちゐたり

されとも、樽次ものゝかす共し給はす、しゐふせ〳〵とをり給ふは、とこ〳〵そ、すけ、すかほ、のほつと、きたみ、いつみ、せたがへ、めぐろ、しぼやなとゝいふ、なんしよ〳〵をうちすきて、あを山しゆくにつき給へは、秋の日のならひとて、ほとなくくれわたり、いぬのこくはかりに成」三十九ウ

〔挿　絵〕」四十オ

にける、此宿《しゆく》の人〻も、酒はやしおつ立、まちぬるていには見えけれと、折からそらもかきくもり、目さすともしらぬ、やみの夜なれは、とをり給ふをしらすして、とかむる者もなかりけり

こゝに、樽次おほすやう、たゝ今こゝもとを、あんないなしにとをるならは、宿の者にをそれて、夜にけにしたりなんとゝ、後日のひはん、家のきすとそんすれは、なのるへしと思召、とあるきど口に、こま引すへ、大をんしやうにて、大つかに地黄坊すみけるとは、かねて聞ても有らん、今はめにも見よ、今度いけかみにうちかち、其上、道中のあふれもの共、こと〳〵くおつふせ、たゝ今こゝもとをとをる也、われと思はん人〳〵は出よ、くまんとよはゝり給へは、しゆくのものともこれをきゝ、ぐにんなつのむしとんて火に入、とは是とかや、にかすましといふまゝに、たいまつおつ取、うへを下へとそさはぎける

中にも、さいかし原の第六、第八」四十ウとて、おとゝひ有けるか、たるつくを手取にせんと、まつさきかけてはしり

よる、櫓つく御らんして、きやつはらはおこのもの、ちかふよせてはかなふまし、のみすてにしてくれんとて、れいの大さんとつて引うけ、しはしたもつてとはせ給へは、あやまたす、まつさきにすゝんたる、第六かのとふえやふつて、つつとぬけ、うしろにひかへたる、第八かとうなかにこそとまりけれ、いつれもいたみなれは、ゆん手めてへたをれふし、せんこもしらて見えにける

宿の者共これをみて、かなふましといふまゝに、村〳〵へさつと引にける、その間にたるつくは、こまにふちをすゝめつゝ、大塚さしてかへり給へは、此ゐせいにやをそれけん、きせんなんによをしなへて、日ゝ夜ゝに参りつゝ、いねうかつこうするほとに、たるにたる、やなにやなかかさなりて、はんしやうし給ふ、くわほうのほとこそ、めてたけれ」四十一オ

そも〳〵、此さうしを思ひたちぬる事、ちかくの山里に、われをしる人ありて、くすしなとに、行かよひ侍る折〳〵に、しゆえんにあそへる友《とも》たちを、ひとりふたりいさなひて、かのさと人と、敵《てき》みかたをわかち、あさゆふ、あらそひのみしを、いかなるつてにや、さる玉たれのうちに、聞えしかは、そのたはふれのしな〳〵を、きかまほしくおほすよし、きゝしかと、人つてならていふよしのなけれは、かすならぬ身と、おもふこゝろをたねとして、よしあしのことの葉を、もしほくさに、かきあつめ侍れは、なにはものかたりとも、人のいふへきかは

（一行空白）

三月吉日　松会開板」四十一ウ

杉楊枝

（延宝八年板、六巻六冊、絵入）
（［巻四］元禄十六年板、六巻六冊、絵入）

（空　白）」一オ

杉楊枝　序

先達《さきだつ》て世《よ》に広《ひろ》めし一休噺《きうはなし》、竹斎物語《ちくさいものがたり》の両編《りやうへん》は、たれびとか作《つく》れる、其文才《そのぶんさい》の巧《たくみ》なる所《ところ》には、東坡《たうば》、山谷《さんこく》だにも小指《こゆび》の爪《つめ》を噛《かみ》、我朝《わがてう》の菅丞相《かんせうじやう》も、松梅《せうばい》の下《もと》に逃隠《にげかく》れ給はん程《ほど》の筆作《ひつさく》なり、何ものか、是を読《よん》でくすみをるべき、しかし、狂言綺語《きやうげんきぎよ》は、人《ひと》を導《みちびか》んための橋《はし》なり、虚《きよ》を以《もつ》て実《じつ》をしらしむるは、荘子《さうし》が寓言《ぐうげん》に」一ウ 等《ひと》しく、頓語軽舌《とんごけいぜつ》の興《けう》は、旧本《きうほん》の大意《たいい》として、且禅法《かつぜんばう》の端《はし》くれにも近《ちか》し、さればの老和尚《らうをしやう》の古《いにしへ》はといへば、よく人のしれるがごとく、高《たか》き御位《をんくらい》を踏《ふみ》すべりて、底深《そこふか》き道《みち》に首《くび》だけ打込《うちこみ》、生死《しやうじ》のふたつを押分《をしわけ》て、浮世《うきよ》の波《なみ》に抜手《ぬきで》をきり、游渡《をよぎわた》りのかろき御心《こゝろ》はせを察《さつ》して、拙《つたな》き口《くち》に云《いひ》まぜし、枝折垣《しをりかき》のうちなる、竹《たけ》の薗《そのふ》の末葉《すへは》たる、御《をん》かたの事《こと》を書《かき》あつむるなれは、藪医者《やぶいしや》」二オ の竹斎《ちくさい》が身《み》の上《うへ》を、いひ出《いで》んも縁《ゑん》なきにあらずとて、はるかに隔《へだゝ》りたるを、ひとつ時代《ときよ》に書成事《かきなすこと》、世《よ》の嘲《あざけり》すくなからず

されども、三聖三笑《さんせいさんせう》の親《したしみ》を、此草紙《このさうし》の方人《かたうど》となし、なき事《こと》のみを、見しやうに取続《とりつゞけ》たるは、紫《むらさき》なる女《をんな》の六十四帖《ろくじうよでう》の筆《ふで》に免《ゆるし》をとり、そげたる事《こと》のみをよせて、置頭巾《をきづきん》せし翁《をきな》の喰《くい》しめられるゝ（ママ）口《くち》にもそばへ、をのづと歯《は》の根《ね》をくつろげさせなんとて、杉楊《すぎやう》」二ウ 枝《じ》と云名《な》をおもひ出《いで》、ふと取初《とりそむ》る筆《ふで》を見付《みつけ》て、ぬけさや持《もた》んといふ、ひとり二人《ふたり》にそゝのかされ、木《き》に竹《たけ》を続《つひ》て、ひた物に書《かき》つゞけたる、簀《すの》子《こ》椽《ゑん》のくさり縄《なは》にもとりへありて、もしや一座《ざ》の笑草《わらひくさ》となり、一興《いつけふ》を催《もよほ》す媒《なかたち》とならば、我思《わかおも》ふ処《ところ》の本意《ほい》を遂《とげ》たる物《もの》になん

于時延宝七《ときにゑんほうなゝつ》の年孟陽仲澣《としもうやうちうかん》、江城《こうせい》の旅《りよ》、里木予一《さときよいち》みちもとゝ云者《いふもの》、麻生《あさぶ》なりし片隅《かたすみ》に居《をり》て、是《これ》を全《まつたふ》し、六冊《ろくさつ》と分《わか》ちてやみぬ

」三オ

杉楊枝第一

竹斎不喰貧楽《ちくさいくわずひんらく》
一休《いつきう》竹斎《ちくさい》初而《はじめて》対面《たいめん》
源氏《げんじ》のしらはた
越中下帯《ゑつちうしたをび》

」三ウ

杉楊枝《すぎやうし》第一

竹斎《ちくさい》不《く》レ喰《はず》貧楽《ひんらく》

日外《いつぞや》世《よ》に鳴《なり》し竹斎《ちくさい》は、京田舎《いなか》まで隠《かく》れなきそげものなりしが、利根発明《りこんはつめい》にして、心《こゝろ》ばせさすがに賤《いや》しからす、和哥《わか》のかたはしをも　翫《もてあそび》て、しほらしき人がらなれども、耳《みゝ》のたぶ薄紙《うすがみ》のごとく、あちらこちらの見えすくやうにて、一生《いつしやう》思《おも》ひばかもゆかず、一切《いつさい》はたらかぬ療治《りやうぢ》なれは、茶《さ》匙《じ》さき、さながら緑青色《ろくせういろ》にさびきり、家内《かない》の風情物淋敷《ふぜいものさびしく》て、世《よ》を渡《わた》るだに、賢者《けんしや》は家《いへ》不《と》レ冨《ます》と思ひ明《あき》らめ、肱《ひぢ》を曲《まげ》て枕《まくら》とし、明《あか》し」四オ暮《くら》す内《うち》にも、何《なに》がしが末《すゑ》なればとて、常《つね》に武儀《ぶぎ》をわすれず、いらぬ法師《ほうし》のうでだてと、人もほめざるしなひ打《うち》に、心《こゝろ》をついやし、ばた〳〵とたゝきあぐる銭《せに》かね、足《あし》をもためぬ革袋《かわふくろ》、をのづと口《くち》を明《あけ》て、しまらぬあてづかひに、喰《くい》あげ呑《のみ》あげしては、からりちんと、ひあがりたるはしりもとに、きれいずきをしながらも、米《こめ》からうとの中《うち》には、蜘蛛《くも》の巣《す》をはらせ、やゝともすれば、主従《しう〳〵》のおなかうそさびしく、目星《めほし》の花《はな》もちり〳〵に、みのなる果《はて》こそおぼつかなき

又二季《にき》の物際《ものぎは》には、かけ乞《こい》の催促人《さいそくにん》、門前《もんせん》に市《いち》をなす、されども」四ウ 蛙《かへる》のつらに水とかや、かゝり付《つけ》たる買物《かいもの》の帳《ちやう》面《めん》、まだ横筋《よこすぢ》もひかぬうちに、幾年月《いくとしつき》をふるつゞらのそこに積《つも》りし、書出《かきだ》しの反古《ほんこ》より外《ほか》、別《へち》のたくはへもなし、只《たゞ》おごりは長《ちやう》ずべからす、よくは 縦《ほしいまゝ》 にすべからすとて、一重《ひとへ》なる紙《かみ》ぶすまを、みづから夜床《よとこ》に敷《しき》のべ、大豆蟹《まめかに》のうち殺《ころ》されたることく、足手《あして》を腹《はら》に引付《ひつつけ》、ちゞみあがりて臥《ふす》だに、いとゞ侘《わび》しかりけるに、明《あく》れは水《みつ》を汲《くみ》、薪《たきゞ》をになひ、竈《かまど》の下《した》をせびらかすより、よまいごとしてぶつめき、才《さい》ありとてたのむべからす、顔回《かんくわい》も不幸《ふかう》なり、奴 随《やつこしたがへ》りとて」五オ 頼《たのむ》へからす、却而辛苦《かへつてしんく》の基《もと》なり、あゝいらぬものかなとて、譜代相伝《ふだいそうてん》のにらみの介《すけ》、只一人召《たゝいちにんめし》つかひ、借 宅閑居《しやくたくかんきよ》するに付《つけ》て、薬師《やくし》の十二神《じん》になぞらへ、十二匁の屋賃《やちん》を、喧嘩《けんくわ》まじりにかけ出《いだ》し、侘《わび》しき月日《つきひ》を送《おく》りにける

然《しかれ》ども、古《いにしえ》より果報《くはほう》は寝《ね》てまてといふなれは、さらは寝《ね》侍《はべ》らんとて、くる日も〳〵宰予《さいよ》が夢《ゆめ》をたのしみ、うつら〳〵とせしうちに、まだ胸《むな》さきの躍《おとり》もやまぬ盆前《ほんまへ》の、痛《いたみ》をさすりやはらげ、やゝほそほふ成《なる》むしの音《ね》に、秋《あき》も暮行《くれゆく》光陰《くはういん》は、鉄炮《てつほう》よりも早《はや》く、じやうあがりの内証《ないしやう》ざたも」五ウ 冨《とめ》る人《ひと》のかたに口説《くどき》たてゝ、不断揉手《ふだんもみで》をするより、肌《はだえ》をぬくめ、水鼻《みつばな》ふせぎの紙子《かみこ》きる物《もの》も、四十八枚《まい》になりければ、弥陀《みだ》の四十八願《ぐはん》に表《ひやう》し、継《つき》め〳〵のはなれ〳〵になりて、しはらくさきをにんにくの、鎧《よろい》のくさずりとおもひなぞへ、さなだうちのちぎれたる、上帯《うわおび》とつてゝうどしめ、すわともいはゝ高名《かうめう》し、いま一《ひと》たひ世《よ》に出《いづ》へきものをと、はがみをしてぞひかへにける

かゝる折《おり》ふし、おもてに物《もの》もふといふ声《こえ》しけれは、すはやとて立出《たちいつ》るに、紫 野《むらさきの》の辺《へん》、そんじやうそこより、急病人《きうひやうにん》御座《ごさ》候て、御迎《おんむかい》にまかり候とぞ」六オ 申ける、兼《かね》て望《のぞ》む事《こと》なれは、心《こゝろへ》得たりとて、取《とる》ものもとりあへず、門外《もんくわい》に立《たち》

出《いで》見れは、はげたるあをりにかけ鞍《くら》おき、無事《ぶじ》に候、是《これ》にめされて御出《いで》あれとの使《つかい》は来《きた》り

馬《むま》に鞍《くら》、くら馬《ま》の山《やま》の火打石《ひうちいし》、角《かど》のつぶれし古頭巾《ふるつきん》をは、まぶかにきて、鐙《あふみ》ふんばり大音《たいおん》あげ、如何《いか》に其方慥《そのはうたしか》にきけ、昔《むかし》もさるためし有《あり》、耆婆《ぎは》、扁鵲《へんじやく》に背《そむき》し病人《びやうにん》、たちまちほろびうせしぞかし、ましてやまぢかき竹斎《ちくさい》を、おろそかにし給ふな、畏《かしこまり》て候と、馬《むま》にかきのせ行《ゆく》ほどに、耆《き》婆《ば》のなかれも末清《すへきよ》き、小川通《こかはとをり》に差《さし》かゝる

爰《こゝ》は名《な》に」六ウ あふ名所《めいしよ》にて、立売小川《たちうりこかは》と詠《えいせ》しも、此所《このところ》そと聞《きく》からに、徒然草《つれ〳〵ぐさ》に書《かき》たりし、猫《ねこ》またなどをおもひでゝ、あとに心《こゝろ》のひかされし、臆病神《おくびやうかみ》やかみ小川《こがは》、寺《てら》の内《うち》にそ出《いで》にける、所《ところ》の名《な》とはいひながら、爰《こゝ》を去事《さること》とをからぬ、仏《ほとけ》や納受《なふじゆ》ましまさんと、ふかく心《こゝろ》に誓《ちか》ひして、一首《いつしゆ》はかふぞ詠《えい》じける

名《な》にめてゝおがみ申そ南無薬師《なむやくし》われ野夫医者《やぶいしや》と人《ひと》に見《み》するな

と心中《しんちう》に祈念《きねん》をし、安居院《あくいいん》にぞあゆませゆく

爰《こゝ》はいにしへ、名僧《めいそう》の百八《ひやくはち》の数珠玉《じゆずたま》に、末広扇子持《すへひろあふきもち》」七オ

〔挿　絵〕」七ウ

添《そへ》て、源氏供養《けんじくやう》の能毎《のうごと》に、出現《しゆつけん》し給ふ霊地《れいち》そと、おもへは是《これ》も夢《ゆめ》の世《よ》と、人《ひと》に知《しら》せん御方便《ごはうべん》、実有難《げにありがた》きちかひとて、袖《そで》に時雨《しぐれ》の色染《いろそむ》る、あけを奪《うはひ》し紫野《むらさきの》、病家《びやうか》にこそは成《なり》にける、手綱取手《たづなとるて》の袖口《そでくち》も、わたうち出《いで》て見《み》くるしきに、亭主《ていしゆ》はおもてゝ走出《はしりいで》、はる〳〵是《これ》まで有難《ありがた》しと、馬《むま》より下《した》にいたきおろすに、もろひかな、紙子《かみこ》の袖《そで》、めり〳〵と

ぞいひける

竹斎気《ちくさいき》あがりして

きて来《き》ぬる紙子《かみこ》はうしやとりつきてやぶるへしとはおもはぬものを」八オ

とぶつめきければ、亭主迷惑《ていしゆめいわく》さうにて

袖《そで》やれて千ゝ《ち、》に物《もの》こそかなしけれわが身《み》ひとりのけがにはあらねど

など云て、色能小袖《いろよきこそで》を出《だ》しければ、又《また》とりあへず、竹斎《ちくさい》

ねだるればくるゝものとはしりなからなを恨《うら》めしき袖《そで》のめり〳〵

と狂哥《きやうか》して、嬉《うれ》しげに見えければ、亭主《ていしゆ》ざれ事《こと》すとて、又《また》

小袖《こそで》見てうつろふものは世中《よのなか》の」八ウ
人のこゝろの欲《よく》にぞありける

竹斎腹立《ちくさいふくりう》の躰《てい》にて

袖《そで》の下《した》つれなく見えしやぶれよりわる口ばかりうき物はなし

といひて、帰《かへ》らんとせしを、おしとめて、亭主《ていしゆ》

此たひはふととりあへすたはことを申もくちのひまのまに〳〵

女房《にようはう》、又竹《またちく》か袖をひかへて

侘《わび》ぬれは今またおなしわれらまで身をつくしてもとめんとぞおもふ」九オ

といひて、わりなく見えければ、竹斎も流石岩木《さすがいはき》ならす、立留りて

恨《うらみ》わびやれし袖たにあるものを欲《よく》にくちなん名《な》こそ惜《おし》けれ

とうち咲《わらい》てより、先一脈《まついちみやく》をかんがみける看病《かんびやう》のものども、竹斎がかほざしをつく〳〵ながめ居《い》けるか、興《けう》さめたる躰にて、眉《まゆ》をしかめ、かしらをふり、抜《ぬき》たる扇子《あふき》をもさしあへず、あはてゝ、おもてに出んとす、人ゝ袖にとりつき、こはいかなる御事ぞや、さまてたへ入ほとの事」九ウにもなきものをといへは、竹斎聞て、いや脈《みやく》かあがつてこそとて、もぎはなして帰《かへ》らんとするを、

そはなるものども、是を聞《きゝ》て、竹斎さまには何と御覧《こらん》候ぞや、脈《みやく》は慥《たしか》に侍《はんへる》（ママ）るものをといふ、いや、さはあるまじとて、聞《きゝ》もいれさりしを、亭主《ていしゆ》たえかねて、今一度御覧《こらん》して給はれと歎《なげ》く、不レ及レ力《ちからおよはす》、又指寄《さしより》て見れは、左右共《さうとも》に脈《みやく》すみやかなり

竹斎へらぬくちにていふ様は、末代の名医《めいい》竹斎、かゝる民家《みんか》に来て侍《はんべ》れは、病人、我威《い》に恐《おそ》れてこそ、脈もたえたるものならめ、此躰《てい》ならは」十オ本復《ぶく》なるへしといふ、亭主《ていしゆ》を始《はしめ》、一座のものども、つらにくしとはおもひながら、左様にこそとぞいひたりける、かくて竹斎、懐中《くわいちう》の小袋《こふくろ》より黒《くろ》薬を取出《とりいだ》し、めしのとりゆにてあたふれは、鰯《いわし》の頭《かしら》も信心《しん〳〵》にて、忽快気《たちまちくはいき》と見えにける、みな〳〵あまりのうれしさに、南無薬師《やくし》竹斎さま、是は何と申候御薬にて候ぞや、ありかたしとぞ悦《よろこ》ひける

其時竹斎、左の臂《ひぢ》をはり、扇子《あふき》おつ取ひらめかし、それはわれらが先祖《せんそ》、まかた国にその名《な》を得し、耆婆《ぎば》大臣《じん》より相《さう》伝《でん》の妙薬、炭団散《たんどんさん》とぞ答《こたへ》に」十ウに（ママ）ける、さてもめいよの御薬かな、是は、われらがひざもとをはなさぬ、たはこの火いけにいたしぬるものゝ名に似《に》て候といへば、如何《いか》にも能御《よきご》（ママ）ふしん也、大事《だいじ》の秘方《ひはう》には候へども、とてもの事に伝《つたへ》（ママ）えておき申へし、是は鉤樟《くぬぎ》の黒焼《くろやき》なりと語《かた》る、亭主《ていしゆ》聞て、さてこそ、それは其儘《まゝ》なる火いけにて候といふ

竹斎いふ様《やう》、さればこそ、そこが医者《いしや》の上手《じやうず》なり、元来《くはんらい》此病《ひやう》人は、下焦《せう》の火逆上虚熱《さかのほるきよねつ》の証《しやう》なれば、此くぬ木の炭《すみ》を粉《こ》にしてあたへ、めしのとりゆをそゝげは、腹《ふく》中にてたんどんとなる」十一オ故《ゆへ》、虚火是《きよくはこれ》に移《うつ》りて、下部《ぶ》に火を埋《うつみ》おさむ、かくのことくして、実火《じつくは》をいけおけば本復《ほんふく》なりとぞかたりにける

人〻《ひと〳〵》横手《よこで》を打《うち》、舌《した》を巻《まい》てぞほめにける、さて竹斎立帰《たちかへ》りしあとにて、そはにありしものゝ云様《いふやう》、慥《たし》か、ぬしが羽織《はおり》の袖《そで》の掛《かゝ》りたるを、其まゝ其上《うへ》より脈《みやく》をとられながら、脈があがりたるとて、驚《おどろか》れしものと覚《おほ》え侍《はんべ》ると云《いふ》にて、みな〳〵けうをさまし、大手をうつてわらひにける、亭主《ていしゆ》

　はや死《し》すと目にはさやかに見えねども」十一ウ

脈《みやく》のちがひにおどろかれぬる

一休竹斎初而対面《いっきうちくさいはじめてたいめん》

かくて竹斎、目《め》ざましき手柄《てがら》をして、うきたつ心《こゝろ》をおとしつけ、おそらく日本にわれならではなど自讃《じさん》し、あはれねがはくは、如何《いか》なるものしりにも行《ゆき》あひ、我医門《わがいもん》のくわんぬきをはづし、三千世界を一目《ひとめ》にしたる、大の眼《まなこ》ににらみつけて、舌《した》をふるはせんものをと、それより、紫野《むらさきの》におはします、一休の方へぞ尋行《たつねゆく》

先《まつ》大徳寺の境内《けいたい》、爰《こゝ》」十二オ かしこと見めぐりし所に、わづかの小堂《せうだう》あり、立寄《より》のぞけは経蔵《きやうざう》なり、されば親《おや》の日《ひ》に魚《うを》を喰《くい》て、うそなまぐさきくちのはたを、鼠《ねずみ》のかぶりたるおさなき人の像《ざう》に、がんぎしぼりのゆかたをきせ、いつも煤《すゝ》はきのごとく、頭巾《づきん》のうへもほこりたらけになりて、鼻《はな》の下くろし、まへには数《かず》の大豆《まめ》袋《ぶくろ》をぶらさげ、うれしげに見えける中に、あひたてなくひげはへたる木像《もくざう》、つつくすんで見え給ふ、世人あらぬ名を付て、笑《わら》ひ仏などいひ

て、すぢなき事を語り伝《つたふ》る、愚《おろか》(ママ)かなる事かなと、悔居《くやみい》」十二ウ

〔挿　絵〕」十三オ

侍《はべ》る処《ところ》に、河内木綿《かわちもめん》のよごれはてゝ、鼠《ねずみ》ともしれず、すんほとも見えわかぬものを、かたまへさがりに着《き》なし、麻《あさ》衣《ころも》の袖《そで》ぶら〳〵として、狩《かり》ぎぬのごとく、肩先《かたさき》までほころびあがりたる物《もの》をちやくし、ほうき木《き》の杖《つえ》に、憂世《うきよ》のちりを払《はら》ひのけ、頭《かしら》の雪眉《ゆきまゆ》の霜《しも》、行《おこな》ひすましたがほなる法《ほう》師《し》見えけり

竹斎心《こゝろ》におもひしは、一休和《を》尚《しやう》はともあれ、ひとまづ此《この》芋掘入道《いもほりにうたう》にあて、見ばやとおもひ、如何《いか》に老僧《らうそう》、是《これ》なるは堂《たう》か宮《みや》か、答《こたへ》て曰《いはく》、中《なか》にましますは、仏《ほとけ》とおもへるや神《かみ》と心得られたるや、竹斎聞《きゝ》て」十三ウ 肝《きも》をつぶし、南無三宝、神ぞといはゞ宮、仏と答ば堂なるへしと、いはんためにこそ、かくはいひたるならじと（ママ）、とふわくして、仏神《ぶつじん》の両《りやう》、分明《ふんめう》ならねはといふ、僧の曰、汝智《なんぢち》あるや愚《おろか》なるや、分明ならすといへり、竹斎聞て、智者に逢《あふ》ては智、愚《ぐ》者にむかへば愚《ぐ》なりといふ、老僧の曰、仏神はもと一躰分身《ふんじん》なり、仏神異なりと見るは、汝がまよふ所なりと云り、竹斎 重《かさね》ていふ、そのまよひとは何ものぞ、眼前《かんせん》の焼坊主《やけばうず》よとの給ふ

竹斎腹《はら》をすへ兼《かね》て、かく

煩悩《ぼんなふ》のあかつくころもきてたにも人のまよひはいふ物そ」十四オ
かし

僧すこしもせきたる気色《けしき》なく、かくぞ、あいしらはれぬる

すはまよひそのいかるきをきりくべてはいにせよかしそ
のやけぼうず

此一句《いつく》に、竹斎もつのを折て、ほく〳〵とうなつき、胸《むな》さきをさすりおろして申様、さても有がたき御示《しめ》しやな、是則教外別伝《けうげへつでん》なるへし、かゝる御方に逢《あひ》て、結縁利益《けちゑんりやく》に預《あづか》り申事、不」十四ウ 思議《しぎ》の御縁《ごゑん》なり、先程《さきほど》よりの御頓作《ごとんさく》にて存寄て候、率爾《そつじ》ながら、もし一休和《を》尚《しやう》様にてはおはしまさずや、某事《それがしこと》は、普《あまねく》（ママ）く衆生の病苦《びやうく》をば、茶匙《さじ》の先《さき》にかけてすくひ、薬師《やくし》のまねをも仕り、製薬《せいやく》袋の角《かど》をたをさずして、洛中《らくちう》にその名を得し竹斎とよばれ候は、乏少《ぼくせう》には候へども、拙《せつ》が事にてさふらふなり、あはれ自今以後《じこんいご》、万端《ばんたん》わけて御心易可奉得尊意《こゝろやすくそんいゑたてまつるへし》とぞ、こばしにける

和尚もともより異風《いふう》なる御方《おんかた》なれば、誠《まこと》にめづらしき御《こ》口上《こうじやう》を到来《たうらい》、欣悦《きんゑつ》〳〵とて」十五オ

夢《ゆめ》の世《よ》に生死《しやうじ》のふたつになひいでいき杖《つえ》ついて一休《ひとやすみ》す
る

との給ひたりければ、さてこそ一休和尚《いつきうをしやう》にてましますよな、いよ〳〵後世《ごせ》かけて頼たてまつるといひて、竹斎《ちくさい》も返

し

後の世《よ》はへびかとかけか蚊《か》にならんやぶ医《い》といひて竹《たけ》に
　斎身《すむ》は

一休にこ〳〵と笑《わら》ひ給《たま》ひて、聞《き》しより宏才人《くわうざい》なりとて、それより草庵へ友なひて、師弟《してい》の契約《けいやく》などむつび、夕日《ゆうひ》西《にし》にうつりしころ、かへる」十五ウ

源氏《けんじ》白旗《しらはた》

駿河《するが》屋甚左衛門とて、りくつもの、有けり、和尚《をしやう》の頓作《とんさく》発明《はつめい》なる事を心地《こゝち》よくおもひて、今の世の闊僧《くわつそう》なりとて、深《ふか》く貴《たつと》みける

或時《あるとき》心ざす日とて、斎《とき》に申請たりしに、漸日中《やゝにつちう》に及《をよ》べ共《とも》、来《きた》らせ給はず、駿河や立腹《りつふく》して、よのつねならぬ仏事《ふつじ》なるに、うち忘《わす》れさせ給ふこそ、例《れい》の我任《わかまゝ》にて、かくおそなはり給へる成へし、いかなるわざをかして、おもひ知《しら》せ申さんと、巧居《たくみい》ける処《ところ》へ、何心なくにこ〳〵と咲《わら》ひ、いつよりもおとし付」十六オたるかほつきして、まちどをにおはすらんなど宣ひければ、甚左衛門、其時髭口《ひげくち》をとがらせ、鍋《なべ》づる程に重面作《つく》り、赤面《せきめん》に成《なつ》ていふ様、いや何事《なに》にかはまち申べき、むかしよりときと申は、時刻《じこく》を定《さだめ》ある事に承《うけたまは》り候、その程過《ほどすぎ》ぬれば、家内《かない》みな仕廻《しまい》侍るとて、更《さら》にとりあはざりける

和尚も是にはこまりたまひ、やゝ有て仰《をほせ》らるゝは、昔《むかし》もさる事の有けるにや、孔子《こうし》も斎《とき》にあはず、顔回《がんくわい》も不巧《ぶこう》なりとて悔《くやみ》たる事有、今おもひ合すれば是也、いきほひ」十六ウもふにの、しり給《たも》ふにつけて、いみじとは見えず、一向《ひたふる》の腹《はら》ふくれ坊主《ほうず》は、中《なか》〳〵あらまほしき者もありなん、しなかたちこそ生《むま》れつきならめ、此《この》やせ法師《ほうし》は、よほどへそもとうそさびしく、空《くふ》ゝとして一物《いちもつ》もなし、己身則仏《こしんそくぶつ》の魂《たましゐ》を入《いれ》てたび給へ、かほどまで心づよくおはするをこそかたいかな、甚《じん》左衛門と、論語《ろんご》哉覧《やらん》にも見えたりと、頓口《とんく》有ければ、駿河《するか》屋も、くすみたるかほにゑくぼを入て

　こぬ人を待《まつ》とてさむる朝《あさ》めしにやくやたうふのみもこが
　れつゝ」十七オ

〔挿　絵〕十七ウ

と、つかうまつりければ、一休則時《そくじ》にかへし

三穂《みほ》が崎《さき》まつにうらみる駿河屋《するがや》は長《なが》く短《みじか》くなりぬべき

かな

とかくして、膳《ぜん》を出しければ、心のまゝ聞《きこ》しめし、四方山《よもやま》の噺《はなし》も時移《ときうつ》りしに、不斗《ふと》思出《おもひ》、竹斎宅《たく》、此辺《へん》と聞しとて、問寄《といより》給へは、かゝる見ぐるしき所へ御尋《おんたづね》有難《がたし》とて、竹《ちく》ほゝゑみ、何がな御馳走《ごちさう》にとて、どしめくもおかし例《れい》の睨《にらみ》の助《すけ》よひ出し、冷飯《れいはん》にても先《まづ》あげよなどいへは、和尚《をしやう》、いや晴天《せいてん》」十八オ に月ひとつと答給《こたへたま》ふ、さしもの竹斎も、是にはたとこまり入、納戸《なんど》の奥《おく》にかけ込《こみ》、睨《にらみ》の助を近付《ちかづけ》、こは無念《むねん》の事かな、只今の一言覚《いちごんさと》られぬとぞ云《いひ》ける、にらみいふ様《やう》、是こそ聞えたる事《こと》にて候、清天《せいてん》に月ひとつとは、月ほどの餅《もち》ならは、何《なに》の苦《く》もなしといふ事なるべし、晴天にて候はゝ、雲《くも》あるまじきほどにとぞいひたりける

竹斎大《をゝき》に悦《よろこ》び、左《さ》あらばそれ〳〵とて、件《くだん》の餅《もち》を出させければ、一休重而《かさねて》、武蔵野《むさしの》とその給ひける、扨《さて》は是にてはなしとて、一升余《いつしやうよ》もいるべき大《をゝ》」十八ウ 盃《さかづき》をかりもとめて、又《また》一休の前《まへ》におく、和尚にがわらひになりて仰《おほせ》けるは、大風《をゝかぜ》の矢数《やかず》に餓鬼《がき》のうでおしよといひ捨《すて》て、立帰《たちかへ》らんとし給ふとき、竹斎いかなる事にかと、おほつかなく思《おも》ひ侍れは、御衣《おんころも》のすそに取《とり》つき、今《いま》しばしとゝむ、睨之《にらみ》助《すけ》も、ともに取付《とりつき》、とやかくとひしめく足《あし》もとのひゞきに、古家《ふるいへ》の障子《しやうじ》、をのれとはづれ、痛《いた》はしや、一休の皺首《しはかうべ》を

した丶かにぞうちめぎける

老躰《らうたい》の御事《おんこと》なれば、肉《にく》おち骨《ほね》たかくて、少《すこし》なる事にもどよみつよく、しはしがほどは、ものをも宣《のたま》はす」十九オ 歯《は》をくいつめておはしましけるが、や丶有て、かくぞうめき給《たま》へり

障子《しやうじ》木《き》のかうべにやどるうたてさよ仇《あた》なすかみのひきさかれめに

とて、先《まづ》はれあがりたる所《ところ》を、水《みづ》にてひやし、骨《ほね》たがひのあいすに、瓢簞《ひやうたん》の黒焼《くろやき》よとて、とはつけども、呑汁《のみしる》の酒一滴《さけいつてき》もありあはねは、才覚《さいかく》にとて、睨の助はおもてへかけ出《いで》、むかひ殿《どの》、隣《となり》などへ無心《むしん》をいへども、町内《てうない》へ来《きた》り、数年軒《すねんのき》をならべながら、けふが日《ひ》まで、しぶ茶《ちや》の一服《いつぷく》もふるまはぬ」十九ウ 竹斎なれば、たまの御用《こよう》にては候得ども、雫《しづく》もなしとて、あいしらひもせす

せんかたなさに、重《ぢう》代の葛籠《つゝら》にたくはへおきし、いつせきの木綿下帯一筋《もめんしたおびひとすぢ》、ごそ〳〵と取出《とりいだ》し、質屋《しちや》へとてぞ走《はし》り行、しちやにて云様《いふやう》は、抑《そも〳〵》此一筋と申は、清和天皇《せいわてんわう》の後胤《かういん》、たゞの満仲公《まんぢうこう》、御身をはなされざりし御旗《おんはた》なり、旦那《だんな》が家《いへ》にさる子細《しさい》有て、数代続《すだいつゝいて》（ママ）てもてり、今静謐《せいひつ》の御代《みよ》なれば、か丶る物も出し用《もちゆ》る事なし、されば虫《むし》ばみ、くちうせんを、をしますんは有べからずと、おり〳〵風にあて、日に」二十オ ほしたれば、そんしさふらはずとて、高山茶《たかやまちや》せんの古家《ふるいへ》に入《いれ》、三重《みゑ》四重に包《つゝみ》たるを、破《やぶる》（ママ）れあふぎに取《とり》すへて出したりけるに、質《しち》屋此よしを聞《きゝ》、珍敷《めづらしき》ものを、ふしぎの縁《ゑん》にて、おがみ奉《たてまつ》る事かなとて、つ丶しんで三度《さんど》いたゞき、押《おし》ひらき見てあれば、興《けう》さめたるものなり

亭主《ていしゆ》大きに立腹《りつふく》し、気色《きしよく》を損《そん》じていふ様《やう》、何《なに》と満仲《まんちう》の御《おん》旗《はた》とや、然《しか》らはいろも白《しろ》かるべきに、鼠色《ねずみいろ》に染《そめ》たる事、是先《これまづ》もつて心得がたし、尤《もつとも》年《とし》かさならは、ふるびもせめ、是が御はたならば、旗棹《はたざほ》とやらんに付《つけ》たりし」二十ウ 乳《ち》なりともあるべきなるに、さるものも見えず、まさしく是《これ》は、木綿《もめん》ふどしのふるびくさりたるものとおぼえたり、目《め》をくらますこそきくわいなれ、うろたえて棒《ぼう》くろふなとて、あいそふなくもなげ出《いだ》す

睨《にらみ》の助《すけ》赤面《せきめん》して、弓矢《ゆみや》八幡《はちまん》、重代《ぢうだい》の御旗《おんはた》を、ふどしにしたるあきめくらに、事の子細《しさい》をいふまでもなし、いやならはいやまてよ、其難言《そのなんごん》は何事《なに》ぞ、そこをひくなと、まなこをひからせ、鍔《つば》のぐはたつく脇差《わきざし》を、びくめかひてぞおどしにける、此気色《けしき》におどろき、究竟《くつきやう》の下男《しもおとこ》ども、二」二十一オ三人《にん》にじり出《いで》、何《なに》と仰《をゝせ》らるゝぞや、いで其白旗《そのしらはた》をおがまんとて、にらみの介《すけ》が膝本《ひざもと》へ、うでまくりしてぞおしなをる

睨《にらみ》之助《すけ》も是《これ》に肝《きも》をとられ、わな〳〵とふるひて、ほそ声《ごゑ》になり、いふやうは、いやかく申せばとて、はらばしたゝせ給ふなよ、誉《ほむ》るも謗《そし》るも常《つね》の習《なら》ひ、少《すこし》も心《こゝろ》にかけ侍《はべ》らず、されども、あまりにあいそふなく見え給へは、うらめしくぞんじてこそ、声があらくなつて候なり、とかく其《その》まゝもと引《びき》して、さたなしに帰《かへ》らんといふ、若《わか》きものども腹《はら》をかゝへ、さて〳〵めいよのこしぬけ哉《かな》、きやつ」二十一ウめをなぶりてあそばんと、中《なか》にも年《とし》ごろのはやりおのこ、すゝみ出《いで》ていふ様《やう》、如何《いか》なれば、此白旗《このしらはた》には乳《ち》を付《つけ》ざるぞといふ、にらみの介聞《きゝ》て、さればこそ、此《この》はたに乳《ち》のなきこそいわれあり、是に乳《ち》が侍《はべ》れは、おちの人《ひと》のやうにて不《ふ》吉《きつ》なり、落人《をちびと》と、ことばかよふ故《ゆへ》なり、然《しか》れは出陣《しゆつぢん》にいまいましさに、乳《ち》のなきやうに拵《こしらへ》たるなりとかたるなをもおかしく思《おも》ひて、さもこそあるべけれど、木綿《もめん》の白《しら》旗《はた》といふ事は、聞《きゝ》なれぬといふ、さればこそ大事《だいじ》の秘事《ひじ》有、木綿《もめん》と書《かき》ては、きわたとよむ、木わたはさねを」二十二オ

〔挿　絵〕」二十二ウ

くり出《いだ》して後《のち》、うちとるもの也、出陣《しゆつちん》の時《とき》にも、魚鱗鶴《ぎよりんくはく》翼《よく》など丶て、さま〱の備《そなへ》をたて、次第《しだい》にくり出《いだ》しうちとるを、目出度例《めでたきれい》とするなれば、其故《そのゆへ》に木綿《もめん》を賞翫《しやうくはん》のはたとす、さてこそ木《き》わたを打《うつ》にも、弓《ゆみ》をもつてうつなり、是みな、武儀《ぶぎ》をまねびたるためしぞといふ

しからは、わた打弓《うちゆみ》にも矢《や》のあるべき事なるに、さなきはいかん、いやそれはなき道理《だうり》なり、矢《や》はよせ来《く》る敵《てき》をいとめて、こなたにとまらぬを吉事《きちじ》とするよりこそ、竹《たけ》のへらにて打《うつ》といふ、然《しか》らは異《こと》なるものも」二十三オ あるべき事なるに、何《なに》とて篦《へら》にはきはめたるぞや

されば素性《そせい》の哥《うた》に

いづくにか木《き》わたうちけんこゝろこそ野《の》にも山《やま》にもつかふ篦《へら》なり

又《また》あるうたに

見てもまだ又《また》もあらまくほしけれど竹《たけ》をば人《ひと》はつかふ篦《へら》なり

是等《これら》の哥《うた》にて、よくしろしめせといひたりければ、一座《いちざ》にありしものども、横手打《よこでうち》おどりあがり、かけかねのはづるゝばかり大笑《をゝわらひ》して、もはや」二十三ウ 旗《はた》の道理《だうり》はしれぬ、いざ〱寄《より》て拝《おかま》んと、あちらこちらへ引《ひつ》はりあいて、よこざきにひきやぶり、づだ〱にしてぞなげ出《だ》しける

睨《にらみ》の介気《すけき》を失《うしな》ひ、脣《くちびる》の色《いろ》かはりて、ぎく〱とむせて、ものをもゑいはす、うろ〱涙《なみだ》を頬先《ほうさき》まで流《なが》し、小首《こくび》をかたげ帰《かへ》りけるが、折節《おりふし》むかひの方《かた》より、古鉄買《ふるかねかい》なるもの見えければ、四辻《よつつじ》の木戸《きど》のかたかげに立忍《たちしの》びて、僅《わづか》の鳥《てう》目《もく》にしろがへ、それよりして酒《さか》やに行《ゆき》、ねがひを叶《かなへ》て帰《かへ》りけるに、竹斎は、和尚をいだきすくめて居《い》たりけるが、仰天《げうてん》したるかほつきし、ため」二十四オ いきついて、しか〱の事どもをかたる、竹斎聞《きゝ》て、いやそれは追而《おつて》の沙汰《さた》なるべし、はや〱あいすをまいらせよといふ、さらばとて、一休の口《くち》の廻《まは》り、黒雫《くろしづく》をぞ流《なが》(ママ)しにける

とかくする内《うち》に、日《ひ》も西山《にしやま》に隠《かくれ》れ、遠寺《ゑんじ》の晩鐘《ばんしやう》、ものせはしくひゞきわたれば、竹斎も心ならず、此《この》まゝにてはうちおきがたし、如何《いか》にもして御寺《おんてら》へ返《かへ》し申さんといふ、せ

んぎまち〳〵なりしに、睨《にらみ》の介云様《すけいふやう》、とかく籠《かご》にて送《をくり》申より外《ほか》は、別《べち》の儀侍《ぎはべ》るべからず、されども、おあしなければ、心《こゝろ》のまゝにもなりがたし、いざ家主殿《いへぬしどの》」二十四ウ の庭《には》につられたる乗物《のりもの》をかりよせ、主従《しうじう》にてかき申べしといへば、竹斎、げにもと思ひ、何《なに》と門《かど》はくらくなりたるかととふ、さん候、今宵《こよい》はやみにて侍《はべ》るといへば、さい究竟《（ママ）くつきやう》の事哉《かな》、左有《さあら》は汝《なんぢ》はあとをかけとて、件《くだん》の籠《かご》をとりよせ、一休を抱《いだき》のせ、いき杖取《づえとつ》てぐわらめかし、挑灯《ちやうちん》おそれの頬《はう》かぶり、ちよつほつまげ《（ママ）》に尻《しり》たれ帯《おび》《（ママ）》、かいしやうなくもかきつゞけて、大徳寺《だいとくじ》へぞ送《をくり》りにける

竹斎、其夜《そのよ》は寺《てら》にとゞまり、能《よく》〳〵いたはり奉《たてまつ》りしが、翌日《よくじつ》、いよ〳〵正気《しやうき》ならせ給ひて、あのゝ」二十五オ ものゝといふ次而《ついで》に、昨日被仰《きのふをほせられ》候、晴天《せいてん》に月《つき》ひとつとは、如何《いか》成御心《なるおんこゝろ》にて候ぞととふ、一休曰《いつきうのいわく》、さればその御事よ、はなし聞《きく》だに、あたまにこたへ侍《はべ》る也、何《なに》の意趣《いしゆ》ありて打擲《てうちやく》をし給ふぞと、仰ありければ、竹斎承《うけたまは》り、そのひとつの月と侍《はべ》り候も、出物《でもの》にて御座《ござ》候へは、出《で》ものはれもの、所《ところ》きらはぬとかや申習《ならは》し候、只今下《たゞいまげ》拙《せつ》が身《み》の上《うへ》にもしれ申さずなど、いひまぎらかしぬれば、その抜句《ぬけく》の返答《へんとふ》に、何《なに》かなこまらせ申べし、乍去《さりながら》、あたは恩《おん》にて報《ほう》ずるといへは、虫《むし》を押《おさ》へて語《かた》り申さん、晴《せい》」二十五ウ 天《てん》に月《つき》ひとつとは、其方《そのはう》より冷飯《れいはん》をたべずやと問《とは》れしほとに、星雲《ほしくも》なしと申事を、さは答《こたへ》し也《なり》、何《なに》と聞違《きゝちがへ》給ふやらん、大《をゝ》きなる餅《もち》をいだされし程《ほと》に、武蔵野《むさしの》とて、はらが大《を》きなとこたへたれば、又《また》あいたてなき盃《さかづき》にて、見せつけんとの事、猶《なを》すさまじく思《おも》ひ、始《はじめ》より申事ひとつも通《とを》らざれば、力《ちから》に不《およ》及《ばず》との申分《ぶん》を、大風《をゝかぜ》の矢数《やかず》に餓鬼《がき》のうで押《おし》と、つまりたるぬけことして、帰《かへ》らんとせし時《とき》、いか計腹《ばかりはら》のたちぬるにや、かくまで辛目《からきめ》を見せ給ふ事、恨《うらめ》しくはおもひ侍《はべ》れと、此比《このころ》のなじみと」二十六オ いひ、且《かつ》は法師《ほうし》のうでだて、いらざる事よと、むしをおさへ申なりとて、かく

障子《しやうじ》こけて身《み》をうつなりのをのれのみいたみてものを
おもふころかな

越中下帯《あつちうしたおび》

去程《さるほど》に、嗜《たしなみ》の下帯《したおび》もむなしくなり、かはりにすべき布《ぬの》ぎれもたず、買求《かいもとむ》べき銭銀《ぜにかね》のいとまもなければ、くゑ〳〵と心《こゝろ》にかけ、何《なに》とぞなして今一筋《いまひとすぢ》をたくはへんと、とやかく思ひめぐらす」二十六ウうちに、月日《つきひ》移《うつ》るに随《したが》ひ、今肌馴《いまはたなれ》しも、はや真中《まんなか》よりきれて、よる昼《ひる》となくぶらめかし、海松喰《みるくい》のごとく、はさみ出《だ》したるさま、見るめもくるしければ、おためしやの睨之介《にらみのすけ》、彼《かの》ふたつにきれたりしを、其《その》まゝふる葛籠《つゞら》の緒《を》に結《むすび》つぎて、越中《あつちう》といふものにしてぞかゝせてげる、其時《そのとき》にらみの介《すけ》、かく

　きれはてゝおしからざりしふどしさへなかくもがなとおもひぬるかな

されども、下《さが》りみじかく、やゝともすれば、人前《にんぜん》」二十七オにてもはづれやすく、あふさきるさに吹入風《ふきいるかぜ》、ふぐりをちゞめ、両《りやう》の内股《うちもゝ》、鳥《とり》はだになりて、さむく覚《おぼえ》（ママ）えければ、

竹斎

　越中《あつちう》は雪国《ゆきぐに》なればさりとてはふどしにしてもひえわたるかな

と、よまひ言《ごと》せしも、あさましく聞《きこ》えし

はや此越中《このあつちう》とても、盛間《さかりま》なく心《こゝろ》ぼそければ、睨之介《にらみのすけ》、東河原《ひがしがはら》に出《いで》て、冨士垢離《ふじごり》とる行者《ぎやうじや》の、かぶり居《い》けるはち巻《まき》を目《め》がけ、たゝずみたりしに、むかふの川岸《かはぎし》に、友《とも》なるもの、着《き》がへなど、そばに」二十七ウ置《をき》、すや〳〵眠《ねむり》（ママ）り居《い》るあり、やかてちかく寄《より》て、たばこたべなど、火もらいけるにもてなし、彼寝《かのね》たるものを、ゆすりおこし見れども、目《め》も覚《さめ》ざりければ、しすましたりとて、彼者《かのもの》の鉢巻《はちまき》を、そと盗取《ぬすみとり》て、我懐中《わがくはいちう》せし竹斎が古《ふる》ふどしにとりかへ、かうべにまとひ付《つけ》てぞ帰《かへ》りにける

其後《そののち》、此者目覚《このものめさめ》て、四方山《よもやま》を詠侍《ながめはべ》りしに、何《なに》とやらん、わるくさき匂《にほ》ひ頻《しきり》なりけれは、中山《なかやま》の人焼煙《ひとやくけふり》を、比叡《ひゑ》の山颪《やまおろし》のさそひくるよとおもひ、暫《しば》し無常《むじやう》を観《くわん》じ、念仏《ねんぶつ》申て居《い》たり」二十八オ

〔挿　絵〕」二十八ウ

けるに、友《とも》の行者《ぎやうじや》、是を見て、其方のかぶれる物は何な

と、共《とも》に口号《ずさみ》て、彼《かの》ふどし、水底《みなそこ》へしづめにかけて、立さりける」二十九オ

（空白）」二十九ウ

るぞといふにて驚《おどろ》き、よく〳〵見れば古《ふる》下帯《おび》也、興《けう》さめて、かくぞよんだりける

はちまきのさまをかへたる下帯《したおび》はかくまでくさいものとかはしる

といひて、あきれたりけるに、又一人《ひとり》の行者《ぎやうじや》

我見ても久しくなりし下帯《おび》のたがまたぐらに幾世《いく》へぬらん

（空　白）」一オ

杉楊枝《すきやうじ》第二

不動《ふどう》のからしばり
悪女《あくじよ》の願立《ぐはんだて》
不老不死《ふらうふし》の妙薬《みやうやく》
情強法花《じやうごはぼつけ》

」一ウ

杉楊枝《すきやうじ》第二

不動《ふどう》のからしばり

一休和尚《きうおしやう》と竹斎《ちくさい》、弥生《やよ》中比《ひなかころ》、花も盛《さかり》に、門前《もんせん》もさはざはとして、心も空《そら》になるばかりなれば、いさやとて、うちつれうかれ出給《いて》ひ、東山にて幕打廻《まくうちまは》し、まどろみ居《ゐ》給ふ処に、頬先熊《はうさきくま》よりもくろく、眼《まなこ》三角《かく》にして、口鍋弦《なへつる》のことくにひそり、其長《たけ》七尺あまりなる大山臥《やまぶし》来りて、斎料《ときれう》といひて、貝《かい》ことく〳〵しく吹《ふき》たてたりける

一休も竹斎も、一睡《すい》の枕《まくら》をおとろかされて、二、三尺《しやく》ばかりとびかへり、忙然《はうぜん》としてあきれ」二オ良《やゝ》ありて、和尚立《りつ》腹《ふく》のあまりに、斎料《ときれう》はなしと仰《おほせ》けれは、山伏聞《きゝ》もいれず、夫《それ》大峰山《みねさん》と申は、忝も天下泰平《たいへい》、国家《こくか》安全《あんせん》の守護《しゆご》とし、殊《こと》には女人成仏の御《み》山、とき料《れう》ぶうとぞ吹《ふき》たてける、あまりかしましくおほし召けれは、前巾着《まへぎんちやく》の口を、朝三暮《てうぼ》四の菓《このみ》の皮《かは》をむくごとく成手付をして、青銅《せいどう》一銭なげ出し給

ふに、山伏、是を目にもかけず、幕内《まくない》見かけ参りたるに、今一銭と乞《こひ》て、又貝《かい》をそ吹《ふき》たりける、一休あまりに物せはしくおほしめして、いやならばをき候へとて、又巾着へ入られける、山臥《ふし》はらをたて、人躰《じんたい》といひ、年比」二ウ といひ、旁《かた〳〵》以《もつて》似合《にあは》ざる振舞《ふるまひ》かな、いで物みせんといひて、あらけなく目玉《めたま》を睨《にらみ》出し、青筋《あをすぢ》はつて貝《かい》を吹《ふき》、じだんだふんでそいかりにける

和尚の給ひしは、いや其方が物をみせねばとて、見かぬるにあらず、野山たゝ一目に眼前《かんせん》の春なり、隔《へた》てぬ四方《も》の山はれて、心にかゝる雲《くも》もなければとて、和尚

はるの日のゆめばかりなるたまくらに貝《かい》ふきおこすまこそおしけれ

竹斎も同しく

世中にたえて山ぶしなかりせば」三オ
春のこゝろはのとけからまし

山伏《ぶし》いよ〳〵立腹《りつふく》していふやう、その哥《うた》とやらむはいさしらず、我家《わかいゑ》に伝《つたは》りし明王の、からしばりにてくゝりあげて、返哥《へんか》をせんとぞわめきたてける

一休聞召《きこしめさ》れ、いて〳〵しばりて見せ候へ、恐《おそ》らくはしばりかへしてまいらせん、先試《まつこゝろみ》の為に、空《そら》を飛行鴈《とひゆくかり》をしばりて験《しるし》を見せよ、もし首尾《しゆび》よくくゝり落《おと》したらば、煮《に》てくはせんとぞ仰ける、山臥聞《き》ひて、鴈《かり》をくゝれとの教《をしへ》はうけず、たゞ仏法を妨《さまたく》るものをこそくゝるなるぞ、くらひたく」三ウ は汝《なんぢ》くらへ、口を過《すご》して後悔《こうくわい》すな皺入道《しはにうどう》とて、睨《にらみ》にける

一休から〳〵と打咲《うちわら》ひ、いふまでもなし、よのつねの事なり、其方がからしばりは、別《へち》のものはえしばらずや、不《ふ》自《し》由《ゆ》なる験術《けんじゆつ》かなとて、口をゆかめて笑《わら》ひ給ふ、山臥《ぶし》、是《これ》に我慢《がまん》を起《おこ》し、いや出家《しゆつけ》の身なればこそ、さはいひたるなり、その嘲《あさけり》を聞上《きくうへ》は、いで〳〵しばりて見すへき也、もしくゝりえたらは、汝我弟子《なんぢわがでし》に成かとぞいひたりける、

一休聞召、其断《そのことはり》までもなし、弟子にならん、まづ〳〵くゝり見せよとあれば、山伏《ぶし》、此僧《そう》に持《もち》あまし」四オ て、空《そら》をながめて居《ゐ》たるおりふし、帰鴈《きかん》一むれ見えければ、さあ、

あれはやくしばり候へ、弟子にならんと宣《のたま》ひける、山伏《ぶし》せんかたなさに、両手をいからせ、印事〻敷むすび、光《くはう》明《みやう》真言陀羅尼《しんごんたらに》なと、くり返し〳〵、大こゑあけてとなへぬれども、更《さら》〳〵しるしはなかりけり、一休仰けるは、日本の鴈《かり》は足《あし》がはやくて、くゝる間もなし、あれほとの足骨《あしほね》ならずは、越路《こしぢ》へは帰《かへ》られまじとて、手を扣《うつ》て笑《わら》ひ給ふ山伏面目《めんぼく》を失《うしな》ひ、さらば其方くゝりて見よといへば、一休のいはく、とくにも申されたらば、ならぬまてもくゝるべ」四ウ きものを、もはや一疋《ひき》も見え侍らず、さりとて我《わか》行力《きやうりき》を見せざるもほいなし、いて、あの犬《いぬ》をくゝりて見すべしとて、大きなる赤《あか》犬に食《めし》を見せ給へば、人なれたる犬にや、尾《お》を振《ふり》て来《きた》り、一休の御ひざ本《もと》に、ころびをうつてぞじやれたりける、其時《そのとき》和尚は、二、三尺《しやく》はかりの縄《なは》ぎれを取出《とりいだ》して、此犬の四足《よつあし》を、ひた巻《まき》にまとひ、是《これ》見よと仰《おほせ》ければ、山ぶしいかつていふやう、それがからしばりなるにや、つたなき口《くち》に広言《くわうげん》をはなし、縄《なは》しばりをしながらも、是《これ》見よとは推参《すいさん》なりとて、目《め》口《くち》をしかめ咲《わら》ひにける

一休」五オ きこしめし、いやとよ、笑《わら》ひ詈《のゝし》れる山伏殿《ぶしとの》のからしはりは、名《な》はかりからしばりにて、日本流《につほんりう》さう也、手くち動《うこき》てむつかし、此方《このはう》がせしからしばりは、弘法入唐《こうほうにつたう》の後《のち》、吾朝《わかてう》に伝《つた》へをかれし、根本《こんほん》の唐《から》しばり也、此国《くに》の木《この》葉山ぶしは、いまたしらぬと見えたり、もし無念《むねん》に思《おも》はゝ、其方《はう》も是《これ》をしばりてみよとて、縄《なは》をとき、あれかめと、けしかけ給へば、まくろになりて飛掛《とひかゝ》り、山伏《ふし》がむかふずねを、したゝか嚙《かみ》けるほとに、八角《かく》のひの木《き》棒《ほう》にて払《はら》ひのくれとも、猶足《なをあし》くびにくらいつき、吠《ほえ》かゝるもたへかたく」五ウ て、あともみす、西《にし》をさしてにけゝるが、犬いくつともなく吠《ほえ》出て、いよ〳〵はるかにおひやりける、一休、そのとき

あかはぢをかくまてつのるからしはりしまらぬ僧が行《ぎやう》
力《りき》のほど

と興《けう》じ給へば、竹斎も又

犬にをはれあしをそらなるにげぶりはけにかけいてのお

山ぶしなり
かく、ともに口《くち》ずさみ、日暮《ひくれ》て家路《いゑぢ》にかへられける
（一行空白）」六オ

〔挿　絵〕」六ウ

悪女《あくしよ》の願立《くはんたて》

春雨《はるさめ》しきりに降《ふり》つゞき、つれ〳〵なりしまゝに、一休を竹斎が宅《たく》に申入て、常《つね》なるくろいひをもてなし、来《こ》しかた行《ゆく》末《すゑ》の物語《ものかたり》、や、程過《ほとすき》て、勝手《かつて》の方《かた》より、女《をんな》の声聞《こゑきこ》えければ、いか成御内客《なるごないきやく》か候と仰《おほせ》られしに、竹斎申やう、かねて御めかけられ候和尚さまの御事に御座《こざ》候へは、いつぞは申あけて、御目《め》見へいたさせ候はんと存《ぞんし》なから、女のことゆへに、けふあすと延引《ゑんにん》仕《つかまつり》て候、あれは若年《しやくねん》より、さる御奥方《おくかた》に預置《あつけをき》候妹《いもと》にて御座《さ》候が、もはや年《とし》もたけ、縁《ゑん》にもつき申」七オ時分《じぶん》なればとて、主人《しゆじん》より御暇《いとま》を被下《くだされ》、我《わか》ならぬうちのやつかいとなり候とそ申ける
一休聞召《きこしめし》、左《さ》に候や、くるしからぬ事、いさ是《これ》へとぞ仰《おほせ》ける、其時女《そのときをんな》、座敷《さしき》へつか〳〵と罷出《まかりいて》、和尚へ対面《たいめん》申て、跡《あと》やさきなることゝもをいひちらし、はがみけるその顔《かほ》ばせ、芙蓉《ふよう》の瞬《まなじり》、たんくわの脣《くちびる》あざやかに、白粉《はくふん》をたえさず、羅綾《られう》の衣《ころも》あをふして、けいでんの中《うち》にあまりし、小野《をの》の小町《こまち》がなりはてゝ、関寺辺《てらへん》にほろをみたせし有《あり》さまとても、かほとまでには、つかみさがしはせましとこそ、おもひやらるゝ、されど、はかなきこゝろには」七ウ氏《うぢ》なくても、玉《たま》のこしにのる習《なら》ひありと、頼《たのみ》をなし、馴染《なじ》みた

る主君《しゆくん》に、暇《いとま》とりたるならし、よし、玉《たま》の輿《こし》は不レ叶《かなはす》とて
も、せめて紙《かみ》はりのこしにのりて、鳥部野《とりべの》の焼場《やきは》へ、よめ
入すべき折《をり》もやあらん、ゑぞが島《しま》はいさしらず、日本《につほん》六十
余《よ》州《しう》の中《うち》に、女《をんな》のひでりうちつゝきたらは、其時龍神《そのときりうしん》の
人御供《ひとこくう》にそなへて、祈《いのり》をなさば、天龍地神《てんりうちしん》も不便《ふびん》とおも
ひ、涙《なみた》の雨《あめ》を降《ふら》さるべし、見くるしのかほざしかなと、
ひとり笑《わら》ひし給ひける御心《こゝろ》の内《うち》、たとふるに物なし
只胸先《たゞむなさき》へせめあぐる笑《わら》ひをおさへて、宣《のたま》ひけるは、竹殿《ちくとの》
の」八オ 妹御《いもうとご》には過《すき》申たり、随分生付残《すいふんむまれつきのこ》る所《ところ》なく、双眼《さうかん》
といひ、鼻筋《はなすぢ》といひ、耳《みゝ》せゝ、頬先《ほうさき》、口《くち》の廻《まは》りまでも、天《てん》
下《か》に又《また》とある景《けい》ならず、松島《まつしま》、切門《きれと》、厳島《いつくしま》なりとも、此
よそほひには、よもやまさらん、是只竹殿《これたゝちくとの》の福神《ふくのかみ》そやと
おとけ給へは、女心《をんなこゝろ》に、誠《まこと》のほめ詞《ことば》そと思《おも》ひて、鰐《わに》の
様《やう》なる口に、くゝり巾着《ぎんちやく》ほどのひだをよせ、摺鉢《すりばち》のこと
くなる目《め》、かはちをしかめ、からすきもどく、大手《て》をまつ
かい成《なる》ほう先《さき》に押《をし》あて、雲《く》(ママ)をつきぬく大声《こゑ》して、呼鳴《あゝ》(ママ)軽《きやう》
忽《こつ》や、おはもしや、和尚様《さま》には何《なん》そついたか、おそろしや、
あれがいなるお人さまてはないとおもへばとて、うれし」八ウ
さうなる尻目《しりめ》つかひに、しほから声《こゑ》なる笑《わらひ》をませて、一
休をみやりぬるそのかほつきは、あたか干蕪《ほしかふら》のすみぬり
に、おたがしやくしをそへたるをも、たとふるにたらず
一休興《けう》をさまして、あきれはておはしましけるが、名《な》は何
と申ぞとありければ、竹斎うけ給り、されは、やしき方《かた》に
居《ゐ》申候時は、かると申て候へとも、少存寄《すこしそんしより》の御さ候へは、
此ほどは、いしとつけ申といへは、和尚聞召、是《これ》は面躰《めんてい》見
くるしきゆへに、竹《ちく》がかるくちにて、かる石《いし》とつゞけたる
心なるべしとて、くつ〳〵と咲《わら》ひ給ひて仰《おほせ》けるは、さそ
や、兄弟《きやうだい》一所《しよ》に居《ゐ》給ひ、何かに」九オ 付《つけ》て心苦労《くらう》に侍《はんへる》べ
し、折節《おりふし》は愚僧《ぐそう》が寺《てら》へも来《きた》り給ひて、気《き》をはらされよとの
給ひければ、さては我《われ》に心ありてこそ、かくは仰られたる
ものと思ひ、よろこひたる躰《てい》にて、ひとり身の事に御座候
へは、おはつかしなから、けふが日まて、肌《はだ》なれし夫《おつと》も
なく、たれと枕《まくら》をかはしまや、三十余《みそぢあま》りの瀬《せ》を越《こえ》て、岩《いは》
うつ波《なみ》のをのれのみ、つれなく年《とし》の積《つも》り来《き》て、けふの今《いま》こ

そ縁《えん》ならめ、いよ〳〵見すて給ふなと、そはなるてうしをひつかたむけ、六、七盃《はい》ほどかいほして、つけさしにしてぞまいらせける

竹斎是《これ》をみて、大汗《あせ》かき」九ウ牙《きば》をかみ、大の眼《まなこ》をにらみ出《いだ》し、たゝみをうつていふやうは、それ女は五障《しやう》三従《じう》に撰《えら》まれ、とんよく、しんい、ぐちをはなれず、ましてや諸《しよ》仏《ぶつ》のたねをたつ、それのみならず、尊《たつと》き御寺《みてら》といへば、女人《によにん》をきらひ、女の手《て》より物をとれば、五百生《しやう》の間《あひだ》、手《て》なき虫《むし》に生《むま》るゝとかや、かく汚《けが》れたる身をしらて、兄弟《きやうだい》の前《まへ》とも憚《はゞか》りなく、言語道断《こんごたうだん》のふるまひ、曲事《くせこと》なりとぞいかりにける

女いふ様《やう》、その兄《あに》かほこそ、をかせたけれ、我牢人《われらうにん》となりし事は、誰故《たれゆへ》ぞや、大事《たいじ》の主人《しゆじん》の妹御《いもうとご》を、只一服《ふく》にてもりころし、はう〳〵京《きやう》へ逃上《にげのほ》り、年久《としひさ》」十オしきわらはが身なれば、似合敷縁《にあはしきえん》の道《みち》にも、つけ給はるへき物なるを、それ故《ゆへ》にこそ追出《をいいた》され、日比《ころ》ためたる小袖《こそて》をだに、睨之《にらみの》助《すけ》にはぎとられ、日に日に質《しち》やの手にわたす、其数つきて今はゝや、皮足袋《かはたび》、帽子《ぼうし》のやぶれまて、ひとりのいもうとをせぶりとる、目の前《まへ》の三途川《さうづ》の姥《ばゝ》とおもふ、にらみのすけ見るも、中〳〵うらめしや、まるはだかの身なれは、又奉公に出《いづ》べき事もなりがたし、はぎとる事のうれしさに、はう〴〵よりいひ来《きた》る、縁《えん》の道《みち》をもとりくまず、ひとり身となしをきながら」十ウわかまゝいふこそ心得ねと、むさぶりつひてわめきければ、興《けう》さめたるばかりなり

其時和尚仰《おほせ》られしは、此女男《めを》のかたらひといつは、伊弉《いさ》諾《なみ》（ママ）、伊弉冊《なき》（ママ）の尊《みこと》より始《はしま》り、今人倫《いましんりん》の大極《たいきよく》なれば、世《よ》になきわざにはあらず、兄弟《きやうだい》の前《まへ》とても、はぢて恥《はち》ならぬみちなるべし

（四行空白）」十一オ

〔挿　絵〕」十一ウ

兄《あに》よ妹《いもうと》よと分《わか》ちて、面をふり座を立去事《たちさる》、今日《こんにち》の上《うへ》を定《さたむ》る人間《にんけん》の式法《しきはう》、是礼義《これれいき》の二つなれは也、立去《たちさつ》てみれば、無捨平等《むしやびやうとう》にして一物《もつ》もなく、親《した》しきもあらず、疎《うとき》もなし、無《む》二亦《やく》無三本来空《ほんらいくう》、くふ〳〵寂《しやく》ゝのむかしに帰《かへ》れば、猶《なを》

残るへき肉身《にくしん》たになし、是非《ぜひ》のあらそひ、更《さら》に益《あき》なし、人のいかりは木魅《こたま》のごとく、此方《こなた》にいへば、あなたにもいふ、有《う》無の全躰《せんたい》、目前《もくせん》の酒、うけてなかせばさとりの道《みち》、さあつがせたまへ、いたゞかんと、一くちにいひやふり給へば、竹斎も女も、有かたのしめしやな、余所《よそ》のみるめもあらされば、いざや」十二オ うちより慰《なくさま》んと、座興《けう》に成《なつ》てぞ笑《わら》ひにける

漸《やう》〳〵其日も西山に隠《かく》れ、一休も千鳥足《ちとりあし》にて、紫野《むらさきの》へ帰《かへ》り給ふおりふし、みちにて、かくぞあそはしける

大さけのあげくはしどろもどりみちあしよはぐるまころひてそ行《ゆく》

かくて竹斎か妹《いもうと》、夜《よ》すがら憂世《うきよ》のはかなき事を、ねられぬまゝにおもひやれは、我身《わか》のうへにせまり、余所《よそ》の心はしらま弓《ゆみ》、やたけにおもふえん付は、さても長柄《なから》の橋《はし》なれや、渡《わた》りくらべて今ぞ」十二ウ しる、身のうき年《とし》をつもりきて、いつをいつともおもはねば、けふをけふともわきまへぬ、身の行末《ゆくすゑ》のあぢきなく、袖《そで》に涙《なみた》や沖《おき》の石《いし》、人こそしらね只独《たゝひと》り、夜床《よとこ》の内《うち》に古《いにしへ》の、斑女《はんしよ》が閨《ねや》の徒《[ト]》然《せん》さを、おもひくらべてみをがさき、枝《えた》に声《こゑ》そふ塩風《しほかせ》も、男松《おとこまつ》にやなれぬらん、やもめ烏《からす》の啼《なく》たにも、ひとつおもひに嵐吹《あらしふく》、みむろの山の紅葉《もみぢ》ばも、いろにはそむときく物を、情《なさけ》をしらぬ竹斎《ちくさい》の、竹《たけ》の一字《じ》や杖《つえ》はしら、たのみにしたる兄《きやう》弟《たい》は、あるにかひなき捨小舟《すてをふね》、いつちよるべの波《なみ》にさへ、女《め》なみ男《お》」十三オ 波《なみ》のえんふかく、うちよる磯《いそ》のもくずとも、共《とも》にくちなんものをやと、おもふに付《つけ》てあぢきなく、一首《しゆ》

はかふそ述懐《しゆつくはい》す
なさけなきものやぢごくでせめぬらん青鬼黒鬼《あをおにくろおに》いろにそまれば
などいひ出《いた》して、すゝりなきする声《こゑ》しければ、睨之助《にらみのすけ》がいふ様《やう》、こは何《なに》事にかなき給へる、あしき夢《ゆめ》はし見給ふかと、おこしたてければ、いやさる事はなし、たゞ三途川《さうづかは》より生《むま》れがはりのにらみの介《すけ》か、日にいくつともなき小袖《こそで》をはぎとり、小札《こふだ》にかゆるとみて」十三ウ 夢《ゆめ》さめたるといへば、にらみの介腹《はら》をたてゝ、あを鬼《おに》、くろおにとありけるほどに、をそはれ給とおもひて、おこし侍れば、さにはあらず、一重《ひとへ》のものに執着《しうぢやく》し、つみつくり給ふか、浅《あさ》ましき御心《こゝろ》ねやといふ、女聞《をんなきゝ》て
小袖にはおもひそめこむよくぞなきむまれしときのはだかとおもへば
にらみの介、なをもはらをたてゝ
さればその裸《はだか》になれる鮫肌《さめはだ》でおろすばかりにものがいるかな
女、是《これ》に赤面《せきめん》して、又
実《げ》にさめの皮《かは》とおもひてはぐ小袖三途川《こそでさうづかは》にぞ流《なが》すしちも」十四オ つ
といひすてゝ、夜《よ》着《き》引《ひき》かぶりいらへもせず
とかくして、横雲《よこくも》のそらはれわたれは、手水《てうず》つかひ、目《め》のやにをこそけおとし、かゝみ出《いた》して我顔《わかかほ》を見るに、額頬《ひたいほう》先《さき》ふくれあかりて、中《なか》くほなる事、今更《いまさら》のやうに覚《おほ》え、いとかなしくて
縁付《えんつき》をいかにまちみんとしふともたづぬる人もあらしとおもへば
とうちなげき、我《わか》身ながら興《けう》をさまし、此《この》まゝな」十四ウ らば、中〳〵にたれかむかへん、あぢきなや、いさ清水寺の観世音を頼奉りて、衆人愛敬《しゆにんあいきやう》の御利《り》益《やく》にあつかりなんものをと、やがてかみゆひ、べにかねをつけ、おしろい、所まだらにしりひろげ、つきうすのごとくなるこしを、百遍はかりもなてつけ、はゞひろ帯、紫手ぼそ、きどく頭巾につゝらがさ、もみのふと緒にかさねゐり、白むく黄《き》むく

あさきむく、ひとつまへにとおもへとも、わづかにのこる紺《こう》屋染、しはだらけにきなし、清水さしてそまうてにける仏前になりぬれば、若有女人設欲求男《にやくうにょにんせつよくぐなん》の御ちかひ、此身に納受《なふしゆ》をた」十五オれ給へと、ふかく祈誓《きせい》をかけ帯の、むすぶゐんだに候はゞ、只今の御鬮《みくじ》に、いちをおろしあたへ給へ、又ふえんにも候はゞ、二を給り候へ、なむ大慈観世音菩薩、又は弘誓深如海《ぐせいしんによかい》、歴劫不思議《りやくこうふしぎ》、侍多千億仏《じたせんおくぶつ》、発《ほつ》大清浄願《しやう〳〵くはん》とあれば、たとひ不縁《ふえん》に候共、福徳智恵《ふくとくちゑ》の男《おとこ》をは、むすひあはせてたび給へと、つゝしんて祈念をなし、ぐわら〳〵さつとふりいだせば、うたてや二こそとひて出ける、是にこゝろをうしなひて、かれたる木に、ものうそつきよと、鬮筒《くじつゝ》とつてなげ込、かく

たのみてもなにゝせんじゆのものしらず
大慈大悲《しひ》がおごりなるべし」十五ウ

と雑言《さうごん》し、なんぞいやなら頼《たの》むましと、祇園《ぎをん》をさしておもむきけり

折節道のかたはらに、安倍《へ》の清明が流《なかれ》とて、占《うらない》するものあり、立寄て身の吉凶《きつきやう》を尋たりしに、大極《たいきよく》両儀《りやうぎ》四象《しやう》八卦《くわ》六十四卦《け》、わつつくたいつ、占ひしばししていふやう、是は縁《えん》ぐみの事に候なむ、御望《のぞみ》の通大《（「大」に濁点）》吉なり、年三十一は壬申《みつのへ》、金性なり、このかねはつるぎの金、魂《たましひ》七つ、心清くしてたけし、されども、あいきやう有て、人にほしがらるゝ事あり、殊更《ことさら》水性の男相生して、おもふまゝなるべし、氏神を御」十六オ信心ありては、なを〳〵子孫繁昌《しそんはんしやう》なり、酉《とり》の日、午の日、戌の日、此内に、能えん付の事定るべし、御心やすかれと、手《て》にとるやうにかたりければ、あまりにうれしさのまゝ

名にしおはゝさんねい坂の算《さん》をきと人にしられてをくよしもがな

さんをきも、謙退《けんたい》の心を

世《よ》の中《なか》よみちこそなけれへりくだる坂《さか》のそばにも算《さん》ををくなる

（一行空白）」十六ウ

〔挿　絵〕」十七オ

又女かくそいひたりける

あらざらんこのよのほかのおもひ出《て》にみめよきむこにあふ事もがな

たかひにめてたがりて、昆布《こんぶ》なととり出し、口いわゐして立出行処《ゆくところ》に、又天下一、三世想《せさう》の占《うらない》とて、幣《へい》をたて壇《たん》を飾《かざ》り、法印何《はういんなに》かしとかや、いげんたら〳〵成、大かんばんいでたり

女此ていをみて、猶慥《なをたしか》成事きかまほしくおもひて、又立《たち》寄《より》、おもふ事の品《しな》〳〵語り出し、さんをかせたりければ、是は始《はじめ》と違《ちかい》て、つちのへの寅《とら》、土性《つちしやう》なり、此土《つち》は屋ねのはなの土也、しかも焼《やけ》土、魂《たましゐ》ひ」十七ウ とつ大きにわろし、時《とき》〳〵心さはかしくて、さたまる気《き》なく、人には見あけらるれとも、あやうきことのみなり、縁組《えんくみ》の思ひ入《いれ》、一生更《しやうさら》になし、山の神《かみ》を祭《まつ》りてよし、大風、地震《ぢしん》をつゝしみ給へとそいひたりける

女大きに肝《きも》をつぶし、いや我等は、三十一申《さる》の年《とし》、金性《かねしやう》ぞといふ、何《なに》、さはあるべからず、此占《うらない》を家業《かけう》とする身の、違《ちかい》たることとして世《よ》をわたるべきかや、あきめくらの算置《さんをき》ならばしらず、千《ち》たひ百度《もゝたび》をきたればとて、少《すこし》もかはる事はなしとて、そらうそ吹《ふい》てそ居《ゐ》たりける、女赤面《せきめん》し、始《はじめ》の算をきがいひたりしを、こま〴〵と語り、ひらにをきなを」十八オ して給《たへ》といふに、其《その》算置《をき》は銭《せに》ぬす人にて、偽《いつはり》をいへとも、此法印《はういん》は、ありのまゝなる正道《しやうとう》を、気《き》に不レ合《あはす》とてもいふなれば、いつにても此通《とをり》とて、算木《さんき》を仕廻《しまひ》て立《たち》たりける

女いよ〳〵腹《はら》を立《たて》て、始頼《はしめたのみ》しさん置か家《いへ》に、ぐるともどり、さん〴〵に讒言《さんげん》す、此算置も、たがひに職《しよく》がたきなれば、にくしとおもふやさきにて、いざこなたへおはしませ、是非《ぜひ》を正《たゞ》してまいらせんと、踊出《をとりいで》て行《ゆく》まゝに、逢《あふ》とひとしく胸《むな》くらをひしととらへ、とよみに成《なつ》てそわめきにける

法印ちつともさはがす、いやましばし、かた〳〵此三世《ぜ》想《さう》と申は、過去《くわこ》、現在《げんざい》、未《み》」十八ウ 来《らい》と立《たて》て、其吉凶《きつきやう》を考《かんかふ》るものなり、心をしづめて聞《きゝ》給へ、先過去《まつくわこ》にて人の善《よき》事《こと》をそねみ、しつと執着《しうちやく》の念深《ねんふか》くしては、現在《けんさい》に悪女《あくしよ》となる、中《なか》にも此女中《じよちう》は、心さはがしく、大風をにくむ、屋ねの端《はな》なる鬼瓦《おにかわら》の焼土《やけつち》を種《たね》として、生《うまれ》たる人なれば、その顔《かほ》さながら鬼のことし、色黒《いろくろ》ふ口広《くちひろ》く、ほう先《さき》とがつて、額《ひたい》ぬけあがり、一生不《しやうふ》縁《えん》の想《さう》、眼前《かんせん》の通《とをり》也、何《な》どや、是《これ》に逢馴《あひなる》る男のあるへきか、然時《しかるとき》は、執着瞋恚《しうちやくしんい》の罪《つみ》に沈《しづん》て、未来又《みらいまた》、其業因《ごういん》をひく、此占《うら》を、などしらずやと云《いふ》、彼男横手《かのおとこよこて》をうち、誠《まこと》に面《おもて》はさにぬりの」十九オ 軒《のき》の瓦《かわら》の鬼のかたちを、今《いま》みることこそおそろしけれ、おもへば慥《たしか》な御占《うら》かなとて、つけ〴〵と女の顔《かほ》を見あげ居《ゐ》たりければ、まてをのれら、一念《ねん》の悪鬼《あつき》となり、いち〳〵にけ殺《ころ》さんぞと歯《は》きりして、顔《かほ》をあかめ、わゝつておもてへ出《いで》たりける、その時法印《はういん》

あひみての後《のち》のこゝろにくらぶればむかしは鬼を見しら
　さりける

今《いま》一人《にん》の算置《さんをき》、又かくぞいひける

君《きみ》ならでたれかは見せん鬼女《おにをんな》いろをも皃《かほ》もしる人ぞし
る」十九ウ

不老不死《ふらうふし》の妙薬《みやうやく》

じやうのこわき日蓮宗《にちれんしう》のありけるが、つれ〳〵を慰《なくさま》んとて、おさなき娘《むすめ》を酒買《さけかい》にやりけり、その時《とき》かたくいひ含《ふくめ》けるは、もし道《みち》にて念仏《ねんふつ》の声《こゑ》をきかば、はやく徳利《とくり》の口《くち》に手《て》をあつべし、法花《ほつけ》の行者《きやうしや》の呑《のむ》酒に、念仏のひゞきまじへなば、日比唱込《ころとなへこみ》たる御題目《だいもく》を汚《けが》すのみならず、成仏《しやうぶつ》す

ることなくて、阿梨樹《ありじゆ》の枝《えだ》のごとくに、死《し》してかうべをくだかる、そや、油断《ゆだん》すべからずと、念比《ころ》にいひ含《ふくめ》てけり

折節《おりふし》、一休その家《いへ》のまへにたちやすらはれしが、さる事を聞給ひて、おろかなる」二十ォもの、上《うへ》には、さもこそおもふらめど、極《きはめ》て無下《むけ》の事《こと》也、いで此とくりに念仏して、すつるか捨《すて》ざるか、いか様《さま》にもきやうけをなさばやと、彼《かの》軒下《のきした》に待《まち》給ふ所に、門《かど》の戸《と》さら〳〵として、件《くだん》のとくりを、おさなきもの、提出《さけいで》たりしを、やがてそのあとに付《つき》て、見送《をく》り給へは、酒《さか》やとおほしき家《いへ》に入《いり》てしはし有、立出《たちいで》けるを、一休つか〳〵と走《はし》り寄《より》給ひて、とくりのほそくびひしととらへ、なになるぞととひ給ふに、おもひよらざるさまなれば、おさな心におそろしく思ひて、わつといひてなきけ利《り》、一休その間《あいだ》に数《す》十反《ぺん》をしかへし、高声《かうしやう》に念仏《ねんぶつ》」二十ゥを唱《とな》へて、とくりの口へ吹入《ふきいれ》〳〵し給ひ、それよりあたりにみえ給はず、おさなきものは、是を悲《かな》しく思ひ、しやくりなきになきて帰《かへ》りぬ

（七行空白）」二十一ォ

〔挿　絵〕」二十一ゥ

おやどもはしり出、こは何事にかなくぞととへども、いらへもせでひれふしける、友《とも》なる子《こ》どもの追《おい》かけたるにや、犬《いぬ》やかみけるかなと、さま〴〵に尋《たつ》ぬれば、おづ〳〵はじめ終《をはり》をいひたりける、親《おや》ども大きにおどろき、けがらはしや、そのとくりうちくだき捨《すて》よ、それこそ、さいづちあたまの、法然《ほうねん》がながれをくむ法師原《ほうしばら》なるへし、あはれ、其《その》場《ば》に有合《ありあひ》なば、しやつめをやつざきにせんものをと、こふ

しを握《にぎり》（ママ）りきばをかむ

女房がいふやう、いやさな腹立《ふくりう》せさせ給ひそ、むかしもさる上人様」二十二オ 御身一代《たい》は、西の方《かた》へ行《ゆき》給ふまじと、かたく誓《ちか》ひをなし、禁足《きんそく》の御願《くはん》を立《たて》給ひし比《ころ》、西の京《きやう》に有《あり》し旦那《たんな》、死《し》して引導《いんとう》にたのみたてまつりしに、いろ〳〵と仰《おほせ》られしかとも、年比《としころ》の御契約《けいやく》なればとて、ゆるし申さゞりけり、御寺《てら》よりは彼家《かのいへ》は西にあたり侍れとも、不及力《ちからをよはす》ゆかせ給ふに、堀《ほり》川の辺《へん》にて、堕地獄《たぢごく》の念仏者、御むなくらをとらへて、一首《しゆ》かけたりける

　念仏《ねんぶつ》をむけん〳〵といひなから西へいそぐは弥陀《みだ》をたのむか」二十二ウ

といひたりければ、上人とりあへず

　みたたのむ衆生《しゆしやう》地獄《ぢごく》におちぬればすくはんために西へこそゆけ

とて、扇子《あふき》にて三つ四つうたせ給へは、閉口《へいこう》して帰《かへ》りしとかや、かゝるためしも侍るなれば、少もくるしかるまじ、あたら酒を捨《すて》給はんより、とく〳〵のみ給ひて、法花《ほつけ》の行者か腹中に入《いれ》、開会《かいゑ》の利益《りやく》をほとこし給へとぞすゝめにける

男大きに悦《よろこ》び、いみじくもの給ふもの哉《かな》、御身は八才《さい》の龍女《りうによ》にもをとらず、変成男子則得成仏疑《へんしやうなんしそくとくしやうふつうたが》ひあらじと、頭《かしら》を」二十三オ たゝきて、ひたのみに呑《のみ》けるほどに、間なく酔臥《えいふし》にける

かくて夢《む》中に、赤《あか》き物着《ものき》たる童子《とうし》、忽然《こつせん》と顕《あらは》れ、両眼《りやうがん》を光《ひか》らせ、いかつて曰《いはく》、何《なに》とて念仏のましりたる酒を呑《のみ》て、権実雑乱《ごんじつざうらん》の罪《つみ》をなしけるぞや、それ法花たるものゝ身には、法身《ほつしん》、報《ほう》身、応《をう》身とて、三身の如来《によらい》、常《つね》に身をはなれ給はず、胸《けう》中を照《てら》さしめ給ふに、かゝる大罪業《さいごう》を作《つく》りて、法花《ほつけ》守護《しゆご》たりし諸神《しよしん》、たちまちに天上し給へば、仏性《ふつしやう》さつて雲《くも》にかくれ、慈悲《ぢひ》のまなじりをとち給へは、未来《みらい》やう〳〵劫《ごう》をふるとても、成仏《しやうぶつ》更《さら》にあるべからず、其人命終入阿《ごにんみやうしうにうあ》」二十三ウ 鼻獄頭破《びこくづは》七分《ぶん》とぞいかられける

男《おとこ》此気色《きしよく》をみて、大汗《あせ》をながし、かたいきになりて目《め》を覚《さま》し、女房《にうはう》を近付《ちかつけ》、しか〳〵かのことを語《かた》り聞《きか》せ、是十羅《ら》

刹女《せつによ》の御とがめ成《なる》べし、女《をんな》は外面《げめん》菩薩《ぼさつ》に似《に》て、内心《ないしん》は夜《や》叉《しや》なりと説《とき》給ふに、おもはずも悪縁《あくえん》にひかされ、無間《むけん》に沈《しつ》むへき事こそかなしけれとて、地《ち》にふし、天にあふきてさけひにける、女房あまりたえかたさに、よし〳〵我身《わかみ》は何ともなれ、そもしの罪《つみ》を我《われ》にうけ、地獄《ぢごく》の猛火《みやうくわ》の底《そこ》に入《いり》て、御身をたすけ申べし、先それはともあれ、水をのみてあらひ清め見給へとて」二十四オ ひたもの水をあたへければ、やゝ有《あり》て、腹太鼓《はらたいこ》のごとく成《なつ》て、ひえかへりけるを、いきなからに、餓鬼道《がきとう》へおちぬるはとて、猶《なを》なく声梵天《こゑほんてん》へつきぬけ、須弥山《しゆみせん》をゆるかす、然《しか》るとき、腹《はら》に声有《こゑあり》て、ぶつ〳〵と鳴《なり》ける、さては南無阿弥陀《なむあみだ》の五字《し》は消滅《せうめつ》して、今《いま》少《すこし》、仏《ふつ》か残てあるものならめ、いとめでたき事なりとて、又こそ水をのませてけり、是にて、いよ〳〵くるしみつよく、はないきもゐせてくちこもり、あゝ〳〵とのみもたへにける

女房、子《こ》ども、枕《まくら》もとにあつまり、とゝは念仏のいりたる酒をのみ、ぢごくにおちて、此世からくるしまるゝぞ」二十四ウ や、あないとおしや、南無妙法蓮花経《なむみやうほうれんけきやう》など、わめきたつる、この声《こゑ》に隣《となり》あたりよりも、おどろき集《あつま》り、あらいとおしや、此まゝむなしくなしまいらせなば、心残《こゝろのこ》りにさふらふべし、ひとまつ水《みつ》をくだしてみん、尤然《もつともしかる》へしなと、とり〴〵なり、女房《はう》、子《こ》ともは、頼《たのみ》申といひてなきけり、いとゞみるめもあはれなりければ、医者《いしや》を呼《よひ》て、ともかうも談合《だんかう》すべし、どれかれかとさたしけるに、竹斎老《ちくさいらう》ならでは、かやうの療治《れうぢ》するもの覚《おほ》えずとて、やがて使《つかひ》を立《たて》たりける

竹斎程《ほと》なく来《きた》り、ことの様子《やうす》をきゝて、うちうなづき、尤是《もつともこれ》は」二十五オ 水腫《すいしゆ》の張満《ちやうまん》に似侍《にはへ》るなれど、さしてねふかき病症《ひやうしやう》ならず、此薬《くすり》にて能《よく》候はんとて、包《つゝ》み出《いた》す、さてのませ、まもり居《ゐ》けるに、眼中《かんちう》はつきと見ひらき、それそと人も見知《しり》ければ、是こそ大験《げん》なれとて、いよ〳〵間《ま》なくのませたりしに、小便滝《せうべんたき》のごとくにして、たちまち腹《はら》へつそりとなり、常《つね》のやうに本《ほん》ふくしてければ、座中《ざちう》、此《この》手柄《てから》に舌《した》をまき、人間《にんげん》にてはあらしといふ、女ばう、子《こ》ど

もは、手を合《あはせ》、拝《おか》み悦《よろこ》び、唐国《からくに》はいさしらす、日本《ひのもと》にはあるべからず、をそらく薬師《やくし》の御化身《けしん》ならめと、ほめそやすうちに、彼薬《かのくすり》なめてみれば」二十五ウ ふしの粉《こ》なり、名誉《めいよ》の事に思《おもひ》て、是《これ》は歯《は》に付《つけ》申、ふしの粉《こ》にてはさふらはずやといふ、竹斎聞《きゝ》て、いかにもさるものなり、本草《ほんさう》には五倍子《ばいし》といひて、能毒《のうどく》あまたしるしてほめたる薬《くすり》なり、大事《し》の秘《ひ》方《はう》なれば、たやすくかたり侍らぬ事ながら、此上《うへ》にて候ほとに、物語《かたり》してきかせ申へし、努〻《ゆめ〳〵》他《た》言《げん》せさせ給ふべからず

（四行空白）」二十六オ

〔挿　絵〕」二十六ウ

先《まつ》此薬《くすり》と申は、法花経《ほつけきやう》の中《うち》に、その功速《こうすみやか》なり、さるゆへに、此病人《ひやうにん》に相応《さうおう》の薬《くすり》なり、浄土宗《しやうどしう》にも禅宗《せんしう》にも、余宗《よしう》にあたへて、更《さら》に験《げん》あるべからず、されば法花経《ほつけきやう》に、是好良薬《ぜこうらうやく》、今留在此《こんるさいし》、病則消滅《ひやうそくせうめつ》、不老《ふらう》ふしとそ説《とき》給へり、誠《まこと》に仏《ほとけ》の方便《はうべん》として、罪《つみ》ふかき女人には、是を歯《は》にぬらせて、主《ぬし》がしらぬながらも、口にふれ舌《した》にあぢは〻せて、醍醐味《たいこみ》の妙理《みやうり》を授与《じゆよ》する事と聞《きこ》ゆ、能《よく》此理《り》よりしらるべきなり、何《なに》とをの〳〵、ありかたき薬にはあらずやといふ、みな〳〵肝《きも》にめいじ、骨髄《こつずい》にとをりて、ありがたく、身の毛《け》もよだつばかり」二十七オ なれば、いづれも手《て》を合《あは》せ、竹斎を〻がみ、さても〳〵けつかうなる御くすりにてこそ候へ、其上《そのうへ》、か様《やう》の療治《れうぢ》の事まで説《とき》をかせ給ふ事、余《よ》の宗旨《しうし》にはうけ給り侍《はへ》らす、か〻る奇特《きどく》を目前《もくせん》に見ながら、何《なに》し

に余経《よきやう》をたのみ申へき、是三宝《ほう》の御影《かけ》なるそや、皆ゝかたく他言《たげん》し給ふななど、いひたりければ、竹斎聞《きゝ》て、一段《だん》のおほしめし入《いれ》なり、されば八のまきにも、身上出水《しんしやうしゆつすい》と侍れは、水《みつ》となり治《ぢ》すること、掌《たなこゝろ》ににぎるがごとしと語《かた》れは、病人《ひやうにん》かうべをさしあげて」二十七ウ

なむあみのましりしさけの内損《ないそん》を不老不思儀《ふらうふしき》になをすいしやどの

かくいひてよろこびければ、竹斎

弥陀損《みたそん》の酒《さけ》には不老《ふらう》ふしの粉《ご》（ママ）がなむ妙薬《みやうやく》と人ぞしるべき

といひすてゝ帰《かへ》る

まことにおろかなるものゝ、我宗《わがしう》をいちがいにおもひ入《いれ》たる心《こゝろ》なれば、かの念仏《ねんぶつ》のまじりたることをふかくなげき、苦《く》にして、おもひねいりにしたりければ、かくおそろしき夢《ゆめ》み、くるしみたるなるべし、扨彼病人《さてかのひやうにん》、本復《ほんぶく》せし」二十八オ後《のち》、禁酒《きんしゆ》の誓《ちかひ》を立《たて》、仏前《ふつせん》にて、かく申あげたるとかや

あのくたらさまく三菩提《さほだい》の仏《ほとけ》たち我《わが》たつさけに冥加《みやうが》あらせ給へ

情強法花《しやうごはほつけ》

又さるかたくち法花なるもの、竹斎か宅《たく》にて一休に出合《いてあひ》、例《れい》の大乗妙典《しやうみやうてん》をいひ出《いた》してより、ひとつふたつと、つのりけるほどに、後《のち》は念仏無間禅天魔《ねんふつむけんぜんてんま》なとゝて、踊躍《をとりあかつ》て悪《あく》口《こう》す、されども、和尚《おしやう》には、是躰《これてい》の事とりもあげ給はす、かたほうにて、わらひながら」二十八ウ仰らるゝは、愚僧《そう》はさやうの事、あるもなきも存《そん》ぜす、もとより親《おや》のすくめわうじやうに、かく法師《ほうし》となしつるなれば、今更《いまさら》何をわきまへたる事もなく、其日暮しの斎《とき》ぬす人にて、世《よ》をわたる小《こ》僧《そう》にて候なり、さほとにじやうこわらせ給ふ人の開山《かいさん》は、いかばかり気根《きこん》つよくましくけるぞや、此方《こなた》が祖師《そし》は、九年面壁《ねんめんへき》とて、九年のあひた壁《かへ》に向《むか》ひ、物さへいはぬ内気《うちき》ものにて侍《はんへ》る故《ゆへ》、なかれのわれらまて、随分隠者《すいふんいんしや》にて、山里をこのみ、むつかしひ事には、庭前《ていぜん》の柏樹枝《はくじゆし》とこたへ、法儀《ほうき》をとけとある人には」二十九オ一字不説《じふせつ》とかぶりをふる、

気随《きずい》ものにて候へは、只本来《たゞほんらい》くふとて、喰呑《くいのみ》するより外を
しらず、以何令衆生得入《いがりやうしゆじやうとくにう》むじやう道《とう》とやらん、の給ひて、
むりに相手《あひて》をほしかり給へど、柳《やなき》はみどり花《はな》は紅にて、
月日を送《をく》るにて候とあれば、男聞て、仏法の上《うへ》はともあれ
かし、じやうのこわきとは、いかなるよこしまぞや、いは
れをきかんとひしめきける、一休から〳〵とわらひ給ひて

鎰《かぎ》あらば止観《しくはん》の窓《まと》の戸《と》をあけよじやうこはくして月を
みぬかな　」二十九ウ

とあそはしければ、竹斎も、そのときかく

じやうごはとわれをえしらぬじやうごはのじやうのこは
さを人にとへかし

といひたりしに、男《おとこ》、今《いま》は我《が》をおらして、ほく〳〵とうち
うなづき、誠《まこと》に人をじやうこはしと思《おも》ひ、あらそふ事は、
我《わか》身のじやうのこはさゆへなり、狂人《きやうしん》はしれば不狂人も
はしるといふは、これをいふなるべしとて

我《わか》じやうのこはきとしりていざゝらはもみやはらけん百
八の珠数《じゆず》　」三十オ

とつらね、和尚様《おしやうさま》の旦那《たんな》になり申さんといへば、一休聞《きこ》
しめし、その方《はう》の宗旨《しうし》も、此方の法儀《ほうぎ》も、みな心ひとつが
まよへば、さいたらばたけへよことびするなり、是《これ》に竹斎
もおはしけるが、さためて医道《いとう》もおなし心なるべし、一、
二ふくの薬《くすり》に効《しるし》なきとて、病《やまひ》の軽重《きやうぢう》をはからずして、
あれ是《これ》と頼かゆる故《ゆへ》、結句《けつく》は大病となりて、あやうきに至《いた》
るらん、法儀《ほうぎ》又かくのごとし、只《たゞ》ねかひ入《いれ》、こゝろさし給
ふその方《かた》の宗《しう》にて、さとり給へ、深入禅定《じんにうせんぢやう》とあるときは、
座禅不退《させんふたい》の」三十ウ心にたかはず、善悪無異《せんあくむい》の全躰《せんたい》は、己身《こしん》
の外《ほか》に道法《とうほう》なき事也、当地是所則是道場《たうちぜしよそくぜどうじやう》とも、又は娑婆《しやば》
則寂光《そくしやくくはう》、或則身成仏《あるひはそくしんしやうぶつ》、九界則仏界《かいそくぶつかい》なとゝもあれば、又
おきらいの余経《よきやう》にも、去此不遠《こしふをん》、己身《こしん》の弥陀《みた》、唯心《ゆいしん》の浄《じやう》
土《ど》など、説《とき》給ひて、随他意方便《ずいたいはうへん》し給へば、皆無捨平等《みなむしやひやうとう》、
無《む》二無三、其中衆生悉是吾子《こちうしゆしやうしつぜごし》、何《なに》をか隔《へた》て、何をかした
しむべき、教外別伝《きやうげべつでん》、不立文字《ふりうもんじ》、以心伝心《いしんでんしん》、見性成仏《けんしやうぐぶつ》、
むつかしの人の心根《ね》やな、万事は皆空《くう》なりとて

かたちなきものはかたちをあらはして　」三十一オ

かたちはものにかくれぬものを
扨男《さておとこ》、此教化《けうけ》を聞《きゝ》、何とやらん、唐人《から》の哥《うた》の様には御座《さ》
候へ共、大方得道《かたとくたう》仕《つかまつ》りて候とて
めぐりあひ聞やそれともわかぬまにまよひをはらす胸《むね》の
月かな

（五行空白）」三十一ウ

〔挿　絵〕」三十二オ

一休うれしくおほしめし、古歌《こか》にとて、又
人ことになし《ありのみ》とへたつれど○《くう》にふたつのあぢはひも
なし
かく侍《はべ》るにて分別《ふんべつ》し給へと有《あり》ければ、竹斎も其時
とる匙《さじ》のゐこそなをさねわれとてもとんよくしんいくち
のやまひは

（二行空白）」三十二ウ

（空　白）」一オ

杉楊枝第三

猿《さる》が池殺生《いけせつしやう》の抜句《ぬけく》
秤《はかり》の家《いゑ》を氏神《うちかみ》とあふく
当話《たうわ》にこまる山臥《やまぶし》
河豚汁《ふくとうじる》の呪《ましない》

」一ウ

杉楊枝第三

猿《さる》か池殺生《いけせつしやう》の抜句《ぬけく》

都《みやこ》の西に、猿か池《いけ》とて少《すこし》なる流《なかれ》あり、爰《こゝ》は殺生禁断《せつしやうきんだん》にて、常《つね》に網《あみ》をうち、棹《さほ》をのぶる人しなければ、魚渕《うをふち》におどり、岸《きし》の柳《やなき》も波《なみ》にあらひ、泉流清《せんりうせい》〳〵としては、丈布《ぢやうふ》の流《なかれ》となり、砂《いさこ》の上《うへ》に月を置《をく》、星《ほし》の林《はやし》もさながら移《うつ》るなれば、桃花《たうくは》の節会《せちゑ》の比《ころ》、京《きやう》かたより爰に興《けう》を求《もとめ》て、曲水《きよくすい》の盃《さかつき》をうかふる事、広沢《ひろさは》の秋《あき》をもとく

あるとき一休和尚《きうおしやう》は、此ほとりへ納涼《だうりやう》のために、竹斎《ちくさい》を誘《いさな》はせ給ひ、さま〴〵のたのしみをなして」二オ心はばん天《てん》の雲《くも》にとびあがり、波《なみ》にうかふる浮瓢簞《うきひやうたん》、うかれ出させ給ひつゝ、いざや竹斎、此池《いけ》の魚《うを》をとりて寺《てら》に帰り、八《や》声《こゑ》の鳥《とり》に、歯《は》たゝき聞《きか》せんと仰《おほせ》ければ、あとさきしらずの竹斎、余所《よそ》のみる目もあらざれば、さらばとともに尻《しり》をからげ、一休のめしたる衣をひつばりあひて、魚を追《をふ》てぞ

さまよひける

然る折ふし、里人通りかゝり、何ものなるぞとかむれども、いなの返答《へんたう》もなく、舌内《せつない》もさだかならねば、さては、水におほれたるものにてありつらんと」二ウ

〔挿　絵〕」三オ

村中の人をよばゝり立《たつ》れば、手に〳〵松どもとぼして、くまてよ棒《ほう》よなどとて噪《さはき》にけり、かくて大勢《せい》寄こぞつて、此人〳〵の有様をみれば、としごろなる入道二人、まくろなる物を左右《さう》へひろけ、魚《うを》をすくひて、酒瓢《しゆひやう》の中《うち》へぞ入にける、里人此躰《てい》を見て、かゝる殺《せつ》生禁断《きんだん》の地に来り、わがまゝをふるまふこそ、前代《せん》未聞《みもん》の曲事《くせ》かな、それ、からめとれとぞわめきにける

一休、竹斎、大きにおどろき、かゝる殺生禁断《せつしやうきんだん》の所ともしらず候、向後《きやうこう》の事をこそ心得候べけれと、あかでをすり、わぶれとも、更《さら》に聞もいれず」三ウ それ物ないはせそ、是非《ぜひ》にくゝれといふ程《ほと》こそあれ、はや縄《なわ》をそ掛《かけ》たりける、一休気色《きしよく》をかへ、あたりをにらみ仰けるは、こは口惜《おしき》ありさまかな、仏法の上に身命を捨《すつ》るは、出家の望《のぞむ》事なれども、一大事の誓願《せいくはん》もみてさる内に、物知《しら》ぬ愚《ぐ》人はら、手込《こみ》にせしこそ無念なれ、こいねがはくは、天神地祇《ぢき》も力を添《そへ》、降伏《がうぶく》の鉾《ほこ》を取て、いち〳〵に此奴原《やつばら》を蹴《け》殺されよや、南無諸天龍王大悟《だいご》沙門某《しやもんそれがし》と、大声ひゞかせおめき給ふ

村《むら》の者ども腹を立、かゝる法《はつ》度を破《やぶ》りながら、龍《りう》神の諸天のなとゝて、我等」四オ を調伏《てうぶく》する事こそ、科《とが》の上の科成へし、旁《かた〳〵》以て遺恨深《いこんふか》し、頸刎落《くびはねおと》してみせしめにせん、尤と

ぞはやりにける

一休も今はほうど力落《おと》し、わな〱と振《ふる》ひながら、絶躰絶《ぜつたい》命、生死爰に究《きはま》れば、今一度謀《たばか》りみはやと、膝《ひざ》の皿をきつ立仰《おほせ》けるは、汝等《なんちら》ごときの、愚痴《ぐち》無智なる者どもに聞せて、甲斐《かひ》も有まじけれども、我〱死して後悔《こうくはい》すへきが痛《いたは》しさに、あら〱語て聞するなり

それ我宗の祖《そ》師にこそ、海老《ゑび》を喰《く》ひて、発明得道《はつめいとくとう》の眼《まなこ》を開《ひら》き、猪《ゐ》のかうべをかぶりてたに、悟《ご》道の智者となり」四ウ給ふ、さればながれの愚僧《ぐそう》ばらも、魚をとり鳥を取、是食物《もの》のためにはあらず、夏《げ》百日の間、夜《よ》嵐《あらし》、風雨《ふうう》のいとひなく、悉得《しつとく》仏果《くわ》の誓願《せいくはん》を立て、三世の諸仏たる衣をもつて、あみとなし、愚僧《くそう》か誓《ちか》ひの手に懸《かけ》て、魚を一瓢《ひやう》にとり入ては、魚生飛《（ママ）うしやうひ》鳥草《てうさう》木国土《こくと》、悉皆成仏《しつかいしやうふつ》と、善果《せんくわ》をあたふ、又山林《りん》の獣《けた》物には、如是《によぜ》畜生《ちくしやう》、発菩提心《ほつほだいしん》と、廻向《ゑかう》をなして得さすれば、殺《せつ》生といふべき子細《さい》はなし、されば仏も、九界《かい》の衆生をたすけんとの、ちかひの網《あみ》を三途《さうづ》川にとりひろげて、六道輪廻《りんゑ》の亡者《まうじや》をすくひたまふに」五オ　罪《つみ》ふかきものは水の底《そこ》を行、浅《あさき》は水の上を通《とを》り、此大網《あみ》にかゝるゆへに、速《すみやか》に極楽《ごくらく》浄土へ生るゝ也

かるがゆへに、常《つね》にも人のとなふべくは、うかめ給へ、しやか仏、すくはせ給へや、みた如来《によらい》とねかひし事こそ、この故なれ、さるによつて、しやかはやり、みたは網ひく一筋《すち》の大つなに、廿五の菩薩《ほさつ》も手に手をそへて、実相《じつさう》むろの大海《かい》より、安楽世界《あんらくせかい》の浜辺《はまべ》まで引よせ給ふ、則弥陀《みだ》の御名を、むかし、仏在世《ふつざいせ》の時は、縄網陀仏《なわあみたふつ》と申たりしか、末《まつ》世の童男《とうなん》童女、愚痴《ぐち》無智の輩《ともから》、短舌《たんせつ》をもつては唱《となへ》かたかるべし」五ウ　とて、なむあみた仏と、をしへをかせ給ふなり

それのみならす、大俗《ぞく》なりし太公望《こうばう》も、渭浜《いひん》の波に棹《さほ》を支《さゝ》へ、定業必死《ぢやうがうひつし》の鱗《うろくす》をとりあつめ、膾《なます》は細《ほそ》きをいとはずとて、づだ〲に切《きり》て、やまぶきあへに、子《こ》と共にかきませ、親《しん》子一所の孝味《かうみ》なれば、天是をほめ給ふとて、賢者《けんしや》の腹《はら》に喰込《くいこみ》、学徳充満《かくとくしうまん》の明徳にうちましれば、何かは成《しやう》道とげさるべき、抑《そも〱》此一行《いつぎやう》のおこりはといへば、かたじけなくも、智恵《ちゑ》第一の文珠菩薩《もんしゆほさつ》、竜宮城《りうぐうしやう》に水練《すいれん》して、妙法

花経を説給へば、竜《りう》女則うろくすの身をへんじ、角《つの》を脚《きやく》下《か》の土に埋《うつみ》、南方無垢世界に生をうけぬ」六オ れは、我於《がを》海中《かいちう》、唯常《ゆいしやう》宣説、妙法花経と自慢《じまん》し給ふ嗚呼《ああ》たとへていふも恐れ有、我拙《つな》（ママ）き凡《ほん》夫身にて、仏のまねをするゆへにこそ、諸仏是をいからせ給ひて、か丶る大難《なん》にあふものかは、百日の願望《くはんまう》、半《なかは》にも及はずして、寸善尺魔《ま》の土民原《ばら》、仏性同躰の沙《しや》門をしばり、十悪《あく》の中の悪口《あつく》の科《とか》を犯《をか》すのみならず、小魚《せうきよ》の命をいとひて、三才《さい》一具《ぐ》の人身《にんしん》をころす、愚《ぐ》なるかな〳〵、されば仏の戒《いましめ》にも、羅《ら》漢《かん》を殺《ころ》し、或《あるひ》は仏の身をうつて血《ち》を出し、又和合《わかう》の僧《そう》を破《やふ》り、父を殺し母をころす、是を大罪《さい》五逆《ぎやく》」六ウ の科《とか》とす、出家は仏果《くわ》の親《おや》ならずや、浅ましくも此村の百姓原《しやうばら》、無《む》間《けん》の底《そこ》に沈《しつ》んてうかふ世《よ》、更《さら》に有べからす、あら不便《びん》の心根《ね》やとて、にか笑《わら》ひし給へば、在《さい》所のものども、何とやらん身の毛《け》だちておそろしく、かたはらに立のき、ひそ〳〵といひたりしが、いや〳〵かやうの智《ち》者の御身に、なわをかけたる、勿躰《もつたい》なや、それとけといふ、さらばとて、手に〳〵寄《より》てぞときにける

一休《きう》の御うれしさ、たとふるに物なし、されども、竹斎うき〳〵ともせず、痺《しびれ》しかいなをさすりやはらけ、ぶる〳〵とふるひ居《ゐ》たりければ」七オ 一休おかしくおほしめし、ちくに気《き》をもたせばやと、大声《こゑ》しての給ひけるは、いかなればふるひけるぞや、師弟《してい》となりてけふが日まて、学《まな》ひし経は何のためぞ、釈尊《しやくそん》の御身たにも、提婆《たいば》といひし悪《あく》人に、妨《さまたげ》られ給へと、その大難《なん》を凌《しのき》、仏法を弘《ひろ》め給ふ、ついに提婆は其科《とが》により、大地《ち》破《われ》て無間に沈《しづ》む

（三行空白）」七ウ

〔挿　絵〕」八オ

又吾朝《わかてう》の聖徳太子《しやうとくたいし》は、守屋《もりや》が悪《にく》み奉《たてまつ》りて、あそこへ追《をひ》たて、爰《こゝ》にて戦《たゝか》ひ、害《がい》し申さんとしたりしかとも、諸天《しよてん》善神《せんしん》のやいばにか丶りて、死《し》したりしより、いよ〳〵仏《ぶつ》教繁昌《きやうはんしやう》せり、忝《かたしけなく》も太子《たいし》は末代《まつだい》の凡夫《ほんぶ》をあはれみ給ひ、高《たか》き御位《くらゐ》をおり、たまのかんふりをなげ、袞龍《こんりやう》の御衣《ぎよい》を、すみ染《そめ》の麻《あさ》ぬのにひるがへし給ひて、御身をやつされ、か

ばねを九界《かい》のちまたにすて、身命《しんみやう》をあしたのしもにと、め、難行苦行《なんぎやうくぎやう》の功積《こうつも》りてこそ、成道《しやう》ならせ給ふなるに、其方《そのはう》がごとく、心《こゝろ》かいなくみれんなるも」八ウ の、、なと て仏道修行《ぶつとうしゆぎやう》の成就《しやうじゆ》すべきそ、いまよりしては、師弟《してい》の気《き》縁《えん》も是までなり、浅ましの心根《こゝろね》やとて、杖《つえ》ふりあげてうち給へば、竹斎そゞろにおかしけれども、いや〳〵爰の奴《やつ》原《ばら》に、色をみせんは大事なりと、さも悲《かな》しさうに這《はひ》かゞみ、

されは候、某《それがし》も、命は塵《ちり》とも存せす候ひしが、川あがりの酔《ゑひ》ざめにて、色青く、かほそげ立てふるひ出、おぼえず、か様に見苦敷躰《くるしきてい》仕候也、弥嗜《たしなみ》申へし、ゆるしてたび候へと、手を合、歎《なげ》き侍《はべ》れば、里人とも是をみて、扨も殊勝《しゆしやう》の御事かな、御弟子の身として、かくもな」九オ ふては叶《かなふ》べからすとて、そゞろに感涙《かんるい》を流《なが》し、皆〳〵家居《いへゐ》に帰りにける

一休、竹斎は、あまの命をひろひたるものかなとて悦び給ふ、さて又和尚《おしやう》さまには、能もばけ給ひしとて、共に横《よこ》腹《はら》を押《をさ》へて笑《わら》ひにける、一休、其時

　おもひまはしさてもいのちはあるものをうきにこほすは
　　なみたなりけり

竹斎もとりあへず

　なからへてまたこのことやおもはれんうを、とる夜《よ》そい
　　まはおそろし」九ウ

秤《はかり》の家《いへ》を氏神《うぢかみ》とあふく

一《ひと》とせ、一休、竹斎を同道し給ひ、熱海《あたみ》の湯《ゆ》を心さし、関東《くはんとう》に下り給ひし次てに、奥州に立越、あつま廻り仕《し》給ふ砌《みぎり》、去奥《さるおく》山家にて、川向《かわむかふ》の山際《きは》に、一在所の者ともあまた集り居て、とり〴〵の評定《ひやうちやう》をしけり、何事哉覧と川を渡り、しばし其是非《ぜひ》を聞給ふに、在所のものとも秤の家をひろひて、是は瓢箪《ひやうたん》のやう成ものなるが、何にてかあるべき、いや是は、天狗の持《もて》る扇子《あふき》の上骨《ほね》成べしなど、さまぐ〵に沙汰する中に、年寄たるもの、杖をもつていらへば、蓋《ふた》のあきける」十オ をみて、いや〳〵是は、化物《ばけ》にまがふ所なし、口をあくぞ、かまれなど〻（ママ）て、騒《さはぎ》立れは、両人おかしさいふ計なし

いで此ものどもをふしぎがらせて、旅路《たびぢ》のつかればらしにせんと思召れ、一休の仰らる〻は、皆達それを得しらずや、是は一大事の物なり、定て天よりふりたるらん、正《まさ》しく此所の冨貴《ふつき》繁昌《はんしやう》の瑞相《すいさう》なりと、語り出し給へは、里人大きに悦ひ、誠に左様成謂《いはれ》も有物に候覧、知ぬ田舎のものどもなれば、とやかく不思議《ふしぎ》に存候て、一在所集り僉議《せんぎ》いたし見候へども、どれとても委存たるものなく候、然るに幸《さいはひ》御出家の渡らせ給ふ事、実有難《まことにありかたき》（ママ）」十ウ 御事なり、急て此謂《いはれ》を語り給ひ、愚痴《ぐち》の我〳〵を示《しめし》してたひ候へと、ひざまついてぞひかへにける

その時和尚《おしやう》、する〳〵と岩ばなにかけあかり、平懐《へいくはい》に座《さ》を組《くみ》、膝《ひざ》の上に件の物を取のせ、座禅をして目をふさき、その間に、うそ八百をあんじ付、暫《しはらく》有て仰《おほせ》けるは、いかに面〻、かろ〴〵しくはいはぬ事なから、ふしぎの縁にめくりあひ、か様の妙器《めうき》を拝《おか》む事の忝さに、由来を語りて聞するなり、おろそかに存へからずとて、三度いた〻き

夫《それ》此器《うつわもの》の根元《こんげん》を尋れば、忝も六道の能化《のうけ》、地蔵《ちさう》菩薩《ぼさつ》、伽羅陀山《からだせん》にして、百座の禅定《ぜんちやう》をこ」十一オ らさしめ給ひて、九十日の間には、受持《じゆぢ》の行《ぎやう》、読誦農《どくじゆの》行《きやう》、解説《げせつ》の行、各三十日宛修《つゝしゆ》し給ひて、残る十日は書写《しよしや》の行とて、一切諸経の要文を、木〻の落葉にかき給ひて、有情《うしやう》非情《ひしやう》、悉得作仏《しつとくさぶつ》と唱《となへ》たまひ、山中に蒔《まか》せ給へば、その時、七宝《しつほう》の硯箱を

蓮《はす》の糸《いと》の八打にてくゝりたるが、虚空《こくう》より降《ふり》くだる、其形《かたち》かくのごとし、然るを菩薩《ぼさつ》、是を閻魔《ゑんま》大王《わう》のもとへつかはさるゝ、閻王《ゑんわう》大きに悦ひ給ひて、娑婆《しやば》より来り居ける亡者《もうじや》の中に、小細工の名人ありければ、是を召出されて、閻浮《えんふ》樹《しゆ》といふ木を、須弥《しゆみ》」十一ウ山《せん》のいたゞきより取寄られ、十の硯《すゝり》を拵《こしらへ》させて、十王たちに渡さるゝ、十王是を請取、各腰《こし》にさして、三悪道の巷《ちまた》をめくりて、罪人《さいにん》の善不《せんふ》善を正《たゞ》し、科《とが》の厚薄軽《こうはくきやう》重を分《わかち》て、帳面にしるし置、二季《き》の彼岸《ひかん》に、帝釈《たいしやく》の喜見城《きけんしやう》にて、勘定《かんちやう》を立らるゝ、其時、是をやたてにして、帳相《ちやうあい》をし給ふ也、されば中《なか》に二所《ところ》のくぼみあり、其大きに丸きは、硯石をほり入たる所なり、又四角に長みあるは、墨《すみ》を入る穴《あな》なり、長《なかふ》してほそきは、筆を入る溝《みぞ》なり、此硯箱を名付て、奇妙宝寿《きめうほうしゆ》の硯といふ抑《そもく》此妙器《めうき》、此界へ渡りし事、いづ」十二オれの御代《みよ》ぞといへば、人王五十五代《たい》、文徳天皇《もんとくてんわう》の御宇にあたつて、小《を》野《の》篁《たかむら》不慮《ふりよ》に死して、閻魔《ゑんま》王宮へ行、二度古郷へ甦生《そせい》の砌《みきり》、大王より餞《はなむけ》にとて、右十の内ひとつ、篁にたひ給ひてこそ、やう〳〵娑婆《しやば》へは渡りにける、然るを篁おもへるには、かゝる大事の物をは、末世《まつせ》のもの、是をしらすして、そまつにせは、罰《ばち》あたるのみならず、死して閻王のとがめをふかく蒙《かうふり》り（ママ）、いかなるくるしみの地獄《ぢごく》へおとし給はんもしらねは、不便《ふびん》の事なりとて、則閻魔大王の像を作りて、其御身の中《うち》に籠《こめ》給ふ、当時都《みやこ》の北、千本」十二ウといふ所《ところ》に、此尊像《そんざう》おはしますなり、されども、其形世《そのかたちよ》になくてはとて、飛騨《ひだ》の工《たくみ》に誂《あつらへ》て、かくのごとくのものをうつしとめて、今《いま》の代《よ》までも重宝《ちやうほう》とす、此例《れい》をもつて、蓋《ふた》の上《うへ》に、天下《てんか》に一《ひとつ》（ママ）つと書付《かきつけ》をする也、いにしへ、是《これ》を腰《こし》さしの硯《すゝり》と名《な》つけ、詩哥《しいか》を翫《もてあそ》ふ人は、野山水辺《のやますいへん》へ持出《もちいて》、歌《うた》をよみ詩《し》を作《つく》り、懐紙《くわいし》にとめ、短冊《たんざく》に書《かき》て、花《はな》の下枝《したえ》に結《むすひ》つけ、慰《なくさむ》ものなりし

（二行空白）」十三オ

〔挿　絵〕」十三ウ

〔挿　絵〕」十四オ

中興《ちうこう》より、又高野《かうや》聖《ひしり》といふもの、夢想《むさう》の事ありて、此箱《はこ》

の中《なか》へ、秤《はかり》といふて、かねかくるものを取入《とりいれ》、腰《こし》にさして商買《ばい〱》に出《いつ》るより、今時《いま》は秤《はかり》といひならはしぬれとも、さにはあらず、そのはかりは此中《なか》にあるもの也、とかく所繁昌《ところはんしやう》して、大かね持《もち》なくてはなき物也と語《かた》り給へば、かたすみにひかへ居《ゐ》たるおのこ、すゝみ出《いて》ていふ様《やう》、又此ほか〱と口《くち》をあけ申物の名《な》は何《なに》と申候や、とても儀《ぎ》に

承《うけたまは》らんといふ、其時《そのとき》竹斎、さし心得《こゝろへ》ていふ、如何《いか》にも能所《よきところ》を尋《たつね》られつるものかな、先中《まづなか》の秤《はかり》にて、金銀《きん〴》を掛《かけ》分《わけ》て箱《はこ》に詰《つめ》たる時、目出度《めでたし》と」十四ウ も中《なか》〱申はかりはとて、中《なか》の秤《はかり》をいひ、又その口《くち》あく物をはなかりけりと名《な》づく、さるによつて、云《いひ》つゞけては、めてたしとも中〱申秤《はかり》はなかりけりといふ詞《ことは》、始《はしま》りたりとかたる、人〱横手《よこで》をうち、肝《きも》をつぶし、お師匠様《ししやうさま》が物しりなれば、御弟子《でし》までもおろかはないぞとほめたりける

一休重而仰《かさねておほせ》けるは、此まゝにてうちおく物にはあらず、いそひて堂《だう》か宮《みや》かへ、いわゐこめて、いよ〱たうとみ申さるべし、信《しん》あれば徳《とく》ありと、古人《じん》もいひをかれたるなれ

ば、努《ゆめ》ゝ疎《おろそ》かにめさるへからず、さらば〳〵といひ捨《すて》て、打つれ山路《やまぢ》をおりら」十五オるゝ、里《さと》のものども御あとを見送《をく》り、あの生如来《いきによらい》の物しりどのを、能寄《よくより》ておがめ、さためて是《これ》は弘法様《こうほうさま》の生《むま》れかはりでもあらふぞとて、皆手《みなて》を合《あはせ》て拝《おが》みにける、誠《まこと》に無下《むげ》の事《こと》どもなり、かくて在所《さいしよ》のもの、ひとつ所《ところ》に寄《より》こぞり、香《かう》をたき花《はな》を手向《たむけ》、隣郷近里《りんごうきんり》を相触《あひふれ》、老若男女《らうにやくなんによ》におがませける

扨《さて》五七日も過《すぎ》て、岩《いは》かど観音《くはんおん》とて、山端《やまばな》にありし、茅《かや》ぶきの小堂《せうだう》にこめたりしが、堂守《たうもり》とてもなかりければ、一人《ひとり》宛《つゝ》在所《さいしよ》より替《かは》り番《ばん》にして、三時《じ》の念仏《ねんぶつ》なとをつとめ、深《ふか》く尊《たうと》みしこそ、愚《おろ》かとはいひながらも、殊勝《しゆしやう》の事なり、然《しか》るにその」十五ウ年《とし》の暮《くれ》に及《をよん》て、在所中《さいしよぢう》の菜畠《なばたけ》、悉《こと〳〵く》虫付《むしつき》て、青葉《あをば》なく成《なり》けるより、むし送《をく》りとて、太鼓《たいこ》かねにてどしめけども、更《さら》にしるしなければ、在所《さいしよ》の口利《くちきゝ》とて、とりはやさるゝものども、彼小堂《かのせうたう》に集《あつま》り、大寄合《よりあひ》とて相触《あひふれ》、不残並居《のこらすなみゐ》て評判《ひやうはん》せし中《なか》に、一人《にん》にしり出《いて》ていふやう、日《いつ》外《そや》なかりけりさまの、降《くた》らせられしとき、尊《たつと》き御僧《おそう》の物《もの》語《かたりあり》有しを聞侍《きゝはべ》るに、少《すこし》にても疎《おろそか》にしては、必罰《かならすばち》あたるべしと宣《のたま》ひしに、此比《ころ》ははやそのことを打忘《うちわすれ》て、かはり番《はん》の衆中《しゆぢう》の内《うち》に、何《なに》とそ慮外《りよくわい》ばし仕《し》給ひたるものならし、その覚《おほ》えある人は」十六オ急度《きつと》仏前《ふつせん》にて降参《かうさん》せられよ、もし隠置《かくしをき》、後日《ごにち》にしれたるにおいては、在所《さいしよ》の住居《すまゐ》叶《かなふ》ましとそいひたりける

其時《そのとき》、猫《ねこ》ぜなか成男《なるおとこ》、すべり出《いて》ていふ様《やう》、さなあらけなき事どもいはれそよ、我等《われら》は此なかれけりどのを、いはひこめらるゝ事、抑《そも〳〵》より気《き》には入《いら》ざれとも、所《ところ》の役目《やくめ》なれば、勤《つとめ》たるなり、それをいかにといふに、先《まつ》なかれけりといふ名こそ不吉《ふきつ》ならめ、是菜《これな》枯《かれ》けるはずのけちにてあらん、百姓《しやう》どもには、いやな名《な》にてあれども、それなる文《もん》盲《もう》なおやぢいが、かたしけながらるゝによりて、とかくはいはぬといへば、座《ざ》中のものとも聞《きゝ》て」十六ウあゝ、疎忽《そこつ》なる人かな、いま〳〵し、勿躰《たい》なし、それは悪敷《あしき》心入ぞといふかたすみより親《おや》なるもの飛出《とひいて》、九寸《すん》五分《ぶ》のくさりあひ口《くち》をひらめかし、たゝみをうつていふ様、やれそれなる畜生《ちくしやう》

めよ、それほどまで成人《せいじん》したるは、たが影《かけ》ぞや、此文盲《もんもう》が影《がけ》(ママ)ならずや、其かしこ顔《がほ》する大たはけこそ、もんもうなれ、あまねく人のしれる、なかりけりの御事をさへ覚《おほ》えかねて、なかれけりとは何事ぞや、をのがひが耳《みゝ》をしらぬばちあたりめ、そこをさるなととびかゝれは、皆《みな》ゝいたきとめ、仏《ぶつ》前にては勿躰《もつたい》なし、ひらに鎮《しつま》り給へといふむす」十七オこ大きに腹《はら》を立《たて》、何《なに》、罰《ばち》あたりとや、親《おや》なればとてこらへはせぬぞ、そこのき給へと、もろはたぬいでかゝりけるを、やう〳〵と両方押《りやうはうをし》とめ、とやかくとする内《うち》に、ぬぎたる肌《はだ》より風《かせ》を引込《こみ》、大頭痛頻《づつうしきり》につよくなりて、かほあかく胸《むね》つまり、え物をもいはずうちふしければ、すは申さぬ事か、ばちがあたりさふらふぞと、堂《たう》の前《まへ》を洗《あらひきよ》清め、山伏《やまぶし》をよび寄《よせ》、祈念《きねん》などしたりしほどに、やう〳〵正気付《しやうきつき》、目《め》の内《うち》もあざやかになりければ、万死《はんし》一生《しやう》の難《なん》をまぬかれ、さて佗言《わひこと》を申上《あげ》ではとて、さま〳〵に降《かう》参《さん》し、蜀黍団子《たうきびだんこ》、麦食《むぎめし》やう」十七ウの物とりつくろひ、宝前《ほうぜん》に備《そなへ》て、肝胆《かんたん》くだき歎《なげき》にける

里人《さと》此様子みしより、猶恐《なをおそろ》しく尊《たうと》く覚《おほ》えて、いざや所《ところ》の氏神《うち》さまにせんと、俄《にはか》に宮《みや》を立《たて》祝込《いはゐこめ》、日毎《こと》にあゆみをはこびにける

(六行空白)」十八オ

〔挿　絵〕」十八ウ

されとも、祭《まつり》なくてはいかゝ成べきとて、ふり鬮《くじ》にして禰宜《ぎ》を定《さだめ》、一在所《ざいしよ》より鳥目《てうもく》をくゝり寄《よせ》、京都《と》吉田《よした》殿に行て、

祭《まつり》の作《さ》法《ほう》を習来《ならひきた》るべしとて、都をさしてのほりにけるかくて四、五日計《はかり》に、道中《だうちう》戸塚《つか》といふ所《ところ》に付《つき》たり、はや暮《くれ》がたになりたりければ、宿《やと》を求《もとめ》、労《つかれ》をはらしける、折《おり》節相宿《ふしあひやと》の旅人《りよしん》、銭売《ぜにかい》(ママ)けるをみれば、件《くだん》のなかりけりの中《なか》より秤《はかり》を取出《とりいだ》し、銀《かね》かけたりしを、つく〴〵とながめ居《ゐ》ていひけるは、其方《そのはう》にはいま〳〵しやな、なかりけりさまを、足本《あしもと》にけちらかし給ふ事こそ勿躰《もつたい》なし、我《われ》」十九オ 等《ら》が在所《さいしよ》にて、此比《このころ》もあしくしたるものは、大きなる罰《ばち》をあたりて、十死《し》一生《しやう》にてたすかり申といへば、旅《たび》人聞《きゝ》て、何《なに》事を宣《のたま》ふぞや、気《き》は違《ちが》ひ侍《はべ》らずやといふ、百姓《しやう》腹《はら》を立《たて》、我《われ》此なかりけりの御事にて、京吉田《きやうよした》殿《どの》へのほる神主《かんぬし》なり、汝《なんちら》等に罰《ばち》あたらん事を不便《ふびん》におもひて、いらざるとはず物語《ものかたり》せしに、忝《かたしけなし》とは思《おも》ひ侍らで、気違《きちがひ》といふこそ心《こゝろ》得《へ》ず、田舎者《いなかもの》なれば侮《あなとる》か、なかりけりも御照覧《ごせうらん》あれ、赦《ゆる》しはせぬぞ、打果《うちはた》して死《し》なんといふ

旅《たび》人、亭主《ていしゆ》、立騒《たちさはぎ》て、やう〳〵にとりしづめ、隣《となり》あたりかり集《あつめ》て、二、三十ばかりもなげ出《いだ》」十九ウ して、其方《そのかた》の旦那殿《たんなとの》は、此あたりの遣《つかひ》物なりとて笑《わら》ひければ、禰宜《ねき》是《これ》をみて胆《きも》をつぶし、思案《しあん》の躰《てい》にみえけるが、扨《さて》は珍敷《めつらしく》なき物なるを、知《しら》ぬ田舎《いなか》のあさましさに、神《かみ》には祝《いは》ひ侍《はべ》るよと、思《おも》へばいとゝ恥《はつ》かしくなり、寝所《ねところ》にこそ〳〵とかけ入《いり》て、終夜《よすがら》とやかく思ひ煩《わづら》ひ、いや〳〵かゝる様子《やうす》をみながら、遙《はる》ゝ京《きやう》まで上《のほ》り、又後悔《こうくわい》する事《こと》やあらん、ひと先国本《まつくにもと》へ下《くた》り、寄合《よりあひ》の上《うへ》にて、又こそ上《のほ》り侍るべき、夜明《よあけ》て人に笑《わらは》れんよりは、しよせん夜《よ》ぬけにせばやと、さし足《あし》して立出《たちいで》けるが、しば」二十オ しとゝまり、門《かど》の口《くち》にて、かく

ほの〳〵とあかしてうらがあさめしをえこそくらはで行《ゆく》おしそおもふ

当話《たうわ》にこまる山臥《やまぶし》

一休《きう》、竹斎《ちくさい》、諸国廻《しよこくまは》りの比《ころ》、高田《たかた》といふ所《ところ》より、清田《きよた》の方《かた》へ趣《おもむき》給ふ時《とき》、道中《とうちう》にて山伏出合《やまぶしいてあひ》、一休和尚《おしやう》をみて、お僧《そう》にはいづくへ御通《とを》りぞと問《とひ》たりしに、かうでんよりせ

いでんにげすとぞ宣《のたま》ひける、山臥《ぶし》是《これ》を聞《きゝ》、更《さら》に合点《がつてん》なく、かすぼのすつかりすつぼのかすよと答《こたへ》にける、一休和尚は、又此答《こたへ》にこまり」二十ウ入《いり》給ひて、何《なに》と案《あん》し給へど、更《さら》〳〵分明《ふんみやう》ならねば、いか成《なる》御心《こゝろ》にてかくは答《こた》へ給ふ、深《ふか》き御心にこそと仰《おほせ》ければ、山伏《ぶし》聞《きゝ》て、いやそなたに、わけもなき事をいはせらるゝによりて、此方《こなた》にも筋《すぢ》なき事を申て候といふ

和尚から〳〵とうち笑《わら》ひ給ひて、我等《われら》が申たる事は、高田《たかた》より清田《きよた》へ下《くた》るといふ事也、さほとに御謙退《ごけんたい》し給はずとも、いか成《なる》御心入にて候やらん、被仰聞《おほせきけられ》よと有《あり》けれは、山伏、今《いま》はとくと思《おも》ひわけたりけれども、今更我《いまさらわが》いひし事、道理《たうり》なき事なれば、力及《ちからをよ》はす、いや某《それかし》が申たる事は、高田《かうでん》より清田《せいでん》へと仰《おほせ》られしほどに」二十一オ然《しか》らは、そふ御座《さ》候へ、此方《こなた》はかふまいると申たるに候と、いひ紛《まぎら》かしたりければ、一休も竹斎も、片腹《かたはら》を押《をさ》へ、大笑《わら》ひし、それより打つれ、ひたもの語《かた》り行《ゆき》て、並松《なみまつ》の下陰《したかけ》、涼敷風流《すゝしくふうりう》なる所《ところ》ありければ、いさとて三人立寄《たちより》、茶《ちや》なと呑《のみ》ながら、ふと竹斎問出《とひいだ》しけるは、何《なに》と御坊《ごほう》、其方《そのかた》の宗旨《しうし》を、山伏《ぶし》と申習《なら》はしたるゆへは、如何成《いかなる》事にて候ぞ、きかまほしといへは、さん候、我等《われら》が宗《しう》と申は、忝《かたしけなく》も役行者《えんのきやうしや》の跡《あと》を継《つき》、金胎両部《こんたいりやうぶ》の峰《みね》をわけ、岩根《いはね》の枕《まくら》、苺《こけ》の衾《ふすま》、谷峰《たにみね》を宿《やと》として、山路《ぢ》に打臥《うちふす》身なれば、山伏《ぶし》とは申也、此難行《なんきやう》の功積《こうつも》り」二十一ウて、修験《しゆけん》の徳《とく》を天下《てんか》に曜《かゝや》かし、死《し》せる者《もの》をもいかし、狂気《きやうき》をもしつむる、是《これ》一大乗《しやう》の法義《ほうき》にあらずやといふ

竹斎《ちくさい》又問《とふ》、其《その》かふり給ふ物《もの》を頭巾《ときん》とはいかん、御不《ふ》審尤《しんもつとも》なり、古歌《こか》にとて

山伏《やまぶし》かやまのなりしたものをきて貝吹《かいふく》ときんぞあきのみねいり

と侍《はべ》るよりして、かく名付《なづけ》たることの葉《は》也といへば、又すゞかけとはいか成謂《なるいはれ》に候ぞや、迚《とても》の事に承《うけ給は》らんといふ、されば此すゝかけと申事も、同高《おなしくたか》きみやまを分入《わけいり》、嶮《けは》しき谷《たに》のそはつたひ、蔦葛《つたかづら》を」二十二オ便《たよ》りとして岩間《いはま》をのほる、其時《そのとき》には手《て》くゞまり、みも冷《ひえ》て、貝吹《かいふく》いきもたえ

〱なれば、錫《すゝ》の酒器《しゆき》を結付《むすひつけ》て、苔《こけ》の筵《むしろ》、岩根《いはね》の囲《かこ》み、散敷松葉《ちりしくまつば》をかき集《あつめ》、各《をの〱》余多《あまた》の山伏《やまぶし》とも、寒日《かんじつ》の労《つか》れをはらし、又わけのほり、又休《やす》み、道《みち》なき所《ところ》をふみ分《わく》る、是《これ》我宗《わかしう》の掟《おきて》なりと語《かた》る

金剛杖《こんこうつえ》とは又いかに、さん候、是《これ》は又、山峰《さんほう》の不自由《ふしゆ》なる山家《やまか》には、足半《あしなか》とても侍《はへ》らねば、兼而《かねて》草履《さうり》を用意《やうい》して、此檜木《ひのき》棒《ほう》にくゝり付《つけ》、各《をの〱》持《ぢ》参《さん》仕《つかまつり》、大護摩《ごま》堂《たう》の上《うは》ばきにいたし候なり、されば草履《ざうり》の異名《いめう》として、金剛《こんこう》といひな」二十二ウらはす、是我家《わかいへ》の詞《ことば》なり、猶不審《なをふしん》に思召事侍らは、御尋《たつね》候へといふ

一休も竹斎も、扨〻《さて〱》存《そんじ》のほか、速《すみやか》なる謂《いはれ》を語《かた》り給ひたるものかな、数年《すねん》の疑意《ぎい》を晴《はら》し申事、是偏《ひとへ》に物知《ものし》れる方《かた》に出合《いてあひ》たる故《ゆへ》也と、ほめそやされし程《ほと》に、山伏《ふし》うちほゝゑみ、ふはと乗《のり》てうれしさのまゝ、おりふし瓜商《うりあきな》ふ者《もの》ありければ、いづれもさまには、真桑瓜召上《まくわうりめしあげ》られまじや、ひとつまいらせんとて、腰《こし》のさすがをするりとぬき、ぐる〱と皮《かは》をむいて、両人《りやうにん》へぞ振舞《ふるまひ》ける、一休も竹斎も、したゝかにとり喰《くい》、其上《そのうへ》に、彼《かの》さすがをひんのごふて、平《ひら》ゆた」二十三オむの中《なか》に押入《をしいれ》、空嘯《そらうそふい》ておはしけり

山臥肝《ぶしきも》をつぶし、こはいかに、其《その》さすが此方《こなた》へ御返《かへ》し候へといふ、一休の曰《いはく》、いや返《かへ》し申まじ、是はうりきつてをきながらとて、から〱と打《うち》わらはせ給へは、山臥も心得《え》かたきへんじと思《おも》ひながら、高田《たかた》より清田《きよた》の詞《ことば》に恥辱《ちじよく》をとりたれば、無理《むり》にも得《え》取返《とりかへ》しかたく、いかなるいひ分《ふん》ぞと、つく〱考《かんがへ》ければ、瓜切《うりきり》たるといふ事を、売《うり》きつたると、詞《ことは》のてにはにて答《こたへ》たる也、扨〻《さて〱》むつかしき法師《ほうし》どもかな、何《なに》をがな能当話《よきたうわ》をいひて、取返《とりかへ》さはやと、さま〲案《あん》し、偈僧《がつそう》あたまをわらすれども、一口《ひとくち》も出《いて》ず、やう〱の」二十三ウ詰《つま》り口《くち》に、如何に御《お》僧《そう》、其方達《そのはうたち》のかぶれる帽子《もうす》には、牛糞何程入《ぎうふんなにほといり》可申やといふ、一休の曰《いはく》、されば山伏《ぶし》のときんに、二、三十盃《ばい》ほとも入侍《はべ》らんと仰《おほせ》られければ、山伏弥《いよ〱》腹《はら》をすへかね、今《いま》はとかうの事なく、悪口《あくこう》になりて、昼強盗《ひるがうだう》よ、生《いき》ずりめなとゝて、とよみになつてぞわかれにけり

〔四行空白〕」二十四オ

〔挿　絵〕」二十四ウ

かくて、一休、竹斎ともに無興《ふけう》に成て、さすがを返《かへ》すべき首尾《しゆび》もなく、手持あしく木陰《こかけ》を立出、彼者《かのもの》の跡《あと》につきゆき、最早《もはや》其日も入相比に成ければ、泊《とま》り求《もとめ》んとて、宿をも向《むかひ》合に取侍られしに、山伏方より使立ていふ様《やう》、旅《たび》つかれ晴《はら》さんため、水風呂《すいふろ》に入て見候へば、またくらの毛《け》が夥敷茂《おひたゝしくしげ》り申て候なり、願《ねかはく》は、お僧の剃刀《かみそり》一丁、借用仕度候とぞいひやりける、一休聞召、いかにもやすき御用にては候へ共、此方《こなた》にも剃刀持《かみそりもち》合せされば、事を欠《かき》候なり、我〱かまたぐらにも、山伏のあたまほどはへて、迷惑《めいわく》仕とぞ被仰ける、此返事に、又ぞやいひ込《こめ》られ、ちよ」二十五オろりさすがを失《うしな》ひける、その時

禅僧《せんそう》はさすかに口かかしこくて山ぶしまでも腰《こし》に付ぬる

河豚汁《ふくとうじる》の呪《まじなひ》

一休、竹斎を語らひ給ひて、蜷《にな》川新右衛門宅《たく》へ雪見におはしましける時、折節勝手《かつて》の方より洩来《もりく》る風に、鼻《はな》を驚《おどろか》す、魚汁《ぎよじう》の匂ひ芬〱《ふん〱》としてげれは、一休ふしぎそふに頭《づ》をかたぶけ居給ふが、得こらへぬかざなれば、何をか料理《れうり》し給ふぞや、梅蘭菊《むめらんきく》の匂ひとても、是程には覚《おほ》え申さず、腹《ふく》中の時分も最《さい》中なれば、とく〱」二十五ウ急《いそ》がれ候へと仰《おほせ》られければ、新右衛門承り、いや是は、和尚《おしやう》さまにまいる物にてはさふらはず、此比《ころ》の夜寒《よかん》にて、寸白気《すはくけ》に御座《さ》候へば、

薬喰《くすりぐい》にと存、二、三日以前《いぜん》よりたべかゝりたる、河豚汁《ふくとうしる》の匂《にほ》ひにて侍《はべり》候なれど、和尚様《さま》の御出《いで》ゆへ、俄《にはか》に止《やめ》申なりとあれば、竹斎がいふ様《やう》、さしも名《な》を得られし御身の、あらぬ毒魚《どくぎよ》を好《このみ》給ひて、若もの事侍らば、蜷川《になかは》の名を流《なか》せるのみならず、不覚《ふかく》人の名取し給はん事、子孫までの恥《ち》辱《じよく》にて無御座かと、さん〴〵にはぢしめたりければ、一休の仰らるゝは、いや竹斎の身にては、尤の云分《いひぶん》なれども、又出家の上にていはゞ、とても」二十六オ 此世はかりの宿、電光朝露《てんくはうてうろ》の身を持て、三界無安《かいむあん》の家に住《すみ》、石火《せきくは》の影《かげ》よりもろき命にて、誰《たれ》かながらふべき、身を捨てこそうかぶ瀬《せ》の、夜の間《ま》にかはる飛鳥《あすか》川、ながれてはやき年月を、心て心慰《なぐさめ》て、それより後は行だをれ、骸《かはね》は野路《のぢ》の土に埋《うづ》み、名ばかり残る生死《しやうじ》の道、喰《くふ》者もとゝむる人も、いづれか万歳《ばんぜい》をたもつべき、くるしからぬ御事なり、急ひで聞召《きこしめさ》るべし、薬喰《ぐい》と有上は、出家の身にも科《とが》はなし、我等相《しやう》伴《ばん》いたすべき、それ〳〵と仰ければ、新右衛門うけ給り、げにも〳〵出家の御身なれば、余《よ》の人にはかはり給ふべし、実《けに》御経にも」二十六ウ 還着《げんぢやくを》於本人《ほんにん》、科《とが》をば某負《それかしをひ》申べし、竹《ちく》老《らう》にも被召上よ、さらば出し申さんとて、勝手《かつて》をさして立《たゝ》れければ、竹斎袖にすがり付て

ふかき江のこほりわたると毒《とく》ふとやねを走《はし》るぞうつけなるらん

と申哥も候へば、ひらさら御無用候といふ、新右衛門、少腹立《ふくりう》とみえて、かく頓句《とんく》せられたりける

毒薬《やく》をなめて見給ふ神農《しんのう》もうつけなりせば医者《いしや》の身もそれ

とぶつめかれければ、和尚、座《ざ》中の興《けう》さめたりし事」二十七オをきのどくにおぼしめして、ちく殿には、いまだ此魚《うを》の威《い》徳《とく》をしろしめさずや、語《かた》りて聞せ申べし

抑《そも》〳〵河豚《ふくとう》魚といつは、昔年相模国大磯《そのかみさかみのくにおほいそ》に、名取の遊君《ゆうくん》、とら御前《せん》とてありけるが、海道《かいどう》一番の美人《びじん》にて、情《なさけ》世にたぐひなければ、せめて手枕《たまくら》になりとも、積《つも》るおもひを晴《はら》し、つけさしのぐつ〳〵に、うき年月の積《しやく》の虫《むし》を押《をし》さげ、髪《かみ》の油《あぶら》の移香《うつりか》をだに、君の名残と惜《をし》み、あらき風にもあ

てぬほどに心をなやますもの、幾《いく》万人の数をしらず、書送る玉章《たまつさ》は、千束《ちつか》の山と積《つも》り、立廻りのなりふりは、阿弥陀如来の来迎《かう》かと、みる人心をなやま」二十七ウ して、皆巾着《きんちやく》の皮《かは》をむき、銭金《せにかね》を抛《なけうつ》よりして、家冨栄《さか》へ、何ほしゐとも思はす、夫故貧《それゆへひん》なる十郎祐《すけ》成と馴副《なれそひ》、べに白粉《おしろひ》の無心《むしん》もせず、結句《けつく》袖の下から心付の見次《つぎ》をして、幾《いく》年月を比翼連《ひよくれん》理《り》と契《ちぎり》(ママ)りけるが、十郎死て後、髻《もとゝり》を切て、蓼摺《たですり》こ木《き》の青《あを》道心《だうしん》を発《おこ》し、辛《から》世《き》をにつこりと暮《くら》す

されども、虎《とら》心におもふ様《やう》は、迚《とても》比丘尼《ひくに》の身と成て、二度栄花《たびゑいくわ》をすべきにてもあらざれは、欲《よく》がましく金銀を貯《たくは》へて何にかせんと、年久敷《ひさしく》ため置《をき》たるかね袋《ふくろ》(ママ)を取出し、縁《えん》有かたへ行やとて、磯《いそ》打波《なみ》になけ入ければ、此皮《かは》袋、沖《おき》」二十八オ に流出《なかれ》て性《しやう》をかへ、一つの魚と化《け》したりしを、龍宮《りうくう》にて名改《あらため》ありし時、此魚に名のなき事を吟味の上にて、虎《とら》御前のゆかりなれはと、虎の一字を上に置《をき》、金銀の情《せい》なりとて、福《ふく》といふ字儀《き》を下に付て、虎鯆《とらふぐ》と名をゆるされ、代《よ》〱の末《すゑ》まで子孫《しそん》をさかへ、浦《うら》浦島〱をあそひ廻《めぐ》る処に、網《あみ》引のために引上られ、魚屋町にかはねを曝《さら》し、世俗《せぞく》の食《しよく》物に成はつれども、人ことにそねみふかくして、毒魚《とくきよ》なと、いひなす事、皆料理《みなれうり》人の科《とが》なるべし

（一行空白）」二十八ウ

〔挿　絵〕」二十九オ

もとより金銀《きんぐ》は、人の内証《ないしやう》をあた、むる物なれば、魚《うを》とは形《かたち》をかへながらも、猶《なを》人の身を温《あたゝむ》る、其功《そのこう》、附子《ぶし》、干姜《かんきやう》に越《こえ》たり、迚不《とてもふ》定《ちやう》の身を持《もち》て、惜《おしむ》となとて甲斐《かひ》あ

らんや、ひらに御出《いた》し候へ、たべ申さんとありければ、新右衛門悦《よろこひ》、さあらば出し申べしと、みづから給仕《きうじ》してもてなされける

その時《とき》竹斎いふ様、さて〳〵結構成儀《けつこうなるき》を承《うけたまは》り候ものかな、貧《ひん》なる我等《われら》が身には、いよ〳〵薬《くすり》そふに存《そんず》る也、二世まて頼奉りし和尚様の、苦《くる》しからすと宣《のたま》ふからは、何《なに》かはもつて辞《じ》し申べき、諸共《もろとも》にとぞ望《のぞみ》にける、新右衛門、今《いま》は」二十九ウ心《こゝろ》よげに打笑《うちわら》ひて、しゐたりける程《ほど》に、和尚も竹斎も、いきのはづむ計喰込《ばかりくいこみ》て、竹斎

しのぶれといろに出《で》にけりふぐ汁《しる》にものやおもふと人のとふまて

新右衛門とりあへず、返し

鰏汁《ふぐじる》をくはれてげりないたづらに我身《わかみ》しらずに給仕《きうじ》せしまに

一休出来《でき》たりとほめ給て、また

かくとだにえやは亭主《ていしゆ》もふぐ汁《じる》の味《あぢ》をしらじなうまいこゝろを」三十オ

新右衛門、又返《かへ》し

これやこのゆくもかへるも給仕《きうじ》して汁《しる》をしらぬも大《おほ》ぐひにこそ

か様《やう》に戯《たはふれ》らるゝ内《うち》に、竹斎俄《にはか》に面色斑《めんしよくまだら》に成《なり》て、目《め》を見詰《つめ》、すた〳〵とそいひける、さては汁《しる》に酔《ゑひ》給ふかとて、新右衛門肝《きも》をつぶし、立《たち》さはかれければ、その時《とき》一休何《なに》やらん、紙《かみ》ぎれに一筆《ふで》あそばして、竹斎か口《くち》に押入《をしいれ》給へば、忽正気付《たちまちしやうきつき》、色能《いろよく》なりて、もとのごとくみえけり、こは有難《ありかたき》御事かな、御封《ごふう》にて候かと問《とひ》まいらせしに、さる物にはあらず、是《これ》は厭《まじない》なり、さらは重而《かさねて》」三十ウのために伝《つた》へ申さんとて、書付《かきつけ》給ふには、七難則滅《なんそくめつ》しちふぐ食傷《しよくしやう》といふ文《もん》なり、誠《まこと》に智者《ちしや》のたはふれには、かゝる奇特《きとく》有《ある》事かなと、皆〳〵感《かん》じあへり

とかくして、竹斎いよ〳〵心よくおほえければ

ふぐ汁《しる》かなにぞと人のとひしとき毒《どく》とこたへてすてなましものを」三十一オ

（空　白）」三十一ウ

（空　白）」一オ

杉楊枝第四

島田《しまた》にて竹斎手柄《てがら》
ひしほの狂哥《きやうか》
一休亡者《もうじや》と問答《もんだう》
一休餅《もち》にて絶入《ぜつじ》
淋病《りんびやう》の養性《やうじやう》
」一ウ

杉楊枝第四

島田《しまだ》にて竹斎手柄《てがら》

一《ひと》とせ、一休、竹斎、同道《とうたう》にて、関東下《くはんとうげ》向《かう》の砌《みぎり》、和尚《おしやう》は、鹿蔵《しかさう》といふ者《もの》に、平《ひら》ゆたん首《くひ》にかけさせ、竹斎は、例《れい》の御為者《ためしや》に、渋紙包《しふかみつゝみ》を負《をは》せなどして、上下四人の旅《たひ》の空《そら》、晴《はれ》間《ま》もなつの五月雨《さみたれ》に、ぬれにそぬれし破《やふれ》（マヽ）れ笠《かさ》、今そ憂目《うきめ》にあふみ路や、大津の浜《はま》の浦風《うらかせ》に、つらぬきとめぬ玉《たま》そちる、草《くさ》津の餅《もち》に腹《はら》ふくれ、取はづしせし石《いし》べの宿《しゆく》、行《ゆけ》ば跡《あと》よりさもしやと、みな口《くち》〳〵にわらふなる、五盃機《はいき》嫌《げん》の千《ち》鳥足《とりあし》、あゆみかねたる土《つち》山や、坂下《さかのした》までころび」二オおち、いとゞ心やせきぬらん、しばし火縄《ひなは》に火を付《つけ》て、たばこのみつゝちとやすむ、地蔵堂《ぢざうたう》にも成ぬれば、一休やかてかけあがり、見知《しり》給ふか御本《ほ》尊《ぞん》と、矢立《やたて》の筆《ふで》を取出し、そばな柱《はしら》にかくはかり

開眼《かいげん》に結《むす》びし布《ぬの》のふどしをば旅《たひ》立けふのかぜやとくらん

となん書付《かきつけ》給へば、俄《にはか》に須弥壇《しゆみたん》の方《かた》より、妙《たへ》なる御声《みこゑ》聞《きこ》えて、かく

人はいさこゝろもしらずふるふどし鼻《はな》ぞ昔《むかし》のかに匂《にほ》ひける」二ウ

こは地蔵菩薩《ぢざうほさつ》の御返哥《へんか》ならしと思ひ迷《まとへ》るに、堂内《たうない》ゆすゆすとして、奇瑞共多《きすいともおほ》かりける、やゝふしおがみ落涙《らくるい》し、ほうて出ぬる亀山《かめ》や、万代《よろつよ》までもながらへて、楽をせうの、米俵《こめだはら》、とかく憂世《うきよ》は是ぞとて、見ても悦《よろこ》ぶ竹斎が、手柄《がら》で治《ぢ》する病人は、髪堅《かみかた》かれや石薬師《いしやくし》、たのみかけをく穴石《あないし》は、つんぼならねど聞《きこ》えぬと、恨《うらみ》ぬやうに我をのみ、守《まも》り給へと祈《いの》るなり

さればまふてし諸人《もろびと》も、日かずをつみて四日市《いち》、駄荷乗懸《たにのりかけ》やから尻《しり》も、こゝにつどひて寄波《よるなみ》の、磯《いそ》へ付ぬるわたし船《ぶね》、さらばといひてのりあひと、あのゝものゝのそのうちに、七里《り》をはしる夢《ゆめ》の間《ま》は」三オ なんのくはないとはいへど、地《ぢ》獄《ごく》の上の飛《とび》こぐら、命《いのち》を掛《かけ》て頼《たのむ》なる、宮居涼《みやゐすゝ》しき杜《もり》かげを、熱田《あつた》といふは世の人の、是は虚言《そらごと》なるみぞと、戯言《たは》い

ひて芋《いも》川の、うどん蕎麦《そば》切望《きりのそ》ましく、いざといひつゝ立寄れは、ばつとちりうの牛蝿《うしばひ》や、袖《そで》に取付あぢものゝ、二八ばかりとみえつるが、さもやさかたなこはいろに、あがらさんせの嬉《うれ》しくて、お名《な》はと問《と》へば是や此、行《ゆく》も帰《かへ》るも別《わかれ》ては、あとを見かへり袖しぼる、岡崎女郎《をかさきじよらう》の名取達《とりたち》、左右《さゆう》にならぶ並《なみ》松も、花の咲《さく》なる藤《ふち》川や、ながれの袖の脇《わき》あけに、引《ひき》とめられてはもじやと、顔《かほ》に紅葉《もみち》の赤坂《あかさか》や、ごゆうち過《すき》て行ほと」三ウ に、道《みち》も吉田《よした》にふみ迷《まよ》ふ、あちらこちらのふた川や、わたりくらぶるさかい橋《はし》、かけても落《おち》ぬから尻《しり》は、とれがよいやらしらすかの、馬やつなぎて待《まち》ぬらん、さらばうちのりいそがんと、思ふ心もせはしなく、泊《とま》りを急《いそ》くすき腹《はら》に、目も舞坂《まひさか》へやう〳〵と、をよぎついたる浜《はま》松の、ひゞきにねむき目を覚《さま》し、きつと見付のしゆくはづれ、もしやかねなどひろいなば、ちやつと入なんふくろいを、くびにしつかと掛《かけ》川や、新坂越《につさかこへ》て行程《ゆくほど》に、草臥《くたひれ》はてゝ足本《あしもと》も、ねるとや爰《こゝ》に茶《ちや》やの餅《もち》、くへばお中もたしかにて、気《き》もまめの粉《こ》やさては又、砂糖《さたう》は脾胃《ひいい》をやしなへ

ば」四オ 命《めい》は食《しよく》よりつなぎとめ、千とせも無事《ぶし》に年《とし》をへて、又こゆべきとおもひきや、小夜《さよ》の中山中〳〵に、たえぬ願《ねがひ》の銭金《せにかね》も、大井《ゐ》川とはこれかとて、名をきくだにもはや欲《よく》の、ふかきながれの白波に、きもをつぶしてたちとまり、いくらかくらの直《ね》を究《きは》め、川越《こし》付てそ渡らるゝ、

扨二人のものども丸はだかになり、おめきたてゝぞ渡《わた》りにける、然《しか》る折節《おりふし》、睨《にらみ》之助、川中にて俄《にはか》にづぶ〳〵□（とカ）しづむほとに、南無とひとしく、めくらづかみに取付けるが、不慮《ふりよ》なるかな、一休の内またに手をさしこみ、皺《しは》ふぐりをひんにきりたれば、和尚は是にいきつまり、目くる」四ウ めきて物をもいはれず、たえ〳〵なるこゑにて、やれ〳〵とぞ宣《のたま》ひける、川越聞《かはこしきひ》て、こはせはしなき御事かな、是ほどの大河《が》をば、やれ〳〵と候へばとて、我等どもが力《ちから》にも及《をよび》がたく、左様《さやう》にはあゆまれ申さすとぞいひたりける、猶たえがたくおほしめしければ、やれきんがつまり候ぞや、きんがなくなるは、やあ〳〵と仰《おほせ》られぬるを、川越重《かはごしかさね》ていふ様《やう》、浅《あさ》ましき御事かな、たとへば金銀《きんぐ》がみなになり、御手前《まへ》さしつまり給へばとて、此日本《にっほん》一の大河《か》にて、命《いのち》にはかへられ申まいぞとて、なを引立て行程に」五オ 向《むか》ひの岸《きし》につきたりける、一休いよ〳〵息《いき》つまり、色青《いろあを》く目《め》をみつめ、四《よ》つばいに這《ほふ》て、漸《やう》〳〵かたはら成小芝《なるこしば》の上《うへ》まて、あし曳《ひき》の山とりの尾《お》のしたりおの、なか〳〵しくうちふし給ふ

（六行空白）」五ウ

〔挿　絵〕」六オ

にらみの介、鹿蔵は、銭《せに》を払《はら》ひ身仕廻《しまい》して、和尚様はとて、爰かしこ尋《たつ》ねたりけるに、後《うしろ》の木陰《こかげ》にふんぞりかへり、うん〳〵と計《はかり》にて、更《さら》に正気《しやうき》もなし、さては御目《め》をまはし給ふか、いかなる事に、かくはくるしみおはしましける、なふ竹斎さまなど〻わめき立れば、そのとき息《いき》の下より仰らる〻は、我またぐらのあたりをみよやとあり、けにも水にてひえ給ひ、疝気《せんき》がおこり候てこそと、内またを見奉れば、その中より、くろ〳〵としたるたまをとり出す、扨こそ御身も、御持病《ぢ》に寸白《ばく》を持せ給ふかとて、にらみも鹿《しか》もとも〳〵に、ひねり和《やはら》け申さん」六ウ といへば、竹斎がいふやう、いや〳〵土上《とじやう》にてはなをりさふらふまじ、是《これ》はひえての病《やまひ》なれば、温地《しつち》(ママ)は虚《きよく》ゝの患《うれへ》有《ある》べし、何《なに》とぞして島田《しまだ》まで御手をひけと、た〻一人の下知《げぢ》に依《よつ》て、さはかりの大病《ひやう》なれども、ひとまづしゆく〳〵へといそきにける

日高《だか》ながらも宿《やど》をかり、奥《おく》の座敷《さしき》に御座《ござ》をかまへ、御心持《もち》は何《なに》とましますぞとて、竹斎もにらみの介も、手をつくしていたはりける、其時和尚、あぢきなき御声《こゑ》にて、始《はしめ》の次第《しだい》をかたり給へば、扨は我等がつかみたりしは、此御方のものなるよと、めいわくにもおもひ、おかしくも覚《おほ》えて、さらばかたり出《た》すべきかと」七オ おもへど、いやあなかしこ、さある首尾《しゆび》ならねばとて、おしだまりたるにらみの介が、心の内ぞくるしけれ

竹斎、御病気《ひやうき》の様子《やうす》いち〳〵聞届《き〻とけ》て、扨《さて》粉《こ》薬《くすり》をまいらせける、何《なに》が家伝《かでん》の名方《めいほう》なれば、一服《ふく》にてしるしをみせ、腫《はれ》たるきんも平《たいらか》になり、疼痛発熱《とうつうほつねつ》もやみ、今は心よくみえ給ひて、やまふの床《ゆか》を取《とつ》てのけ、大膝《ひさ》くんでおどりあがり、鹿蔵《しかさう》はいぬかと呼《よば》はり給ひけるに、如在《じよさい》なしの鹿蔵《しかさう》なれば、主人《しゆじん》の難病《なんびやう》にもかまはす、天もひゞけといびきをかき、前後《ちんこ》(ママ)も不知《しらず》ふしたりける、此躰《てい》を御覧《ごらん》じて、言語道《こんごだう》断《だん》のたはけめかな、うちころしてくれんとて」七ウ しゆろば〻きを取《とり》なをし、さん〳〵に打給ふ、うたれてこゑのいでさるは、もしむなしくやなりつらん、何しにむなしくなるべきぞと、引立みればねほれ入、目くちをこすりあぢび(ママ)

する、和尚立腹《りつふく》のあまりに
たはけめをはれとてしもめしつれてわかいたみをばなですやありけん

竹斎も

わか主《しう》を見つかぬたはけ鹿蔵《しかざう》をよひうつけじやと人はいふなり

扨竹斎、和尚の急難《きうなん》を救《すくひ》まいらせ、うれしくも外聞《くわいぶん》」八オ能《よく》、宿屋《やと》の亭主《ていしよ》（ママ）まじりにうかれ出《いて》、あつま下《さた》（ママ）りの吉左右《きつさう》なりとて、酒《さけ》を出《いた》させ、下女《けしよ》などをよひ寄《よせ》、一休の御腰《こし》をなでさせ、血《ち》がめぐり候へはとて、さいつおさへつ、酒《さか》もりになり、夜《よ》すから興《けう》をなしたりける、一休、中にもふり袖《そて》なる女に、うるはしく肥《こへ》あぶら付《つき》たるを、膝本《ひさもと》へいだき寄《よせ》て、何《なに》と年寄《より》たるにのゝ（ママ）わたくしわさ、いかにうるさくおほしめすらめど、旅《たび》は道くさ世《よ》は情《なさけ》とかや、老木《おいき》も花は咲習《さくなら》ひ、うちとけてたひ候へ、雀《すゝめ》は百になりてもなど、かきくどき給へば、女にこ〳〵と打笑《うちわら》ひ、さほどに御心《こゝろ》をきし給ふその方《かた》さま」八ウをこそ、つれなく思ひまいらすなり、老《おい》たるもわかきも、此道はある習《ならひ》にて候、中にも御年寄《としより》の御詞《ことば》には、偽《いつはり》なきものにて候へば、一入《しほ》にぞんしさふらふなり、若《わか》きそれ人のうはきまぎれのことのはゝ、十がとをなから頼《たの》みなき事にて、舌《した》の先《さき》ばかりなれど、つとめの身のあさましさは、心にあふもあはぬをも、枕《まくら》をかはしまいらすなり、いとおしきぼんさまとて、肩《かた》さきをたゝけは、一休も臍《ほそ》もとまでよだれをなかし、なとて年寄《としより》を、さはおもひ給ふべきとて、かく

いつはりのなき世《よ》なりせばいかばかり」九オ
人のやきでもうれしからまし

と宣《のたま》ひけるに、女少《をんなすこし》せきたるていにて、ゆびの爪《つめ》は磯《いそ》いのちかけて、それさまをこそ、なれくされみしやれ、どろ〳〵がたい、しんぞ〳〵神かけてなどいひて、かへし

としよりになさけへだつるものならば老木《おいき》のはなをなど
ながむべき

となんよんだりける

扨何時に御寝間《ね》へまいり候はんといふ、和尚聞召《おしやうきこしめし》て、扨

は誠《まこと》の心入《いれ》にや、いかで法師《ほうし》のさることの有へき、明日《あす》
は我宗《わかしう》の開山《かいさん》の日な」九ウればなと、いろ〳〵はづし見給へ
ど、つれなしや、我をさほどまで心ひき給ふか、只今のせ
いもんかはらぬといへば、是非《ぜひ》なく一休も
　おもひあらば島田《しまた》のやとにねもしなんひしきものには御
　　座をしつゝも
（五行空白）」十オ

〔挿　絵〕」十ウ

〔挿　絵〕」十一オ

かくの給ひたりければ、女、今はうれしけにて、もの仕廻《しまひ》、
とくまいるべしといひて出たりしに、和尚いかふうるさき
ことにおぼしめして、然《しか》らば、人しらぬかたより来り候へ
とある、女、又かく
　人しれぬわかかよひぢの背《せ》戸口はよひ〳〵ことにあけて
　　をきなん
かくいひて帰《かへ》りぬ
一休も、ざれことのかうじたるは、今更《さら》とり返《かへ》しもならず、

先非《せんひ》を悔給《くい》へど、かれが情《なさけ》ぶり、いひ避《さく》べきやうもなく、猶《なを》心うく疎《うと》ましく成て、彼《かの》約束の道、又は椽《えん》がはにも尻《しり》ざしせんと、巧《たくみ》」十一ウ いだし、竹斎が高《たか》いびきの隙《ひま》に、一腰《こし》の刀《かたな》を横《よこ》になして、戸ざしのしまりとし、そらいびきしておはしたりけるに、彼女《かのをんな》、約束《やくそく》の道塞《みちふさか》りければ、ふしぎに思ひ、湯殿《ゆとの》にまはり、水出しのくゞりより忍《しの》びて、竹ゑんをつたひくれども、爰《こゝ》も又あかず、しばし耳《みゝ》をそばだつれば、高いびきのみ聞ゆ、扨は心かはりたるにや、又は酒《さけ》の酔《ゑひ》よりこそなど、さまぐ\にこゝろをなやまし、立《たち》やすらふも程久しく、七、八百ほとためいきつき、舌《した》うちして帰る、かくて夜も明はなれし程に、荷《に》つくりし、立出れども、しばしといふものも」十二オ なく、東をさして下られける

扨道《さてみち》すからの物かたりに、きのふの薬《くすり》はいかなる物にや、手《て》きわなる療治《りやうぢ》なりと仰ければ、竹斎いふ様《やう》、されば他《た》家《け》になき良薬《りやうやく》なり、本草《ほんさう》にも勿論《もちろん》見えす、只一子相伝《しさうでん》の秘《ひ》方にて、毎度《まいど》の手柄《てがら》といひながら、此度《たび》は一入《しほ》の様に覚侍《おほえはべ》ると、自讃《じさん》したりしに、如何《いか》にも左有《さある》べし、尤《もつとも》大事《じ》の家方《かはう》ながら、人をたすくる道《みち》は、どれとても同し事《こと》なるべし、出家の上《うへ》とても、人の病苦《ひやうく》をすくひてこそ善根《せんごん》ならめ、すこしも他言《たこん》いたすましければ、とても義《き》に伝《つた》へたまへとある、竹斎も」十二ウ 和尚の御事はもだしかたくて、耳《みゝ》せゝにくちをよせ、是は金鎚古《きんついこ》と申薬にて候なり、平《へい》にして毒《どく》なし、和名《わみやう》薄《はく》屋のふるきつち水にてよくあらひ、日にほし、さめにておろし、少あぶる、鎚《つち》は数《す》年金をうち、平《たいらか》にせし、其功尤《こうもつとも》浅《あさ》からず、ふぐりのはれたるに用て神効《しんこう》あり、あひかまへて御隠密《をんみつ》なさるべしといふ

一休も満足《そく》し給ひ、いかにも秘密《ひみつ》はことはりなり、多《た》年の功《こう》をもつて妙をあらはす、天理《り》のいたる処、自然《しぜん》として奇《き》なり、医学《いがく》入門《もん》にも、喉《のと》に魚の骨《ほね》の立たるには、犬《いぬ》の涎《よだれ》をなむべし、犬は諸骨《しよこつ》をはむ」十三オ 故《ゆへ》なりと侍《はへ》る、皆《みな》此道《たう》理《り》なるべし、秘事《ひじ》はまつげにて、か様の事を猥《みだり》に語《かた》り伝《つた》へば、浅《あさ》き事に思ふへし、あはれ此金鎚散《きんついさん》を、京中のかね持に呑《のま》せて見度《たく》こそ候へ、いくつともなく箱に入、持貯《もちたくは》

へし金をうちへらさせ、国《こく》中の手におし廻《まは》して、世間《けん》を潤《うるを》しなば、かた行《ゆき》がせまじ物をと仰られけるに、睨《にらみ》之助中様、これは御尤の御事にて候、乍《ながら》レ去《さり》和《お》尚《しやう》様に、骨抜《うねぬき》(ママ)の妙薬を覚え給ふが心得がたく候とて、打笑《うちわら》ひてゆく」十三ウ

ひしほの狂哥《きやうか》

一休の御弟子《でし》、林月《りんげつ》といひし御坊《こはう》、稚時《いとけなきとき》、ひしほ壺《つほ》の口を切《きり》て、よる〳〵盗《ぬすみ》ねぶられしを、和尚或《ある》時見付給ひて、いかに小僧《そう》、若《しやく》年にて是をなむれば、必《かならす》中風《ぶ》を煩《わつら》ひ、目《め》口ゆがみ、手ふるひ、物かけどもかゝれず、書物《しよもつ》よめどもよまれず、御身は、いまだ物よみ手習《ならひ》のなかばなれば、かたく無用なりとて、ねまの奥《おく》に隠置《かくしをき》給へば、幼《おさな》心にうらめしく思ひて、何かなとたくめる折ふし、小僧腰《そうこし》うてと仰られけるに、彼《かの》ひしほの意趣《いしゆ》をとげはやと思ひ、いや中《ちう》風《ふ》がおこり申て候やらむ、手がふるひなへて、中〳〵うたれさうにはなく候」十四オ その上《うへ》どこもかもゆがみたりとて、目《め》口をしかめてみせられければ、一休はらをすへかね、棒《ほう》を取て追《おひ》かけ給ふに、はるかににげのびて、かくそいはれたりける

　毒味噌《とくみそ》をねぶりて口《くち》のゆがみしはたゞ身のひしをしらぬ故《ゆへ》なり

と口ずさみ、門柱《もんはしら》にいだき付《つき》てなかれたりしに、和尚も此哥に涙《なみた》をながし、一棒《ほう》をからりとすて、あつはれ闊気《くはつき》の智者《ちしや》候ぞ、ゆるし申とて内に入《いら》せ給ひ、其後御膝本《ひざもと》によひ付仰《おほせ》られしは、重而《かさねて》我意《い》に背《そむく》ならば、まるはだかになし、さとへ送《をく》り候べ」十四ウ し、けふはゆるし申なりとて

　岩《いは》ばなにすねゆがみたる松の木《き》のすぐにのびねは用《よう》にたゝざる

かくの給ひければ、うろ〳〵涙《なんだ》を袖《そで》にてのごひ、うちしほれてみえけるに、此あどなきありさま、にくからねば、一休も、かれがこのむひしほ、なめさせんなど、おもひおはしましける所へ、竹斎、御見廻《まひ》のために、ひとつの器《うつは》物に封《ふう》を付、有《う》か無《む》かと書《かき》付して持参《ちさん》したりけるを、一休和尚、幼僧《ようそう》の発明《はつめい》を御覧《らん》ぜんために、中《なか》なるは是いかなる

物ぞや、御弟子《てし》」十五オ 林月《りんけつ》、書付《かきつけ》をみていはく、されば有無《む》のふたつは、もと是《これ》一味《み》なるべし、有《う》によつていは、、ありのみなるか、無にとつての時《とき》ならば、なしなるべき、竹斎舌《した》をふるひ、然らはそのかずはいくつ、答《こたふ》、七つ八つあるべし、扨《さて》は違《ちが》ひ候なりとて、ふたをとれば、梨《なし》十五ありけり、まづ〱数《かず》はあひ申さずとて笑《わら》ふ、林月《りん》のいはく、何と七つ八つあるべしと申たるを、ちがひたるとや、七つと八つは十五なきかとて、手《て》を打《うつ》て笑《わら》ひ返し給ふ

（一行空白）」十五ウ

〔挿　絵〕」十六オ

竹斎

ことのはにはなのさくいの七つ八つあをひわれらはいひかいもなし

かく称美《せうび》して肝《きも》をつぶし、残所《のこる》なき大智者《ちしや》の玉子なるかな、誠《まこと》に一休の御弟子には、さもこそ候べき、梅檀《せんだん》は二葉《ば》よりと申も、この御かたの事なるへきなど、ほめあぐるうちに、庭前《ていせん》の植込《うへこみ》より、熊蜂《くまばち》いくつともなく飛出《とひ》たりけ

れば、竹斎になしの追報《ついほう》せばやとおぼしめされ、あの蜂《はち》の有所はいかん、竹斎聞て、さればむかふなる梅《むめ》」十六ウ の木なりといふ、さらば見てまいらんとて、さほ竹をかたげ、はしり出《いて》て、彼木《かのき》を二つ三つうつて、これにてはあらす、又いふ、然らは桜なるべし、又打《うつ》て是《これ》にもあらす、さあらはあの松の木にて候べし、急て御覧《ごらん》候へといふ、いや此木にもあらず、我をなぶり給ふかとて、つる〱とはしり寄《より》、

むなぐらをひしととらへ、答《こたへ》はいかん
竹斎につことわらひて、ある謡《うたひ》の本《ほん》に、いで其時《そのとき》の蜂《はち》の木《き》は、梅桜松にてありしよなとて、昔《むかし》よりも慥《たしか》にはしれさるほどにといひたりければ、むなぐらをはなし、其返報《ほう》に、皃《かほ》へむめ」十七オ ぼしとて、肴《さかな》に出たる塩梅《しほむめ》をなけ付て、にげ給へり、とかく頓作《とんさく》なる生《むま》れ付なりとて、たうとみにける

一休亡者《もうしや》と問答《もんだう》

竹斎が町内《てうない》に、正徳《しやうとく》といふものありけり、極《きはめ》て心すなをにして、後世《ごせ》をわすれず、仏の道うとからぬものなり、ふと煩《わつ》らひ付て死《し》したりければ、一類《るい》どもかなしみのあまりに、せめて然《しか》るべき智者《ちしや》の引導《いんだう》を頼 奉《たのみたてまつ》りて、未来《みらい》をやすく往生《わうじやう》させ申さんと、ゝりどりにさたしけるが、とかく竹斎の入魂《じゆっこん》せらるゝ」十七ウ 一休和尚然《しかる》べしといふ、竹斎聞て、されば正徳老《しやうとくらう》も、我宅《わがたく》にて彼方《かのかた》とは切ゝ《せつ〳〵》出合れたる事《こと》にて候へば、一入《しほ》の儀《き》なり、某《それかし》手紙《かみ》を以て頼遣《たのみつかは》すべし、成程《なるほど》かろき御気はいなれば、別の子細有《しさいある》べからずと云《いふ》

又かたへに居たるもの、妻子《さいし》の袖《そて》を引てひそかにいひしは、いや此御坊《ごばう》は常《つね》〳〵気《き》がむらにて、自在《わかまゝ》なる狂僧《きやうそう》と聞伝《つた》へたり、同《おなしく》は余《よ》の方にし給ふまじやとかたる、妻子《さいし》一類《るい》、是《これ》を聞《きゝ》、左様《さやう》の人ならば、あら勿躰《もつたい》なやうるさや、いかなる御僧《おそう》にかなど、ゝ、おもひまよふ処に、東山《ひかしやま》の木食如心《もくしきじよしん》坊《ほう》さまこそ、今《いま》」十八オ の世の道者《だうしや》にて、殊勝《しゆしやう》なる御かたなり、是をたのみ申へしと事究《こときはま》り、葬礼《さうれい》の義式を、阿弥陀がみねに執行《とりをこな》ひける、然《しか》るに一休和尚も、諷経《ふぎん》のためにいて給ふか、きのまゝにやぶれ衣をまとひ、しよんぼりとひかへおはしましけるを、皆人指《ゆび》をさして、あの気まゝ坊主《ほうす》の恥《はぢ》しらずを見よとて、目をひき笑ひ居たりける
かくて引導法事《いんたうほうし》なと、美ゝ《びゝ》敷《しく》こと終《をは》りて、野送《のをくり》の者共《もののとも》、皆帰《みなかへ》らんとせし時《とき》、桶《おけ》の蓋《ふた》、中《なか》よりはねのけ、正徳篙《しやうとくさほ》立に成て、にこ〳〵と笑《わら》ひ、一休和尚珍《めつら》しやな、我はたゞ今、此土《ど》を立さり、目出」十八ウ 度浄土《たきしやうと》に生《むま》るゝなり、さ

らは〳〵といひたりければ、みな〳〵肝《きも》をつふし、立さはきぬる処に、和尚から〳〵とうち笑《わら》ひ、正徳《しやうとく》は得《え》うかますやと被仰《おほせられ》ける、亡者答《まうしやこたへ》ていふ、夫生死《それしやうし》の海《うみ》は、もとより潮水《こすい》まん〳〵たり、などうかますといへる、和尚の曰《いはく》、汝《なんち》（ママ）すでにくらきよりくらきに入《いり》、海上満月《かいしやうまんけつ》の光《ひかり》をみす、是迷《これまよ》ひの雲《くも》、二眼《じかん》を覆《おほえ》（ママ）へばなり、さればまよひの前《まへ》の是非《せひ》は、是非共に非《ひ》なり、天理《てんり》一物の円《まとか》なる物を見さるは、又夢《ゆめ》なり、夢の中の有無《うむ》は、有無ともに無なれは、死《し》（ママ）皆是迷《これまと》（ママ）ひの一つにきす、されば生して来《く》るにあらず、死て」十九オ又さるにもあらず、只本来《たゝほんらい》の面目《めんもく》也、愚《ぐ》おもへらく、今正徳《しやうとく》と見えたるもの、其躰全《たいまつた》からず、是狐《きつね》か狸《たへき》（ママ）か、狐にあらば、混ゝ《こん〳〵》とないて、混沌未生《こんとんみしやう》のむかしに帰らさらんや、又狸《たぬき》にあらは、腹鼓《はらつゝみ》のかはをうつて、空ゝ《くう〳〵》たるひゞきに、帰天無形《きてんむきやう》の自然《しせん》をさとれ、けがれたりな畜類《ちくるい》、かつといひ、唾《つは》をはいてしたり（ママ）給

扨其時《そのとき》、正徳《しやうとく》ぼく〳〵と打うなづき、本の桶《おけ》にそくゞまりける、引導《いんたう》の師《し》、如心坊《じよしんほう》を始《はしめ》、あまた一同《とう》に手を打、ありがたき御事かなとて、感涙暫《かんるいしばら》くやまさりける、かくて如心坊《じよしんはう》かうべを地に付、只」十九ウ今の御示《しめ》しにてこそ、亡者《もうしや》もうかみ申さるべし、某《それかし》が引導《いんだう》にては却而迷《かへつてまよ》ひとなり、畜生《ちくしやう》の見入たる事こそあさましけれ、誠《まこと》に和尚様には名利《みやうり》のふたつをはなれ給ひ、破《やぶ》れ衣《ころも》にかみこきる物、さびたる御風情《ふぜい》なれども、仏の道によく叶《かな》ひおはしまし候こそ、有難《ありかたく》候へとて、三度《と》礼《らい》したてまつる

（三行空白）」二十オ

〔挿　絵〕」二十ウ

和尚謙退《けんたい》していはく、愚僧《くそう》は、元《くはん》来紙子《かみこ》一官《くはん》の仕《し》合なれば、只法《たゝのり》の力《ちから》を便《たより》として、しぶ〳〵なる世《よ》を渡《わた》り、葎《むくら》生《おひ》たるはにふの小屋に、侘《わひ》しく独《ひとり》（ママ）りすみそめの、そでもない事を、子細《しさ》（ママ）らしくいひちらして、人に殊勝《しゆしやう》といはれぬるくせもの、さのみたうとみ給ふべからすと仰《おほせ》られけるに、木食《もくしき》猶有かたく覚《おほ》えて、是非《ぜひ》に一句《く》示《しめ》し給《たび》候へといふ、いや別《べち》に示しとて、かはりたる申分も侍らず、万事は皆是なりとて、ゆびひとつ見せ行ひて、かく

」二十一オ

地《ち》水《すい》火《くは》風《ふう》くふにあちなき木食《もくじき》は
さとりの道《みち》に初《しよ》心坊かな

とあそばしたりければ、そばにありしもの共（「共」に濁点あり）まで、みな〳〵袖をしほりて帰《かへ》りにける

一休餅《もち》にて絶入《せつにう》

一休和尚、ある時《とき》竹斎が宅《たく》に、夜《よ》更《ふく》るまでおはしましけるに、鳥《とり》の声《こへ》ものやかましく鳴《なき》たて、をのつとはなしも空《そら》になり、目のうちもこははり出《いつ》れば、いざ帰《かへ》らんとて、おもてに出て見給ふに、みな白平《しろたへ》なる軒端《のきは》の気色《けしき》、きぬかさ山のきぬはえて、いくたひ袖をと詠《えい》じたる、佐野《の》のわたりの夕げしきも」二十一ウ さぞやとおもひ過給ふに、ある家の軒《き》（ママ）下に、男女《なんによ》二人立忍《たちしの》ひて、ひそ〳〵物語せし処《ところ》を、あやしくおほしめして、さしのぞき給ふに、衣《ころも》うちかつける様常《さまつね》ならねば、彼《かの》ものども大きに驚《おどろ》き、あなおそろしや、大入道《おほにうたう》のまくろなるばけ物こそ来《きた》れとて、わつといひて逃《にげ》去《さり》ける、其あとに重箱《ちうばこ》とおぼしき物を打捨置《すてをき》たり

一休あやしく思ひ、ふたとりのぞき見給ひ、腹をかゝへ、ひとり笑《わら》ひして、夜寒《よさむ》甚《はなはだ》しく、手足《あし》もこゞへたるに、天道の御恵にや、かくあづき餅《もち》のほこ〳〵四、五十を得《え》たり、是此まゝをきたればとて」二十二オ よもとりにはもどり侍《はべ》るべからす、みちすがら償翫《しやうくはん》して、あまりたるをは、飢《うへ》たる非人《ひ》にあたへなん物をと、衣《ころも》の袖《そて》をおほひ、かたすみの方《かた》より手《て》を入《いれ》、とりくひ〳〵し給ひしが、人め忍《しの》びのな

ま咬《がみ》、あはたゞしくのみこませられしほどに、ひしと喉《のど》につめ給ひて、ありとあらゆる作意《さくい》、秘術《ひしゆつ》をつくし、はき出《いた》さんともがき給ふに、更《さら》に出《て》も入《いり》もせず、既《すで》に御命《いのち》もあやうく、天神《てんしん》の厨子《づし》といふ所の、木戸《きと》のかたわきにそりかへり、歯《は》くひつめ、目《め》を見いたし、うめき給へば、夜番《やばん》なるをのこ、これを」二十二ウ見付、扨《さて》は大雪《ゆき》にてこゝへたる、たをれものそと心得、いまたいきのかよふうちに、いづかたへなりともおいやらんと、さま〳〵にいひてひきたつれとも、とかふのいらへもなし

番《ばん》太郎もすべきやうなくて、町ぢうのものよび出しみるほとに、そのまに大勢おめき出て、それ何ものぞ、さまで死するほどの事はあるへからす、いやさればこそじゆくしくさし、さてはなま酔《ゑい》なるそ、是非《ぜひ》に引立をいやれなと、はやりける程に、後は棒《ぼう》をとりなをし、一休のせなかをしたゝかに打たりければ、時なるかな、鬼《おに》にこぶといふせわのこと」二十三オく、のどなる餅《もち》、より棒《ほう》のひゝきにて、三尺計むかふへとび出ける

是にてむねひらけ、夢《ゆめ》のさめたる心ちして仰けるは、さて〳〵あやうきめに逢《あひ》申たる事かな、我はむらさきの、辺に草むすひせし、はちひらき坊主なるが、持病《ぢひやう》なる痰《たん》さしおこりて、すでに死《しな》んとせし所を、あらけなきちやうちやくにあひてこそ、不慮《ふりよ》に吐出《はきだ》したれ、まづ〳〵是も、をの〳〵の御かけ候と、の給ひたりけれは、先それ何ものなるぞ、顔《かほ》を見よとて、てうちんを差上《さし》て、よく〳〵見れば、大徳寺の老《らう》和尚にぞ有ける、こはおもひよらさる御事かな、な」二十三ウとて御供めしつれ給はすやといふ、さればか様の事や侍《はへ》らんとて、貧僧《ひんそう》のいりもせぬものをかゝへ置《をく》べきかは、とても出家はけふありて、あすをおもはず、老躰《らうたい》の海老《ゑび》ぜなかまげなりに、世をわたれば、先《さき》からさきは、行たをれと存ると仰ければ、いや〳〵それはふかくなるべし、さなければこそ、したゝかなる棒《ほう》をおひ給ひしなり、何と御いたみはなく候や、いや少も痛侍《いたみはへ》らず、先程《さき》より申通《とを》り、とかく御影《かげ》なり

（一行空白）」二十四オ

〔挿　絵〕」二十四ウ

我棒《われほう》をおひたる事も、もとより身に大きなる科《とか》のある故なれば、たれ恨《うらみ》ともおもひさふらはずと仰られければ、人〻肝《きも》をつぶし、扠《さて》和尚様には何の科をかし給ふ、されはさる所にて是をぬすみたる故なりとて、彼重箱《かのちうはこ》を出《いた》し給ひければ、いつれも興《けう》をさまして、是は何たるさもしき事をなされたるぞや、さては此餅《もち》を咽《のど》につめ給ひたるか、それそこへ飛出《とびいて》たる物、何なるそ、見よやとて、尋《たつね》いたしたりければ、粒子《りうこ》なりに成てありける、よくも偽《いつは》らせ給ひて、痰《たん》など〻は仰られける、例《れい》の御口《くち》かしこさに」二十五オこそとて、大笑《わら》ひしたりければ、さてかた〳〵は、偽《いつはり》とおほしめしけるか、此一休は慥《たしか》に餅《もち》と存るなり、我等《ら》はなし申人達《たち》、常《つね》に某《それがし》を、持《ち》病《びやう》もちの、痰持《たんもち》のなど〻いはれ候ほとに、餅《もち》と痰《たん》と別《へち》にかはらぬと心得居侍りたると仰ければ、あれ聞給へ何《いつ》れも達《たち》、あまの命をひろひ給ひて、息《いき》か通《かよ》へば、最早《もはや》口がへらぬといひて、横手《よこ》をうち、おとかひをか〻へて笑《わら》ひにける、その時一休、かくの給ひける

くふほどの数さへなくはなか〳〵に人をも餅《もち》もうらみざらまし」二十五ウ

かくつらね給ひて、恥《はつ》かしげもなく帰《かへ》り給ひしこそ、いづれにひろき御心なりとて感《かん》じたりける、あとに捨置《すてをき》給ふなる餅《もち》は、番太《はんた》郎か骨折《ほねおり》のつかればらしとして、夜《よ》すがら喰《くい》込《こみ》、腹《はら》ふとくしておもふま〻なれば、いぐちのうそも、心なくさみなりとて

あたらこの餅《もち》と赤小豆《あづき》をおなじくはあはれひもしな人に
わけばや

淋病《りんびやう》の養性《やうじやう》

一休めしつかはれし例《れい》の鹿蔵《しかざう》、石淋《せきりん》を煩《わづら》ひ、疼痛《とうつう》」二十六オ忍《しの》び難《かた》ければ、竹斎を頼み、色〻と養性《やうじやう》したりしが、少も験《げん》気なく、次第に膿潰《うみつひへ》、腫《はれ》ふとりてもだへにける、竹斎、是に茶匙《さじ》をからりとなげすて、木枕《まくら》を四つ五つわらし、五淋散《りんさん》に加減《かげん》して、数服《すふく》もちひ、或《あるひ》は秘《ひ》灸《きう》洗《あらい》薬などゝて、手をつくし侍れとも、しるしなければ、渡《わた》し箱の底《そこ》より、家伝《かでん》の一巻取出し、くり返しよみけるに、名誉《めいよ》なる養性《やうじやう》を考《かんかへ》出したりける

先双《すこ》六の筒《どう》に糸を付て、玉茎《ぎき》を此筒《つゝ》の中へ指込《さしこみ》、きる物のうらにてすれざるやうにして臥《ふす》へし、夜明《よあけ》なば呪《ましなひ》して得さすべきぞと」二十六ウて、かくのことくしてねさせたりけるに、夜中猶痛《いたみ》つよく、いよ〳〵はれ上りて、ぬかんとすれども更にぬけず、うちわり捨んとはものをあつれば、その響《ひゝき》脳にこたへて、目を廻しくるしむ程に、力をよばす、先此まゝにてましなひみんとて、九字《じ》をきり、淋《りん》病闘《とう》者など、一越調《こつてう》をあぐれとも、露《つゆ》ばかりもくるしみやすからず、其上小便ふつととまりて通《つう》ぜざれは、せめて此上□（はカ）一滴《てき》なりともと歎く

竹斎ぬからぬ顔にて、されはそのために、底《そこ》の中ほとに穴を明置たり、いきづみて見よといへども、さることも」二十七オならす、もはや死するはかりなりとて、さま〳〵の遺言などしければ、竹斎、今はそばよりみる目もかなしく、夢になれ〳〵と、十遍《ぺん》ばかり唱《とな》へたりし時、鹿蔵《しかざう》が母とて、六十あまりなる姥《うば》にしり出《いで》て、こは何たる療治《りやうぢ》ぞや、杖柱《つえはしら》とも頼みし子を先だて、あとにてうきめをみるべきかやとて、むしりついてもだへわめく、竹斎も為方《せん》つきて、是用ひ見たまへとて、黒薬を出したりけるに、さらばとてあたへ、しばしまもり居《ゐ》侍るうちに、はめ置《をき》たる筒《つゝ》、まふたつにいきみわれて、小便水はじきのごとくしぶ□□（とカ）」二十七ウ（未詳）□《と》飛に通《つう》じたりける

扨《さて》もめいよの薬《くすり》なるかな、何と申御薬ぞととふに、わけもなき物の黒焼《くろやき》なれば、名もなく、いかゞいはんとあんじたりしか、しばしありて、是は、アビリイアンバルスボルといふ、阿蘭陀《をらんだ》の薬なりと答《こたへ》たりける、いつぞや初寅《はつとら》まいりの時、鞍馬《くらま》にてひろいたりとて拵《こしらへ》をきたる、谷《たに》あひの懸樋《かけひ》を、さらへとをしたる古縄《ふるなは》の黒焼、自然《しせん》としてたちどころにしるし見せける

（二行空白）」二十八オ

〔挿　絵〕」二十八ウ

不思議《しぎ》の事におほゆ、世人《せじん》、小便《べん》の支《さゝ》へたりしを、筒《つゝ》がさくるといひし言葉《ことば》、此故なりと聞《きこ》ふる、さもあらむかし、竹斎が述懐《しゆつくわい》に

淋病《りんびやう》もはれて久しくなりぬれば名《な》こそながれてなをきこえけれ

鹿《しか》蔵もあまりうれしくて、おきあがり、夜《や》中の事おもひいてゝ

うづきつゝ、ひとりぬる夜《よ》のあくるまはいかにひさしきものとかはしる」二十九オ

〔空　白〕」二十九ウ

杉楊枝第五

竹斎仲人口《ちくさいなかうとくち》
鼻《はな》の下《した》の療治《りやうぢ》
木乃伊《みいら》の切売《きりうり》

(空　白)」一オ

(二行空白)」一ウ

杉楊枝第五

竹斎仲人口《ちくさいなかうどくち》

北山鹿苑寺《きたやまろくをんじ》の辺《へん》に、弥二郎と云《いふ》百姓《しやう》、ひとりの娘《むすめ》を持《もち》けり、然るを、京なる公家《くげ》方へ預《あづ》け置《をき》けるが、万《よろづ》つゝまやかに、宮《みや》づかへ年もかさねしかば、似合《にあひ》の縁《えん》にも付よとて、主《しゆ》人よりも心入有て、彼方《かなた》こなたと頼《たのみ》、縁付《えんづき》の取組《とりくみ》をせんとすれども、おもはしき方もなくて打過《すぎ》けるに、竹斎、此女が療治《れうぢ》して近《ちか》付なりければ、さらば此ものを、いづかたへなりとも口入して、少の礼《れい》物をも取て、内証《ないしやう》を補《をきな》はばやと、思案《しあん》をめぐらす処に、岡島検校《をかしまけんげう》」二オとて、有徳《うとく》なる座頭《さとう》ありける、武家《ぶけ》より扶持《ふち》なと取て、すべ能暮《よくくら》すものなれば、究竟《くつきやう》の事也

此方と取組《くみ》の談合《だんかう》せばやとおもひ、先検校《けんけう》がもとに行《ゆき》て、木にもちのとり付ひつ付、いひ聞せけるほどに、如何様《いかやう》とも頼申といふ、すは一方は成就《しやうじゆ》したりと悦《よろこ》び、それより

直《すぐ》に、又女のかたに行ていふ様《やう》、内〻御頼被成候儀、日本一の御事こそ候へ、さる扶持《ふち》人に、岡島検休老《をかじまけんきうらう》とて、随分《すいぶん》のかね持の侍《はべ》りしが、そなたの御事、こま〴〵と語《かた》り申たれは、それこそ望《のぞみ》の通なる耳寄《みゝより》の事也、必何の拵《こしら》へ」二ウとてもいらず、二度めの妻《さい》なれば、世上隠密《をんみつ》にして迎《むかへ》度との事なり、さりとて子もなく、又しうとめもなし、其上さる方より扶持《ふち》をとり、公儀者《こうぎしゃ》にて、洛《らく》中にたれしらぬものも侍《はべ》らず、それがし数《す》年の療治《れうぢ》旦那《だんな》にて候へは、別《へち》に両方へ言葉《ことば》を飾《かざ》り申わけもなし、此事職《しょく》にも立されば、まつすぐにうちわりての申分なり、少御気《き》に入ましきは、かた〳〵の目かふそくに侍る、此外は兎《う》の毛《け》ほども、瑕《きず》になる事候はず、其上弁舌能《べんぜつよく》、才覚仁《さいかくじん》にて沙汰《さた》したる芸者《げいしゃ》なるが、其御方には何と思召候といへば」三オ女聞て、さて〳〵是は思ふまゝなる御事かな、我等久〻住《すみ》なれたる主《しゅ》人の家より、暇《いとま》とり候も、行《ゆく》行の身だめにて候へば、ちとも能《よき》方へとぞんじ、今迄とり極《きはめ》たる談合《だんかう》もいたし申さず、世上はみな、少ため置《をき》たるへそくりがねを、目あてにしての事なれば、末《すゑ》心元なく、とやかくと心もおちつかずして、居《ゐ》申候に、ようこそ被思召寄《おぼしめしよられ》、忝存まいらせ候、さて其片《かた》目の不足《そく》成事は、少もいとひ申さす、只違《ちかひ》なき事ならば、いか様とも頼まいらすといふ

竹斎飛《とび》立ばかりに嬉《うれ》しく、薬師《やくし》如来《にょらい》も照覧《しゃうらん》あれ、何しに偽《いつはり》申へき、御心やす」三ウかれなどいひまぎらかし、それより療治《りやうぢ》はわきの町へなして、足をそらに飛廻《とびめぐ》り、竹に油のぬり付口に、ちよろり祝言《しうげん》すましてげり

扨女、夫《おつと》のかほをつく〴〵とみれば、もうもくなり、いかばかり悲《かな》しく思へども、更にすべき手だてもなし、力なく新枕《にゐまくら》の盃《さかづき》かはして後、さとがへりの次而に、竹斎が宅《たく》に来り、雨山の恨《うらみ》、糸をくり出すごとくたくりかけてわめく、竹斎ちつともさはがす、いや〳〵それはあしき御心入也、先世上の仲人《なかうど》せしものは、百が六、七十までも誠《まこと》はなし、みな偽《いつはり》にてかたむれども、そなたと私《わたくし》なれば、やう〳〵に目を一つ」四オと、検《けん》きうの休《きう》の字ならでは偽《いつはり》なし、弁舌《べんぜつ》すくれ芸者《げいしゃ》にて、人愛能《あいよく》、公儀《こうき》専《もつはら》にて、

扶持《ふち》人といひ、手前《てまへ》よく人にしられたるなど、少も相違《さうい》有べからす、さのみなうらみ給ふそといふ、今は女も力不及《をよはす》帰りけるが、いくほどなくそひ馴《なれ》て、後〳〵は夫婦《ふうふ》が中もむつまじかりける

されども二人の親は、片《かた》へんどのいきつまりものにて、目くらと聞て、一両年も対面《たいめん》せざりしかども、懐胎《くわいたい》の身となりけるより、京へ出、検校《けんげう》にも始而逢《はしめてあい》たりけるが、座敷の床《とこ》に、琵琶《びわ》の入たる箱《はこ》をもたせ置《をき》たるを、ふと蓋《ふた》とりみるより肝《きも》をけし、是は何といふものなれば」四ウ すさまじく腹《はら》のふときかたちなるぞと、色〻《いろ〳〵》思ひ煩《わつら》ふ所へ、検校罷《けんけうまかり》出《いて》て、挨拶《あいさつ》せし形《かたち》をみれば、在所方《さいしよかた》の座頭《さとう》とは替《かは》り、猶《なを》すまぬ事に思ひ、女房《にようはう》を引立《ひきたて》、片《かた》すみにこぞり居《ゐ》ていふ様《やう》、是《これ》は近代御《きんたいこ》法度《はつと》の宗旨《しうし》の本尊《ほぞん》なるべし、あの検校《けんけう》といひし名も聞《きゝ》なれず、慥《たしか》に是《これ》は、ばてれんの長老《ちやうらう》にてあるべし、をんな共も油断《ゆだん》するな、おそろしのことやとて、色を変《へん》じて立さはぐを、娘《むすめ》は袖《そで》に取付《とりつき》、こは情《なさけ》なき事宣《のたま》ふものかな、是は琵琶《びわ》と申物にて、内裏《たいり》さまにも翫《もてあそ》びにし給ふ物なれば、さるものにては候はず、ひらに御心をしづめ」五オ 給へ、くるしからぬ物なりといふにて、やう〳〵尻《しり》をたゝみにすへ、ため息《いき》つき、まだそれとても心得かたしとて、彼琵琶《かのびわ》を取出《とりいた》し、なでゝ見、されはこそ申さぬ事《こと》か、何と隠《かく》し申とても、ばてれんにまがひはなきぞ、是ほどいらひみれば、ばてれん〴〵となる程にとて、又立さはぎ、こらへずして飛《とひ》いで

（四行空白）」五ウ

〔挿　絵〕」六オ

こびんより煙《けふり》を出《いだ》し、一休の御寺《てら》へかけ込《こみ》、始《はじめ》の次第《しだい》語《かた》り出し、涙《なみた》を流《なが》していふやう

明日《あす》にてもあれ、御公儀《こうぎ》さまより御穿鑿《ごせんさく》の時は、此両人はしり入申へきなり、命《いのち》御たすけ給はれなど、なき口説《くどき》けるに、一休もくねる腹《はら》をおさへて、如何《いか》にも其方達《そのはうたち》がいひぶん、断《ことはり》至極《しごく》せり、いつ何時にても、穿鑿《せんさく》と聞《きか》ば走《はし》り込《こみ》申さるべし、愚僧《ぐそう》が一命《めい》にかへても助《たす》け申む、されば一両年以前《りやうねんいぜん》にも左様《さやう》の事ありて、にげ来りしを、此寺にたすけをきたり、いざこなたへわせよ、物見せんとて、大きなる琴《こと》ひとつ取出《とりいだ》し」六ウ小声《こごゑ》に成《なり》て仰られけるは、是其時隠《かく》したる本尊《ほんぞん》也、桐《きり》と紫檀《したん》とにて作《つく》りたれは、きりしたんといふなり、其方にある仏《ほとけ》は、いかにもばてれんの中にても、琵琶《びわ》戸《し》仏《ぶつ》といふ大将《しやう》の仏ぞ、ゆだん有べからずと語り給へば、夫婦《ふうふ》の者肝《ものきも》をつぶし、なみだをながし出けるが、えんがわにて、なきたおれてこけおちけるを、一休見給ひ、あなめでたし、一命何事もあるべからず、ころびだにすれば、別義《べちき》なき事也、心やすかれとあれば、力を得て帰りにける

　ばてれんとをとにきゝてはびわにさへ
　いとけはしくもなりわたる哉」七オ

鼻《はな》の下《した》の療治《れうぢ》

爰《こゝ》に火鉢《ひはち》のばゝとて、愚《をろか》なるものありけり、かたちいつくしきむすめをもち、玉をさゝげ、花をながめたるがごとくおもひて、いつきかしづきそだてたりしが、いつともなく二八あまりになりければ、いかにもしてうとく成方へ、目《め》かけ物にもいだし、目出《めで》度末《たきすゑ》をみるべきなどおもひ寄《より》て、其比《そのころ》人の口入をして世《よ》を渡《わた》る、ゑびがかゝといふ女を頼《たのみ》、方ゞ《はうぐ》に目見《めみえ》させたりけれど、鼻《はな》の下《した》にまくろなる瘤《あざ》あ」七ウりて、おもふやうに能口《よきくち》もなく、随分白粉《すいふんおしろい》、白壁《しらかへ》ほどぬれども、鼠壁《ねずみかべ》のごとく見えすきて、むさくろしければ、其《その》身も母《はゝ》も、是《これ》をうるさき事に思ひ、竹斎を頼《たの》み、御薬《くすり》をなどいへば、竹斎きゝ、いかにも安《やす》き御事なり、乍去《さりなから》見

申さではとて、さし寄《より》みるに、なまずともしれす、上髭《うはひげ》ともわきまへぬものなり

さしておもひ寄《より》たる薬もあらねは、くさりくすりにて療治《れうぢ》せはやと、丹礬《たんはん》の入たるこぶぬきの薬を包《つゝみ》、書付《かきつけ》していたす、忝《かたじけなし》とて急《いそ》きやどに帰《かへ》り、沸湯《にへゆ》にて摺爛《すりたゞ》らかし、其上に此薬」八オをしへの通《とをり》に付《つけ》たりしが、何かはうづかであるべき、夜中目《やちうめ》もあはずして、おめきたてくるしみけれども、あすは定《さた》めてよく侍《はへ》るべきぞ、さほどにもあらすは、のき申まじとて、むりにこらへさせければ、夜の間《よま》に鼻《はな》のまはり、ほうさきまてくさり上りて、瘡毒《さうどく》やみにことならず

姥《うば》大きに驚《おどろ》き、さてもにくきまいす坊主《ほうす》や、我杖《わがつえ》とも柱《はしら》とも頼たるひとりの娘《むすめ》、かほどまて大瑾《きず》を付《つけ》たりける、竹斎こそ遺恨《いこん》なれと、牛《うし》つき眼《まなこ》になりて、竹斎が家に走《はし》りゆき、やにはにほうげたを三つ四つ」八ウたゝき、さん〳〵に嗔《いか》りわめきければ、竹斎は女《をんな》など相手《あひて》にして、はりかへさんもおとなげなければ、さしうつむきて、なみだを鳩尾先《きうびさき》までこぼし、さな申されそよ、むたいの事なり、我《われ》あしかれとていたすにもあらず、あたるもきくも薬《くすり》の習《なら》ひ、隣《となり》あたりを憚《はゞから》れよといへば、猶《なを》たつみあがりに成《なり》て、いひもやまず、おもへば〳〵腹立《はらたち》やとて、やがて竹斎がうちまたへ手《て》をさし入、青《あを》ふなるほどつめりにける

（一行空白）」九オ

〔挿　絵〕」九ウ

〔挿　絵〕」十オ

竹斎もいたさは痛《いた》し、とちほどなる涙《なみだ》をねぢ切《きり》、仏《ほとけ》のかほも三度《ど》までこそ、なんのをのれといふままに、又ばゝか、しはまたぐらへ、大手《て》をぬつといれたりけるに、姥肝《うばきも》をつぶし、たけ〳〵敷声《しくこゑ》を出《いだ》し、やれすて坊主《はうず》、いたづらものめよ、なまとし寄《より》たるものに、はらすぢや、つらにくやとて、むしりあひ、つかみあふ所《ところ》へ、睨之助《にらみのすけ》外《ほか》より帰《かへ》り、こはすいさんなるふるまひかなと、まづ竹斎をもぎはなして、しらがあたまをかいつかんで引立《ひきたて》んとせし時《とき》、睨之介が下帯《したおび》のさがりはづれて、ひきつりたりしが、姥」十ウにふ

まへられて、情《なさけ》なくあをのけさまにとふどふす、姥《うば》やがて是をとらへて引程《ひくほど》に、表《おもて》までひきづり出《いだ》され、やう〳〵におきあがれば、わめひて姥は帰《かへ》りにけり

かくて四、五日過《すぎ》、いよ〳〵腫《はれ》ふくれ、命《いのち》もあやうき計《ばかり》煩《わづら》ひければ、あまり悲《かな》しさのまゝ、紫野《むらさきの》へゆき、和尚の御目《め》にかゝり、ぐど〳〵かたりけるは、わらはがひとり娘《むすめ》にて候もの、母が顔《かほ》には生《むま》れまさり、あなたの玉章《たまづさ》、こなた文にて、みな人ごとにもらいたがり候へども、月に村雲《むらくも》、花《はな》にあらし、少鼻《すこしはな》の下《した》にさはりなる事御ざ候て、おもはし」十一オき事もなく候を、難義《なんぎ》なる事に存《ぞんじ》、竹斎と申ある下手《へた》めを頼《たの》み、ゑもしれぬ薬《くすり》をつけ申候へば、さん〳〵にはれほうちやくつかまつり、膿血《うみち》流《ながれ》うづきほめひて、今《いま》ははや頼《たのみ》すくなきやうに成《なり》て候間《あひだ》、仏方便《ほとけはうべん》の御身なれば、何《なに》とぞ御祈禱《きたう》をもあそばされ候てたび給へと歎《なげ》く

一休聞《きこ》しめされ、我等《われら》が宗旨《しうし》には、祈禱《きたう》とてはし侍らねど、それ程《ほど》にわりなく見え給へば、いかにも晩《ばん》ほどずいぶん

祈《いのり》て見申さん、さてその鼻《はな》の下《した》のくろきも、膿《うみ》はれたる
も、竹斎が科《とが》には有《（ママ）ある》べからず、むかし」十一ウ天笠国《てんちくこく》には、
仏《ほとけ》のはなを錐《きり》にてもみたるとて、七生《しやう》が間《あいた》、鼻《はな》たけと
いふものを、煩《わつら》ひたりしためしもあれば、是《これ》も定《さため》て前《ぜん》
生《しやう》のむくひなるべしと仰《おほせ》けるに、姥聞《うばきゝ》て、其《その》むくひを、
身にうけ可申子細《しさい》は覚《おほ》え申さず、人をあしかれとは存《ぞん》し候
はず、只《たゞ》あけても暮《くれ》ても、阿弥陀《あみだ》さまをこそ頼《たのみ》申なるに
とて、色《いろ》を損《そん》じたりければ、和尚咲《おか》しくおほしめして、い
やとよ、そのあみださまにてこそ、左様《さやう》のくろきもの出来《てき》
たるなり、此禅法《ぜんほう》といつは、座禅《ざぜん》といふ事をむねとし、過《くわ》
去《こ》にても未来《みらい》にても、見たい所《ところ》を夢《ゆめ》の間《ま》に見て」十二オく
ること、自由神変《しゆうしんべん》なり、邪気《しやき》を捨《すて》、仏道《ふつとう》に趣《をもむき》、まことの心
ざしにて、其前生《せんしやう》の物語《かたり》をきかれなば、むつかしながら
座禅《ざぜん》をして、みてきて語り聞《きか》せんと宣《のたま》ひたりけるに、姥《うば》
聞《きゝ》て、そもや此界《かい》より、いかで自由《じゆう》にさる事有《ある》べき、愚痴《ぐち》
のわらはとみて、なぶり給ふかといふ、いや何《なに》しになぶり
申べき、望《のそみ》ならば、只今《たゞいま》にてもやすき事なりと宣《のたま》ひける

姥手《うばて》をうつていふ様《やう》、左《さ》様の御事とは存《ぞん》ぜずして、たけ
〴〵しく申まいらす事、女のあさましさなれば、とかく御
免被成《めんなされ》候へ、然《しか》らば座禅《ざぜん》あそばされてたび給へと云《いふ》」十二ウ
その時和尚は草臥《くたびれ》はてゝ、ねむさはねむし、やがて納戸《なんど》に
入、大衾《ぶすま》をひつかぶりて、たかいびきしてふし給ふ、姥《うば》
是に興《けう》をさまし、すそを引《ひき》てゆすりおこし、さても珍敷《めづらしき》
座禅《ざぜん》にて候物かな、いよ〳〵姥《うば》をあなどり給ふかとて、
たゝみのほこり打《うち》たてゝいかる
一休少《すこし》もかまひ給はず、何《なに》とて妨《さまたげ》をし給ふぞや、さて
〳〵あぶなき事かな、いま少《すこし》はやくおこされなば、よも
くはしき事聞来《きゝきた》るまじものを、まだ能時《よきじ》分《ふん》にとて、目《め》をこ
すり〳〵仰られけるは、此中建長寺《けんちやうじ》の僧《そう》とて、鎌倉《かまくら》より
も」十三オ座禅して過《くわ》去へゆき、今日帰《こんにちかへ》るさの道にて行合《ゆきあひ》、
其方《そのはう》の事能存《よくぞんじ》候仁故《しんゆへ》、先《さき》まで行間《ゆくま》なければ、此僧《そう》にこま
〴〵ととひたる也、心をしづめ聞《きゝ》候へ、其先の生《しやう》は有徳《うとく》
なる長者《しや》の妻《つま》なりしが、常《つね》に後《ご》世をねかひ、随分《ずいぶん》と仏《ほとけ》に
つかへたれども、心《こゝろ》ちいさくして、外他《けた》を利益《りやく》すること

をしらず、それ故《ゆへ》、持仏堂《ぢぶつだう》の弥陀《みた》の像《ざう》の鼻《はな》の穴《あな》より、前《まへ》卓《しよく》の香炉《かうろ》の蓋《ふた》のすかしに、竹の管《くた》をわたし、香の煙《けふり》をあみた如来《によらい》へ計とおもひ、偏《ひとへ》に鼻《はな》をふすべたりければ、弥陀の上《うは》くちひる、まくろになりたり、それを又見くるしとて、小刀《こかたな》にてこそげおとしたれは」十三ウ 仏も是を迷惑《わく》し給ふ、さりながら、ふかく弥陀をおもひ入たりし功徳《くとく》にて、又人界《がい》へ生れ、五躰具足《たいぐそく》すれども、男《おとこ》とはならず、是その愚《ぐ》なりし科《とが》なり、然《しか》れとも、我《わか》身にたくまさる科なる故《ゆへ》に、一人の娘《むすめ》にむくひ、鼻《はな》くろくうみ出《いて》、今生《こんしやう》にてその科をつくのふて、此後《のち》は往《わう》生速《すみやか》なり、必《かならす》よしなく人を恨《うらみ》て、嗔恚《しんい》を発《おこ》さるべからす、かへすぐ〳〵も此今の身こそ大事《じ》なれと、くすみ切《きり》て仰られければ、姥《うは》大きに肝《きも》をつぶし、扨《さて》はかゝるむくひにて候かや、能善智識様《よきせんちしきさま》に逢《あひ》たてまつる事かなとて、そゝろに感《かん》」十四オ 涙をながし、おがみたうとみけるが、迚《とても》の義《き》に、尋《たつね》申度《たき》御事の候、あの阿弥陀《あみだ》さまにも、いろ〳〵のかたち候へば、どれが勝《すぐれ》てたうときもわきまへがたく、まよひ申候なれば、とくとうけ給その中にも、能かたをねがひ可申といへば、一休聞召《きこしめし》、いかにも尤の不審《ふしん》なり、念比《ころ》に語《かた》り聞せ申さん

まづ膝《ひざ》のうへに、両手《りやうて》を置《をき》給ひし像《ざう》は、末《まつ》代の善男子《ぜんなんし》善《せん》女人《によ》、仮初《かりそめ》にも弥陀《みだ》を念《ねん》じ、礼拝《らいはい》し供養《くやう》せば、まつ此やうにしてすくい取《とる》べしとのかたちなり、されども、阿弥陀は銭《ぜに》ほど光《ひか》り給ふなれば、とかく」十四ウ 銭《せに》を持《もち》てこよ、さなければ、誠《まこと》の後生《こしやう》ねがひにてなしとて、人指《さし》ゆびを丸めて見せおはしますなり、又上と下へ手をなしてましますす像《ざう》は、人として仏道《ぶつどう》をねかはゞ、高《たか》ひも卑《ひき》ひも、その身相応《さうおう》に銭をもてまいれとて、是もゆびをまるめて見せしめ給ふなれは、どちとても、よきのあしきのとて、隔《へだて》申ことは有べからすと語《かた》り給へば、姥《うば》かしらをほく〳〵と打頷《うちうなづき》許て、又問《とふ》、あのお地蔵《ちそう》さまと申は、男《おとこ》にて候か女にて候か、きかまほしけれといふ

されば愚僧《ぐそう》も、地蔵《ぢざう》のはだかになられたるをも見侍《はへ》らず、小便《せうべん》」十五オ めされたるをも、気《き》をつけされば、そのわかちはしらす、然《しか》れども、四季《き》ともになまあつきわたほうしを

かぶり、それのみならず、うそやかましき子どもを、あせらかさるゝほとに、さだめて女にて有《ある》へし、先《まつ》あの面躰《めんてい》のいつくしきをみられよとあれば、わらはもさやうに存《ぞんじ》候なり、さりながら両《りやう》の手《て》に持居《ゐ》給ふ物は、何《なに》になるものにて、何と申ぞと問《とふ》、あれは錫杖《しやくぢやう》といふて、さいの河原《かはら》へ持出《もちいで》給ひ、あまたの子どもが浮魚《め、ざこ》をすくひ遊《あそ》びし時、もし水に溺《おほれ》て流《なかる》る時は、あの錫杖《ぢやう》をのべて、とりつかせ給ふにより、いくつもくはんを付《つけ》られ」十五ウ

〔挿　絵〕」十六オ

たるなり、又左《ひたり》の手《て》の玉は、じやぐ〱をいふてなく子《こ》どもあれば、やがて見せてすかし給へり、扨又《さて》、岩《いは》の上に立給ふかたちは、彼《かの》川岸《きし》におはします時《とき》の躰《てい》なりと語《かた》り給へば、勿論和《もちろんお》尚様《しやうさま》の御事ながら、さりとてはよく御存《ぞんし》にて候、さぞ〱御やかましくおほしめし候はんづれども、とての事に尋奉《たつねたてまつ》るべし、あの三途河《さうづがは》のおばゝと申は、仏《ほとけ》にて候か、いかなる人にて、何《なに》をめさるゝかたに候やらんととふ、さればあれは閻魔《えんま》大王《わう》どのゝ、お乳《ち》の人なりしが、罪《つみ》ふかきものゝ通《とを》る時、死出《しての》山の谷《たに》」十六ウ　口にかまへて、丸はだかにはぎとり、則《すなはち》三途川《さうづがは》の流《ながれ》にて洗濯《せんだく》して、十王達《わうたち》の仕着《しき》せにせらるゝとぞ仰ける

扨又《さて》、薬師如来《やくしにょらい》と申御仏の、持《もち》給ふつぼには何を入て置《をき》給へるぞや、是又承《うけ給》りたしといふ、如何《いか》にも尤《もつとも》なり、あれは痰《たん》きりなり、その子細《しさい》は、先薬師《まつやくし》如来の国を、東方《とうはう》上瑠璃世界《じやうるりせかい》と名《な》づく、土地《とち》殊外《ことのほか》湿気《しつけ》強《つよく》て、痰瘡毒《たんさうとく》はやる所《ところ》也、それゆへ耳《みゝ》のつぶるゝものあまたあるを、不便《ふびん》

におぼしめされて、とりわき耳《みゝ》をよくまもらせ給ふ故《ゆへ》に、穴石《あないし》をかけて祈《いの》る事なり、たとへ」十七オいしほどかたきつむほなりとも、我《われ》いのるものならば、穴《あな》をあけてゐさせんとのちかひなれば、御身ごときの年寄《としより》たち、猶以《なをもつ》て信心《しん〴〵》あるべき仏《ほとけ》にましますべき、されば誓《ちかひ》の御哥《うた》にも

たゞたのめ湿気《しつけ》にあたるつんほどもわれ世の中にあらんかきりは

又

こゝろだにまことの道《みち》に叶《かなひ》なばいのらずとても耳《みゝ》をまもらん

となん御語《かたり》あれば、扨《さて》く、有難事《ありかたき》承《うけ給》忝《かたしけなく》候扨《さて》」十七ウ又、娘《むすめ》か病気《ひやうき》の事、いかゝ本復《ほんふく》可仕《つかまつるへく》候や、あはれ御慈悲《じひ》に、御祈《き》禱《たう》あそばし下《くた》され候はゝなど歎《なげき》ければ、やすき事に侍《はべ》る、さりながら先程《さきほど》より申ごとく、前世《ぜんぜ》の報《むく》ひにて侍れば、先《まつ》く阿弥陀如来《あみだにょらい》に侘言《わびこと》めされよ、信心《しん〴〵》あらば、やかて愈《いゆ》べし、此方《はう》にても、かたのごとく祈禱《きたう》いたし申べしと仰ければ、うれしき事に思ひ、御暇《いとま》申あけ、帰《かへ》りてより仏前《ぶつせん》に向《むか》ひ、香花《かうはな》くだ物なと手向《たむけ》、娘《むすめ》が事ひたすらに祈《いの》り、昼夜《ちうや》まとろみもせであれば、奇瑞《きすい》の事有《あり》て、それよりうす紙《かみ》を、(ママ)べくやうによくなりしとかや　」十八オ

木乃伊《みいら》の切売《きりうり》

過《すぎ》にし神無月《かみなつき》、中《なか》の五日、上京《かみきやう》より火事《くわじ》おこりて、猛火《めうくわ》東西《とうざい》にひろごり、万民足《はんみんあし》を空《そら》になして逃《にげ》まどひける折《おり》ふし、年比《としころ》二十《はたち》あまりなる座《ざ》頭壱人《にん》、大宮《みや》の四辻《よつつじ》にさまよひ居《ゐ》たりし時《とき》、はや北町《きたまち》まで火《ひ》かゝりたりと、わめきたつれば、たえがたく悲《かな》しさのまゝに、逃行人《にけゆく》をひしととらへて、是《これ》〳〵たすけさせ給へ、盲目《もうもく》なり、東西《とうさい》の火先《ほさき》いかなるとも見わかず、此まゝにて焼死《やけしす》べきも浅《あさ》ましければ、かく仕《つかまつ》り候とて、すがり付《つき》ては」十八ウなさず、彼《かの》ものも、是《ぜ》非《ひ》はなせといひけれども、すべきやうなければ、いかにも我行方《わかゆくかた》へいざなひのけ候べし、さりとても、袖《そで》を引《ひき》、帯《おび》をとらへて、多人《たにん》の中《なか》の足《あし》まとひになりては、一足もひかれず、いざ手《て》を引侍《ひきはべ》らんといふ、座頭《ざとう》よにうれしげにて、と

もかくもたのみたてまつるといふを、やがてもぎはなして逃《にけ》たりける

(三行空白)」十九オ

〔挿　絵〕」十九ウ

あまり力《ちから》なくおもひければ、又余《よ》なるものにしがみ付《つき》て歎《なけ》く程《ほど》に、こは狼藉《らうぜき》なり、とかく爰《こゝ》をはなせといひて、ねぢあひ引《ひき》あふ内《うち》に、四方《よも》の烟《けぶり》は頭上《つじやう》におほひ、二人《ふたり》ともに焼失《やけうせ》たりける

かくて翌日《よくじつ》に成《なり》て、始逃《はしめにけ》たる男《おとこ》、此所《ところ》に来《きた》り、とても彼《かの》盲目《もうもく》たすかりはせまじ、いか成《なる》ありさまにかなりけるなど、いひ尋《たつ》ねたりしに、足《あし》をふんばり、棒《ほう》をつき、左《ひだり》の手《て》をつき出《いた》し、にきりしめ、立《たち》すくみて死《し》たりける、そのありさま、あたか大叫喚《だいけうくはん》の罪人《ざいにん》ども、ちまたに焦《こが》れししかばねも、是《これ》」二十オ にはいかでかたがふべき、見るめの涙《なみた》、袖《そて》をひたし、暫《しばら》く念仏《ねんぶつ》して帰《かへ》りたりけるに、召《めし》つれたりし下男《しもおとこ》、是《これ》を能見置《よくみをき》て、其《その》よ、此死骸《しかはね》を背《せなか》に負《おひ》て、我部屋《わかへや》にかへりて、ふかく隠《かく》し置《をき》て巧《たくみ》しやうは、誠《まこと》や当関白《たうくはんはく》殿《との》には、大きなる庭《には》を作《つくら》せ給ひ、乾《いぬい》の滝《たき》に土焼《つちやき》の西行《さいぎやう》の人形《にんぎう》(ママ)をかんと、方ゝを御尋《たつね》のよし聞及《をよひ》たり、さらば此座頭《ざとう》がたちずくみたるをば、西行《さいぎやう》といひてうらばやとおもひ、ひそかに屋形《やかた》に行《ゆき》、買物使《かいものつかひ》の益田源六《ましだけんろく》をたのみ、上《かみ》へ申入たりけるに、かねてそれをこそ望《のそむ》処なれ」二十ウとて、そのまゝ二貫文《くはんもん》にめしあげらるゝ、さて滝《たき》の辺《ほと》りに立《たゝ》せをき、大書院《しよえん》(ママ)より遠覧《ゑんらん》し給ふに、二尺《しやく》あまりにみえて、恰合庭《かつかうには》にまけたり、何尺《しやく》あるや申上

よとあれば、庭の奉行《ぶぎやう》承り、五尺四寸御座《さ》候由申上る、扨は庭の広《ひろ》き故にこそとて、御感《かん》有ければ、御傍近《そばちか》きついせうもの、我等も左様にちいさく奉存候へども、四尺あまりは、ちいさきとも申されず候、是は御庭《には》の大きなる故《ゆへ》に御座候、此中もみな下〴〵にて申候には、木曾《きそ》に御座《さ》候桔《き》梗《きやう》が原《はら》と、見くらべ申ても、中〳〵御庭には及《をよ》ひ申さす」二十一オと承り候といへば、同じ穴《あな》の狐《きつね》とも、七《なゝ》はけに化《ばけ》てほめそやすほどに、御機嫌《ごきけん》よのつねにもあらざりけり

かくて二、三日がほどありて、西行《さいぎやう》か両眼《りやうがん》を、烏《からす》のせゝりける程に、庭奉行《にはぶきやう》の者ども立より見て、とり〳〵不審《ふしん》をなしていふ様《やう》、是は何とやらんあしき匂《にほ》ひなり、其上にちや〳〵として、更に焼《やき》物とはおもひがたし、蠟《らう》、松《まつ》脂《やに》を以て練《ねり》たるにてあらん、是此まゝにてをかば、春になり、解融《とけどろけ》て苔《こけ》むす岩《いは》にながれかゝり、ちやんぬりのやうになり侍《はべ》らば、いかばかりむさくきたなかるべし、とかく御為《おため》」二十一ウづくなれば、かたちすなほなる内《うち》に払物《はらひもの》にせんと、談合究《たんかうきはま》り、頓而《やかて》年寄衆《としよりしゆ》まてうつたへ、払物に出し、かなたこなたと聞立《きゝたつ》れども、一銭《せん》にも買《かは》んといふものなし、さては眼《まなこ》ぬけたる故ならしとて、黒皃茈《くろくわい》を押入《をしいれ》て見せたりけれは、烏丸《からすまる》に居住《きよじう》せし惣《そう》十郎といふ薬や、是を買とり、土蔵《どざう》にふかく入て所持《しよぢ》しにけり

何になるともしれざりけるが、其比蜷川氏《になかはうち》の母儀《ほぎ》、中風《ちうぶ》発《をこり》て、目口喎斜《めくちぐわしや》とゆがみ、肌肉疼痛《きにくとうつう》してくるしまれけるを、竹斎数月《すけつ》薬をあたへ、君臣佐使補瀉温涼《くんしんさしほしやうんりやう》の験術《げんじゆつ》」二十二オをふるひぬれども、そのしるし少もなし、今はくらゐ詰《つめ》になりて、必死《ひつし》の限待計《かきりまつはかり》なれば、竹斎も面目《めんぼく》なくおもひ、此上は煎剤丸散練薬《せんざいくはんさんねりやく》のたぐひ及《をよ》ふべからず、みいらを用て見給ふましやといへば、それこそ望《のぞ》ましき事とて、爰《こゝ》かしこと尋《たつ》ねたりけるに、惣十郎が家《いへ》にこそ、全躰堅固《ぜんたいけんご》の正真《しやうじん》のありて、切売《きりうり》にするよし聞伝《きゝつたへ》て、急《いそ》き此者の方に行、是を求《もとめ》て、少宛あたへたりけるに、ふしきや、目口《めくち》すなほになりて、惣身《そうみ》やはらぎ出、おびたゝしき験《けん》なりければ、竹斎も是を塩《しほ》にして、先此間」二十二ウのつかれ晴《はら》しにとて、帰宅《きたく》してけり

其夜より両眼《りやうがん》をふさぎ、ひたものにあふのき、かうべをふり、両手をもざ〳〵とせられければ、みな〳〵驚《おとろ》き、竹斎是《これ》こま〴〵しき様躰《やうだい》書して、竹斎へぞつかはれける、竹斎是を見て横《よこ》手をうち、肝《きも》をつぶし、是こそ風痱《ふうはい》の症《しやう》なり、されば論《ろん》にも、風痱《ふうはい》は身におゐて痛《いたみ》なし、四肢《しいし》おさまらずと侍《はへ》るなれば、紛《まき》れなき風痱の症なり、其上《うへ》口開《くちひらき》、手《て》撒《ひろご》り、眼《まなこ》合《かつ》し、頭《づ》をふる、みな是《これ》中風《ちうぶ》の悪症《あくしやう》なれば、いよ〳〵本復《ほんぶく》たのみはなし、若みいらの薬毒《やくどく》に」二十三オ て侍らば、又本《ほん》ぶくし給ふ事も有《ある》べし、薬やにてよく真偽《しんき》を正《たゞ》し給へといふ

さてそのごとく、薬屋を吟味《きんみ》したりければ、惣《そう》十郎がいひしも、竹斎がごとくに薬毒《やくどく》なり、世《せ》上《しやう》にては阿《あ》仙薬《せんやく》をかため、偽《き》薬《やく》を売《うり》候へども、此方のは、まきれなききり売なれば、慥成事明白《めいはく》也、何とその手《て》はいかやうに動《うこき》申候ぞや、じたい此みいらは、座頭《ざたう》にて候ひしほどに、両手一所にして動《うこ》かし給はゝ、その座《ざ》頭按摩《とうあんま》とりにて候べし、又上下にて、もざつかせなば、三《さ》味《み》線引《せんひき》と心得給ふべし

二十三ウ」

〔挿　絵〕」二十四オ

四、五日、まつ薬をやめて御覧《らん》候へかし、薬毒《やくどく》ならば、そのまゝ能《よく》なり申べしとかたれは、さ申候はんとて、つかひはかへりぬ、まことはにせ物なるゆへ、心よからで、又もとがめんかとおもへば、むねも静《しづ》かならず侍りて、薬種屋《やくしゆや》いつはりて売《うり》しわやくのみいらをばとはゝ座頭《ざとう》がからとこたへん

（三行空白）」二十四ウ

(空　白)」一オ

杉楊枝第六

竹斎《ちくさい》よまひ言《こと》
竹斎夢想《むさう》
付臨終《りんじう》の辞世《じせい》
太極捨欲《たいきよくしやよく》の図《つ》
枕屏風《まくらひやうぶ》の歌《うた》

」一ウ

杉楊枝第六

竹斎よまひ言《ごと》

きさらぎ初つかた、うち続《つゝき》たる春雨《さめ》にふりこめられて、竹斎はうそ淋しけに踞《うつくま》り居て、此間しちらかしたる病人、ほつ〱とかぞへみれば、数十人ながら、さつはりと治したりとおもふは、ひとりとしてなく、あまり心うさに、蜷《にな》川《かは》の母儀の事とも、とやかくおもひやれば、命のかゝはるべき事、おもひもよらず、うそ恥かしくおほえければ、使《つかひ》をもやらて過けるが、つく〱と我茶匙《わがさじ》のまがりたる事を」二オ おもひくらせば、さながらむねもつまる計あぢきなく、法師《ほうし》のゑり巻すり切果《きりはて》て、心苦しき憂《うき》おもひに痩《やせ》衰《おとろ》へ、腰《こし》ほそくいろ青く、百なりびやうたんぶらつゐて、世をわたる年月ながれて早き、質物《しちもつ》の札《ふだ》には、大盤若《だいはんにや》ならねど、てん〲し奉る六百貫文《くはんもん》と、書加《かきくはへ》(ママ)へたる借銭《しやくせん》のみしん、のどくびにおれ込、あはれ手比の病人《ひやうにん》たにあらば、一もみもふで、鳥目《てうもく》の百疋計《ひきばかり》も、はりまなげにせんとおもへど、すぐにも通さぬ丸木橋《まるきばし》、足の下からぐれり〳〵となつて、あてのつちはつれやすく、適ゝ《たま〳〵》直《なを》しさうなる病人《びやう》には、寸善尺魔《すんぜんしやくま》の」二ウ さゝかふざいをいふもの出来て、紙子一重のぐわさ〴〵医者《いしや》は、信仰《しんがう》らしからずなど、水を指、あのやぶめが何をしるべき、たうとき寺は門からとて、一間あまりの檜棒の乗物、灸《きう》だらけなる六尺若党《とう》を、呑たかる世なれば、我等ごときの侘医《わひい》は、歯ぬけあしだに吹鼠《ふきねすみ》、寒《かん》の中のぬれ猫《ねこ》、一切うこきもやられぬ貧苦《ひんく》にせめられ、日ゝ《ひゝ》にあはれにして、又日ゝ《ひゝ》に哀《あは》れなり誠《まこと》に世に有人は、富《とん》でかうぎをし、薬師の生れがはりともてはやされ、右の足《あし》をふみ出すより、そのまゝおびたゝしき脈銭《みやくせん》をけ」三オ こむ事、飛鳥井《かゐ》どのゝ鞠《まり》よりも能《よき》はづみなり、されば故人《こじん》も、あしたに銭《せに》をとりては夕《ゆふへ》に死《し》すとも可《か》なりといへり、されば高きにのほるは、ひいきよりするがごとし、今此竹斎《さい》などは、とりはやす人しなければ、よくも竹が薬《くすり》にて、けふまではいきたるなど嘲り、さうかとおもへば、万死《ばんし》一生のあまりものをあてかふて、もしの時には、それ申さぬかと取沙汰にあふ、嗚呼《あゝ》なんの因果《いんくわ》ぞやとて

武蔵《むさし》あぶみさすがにかれた藪《やぶ》いしやはよばぬもつらしよぶもうるさし」三ウ

となん、ふつめきし所《ところ》へ、蜷川氏《になうち》の母儀《き》、彼《かの》みいらにて、いよ〳〵心《こゝろ》よく、日を追《おい》て本復《ほんふく》なりければ、先当分《まつたうぶん》の祝《しう》儀《ぎ》とて、白米《はくまい》一石《こく》もたせこされたりしに、竹斎仰天《けうてん》していふ様《やう》、此間《あいた》の不仕合《ふしあはせ》なれば、夢《ゆめ》にてやあらん、若《もし》さなくは、糟《ぬか》などにてはなきか、よく〳〵中《なか》をあけて見定《さた》むべし、その白米《はくまい》と心得《え》、あとにて力《ちから》おとさんも本意《ほい》なかるべし、それ〳〵といべ（ママ）ば、睨之介《にらみのすけ》上気《しやうき》し、使《つかひ》の前《まへ》を恥《はつ》かしくおもひ、鬢《びん》のしらがをぬいて見せたりけり」四オ

〔挿　絵〕」四ウ

竹斎うち悦び、さてはいよ〳〵しらげなるかとて、礼状《れいしやう》を書《かき》て返《かへ》しにける、さて此米《こめ》に夕煙《けふり》たてゝ、にらみのすけがよんだりける

高《たか》き木をうちくべてみればけふり立《たつ》やどのかまどはにぎはひにけり

竹斎夢想

竹斎、彼白米《かのしらげ》に力を得《え》て、しばしあんどの思ひをなし、悦《よろこひ》の砌《みきり》なれば、ある夜《よ》、高官《かうくはん》になりて家冨栄《いへとみさかへ》、一生《しやう》の所願成就《しよぐはんじやうじゆ》したりと夢想《むさう》を見て、ふと目《め》をさまし、嬉《うれ》しさのまゝ、丸はたかになりて、ね所を」五オ飛《とひ》出、晛之介を

事ゝ敷《こと〱しく》ゆすりおこしければ、扨は盗人《ぬす》の入たるにこそと、枕《まくら》に有し大わきざしを、くはんぬきによこたへ、はゞきもとをくつろげ、大音《をん》あげいふやう

抑《そも〱》是は伊東《いとう》三代の後胤《こういん》、曾我《そが》の十郎祐成《らうすけなり》にもおもてを恥《はち》ぬ、やぶ医者《いしや》の竹斎、金銀米銭《べいせん》、秋風の塵《ちり》、爰に有かと思へば、忽然《こつせん》として家外《かぐわい》に飛《とひ》ちり、一重《ゑ》をまとふ古紙子《ふるかみこ》は、とまふきの屋ねよりもふはつき、つぎめをつくろふ芋《いも》のりは、むかふすねの火《ひ》にこがす、かまの前《まへ》のはいねこ、風にあふてはすくみかへり、一そくひかぬつるなし弓《ゆみ》、はぬけ鳥《とり》の風情《ふぜい》」五ウして、立もたゝれず、いるもいられぬ借屋《しやく》賃《ちん》の催促《さいそく》、耳《みゝ》せゝをつきぬき、片時《へんし》もね入《いら》さる我《われ》〱をしらで、忍《しの》ひ入てはちかくなそこをさるなと飛《とん》で出る

竹斎肝《きも》をつぶし、こは気はし違《ちが》ひたるか、ねほれてやありけるかなど、ゝいだきすくめ居《い》たりければ、晛之介も、いまはとくと心をしつめ、さては盗人《ぬす》にてはなく候やなとて、かくまでおひやかし給ふぞといふ、竹斎聞《きゝ》て、いや目出度《めでたき》まさ夢《ゆめ》見たれば、はやく其方にも語《かたり》きかせて悦《よろこは》せんと

て、かくおこしたりといふに、やう〳〵むな先《さき》をさすりおろし、しか〳〵の物語」六オ 過《すき》て、又いねたりける時、当帝《とうてい》皇御脳《わうこのふ》に依《より》て、竹斎を内裏《り》へめされんため、只今勅使《ちよくし》の渡《わた》らせ給ふぞとて、門前《もんせん》よりさはきたつる

竹斎登《とう》天の心ちして、いそきねまの隅《すみ》へかけ込《こみ》、十徳《とくとつ》取てなげかけ、表《おもて》に出《いて》て畏《かしこま》り、かうべをかたぶけ待《まち》たりしに、勅使《ちよくし》は内《うち》へ入給ひ、座敷《ざしき》のかみに褥《しとね》を敷せ、そのうへにおはしまして、今度御門《こんどみかど》御脳《のふ》、御うれへにより、竹斎を法眼《ほうげん》になさるゝ間、急《いそひ》て参《さん》内仕、御薬《くすり》を差《さし》上べし、是は時の拵料《こしらへれう》とて、白銀《はくきん》百枚、時服《じふく》十重《かさね》幷《ならびに》法眼《げん》の薄墨《うすずみ》、各一所に給りける、あり」六ウ がたくも忝《かたじけなく》謹《つゝしん》で、勅答《ちよくたう》申上《あく》れば、勅使《し》は内裏《たいり》へ帰《かへ》らせける

扨《さて》竹斎尻《しり》もちつき、かしらをたゝいて悦ひ、家《いへ》の面目《めんぼく》世《よ》の聞《きこ》え、是にまさらん事あらじと、やがて紙子《かみこ》をとつてなげ、頂戴《ちやうたい》の装束《しやうそく》を着《ちやく》し、一夜《や》検校《けんげう》の心地《ち》して、その日にかゝゆる人数《にんしゆ》には、若党《わかたう》六人、六尺《しやく》四人、挟箱持《はさみはこもち》、薬箱持、大草履《さうり》とり、小《こ》草履《さうり》取、長刀《なきなた》持に至《いた》るまで、十有《しうゆう》五人きらびやかに出立せ、御座包《こざつゝみ》の乗《のり》物にのり、道《みち》をはやめて参内す、禁裏《きんり》になれば、忝も玉躰《きよくたい》を拝《はい》し、御脈《みやく》を診《しん》する時、何とやらん、身の毛《け》たちて、ぶる〴〵とふ」七オ るひながら、尊前《そんぜん》を罷立、御薬を調《とゝの》へ、口の内にてよんたりしは

王《わう》さまの咳気《がいき》のかぜはかろけれど行衛しらねばふるひてぞ居《い》る

といひたりしに、花山院殿《くわさんのゐんどの》仰られしは、いまの口《くち》すさみ、やさしくおはしますものかな、ねさし賤《いや》しからぬ身にて、なとて今までは、月日こゝろのまゝならずや、さぞわびしかるべきと有ければ、竹斎

釈迦《しやか》孔子《こうし》すでに才《さい》ある顔回《がんくわい》も時にあはぬを憂世《うきよ》とやみん

」七ウ

とつかうまつりたりければ、月卿雲客《けつけいうんかく》一同《とう》に横手《よこで》をうち給ひて、さて〳〵聞しにまさる竹斎かな、天晴《あつはれ》心ざしは、世《よ》の大医にもおとらずと、ほめ給ふげる(ママ)に、近衛《こんゑ》殿の仰らるゝは、竹斎法眼《ほうげん》には、器量骨《きりやうこつ》がら挨拶《あいさつ》など、地下《ぢけ》とは

さらに見えざりしが、爪《つめ》のまはり黒《くろ》く、ゆひの先《さき》のふとく侍《はべ》るは、さぞ年月《ねんけつ》の辛苦《しんく》にこそと宣《のたま》ひける、竹斎うけ給り、いや是は、昨夜《さくや》地黄丸《ぢわうくはん》を煉《ねり》申候にて、かく染込《しみこみ》候なり、又ゆひぶとに御座候も、薬研《やけん》篩《ふるひ》など、常《つね》〳〵人手にかけ申さず、大事の薬に、もしや」八オ

〔挿　絵〕」八ウ

あやまりぬる事侍らんかと、みづから調合《てうかう》のたびかさなり、まさかりも針《はり》にて、いつとなくかやうに候と語りたりければ、又かたへより仰られしは、その薬箱《くすりはこ》、薬袋《ふくろ》などの、むさく長短《ちやうたん》にて虫《むし》ばみたるは、如何《いか》なる事ぞや、主上《しゆしやう》の御《み》薬には勿躰《もつたい》なしとありければ、竹斎ちつともおくせず、されば候、是は我家《わかいへ》の祖《そ》、耆婆《ぎば》大臣《しん》より相伝《あひつたは》りし箱袋《ふくろ》、幾《いく》千万人是にて療治《れうぢ》仕《つかまつり》、必死《ひつし》変生《へんしやう》の大験《げん》あれば、其吉《そのきち》例《れい》を以て、今日持参《ちさん》申候、又此袋《ふくろ》の長短《ちやうたん》は、近《ちか》く用《もちひ》申候薬を大き成に入《いれ》、遠《とを》きをは小《こ》袋に」九オ つかまつり候、尤《もつとも》愚宅《たく》に候ひしには、金《きん》かなものにきちやうめん、耳梨《みゝなし》地《ぢ》に六重引《ちうひき》出し、きらひやかなるも所持《しよち》仕《つかまつり》候へとも、せんしやうらしく覚《おほ》しめさるべきと、善例《ぜんれい》に任《まか》せ、如此《かくのごとく》にて候といへば、下地《したぢ》しれたる野夫医者《やぶいしや》にて、外聞《くわいぶん》をつくろひけるよと、笑《わら》ひになつて見えければ、関白殿《くはんはくどの》、座《ざ》を繕《つくろふ》て、かくの給ひける

初春《はつはる》にまづあけそむる哥袋《うたふくろ》公家の身とてもそろはぬものを」九ウ

竹斎かたじけなき事におもひて、返し

そろはずや四季《き》にかはれる哥袋《うたふくろ》あけて妙《たへ》なるうくひす

のこゑ
と申上て、とのかふのいふ間《ま》に、御薬《みくすり》めし上られ、次第《しだい》に御脳《こなふ》さめおはしましければ、御感《かん》のあまりに、大医院法《いゐんほう》印《ゐん》竹斎と、勅命《ちよくめい》に依《よつ》て名《な》を天下に広《ひろ》め、医光《いくはう》を家門《かもん》にかゝやかす事、羨《うらや》まぬはなかりけり
しかのみならす、是《これ》より此輿《こし》にのりて帰《かへ》れとて、御白砂《しらす》より網代《あしろ》の長柄《なかゑ》をゆるされて、西《にし》の御門《ごもん》へかき出す、運《うん》なるかなや、さきかきたりし男《おとこ》、石壇《いしたん》につまづき、づでんどうどふした」十オ りければ、法印《ほうゐん》も中よりこぼれいて、ゝ、四《よ》つばいになつて、左《ひたり》の輔車《ほうかまち》打《うち》やぶりて血《ち》をながし、目《め》をまはしうめきけるに、是《これ》〳〵といふを見れば、睨《にらみ》の介なり、汝《なんぢ》いづくにや有けん、此うきさま見よやといふ、こは何事を宣《のたま》ふそや、おそはれさせ給ふかとて、いたきあぐるに正気《しやうき》付《つき》て、そばあたりをみれば、内裏《だいり》にてはなかりけり、石壇《いしだん》にてうちたりとおほえしは、木《き》枕《まくら》のはづれたるにこそ、竹斎手をはたとうつて、南無《なむ》三宝夢《ほうゆめ》なり、我一生《しやう》は是《これ》までなり

嗚呼《あゝ》伝《つたへ》」十ウ 聞《きく》、荘子《そうじ》は一睡《すい》のうちに百年《もゝとせ》を見、蜀《しよく》の盧生《ろせい》は、邯鄲《かんたん》にして、一炊《すい》のあいだに五十年の栄花《えいぐわ》を究《きは》む、我身の上、亦復然《またしか》り、いで〳〵是を菩提《ぼだい》の種《たね》となして、仏果《ぶつくわ》成道《じやうだう》の誓願《せいぐはん》を起《おこ》さではとて、一類《るい》のものどもに、形《かた》見わけの次第《しだい》
一むくろうしの緒《を》じめ付たる足袋皮《たひがは》の巾着《きんちやく》
同しく経木《きやうき》ねりの印籠《いんろう》つめた貝《がい》のね付《つけ》
一竹糊《たけのり》の小脇指《こわきさし》并家訓《かきん》の一巻《くはん》奥《おく》に見えたり
此とをりは、江戸に有し、ちく若《わか》に遣《つかは》す
一すんほの袷《あはせ》　一茶《ちや》の木綿帯《もめんおび》一筋《すぢ》　并 」十一オ
常州《じやうしう》つむぎのゑりまき、此分は若《わか》か母《はゝ》方へ遣《つかは》す
一弐尺八寸冬切丸《ふゆきりまる》の刀《かたな》、竹原《たけはら》の節満《ふしみつ》一腰《こし》
一かけたれども、ごす手《で》の皿《さら》六枚《まい》
一しぶ地《ち》の四《よ》つごき三人まへ、その方《はう》に譲《ゆづ》るものなり
就中《なかんづく》、此一腰《こし》は年久敷《としひさしく》身をはなたず、武州《むしう》へ下《くだ》りし時も、汝《なんぢ》にかたげさせし秘蔵《ひさう》の刀《かたな》なれば、一代我をみるとおもひて、はなすべからず、又武州《ぶしう》より、両人もしも尋《たつね》上ら

ば、此文そへてわたすべ」十一ウきなり、主従《しうぐ》のきゑんも是までなり、名残《なごり》おしくはおもへども、風《かせ》の前《まへ》の燈《ともしび》、けふ有《あり》てあすしれぬ世なれば、かく仏道《ぶつどう》に趣《おもむく》なりとて、目録《もくろく》の奥《おく》に

　よこたへし節満竹糊《ふしみつたけのり》へらとみてのりの身にこそやはらぎ
　　にけれ

睨《にらみ》之介《すけ》、此事ともを見聞《きゝ》て、あるにもあられねば、ひたすらにかきくどきとめぬれども、迚《とて》も思ひ入たる修行《しゆぎやう》の道《みち》、あなかちとむるも罪深《つみふか》ければ、えとゝめやらて、なきかなしみけるこそ、いと哀《あはれ》に」十二オおほゆ扨《さて》竹斎とゝもにもとゝりを切《きり》、未来《みらい》までもとて、すでにかしらにをしあつる、かみそりやう〳〵にもぎはなし、竹斎めこ〳〵となきながらいふやう、其方《はう》が今までの忠節《ちうせつ》、いつの世にかはわするべき、何とぞして似合《にあひ》のやどこやへも仕付《しつけ》、さかゆくすゑをみんと、あけくれおもひやむまもあらねど、おはをからせし身なれば、いつをいつともおもはせさりしぞ心外《しんぐわい》なり

（二行空白）」十二ウ

〔挿　絵〕」十三オ

されども、うとましき躰《てい》にも見えず、くぼ〳〵として我家《わかいへ》を守《まも》り治《おさめ》たる志《こゝろさ》し、一子《し》とてもかはらず、迚《とても》の儀《ぎ》ならば、武州《ぶしう》に残《のこ》し置《をき》たる手《て》かけ腹《はら》の、ちく若《わか》か成人《せいじん》の末《すゑ》を見届《とゞけ》、二度《たび》竹斎か家《いへ》の性名《せいめい》を曜《かゝや》かし、あかぬわかれせし妻《つま》をも、安楽《あんらく》に養《やしな》ひころさせ、我草葉《わかくさば》の陰《かけ》よりも、胸《むね》のいたきをやはらくるやうの手《て》たて、偏《ひとへ》に〳〵たのみ候そや、

ひらに今度《こんど》のおもひ立《たち》は、やめよかしなどくり返《かへ》せば、にらみも今《いま》はあたる道理《だうり》につまり、なく〳〵思ひとまりにける、心の中《うち》こそあさましけれ

かくて」十三ウ竹斎、西山《にしやま》のかたほとりに小庵《せうあん》をむすび、行《をこな》ひすまして居《ゐ》たりしが、もはや紫野《むらさきの》の老和尚《らうおしやう》にも、世《よ》をはやうし給ひぬれば、一大事《じ》の道《みち》を尋《たづぬ》へき人もなくて、只《たゞ》ひとり、うつら〳〵とうち暮《くら》しけるが、老少不定《らうせうふでう》の習《なら》ひなれば、仮初《かりそめ》にいたはり付《つき》て、次第《しだい》に枕《まくら》おもくみえければ、睨《にらみ》之助傍《すけそは》をはなれず看病《かんびやう》しけれど、甲斐《かひ》なく、竹斎も、今《いま》はかうよと硯《すゞり》を寄《よせ》、一句《く》の辞世《じせい》を書《かき》たりける

やぶ医《い》者《しや》の竹の一字《じ》の名《な》をすてゝふしぐ〳〵の世《よ》をのかれてそ行《ゆく》」十四オ

となん、くちずさみたるもあはれにこそ

扨《さて》竹斎、何《なに》とや思ひけん、持《ぢ》仏堂《ぶつだう》にありし一尺《しやく》の釈迦《しやか》の像《ざう》を、枕《まくら》もとに立置《たてをき》、鉈《なた》ありや、なたをくれよといふ、にらみの介《すけ》聞て、勿躰《もつたい》なし、何《なに》にせさせ給ふぞ、熱気《ねつき》にをかされ給ふかといふ、いやさにはあらず、はやくもてこよともだゆる、ぜひなくかゝる物をあたへければ、彼仏像《かのふつさう》を御《み》くしよりまふたつに打《うち》わりていふ、善哉《よきかな》や、我善不善《わがせんふぜん》、是《こゝ》にしんぬ、仏躰《ぶつたい》全《まつた》くして、拝《はい》すれば是善《これぜん》也、正《しやう》也、つたなくも一刀《たう》をあつれば、是《これ》また悪《あく》也、邪《じや》也、善悪迷悟《ぜんあくめいご》一仏の木《き》、春《はる》さ」十四ウきたつて秋《あき》又近《ちか》し、生死《しやうじ》猶当前《なをたうぜん》に有《あり》、己身《ごしん》の外《ほか》、異《こと》なる事を求《もとめ》ず、身上《しんしやう》の外《ほか》に何《なに》ものかあらん、まつたく皆是空《みなこれくう》なり、南無《なむ》教主《きやうしゆ》釈迦《しやか》仏《ぶつ》、南無《なむ》弥陀《みだ》尊《そん》と、高声念仏《かうじやうねんぶつ》して、座禅《ざぜん》止静《しじやう》の両眼《りやうがん》をとぢ、息《いき》たえてうせたり

睨《にらみ》の介《すけ》、末期《まつご》の水を灌《そゝ》き、すぐにもとゝりを切《きり》て、竹斎が棺《くはん》になげ込《こみ》、一首《しゆ》つらねてなきふしけり

いますでに睨《にらみ》のすけが目《め》のたまのひかりうしなふなみだなりけり

かくつゞけて、かつら川《がは》のほとりに出《いて》、一へんの」十五オ煙《けふり》となし、新帰《しんき》寂竹斎闍出禅定門《しやくちくさいあんしゆつぜんちやうもん》と、名《な》のみ残《のこ》りて、一物《もつ》もなし

不《みづ》レ見《や》朝《あした》垂《にたる、》露《つゆ》　日《ひに》爍《かはかさねて》自《をのづから》消除《せうじよす》
人身《にんしんも》亦《また》如レ此《かくのごとし》　閻《えん》浮《ぶ》是《これ》寄《き》居《きよ》
切《せつに》莫二因循《いんじゆんして》過一《すぐることなかれ》　且《かつ》令三三毒《さんとくを》祛一《のぞかしむ》
菩《ぼ》提《だい》即《すなはち》煩《ぼん》悩《のう》　尽《ことごとく》令レ无レ有レ余《あまりあることなからしむ》

（三行空白）」十五ウ

（挿絵）」十六オ

（挿絵「竹斎竹若《ちくわか》がために書置《かきをき》し遺書家訓《ゆいしよかきん》」「大極捨欲之図《タイキヨクシヤヨクノヅ》」）」十六ウ

（挿絵）」十七オ

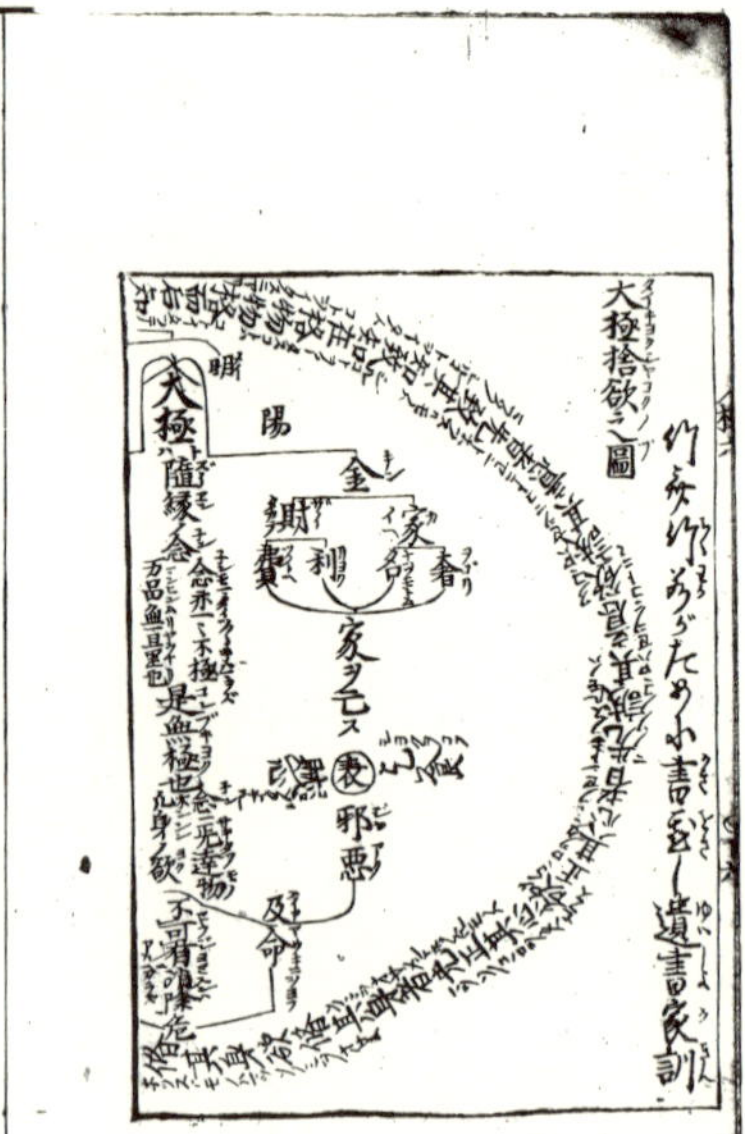

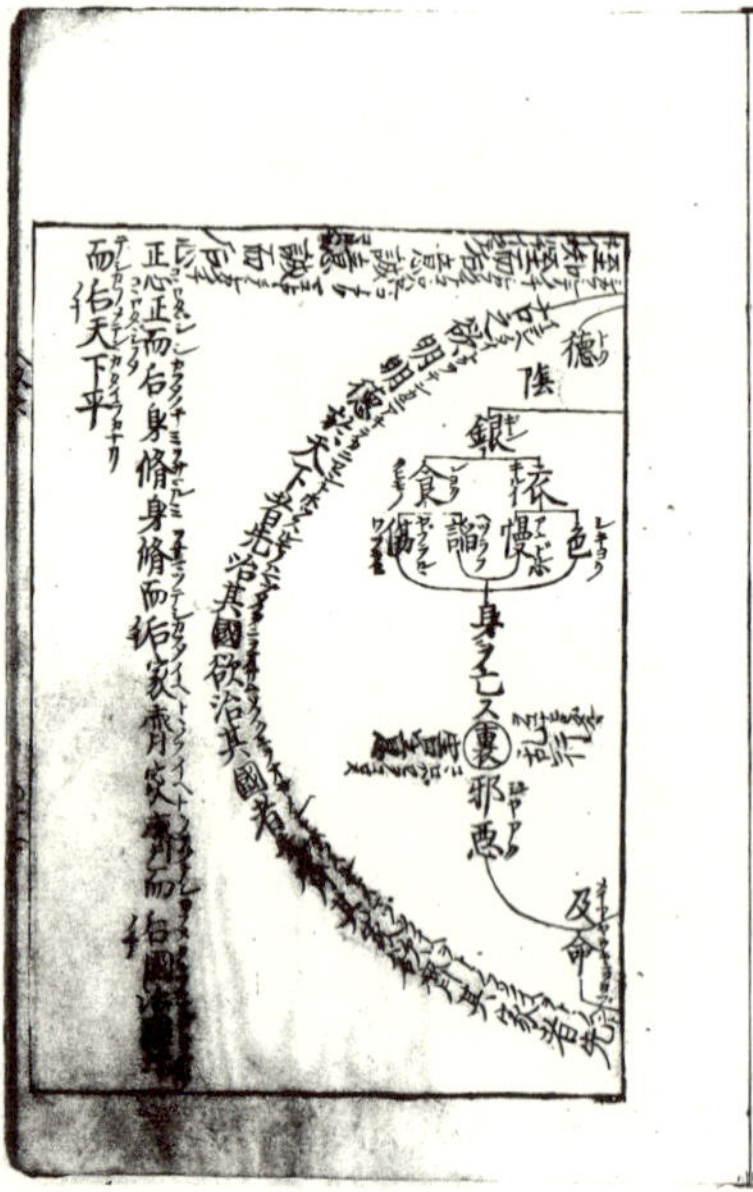

天下平にして民安《たみやす》んずる也、安んずる所におひて天変《べん》をわすれ、危《あやうき》に至る、万法心のゆるかせより、物〻の本理にたがひ、奢《をごり》日〻に増進《ぞうしん》して、名を王公より林野《りんや》に及《をよ》ぼし、ほまれ有のとなへをねがふより、万くわれいを好み、いさきよきといはれんために、無益《やく》の金銀を失《うしな》ふ、無欲《むよく》に似て大欲の根元なり、利欲、此《この》費《ついへ》をなかだちとして、美麗《びれい》を求《もと》め、ゑならぬ珍器《ちんき》をたずさへ、我分際《ぶんざい》を越て、金銀珠《たま》をちりばめ、座席《せき》をかざり、過たるに及んでいちくらのことし、あまつさへ貴公尊膝《きこうそんしつ》に近づかん事をはかつて」十七ウにうはをつくり、衣類腰《いるいこし》のまはりに、善つくし美《び》つくし、なを止《やむ》ところなくして、人の持《もてる》（ママ）るをむさぼり、自己《じこ》が貯《ちょ》財《ざい》いちもつとして、外にもらさず、大欲《よく》不道の識名《きめう》、我耳《みゝ》にいらざれは、月〻にいやまさりて、既《すで》に家の性名《せいめい》を汚《けが》す、是少一《せういつ》のあやまちより、枝葉《しえう》のわさわひをまねく、かくいへばとて、我正しきにはあらず、君子《くんし》はそのひとりをつゝしむといへり、愚《ぐ》はせめて暫時《さんじ》をあやまたじと、かなに円《ゑん》画《ぐは》をつくりて家訓《かきん》とし、常《つね》に居間《ゐま》にながむる事数年、是小人なれば」十八オなり

賢《かしこき》よりかしこきにうつさばうつらざらんとなれば、ゆるかせにすへきにあらず、然れども、凡《ぼん》愚小人、いかで一生堅固《けんこ》にして、至《し》善の道を極《きはめ》んや、事《じ》〻物《もつ》〻の縁《えん》にふれて、治乱やすらかなる間なし、只明日の事をおもふべからす、其日のみをまもるへし、朝《あした》に一日をはかるべからす、一《いち》時《じ》先おさむべし、遠きに行は、近きよりするの理なり、是我愚《ぐ》意の謂《いひ》なり

若邪悪《じやあく》の風に吹《ふき》たてられて、散乱《さんらん》する事ある時は、如図《づのごとく》条目《でうもく》の器《うつはもの》に入て、口をとゝむべし、若我死て後、家業《かぎやう》の医《い》門に馬を」十八ウつなぎ、武君の家に禄《ろく》を得るとも、天さいはひをあたへ給ひ、主君、我に仁政《じんせい》を下し給ふとおもひて、常《つね》にこの車の両輪《りん》をわすれず、くつがへるべき天変《へん》をおそれよ、天は満《みつ》るをかき、おごれるをにくめり、君は不儀《き》をいましめて、不忠をにくめり、何よりおこるといへば、大臣は禄を重んして諫《いさ》めず、小臣は罪《つみ》を畏《をそれ》て不レ言《ものいはす》とかや、君臣ともに国家をかたむけ、士民《しみん》とゝもに邪欲《じやよく》を

かまふ、是なんのたのしみにかせん、小人は非《ひ》礼の土地《とち》に遊び、心を不道の峰《みね》にのぼすゆへに」十九オ ふみすへりて身を害《かい》す

汝《なんち》、我家名を君の恩下《おんか》にあらはすとも、必身ののりをこゆべからず、才発《さいはつ》の用に人をもとくべからず、主君に親《したし》みたよらんとて、ついせうをいふへからず、座を繕《つくろは》んために、偽語《きご》の不正《たゝしからぬ》事をいふへからす、我心に順《じゆん》ぜさるいしゆをとげて、人の誤《あやまり》をあらはすべからす、有事とはいへども是讒言《さんげん》なり、たとへ時を得、勢《いきほ》ひありとも、我才徳と思ふべからす、今日さかへ明日ほろふ、禄《ろく》あつく家とむとも、不道の遊びをなすべからす、ひとへに薄氷《はくひよう》の上に宮殿《きうでん》を立て、栄花《ゑいぐわ》をきはむる」十九ウ に似《に》たり

嗚呼《あゝ》楽《たのしむ》に時なく、住《ちう》するに日なし、なんぞをのれをかざり、粧《よそほ》ひを作りて、生得自然《しやうとくしせん》の形《かたち》、まきらはしくすべけんや、又うしろくらくこびへつらひて、賢眼《けんがん》をくらますべからす、常《つね》にかい〳〵しきを好んて、人よりあとにをくれさるやうにたしなむべし、然れども、我慢《がまん》の気を先たつべからず、事急に及ふ時、無益《やく》のもつたいに、痲痺《まひ》の者のあゆむかごとくにして、人の進気をたゆますべからず、されども、走《はし》りさはひで正気を奪《うは》ふへからず、高声下知《かうしやうげぢ》の砌《みきり》に至て、息詰《いきつめ》、舌《した》をまき、分別《ふんべつ》らしく」二十オ 眉《まゆ》をよせて、延引に及び、人の闊《くわつ》気をうつへからず

君子重《をも》からざれは威《い》あらすなどいひて、我身を君子と思ふべからず、われと威をつくるものは、天是をいやしめ給ふ、われと身退《しりぞ》くものは、天是を挙《あけ》て捨《すて》給はず、此煩《わつら》ひを消《せう》除《しよ》せざれば、腰《こし》の骨《ほね》こはく、人前にてもかゝまらず、頭《づ》にて人に礼をなし、平懐《へいくわい》不礼の非儀《ひぎ》に及ゆへに、人を目の下に見くだし、むたいに人をしたがへんとすれども、人かならず背《そむ》ひて順《しゆん》ぜす、猫かうべをおさへて、食をあたふれは、尻込《しりごみ》してくらはず」二十ウ 馬向《むまむか》ふて綱《つな》を引《ひか》ば、さかふて後《うしろ》に退《しりぞ》く、人身をへりくたるときは、我《わか》身をしるといへり

かろ〳〵しき者《もの》には、人礼《れい》をなす事おろそかなり、されとも、一人の損《そん》なり、身を高くのぼりて非礼《ひれい》をなさば、他《た》の

いきどをりふかく、わざわひに近《ちか》し、これ則主君《しゆくん》の損《そん》となるべし、是不忠《ふちう》にあらずしてなんぞや、されども、とりおこなふ所の当職《たうしよく》、猶軽重高下《なをきやうぢうかう》の位《くらゐ》によるべし、人にけつかう人《じん》といはれん事をたくみて、にうはをこしらゆるも、又まことなし、是非《ぜひ》の両《りやう》、自己《じこ》が賢愚《けんぐ》にあるへければ、余《よ》は」二十一オ略《りやく》してしるさす

究竟《ひつきやう》、我気質《わかきしつ》の生得《しやうとく》をもちゆべし、さりとて君臣《くんしん》の敬《けい》を乱《みた》し、老少貴賤《らうせうきせん》のくらゐをわかたづ、気随《きすい》せよとにはあらず、くらゐとは、賤《いやしき》を隔《へたつ》るの義《き》にはあらず、万法能心《はんほうよくこゝろ》を付《つけ》て、用捨《ようしや》すべき者《もの》也

洛下《らくか》の野夫医《やぶい》竹斎書《しよす》

年号月日

竹若丸《ちくわかまる》まいる

有レ楽且須レ楽《らくありかつすへからくらくすべし》　時哉不レ可レ失《ときをはうしなふべからず》
雖云一百年《いつひやくねんといふといへども》　豈満三万日《あにさんまんにちをみてんや》
寄世是須臾《よによることこれしゆゆ》　論銭莫啾喞《せんをろんしてしうしつなかれ》
孝経末後章《かうきやうまつごのしやう》　委曲陳情畢《いきよくせいをのべをはんぬ》

」二十一ウ

（八行空白）」二十二オ

〔挿　絵〕」二十二ウ

枕屏風《まくらひやうふ》の歌《うた》

竹斎、常《つね》におどけたる歌《うた》ともを聞《きゝ》あつめて、そばなる屏風《ひやうぶ》に書置《かきをき》たりし、しなく〳〵

かみつかた

はることにはなのさく木をうへつかたいつもゆたかにみ
そじひともじ

　ゆみやとる人

君臣《くんしん》のまるきところを目あてにしゆみやをとつている身
なりける

　忠《ちう》ある人　」二十二オ

つかへぬるきみをはあふくあふぎにはまことのかなめく
つろかぬかな

　孝《かう》ある人

ちゝはゝの給仕《きうじ》しまひてたつる茶《ちや》のあはれわづかな世に
つかへばや

　無欲《むよく》なる人

よし人はなにともいへや財宝《ざいほう》はほしがる人にやれうたて
やな

　遁世者《とんせいじや》

よのなかはこゑをはかりにかけねぶつ」二十三ウ　かねゆへ
にこそせむる身のうへ

　奉公《ほうこう》する人

たちよらば大木《ぎ》のかげをたのむへしすぐにはびこるきみ
はよひかな

　けつかう人

あふときはまづうなづきし野辺《のへ》の草《くさ》ぐなり〳〵とかぜに
まかせて

　後生《ごしやう》ねがひ

百八の珠数《しゆず》につなぎしいのちにてしらずやいまもきれん
玉《たま》のを　」二十四オ

　酒《さけ》このむ人

大上戸《しやうご》なみ居《ゐ》て酒《さけ》をのむときも余《よ》はみなゑゝりわれは
さめける

　茶《ちや》このむ人

茶湯《ちやのゆ》こそすくなる道《みち》をたてならひ身のよくあかをふり
すゝぐなり

　いろこのむ人

とてもいろにそまる身ならはうすからでこひこそまされ

あけのきぬ〳〵
けいはく人」二十四ウ
ふしもなきやなきの糸《いと》のめをほそめくる人ごとにわらひ
かゝらん
女中《しよちう》
丸《まる》かれやたゝまるかれや人こゝろかとのあるにはものゝ
かゝるに
りくつもの
丸《まる》くともひとかどあれや人こゝろあまりまろきはころひ
やすきに
うそつき
むつかしきうき世《よ》をわたる丸木《まるき》ばし」二十五オぐれり〳〵
にむずおれはせず
つゐせうもの
とにかくにおかたしけなや御《ご》もつともおまへさまにてお
がむ仏気《ほとけぎ》
欲《よく》ふかき人

世《よ》の中《なか》はかねにめのたつのこぎりのあちらこちらでひつ
かくるなり
しはんほう
かねはたゞいるがうへにもいりあひのならぬときには人
もみやらず」二十五ウ
述懐人《しゆつくわいひと》
すぐなるはまつきりたをすそまやまのゆがむはのこるう
き世《よ》なりけり
ぶしやうもの
人はけにみづへなけたるひやうたんのぬらりくらりにな
かれゆくとし
ぬす人
なかき日のくれもせぬかねめにかけてつくはけうときう
そのかず〳〵
（一行空白）」二十六オ

跋《ばつ》

大和はなしは、人の心《こゝろ》を種《たね》として、万《よろづ》のことの葉《は》とそなれりける、世中《よのなか》にある人毎《こと》に、狂言《きやうげん》このむ物なれば、心に思ふ事を、みる物、聞物に付ていひ出《いた》せるなり、花《はな》に巣《す》をはる女郎蜘蛛《じよらうぐも》、水《みづ》にすむがは太郎《たらう》まて、化物《ばけもの》になるといへば、いきとしいけるもの、何《いつれ》か咄《はなし》にいはざりける、力《ちから》をもいれずして天地《あめつち》を動《うこ》かし、目に見えぬ鬼神《おにかみ》をも出《いつ》るとおもはせ、男女《おとこをんな》の中《なか》をも、指合《さしあひ》だらけにいひやはらげ、たけき」二十六ウ 武士《もの〻ふ》の心をも慰《なくさむ》るはなしなり

此咄《はなし》は、あめつちの開《ひらけ》初《はしま》りける時より出来にけりあまの浮橋《うきはし》の下のね物語に、おうぢは山へ、うばは川へせんだくになど、いへる事なるべし然《しか》れとも、世に伝《つたは》る事は、膝《ひさ》を痛《いた》むる御前坊主《ほうず》のしたてる咄に初《はしま》りしたてる咄《はなし》とは、よろづとり繕《つくろ》ひ、座をうるほし、人のいかりをやはらげ、さし相のいひそこなひをもまぎらかすなるべし、これらはもしの事にてさたまらず、うつゝなきやうにもあらぬ事ともなりあらまほしき事は珍《めづら》しき事にぞ、千早振《ちはやふる》かみつかたの御物語は、咄の作意《さくい》も定《さたま》らず、すなほにして、事の心

やはらかなりけらし、伽人《ときびと》と成て、そろりといひしだうけものよりぞ、うそ咄しひと作意《い》をいひけるそろりは、あん」二十七オだらの観世又次郎と同時のもの也、ともに咄さんとする処に、八いろのくはしを出《いた》せるをみて、〳〵八いろだすあられ其外やき米《こめ》ではなしをしだすそのやき米《こめ》にかくて花にめで、鳥《とり》をうらむる暁《あかつき》の別《わかれ》、露《つゆ》をかなしむ心詞《ことは》おほく、さま〴〵に成にける、遠《とを》き所も、いきたつ足《あし》本《もと》より初《はしま》りて、とし月のわたくしをいひ、高山《たかきやま》も麓《ふもと》の塵穴《ちりあな》よりとて、はきちらすあだこと、いつくもかくのごとくなるべし、難波《なには》のよしあしも、口《くち》にまかせしはしめなりかくいふ事、古今の序《しよ》に事ふり似《に》たれと、此草紙を手ならふ子どものもてあそびに書加《くは》へたり、今《いま》の世の中、才すぐれ、人の心さ」二十七ウ かしくなりければ、よからぬはなしは耳《みゝ》にたちぬ

予《よ》、此草紙を世上にひろめんといふに、ふかく辞《じ》せられしなれど、且《かつ》は人の癆《らう》気をいさめ、むすぼゝれたる心をほどくにはしかじとて、既《すて》に板《いた》にゑりぬる事しかり、誠に其かるき口にて、かみやわらげたりし筆の命毛《いのちけ》もながく、春の日のうち曇れる虚言《そらごと》ながら、さもありさうに読人《よむ》のみお

ほからんもの歟《か》、泉州旅人同気相《せんしうりよじんとうき》求《もとめ》て、かく筆を添《そへ》たる
ものなり

（一行空白）」二十八オ

（五行空白）

延宝八年　孟春日

江戸通新両替町三丁目

林文蔵板行」二十八ウ

杉楊枝　跋

解題

四しやうのうた合

本物語には、上巻に『虫の歌合』『鳥の歌合』が、下巻に『魚の歌合』『獣の歌合』が収められている。現存の版本としては、古活字本のほか、『虫の歌合』が単独で整版本として残っている。このほか、『虫の歌合』については、写本も多数伝世する。

底本には、上下巻ともに天理大学附属天理図書館所蔵の古活字無彩色本を使用したが、題簽をはじめとして本文・挿絵に数葉の落丁があるため、梅田書房所蔵本でこれを補っている。該当箇所については書誌の項を参照されたい。なお、天理図書館には底本に使用した無彩色本のほか、下巻のみの古活字丹緑本も所蔵されている。以下では底本の無彩色本の書誌を記し、ついで梅田書房本の書誌を記す。

古活字版無彩色本

底　本　天理大学附属図書館所蔵　九一七・二／イ五

書　型　大本　二冊

　　　　たて二七・八センチ×よこ一九・二センチ

　　　　改装。

表　紙　紺紙（無地）。

外　題　左肩。子持枠・双辺。後補か。未勘。下巻題簽欠。

　　　　「ゑ入四生哥合《ししやうのうたあはせ》　上」

　　　　たて一六・五センチ×よこ三・七センチ

内　題　『虫の歌合』、なし。

　　　　『鳥の歌合』、なし。

　　　　『魚の歌合』、「うをのうた合」。

　　　　『獣の歌合』、なし。

目録題　『虫の歌合』、なし。

　　　　『鳥の歌合』、なし。

　　　　『魚の歌合』、なし。

『獣の歌合』、「けだ物の哥合たいぐみはんしやしゝわう」

尾　題　なし。

柱　刻　書名・巻数はなく、丁数は「世　　土」など特殊な記号で示されている（「世」は中央あたり、「土」は下方にある）。以下にこれを一覧する。ただし天理本のノドのあたりは損傷で判読しづらい部分が多いため、桝田本、東洋文庫本を参照した。それでもなお、「た／左」や「ち／ら」など、判別の困難なものも多く、誤記があり得ることを断わっておく。

上巻『虫の歌合』

一「世　土」、二「世　つ」、三「世　く」、四「世　キ」、五「世　人」、六「世　ソ」、七「世土　カ」、八「世土　イ」、九「世　ら」、十「世　こ」、十一「世　マ」、十二「世　こつ」、十三「世　マた」、十四「世　マキ」、十五「世　マく」、十六「世　マソ」、十七「世　マカ」、十八「世　マイ」、十九「世　マち」、二十なし。

『鳥の歌合』

二十一「世　廿土」、二十二「世　廿ハ」、二十三「世　廿て」、二十四「世　廿キ」、二十五「世　廿人」、二十六「世　廿ソ」、二十七「世　廿カ」、二十八「世　廿イ」、二十九「世　廿ち」、三十「世　たマ」、三十一「世　卅上」、三十二「世　てまハ」、三十三「世　マた」、三十四「世　たマキ」、三十五「世　たマ人」、三十六「世　卅ソ」、三十七「世　たマカ」、三十八「世　たマイ」、三十九「世　卅ち」、四十「世　キマ」、四十一「世　キマ土」、四十二「世　キマツ」、四十三「世　キマた」、四十四「世　キマケ」、四十五「四　キマ人」、四十六「四　キマソ」

下巻『魚の歌合』

一「世二　土」、二「世土　ワ」、三「世土　た」、四「世土　キ」、五「世土　人」、六「世土　ソ」、七「世土　カ」、八「世土　イ」、九「世土　ち」、十「世土　マ」、十一「世土　マ土」、十二「世土　マツ」、十三「世土　マた」、十四「世土　マキ」、十五「世土　マ人」、十六「世土　マソ」、十七「世土　マカ」、十八「世土　マイ」、十九「世土　マち」、二十「世土　二ワ」、二十一「世土　廿土」。

『獣の歌合』

二十二「世土　廿ワ」、二十三「世土　廿た」、二十四「世土　廿キ」、二十五「世土　廿人」、二十六「世土　廿ソ」、二十七「世土　廿カ」、二十八「世土　廿イ」、二十九「世土　廿ら」、三十「世土　たマ」、三十一「世土　卅土」、三十二「世土　たマワ」、三十三「世土　卅た」、三十四「世土　たマキ」、三十五「世土　卅人」、三十六「世土　卅ソ」、三十七「世土　たマカ」、三十八「世土　卅イ」。

匡郭　なし。

字高　二十三・五センチ

丁数　上巻四十四丁。第二十八丁、三十八丁が落丁。本来は全四十六丁。
下巻三十七丁。第二十一丁が落丁。本来は全三十八丁。

行数　毎半葉十一行。

字数　二十四字。但し連綿活字・合字・細字・踊り字等使用の場合は二、三字の増減がある。

挿絵　無彩色。
上巻、三ウ・四オ・五オ・六オ・七オ・八オ・九オ・十オ・十一オ・十二オ・十三オ・十四オ・十五ウ・十六ウ・十七ウ・十八ウ（以上『虫の歌合』）・二十八オ・二十八ウ・三十オ・三十一ウ・三十二ウ・三十四オ・三十五ウ・三十六ウ・三十七ウ・三十八ウ・四十オ・四十一ウ・四十二ウ・四十四オ・四十五オ・四十六オ（以上『鳥の歌合』）。下巻、二ウ・四オ・五ウ-六オ・七オ・八ウ・十オ・十一ウ・十二ウ・十三ウ・十四ウ・十五ウ・十六ウ・十七ウ・十八ウ（以上『魚の歌合』）・二十三オ・二十四ウ・二十六オ・二十七ウ・二十九ウ・三十一オ・三十四ウ・三十五ウ・三十六ウ（以上『獣の歌合』）。

すべて半葉上部に本文、下部に図という構成を採る。下巻五ウ、六オは両面、それ以外は片面。

なお、上巻九オは挿絵のみ天地反転。

本文　漢字平仮名交じり文。振り仮名、濁点は一部に使用。濁点には活字と墨書との両方がある。

奥書　なし。

刊記　なし。

印記　①未勘。朱正方印。陽刻。単辺。上巻一オ右下、同終丁左下、下巻一オ右下、下巻終丁左下。

②「月明荘」朱長方印。陽刻。単辺。上巻後見返右下、下巻後見返右下。

③「天理図／書館蔵」朱長方印。陽刻。単辺。上巻一オ右下、下巻一オ右下。

④「天理図書館★昭和四六年九月十五日★427647」朱印。陽刻。単辺。上巻前見返中央、下巻前見返中央（427628）。

このほか、上下両巻終丁上部に長方形の切取部分あり。

古活字版丹緑本

底本　桝田書房所蔵

書型　上下とも原装、原題簽で損傷も少ない美本。

表紙　藍色表紙（麻の葉文様）

題簽　上巻「四しやうのうた合　上」

下巻「四しやうのうた合　下」

たて一五・二センチ×よこ三・一センチ

外題　「四しやうのうた合」
内題　『魚の歌合』、「うをのうた合」。
『獣の歌合』、なし。
目録題　『魚の歌合』、なし。
『獣の歌合』、「けだ物の哥合たいぐみはんしやし、わう」
尾題　なし。
柱刻　前掲天理本の項参照。
匡郭　なし。
丁数　上巻四十六丁。下巻三十八丁。
字高　二十三・五センチ
行数　毎半葉十一行。
字数　二十四字。但し連綿体・合字・細字・踊り字等使用の場合は二、三字の増減がある。
挿絵　丹緑。前掲天理本の項参照。
本文　漢字平仮名交じり文。振り仮名、濁点は一部に使用。濁点には活字と墨書との両方がある。

奥書　なし。
刊記　なし。
印記　①「牘庫」分銅型の朱印。陽刻。双辺。上巻一オ右下、下巻一オ右下。内藤風虎旧蔵。
②「浜田侯少／府之図書」朱長方印。陽刻。単辺。上巻一オ右上、下巻一オ右上。浜田藩主松平家旧蔵。
③「なべいし／蔵書／よなみや」朱長方印。陽刻。単辺。上巻終丁ウ中央下（墨消）、下巻一オ「牘庫」下。
④「佐藤／蔵書」朱正方印。陽刻。単辺。上巻一オ右中央、下巻一オ右中央（ともに識語の下）。
識語　①上巻後見返。
「大坂滞在中鹿田静七書店ニテ求ム
佐藤家宝（印）」
②下巻後見返。
「第五回勧業博覧会観覧紀念

本書籍は永沢小兵衛先生
自周旋之労いとわせられす厚
意辱し小生が宝書之内へ加へ
被候
明治参拾六年七月　佐藤家宝（印）
栄記ス　」

右の永沢小兵衛は『青根温泉志』『作並温泉志』（ともに明治二十四年刊）など各地の温泉志を著した人物を指すのであろう。

備考　本書については、『日本古書通信』第六七巻第十一号（通算第八八〇号・平成十四年十一月）に紹介されている。

右二種のほか、次の古活字版が現存する。

1　黒船館所蔵　丹緑／〇〇六一／一

書型　大本　一冊（上巻欠）
たて二七・八センチ×よこ一九・一センチ

原装。

表紙　藍色表紙（麻の葉文様）

題簽　左肩単辺。原題簽。
「四しやうのうた合　□（欠）」
たて一五・二センチ×よこ三・〇センチ

外題　「四しやうのうた合」

内題　『魚の歌合』、「うをのうた合」。
『獣の歌合』、なし。

目録題　『魚の歌合』、なし。
『獣の歌合』、「けだ物の哥合たいぐみはんしやし、わう」

尾題　なし。

柱刻　前掲天理本の項参照。

匡郭　なし。

丁数　三十八丁。

字高　二十三・五センチ。

行数　毎半葉十一行。

字数　二十四字。但し連綿体・合字・細字・踊り字等使用の場合は二、三字の増減がある。

挿絵　丹緑。前掲天理本の項参照。

本文　漢字平仮名交じり文。振り仮名、濁点は一部に使用。濁点には活字と墨書との両方がある。

奥書　なし。

刊記　なし。

印記　①「吉田」朱楕円印。陽刻。終丁ウ左下。

②「小五郎」朱長方印。陰刻。終丁ウ左下。

2　東洋文庫所蔵　丹緑本二巻　三・A-d・20

稀書複製会叢書の底本として使用されたもの。表紙は上巻が原装、下巻が改装。題簽は上巻のみ残るが、右上が若干破損。「四しやうの歌合　上下」とあり、「下」を墨書する。

印記　①「雲邨文庫」朱長方印。陽刻。単辺。上巻終丁左下、下巻終丁左下。和田維四郎旧蔵。

②「福田／文庫」朱長方印。陽刻。双辺。下巻一オ右下、同終丁ウ中央、二十一丁オ（『獣の歌合』巻頭）右下。福田敬同旧蔵。

このほか、下巻終丁「福田文庫」の印記の上に正方形に切り取った跡がある。

識語　下巻終丁ウ。

「う を 歌合
けだ物歌合　(印)
慶応四辰申九月十六日ぬし
権之新」

3　天理大学附属天理図書館所蔵　丹緑本二冊（下巻分冊）

九一七・二／イ七三。横山重旧蔵本。下巻の『魚の歌合』と『獣の歌合』とを分冊して帙に収める。帙題「魚獣歌合古活字本丹緑本二冊」。欠損が甚だしく、本文は随所に鉛筆書の紙を貼り付けてある。すなわち、一丁すべて、三オの十～十一行目の下部、三ウ一～三行目の下部、四ウ一～三行目の下部、十六ウ～十八ウのすべてである。表紙は改装、雷文繋菱に千鳥文様摺出の丹表紙。題簽なし。

印　記　①「よこ山」朱長方印。陽刻。単辺。上冊前見返左下、下冊前見返左下。

②「アカキ」朱長方印。陽刻。単辺。上冊前見返「よこ山」の上、下冊前見返「よこ山」の上。

③「重」朱正方印。陽刻。単辺。上巻終丁ウ左下、下巻後見返右下。

④「天理図／書館蔵」朱長方印。陽刻。単辺。上冊二丁右上（第一丁は補写のため）、下冊一丁右上。

⑤「天理図書館★昭和五八年十二月廿八日★2009801」朱楕円印。陽刻。単辺。上冊前見返中央、下冊前見返中央（2009802）。ともに横長の小紙に捺した上で貼り付ける。

備　考　帖の内側には横山重氏によって複数の紙が貼り付けてある。文字の記されているものを次に示す。

①日本学術会議の横書用紙の裏面にペン書き。

「　十二年弘文百八十円→一誠二百五十円→私
十五図九図
魚獣歌合　二　古活字版　丹緑本
四生の歌合（丹緑本）は東洋文庫（水谷旧蔵）ノミ
（寄せ本のよし）
―
無彩色のものはあり。
上野図書館は魚獣（210―328）の無彩色のもの。
三十五年（五十周年記念入札）
○四生の歌合　無彩色　三十一万（手数料ヲ入
今天理
レルト34万）←安藤正次博士（欠丁アリ）の
もの。
○光悦本徒然草　上本　三十六万
○義経記十二行本　十六万三千
三十九年三月　魚獣丹緑本　三十五万円 吉田見　」

②縦書の原稿用紙の裏面にペン書き。

「ゑびとかに
　水洗《ミツノシ》ひしたれは色あせたり」
③原稿用紙の表にペン書き。
「魚の歌合（エビとカニ）
　講談社「日本版画美術全集」
　には、アジとフナとを出せり。
　五番
東洋文庫本出せば、本書は撤回すべし」
④「日本美術シリーズ」の印刷の入った小紙に墨書。
「魚獣歌合
（寛永頃刊）
横山重氏蔵」
⑤コクヨの縦書罫線付のB５判原稿用紙にペン書き。吉田小五郎氏筆。表紙が図示されているが、ここでは省略し、本文のみ記す。
「表紙青藍色麻ノ葉模様
　題簽の下がきれています、一誠堂曰く元、上とか下とかあつたのをワザと切りとつたのではなからうか？　と」
⑥吉田小五郎氏の横山重氏宛ハガキ。ペン書き。
昭和三十九年三月三十一日消印。
「古浄るりは出版近くに在りと伺ひ、誠に待ち遠しく思います、高価の御本いたゞき忝く。私は挿絵を見るのが楽しみです。一誠堂に四しやうの歌合せ代、土旺日にやつと支払いました、正に三十五万円でした、
私として、これまでに買つた最高の本でした」
このうち、⑤⑥の吉田小五郎氏筆のものは黒船館本に関する記録である。⑤にいう題簽の欠損部分については、本来「下」とあるべきところであろう。

4　国立国会図書館所蔵　無彩色本一冊（上巻欠）

WA七／一七五。下巻のみ存。改装。紺紙無地。左肩双辺の後補題簽に墨書。

題　簽「うをの哥合、けもの哥合　古活字、無彩色」

印　記　①「中川氏蔵」朱円印。陽刻。一オ右下。中川徳基（大正四年没）旧蔵。

②「帝国／図書／館蔵」朱正方印。陽刻。一オ右上。

③「明治三二・八・四・購入」朱円印。陽刻。一オ右下「中川氏蔵」の上。

5　神宮文庫所蔵　古活字版転写本二巻

上巻は整理番号一〇〇九、下巻は九三〇。上下別に保管されているが、同筆である。渋引表紙の袋綴装。料紙は楮紙。表紙左肩に打付の書外題。古活字版の転写本であるが、表記に違いがあるほか、毎行字数にも違いがある。濁音はわずかに附される。挿絵は写されておらず、該当部分は空白となっている。

書　型　大本二冊。

たて二十七・四センチ×よこ十八・八センチ

外　題　上巻「虫歌合　鳥歌合　完㊕」

下巻「魚歌合　獣歌合　全㊕」

内　題　古活字版に同じ。

尾　題　なし。

丁　数　上巻、墨付四十七丁、前遊紙一丁。墨付一丁オから二十丁オまでが『虫の歌合』、二十一丁オから四十七丁までが『鳥の歌合』。

下巻、墨付三十八丁、前遊紙一丁。墨付一オから二十一丁オまでが『魚の歌合』、二十二丁オから三十八丁オまでが『獣の歌合』。

行数　十一行。

印記　①「林崎文庫」朱長方印。陽刻。双辺。上下巻とも一オ右下。

②「林崎／文庫」朱正方印。陽刻。単辺。上下巻とも一オ右上。

③「天明四年甲辰八月吉旦奉納／皇太神宮林崎文庫以期不朽／京都勧思堂村井古巌敬義拝」朱長方印。陽刻。単辺。上下巻とも後見返左下。

6　国立公文書館内閣文庫所蔵　古活字版転写本（下巻のみ）

二一〇-二九一。布目の薄香色表紙。料紙は楮紙。外題は表紙左肩無枠の題簽に墨書。古活字版下巻のみの転写本であるが、若干表記や毎行の字数に違いがみられる。挿絵は写されておらず、該当部分は空白となっている。

外題「魚哥合
獣哥合」

内題　古活字版に同じ。

尾題　なし。

丁数　墨付三十八丁。一オから二十一丁オまでが『魚の歌合』、二十二丁オから三十八丁オまでが『獣の歌合』。

行数　十一行。

印記　①「和学講談所」朱長方印。陽刻。双辺。一オ右下。

②「浅草文庫」朱長方印。陽刻。双辺。一オ「和学講談所」の上。

③「書籍／館印」朱正方印。陽刻。単辺。一オ右上。

④「日本／政府／図書」朱正方印。陽刻。単辺。一オ中央上。

⑤昭和三十年十月修理の印。後見返右下。

備考

一、以上の古活字版のほか、整版や写本として、虫・魚は単独で存在する。とくに『虫の歌合』は写本が五十種あまりあり、『三十六歌仙こほろぎ物語』ほか類似作品も散見される。ここではそれら写本類は省く。なお、『国書総目録』「魚の歌合」の項に記される水産資料館所蔵の版本は稀書複製会本である。

『虫の歌合』

風月宗智刊大本

書　型　大本一冊

刊　記　最終丁末尾にあり。

二条通　風月宗智開板

備　考　巻頭右下に「長嘯」とあり。

所　在　西尾市岩瀬文庫、静嘉堂文庫、友山文庫（中野荘次）等。

無刊記後印本

書　型　大本一冊

備　考　巻頭右下に「長嘯」とあり。

所　在　神宮文庫、賀茂三手文庫、今治市河野美術館等。

二、整版本については調査が不十分なので、既知の伝本のうちにも、右二種以外の版があるかも知れない。『虫の歌合』は後々まで版を重ねたものと思われ、諸々の書籍目録に記されている。以下に主要なものを掲げておきたい（『江戸時代書林出版書籍目録集成』所収）。

虫歌合　（万治二年写）

一冊虫哥合　（寛文十年）

虫哥合　長嘯　一　（寛文十一年）

一　虫哥合　長嘯　（延宝三年、貞享二年、元禄五年、元禄十二年）

一　虫哥合《むしうたあわせ》　長嘯　四分　（天和元年）

一秋田平　虫哥合《むしのうた》　長嘯　八分　（元禄九年）

一尾崎　虫哥合　長嘯　八分　（宝永六年）

一　尾崎
虫哥合《むしうたあわせ》　長嘯　（正徳五年）

このほか、宝永七年刊行の『弁疑書目録』第十一「本朝作者書目」に、「木下長嘯書作」の一つとして「虫の歌合一冊」が挙がり、また、寛政三年刊行の『国朝書目』下には、『本朝書籍目録』未載分として、

△鳥歌合　一巻
△鳥歌合異本　一巻
△魚歌合　一巻

の三種が挙がる（ともに『日本書目集成』第三巻所収）。

三、本書の版心には、「柱刻」の項で示したように特殊な記号が用いられている。一般に書名を記す中央部分には一部の例外を除いて「世」と表記されている。ただし上巻の後ろの二丁（四十五、四十六丁）には「四」とあるから、おそらく「世」は「四」すなわち「四生の歌合」の頭文字に相当するものとして使用したものと推測される。次に丁付もやはり通常の漢数字によって表わされてはいない。整理すると次のように示されよう。

1土　2つ（ワ・ハ）　3く（た・左）　4キ　5人
6ソ　7カ　8イ　9ら（ち）
10マ（三）　20廿　30卅　40キマ

これらを組み合わせて丁付がなされている。たとえば第十二丁ならば10を示す「三」と2を示す「つ」とを繋げて「三つ」、第二十八丁ならば同様の仕方で「廿イ」、第四十六丁ならば4・10・6を示す「キマソ」となる。また上巻と下巻との区別は、上巻が版心中央に「世」と示されるのみなのに対して、下巻は「世土」と示されることで表わされている。

〔諸本校異〕

諸本の異同を以下に示す。但し、調査不十分のため、脱漏が多いものと思う。とくに濁点の識別は容易でなく、今後の精査が俟たれるところである。左記の一覧では本文の該当箇所に傍線を引いた。また、本文のみ行数として数え

ている。略記号は次の通り。
天理図書館所蔵無彩色本（天）・桝田書房本（桝）・東洋文庫本（東）・黒船館本（黒）・天理図書館所蔵赤木文庫本（赤）・国会図書館本（国）・稀書複製会本（複）

二頁下　一　こうろぎ〜かす　東桝活字の上から墨でなぞる。

五頁下　七　しらいと　天東桝「ら」。複「の」に改める。

六頁上　五　左　天東桝□に切り取り、小紙を裏打ちして「左」と墨書。

七頁上　七　五番　東「地」と墨書。複これを採用。

八頁上　七　（挿絵）　天挿絵のみ反転。

一〇頁下　七　左〜十　天東桝二行目以下四行、一行右詰。

一二頁下　二　おり　天東桝某字の上に重ねて墨書。

一三頁下　一　いやしげなる　天東桝「る」の下部欠損。複これを「か（可）」とする。

一四頁上　一　おかしく　天東桝某字の上に重ねて墨書。

一五頁下　五　し侍れば　天ちぎった小紙（丸形）を貼り付けて墨書。東桝□に切り取り、小紙を裏打ちして「し」と墨書。

一六頁上一一　した　天桝「ゑ」の上から重ねて「し（志）」と墨書。東□に切り取り、裏打して墨書。

一七頁上　六　おとしめん　天東桝「ほ（本）」の上から重ねて墨書。

一八頁上一三　ねこまた　東桝□に切り取り、裏打して墨書。

一八頁上一七　へしと申　天東桝傍に細字で墨書。

下　六　二人のもの　天東桝傍に細字で墨書。

一五　たゞ　天東桝濁点墨書。東「ヽ」を墨でなぞる。

一六　たびの　複濁点なし。天東桝濁点活字。但し一点欠損。

一九頁下　三　中〳〵ニ申　天東桝墨書。

二一頁上一一　十五番　天東桝傍に本文と同じ大きさで墨書。

一二　七の助　東□に切り取り、裏打ちして墨書。天桝「郎」の上から重ねて墨書。

二四頁下　六　哥は　天東桝□に切り取り、裏打ちして墨書。

二六頁上一四　うそひめの　天東桝傍に細字で墨書。

二八頁上一三　なくふう　天東桝「な」の上から重ねて墨書。

二九頁上一七　しがらば　天東桝濁点活字。但し濁点を擦った痕跡あり。

三〇頁上一三　庭とり　東□に切り取り、裏打ちして「にハ」と墨書。桝某字の上から重ねて墨書。もと「ニハ」か。

三一頁上　七　たゞうぢ　東二文字分ちぎった紙(不定形)を貼り付けて墨書。「ぢ」の濁点も墨書。「たゞう」と墨書。天桝「たヽ」(連綿活字・一文字分)の踊り字「ヽ」に濁点を墨書。

三二頁上　七　いはく　複のみ濁点を附す。但しこれは東の料紙上の汚れを濁点と看做したもの。

三二頁上　八　なびき　複濁点なし。天東桝濁点活字。

三二頁下　四　ふかしき　天桝濁点なし。東濁点墨書。

三五頁下一〇　おもふ人　天東桝ちぎった小紙（不定形）を貼り付けて墨書。

三七頁下　二　人の　天桝「へ」の上から「ノ」を付けて「人」に改める。その下一字分空白あって「の」と墨書する。桝「の」は活字か。東「へ」の上から重ねて墨書。「の」は天に同じ。

六　おもて　東桝某字の上から重ねて墨書。

三八頁下　六　たんか、　複のみ読点を附す。但しこれは東の料紙上の汚れを読点と看做したもの。

三九頁上　八　右　天東黒擦り消して墨書。国某字の上から重ねて墨書。桝ちぎった小紙（不定形）を貼り付けて墨書。

三九頁下　七　すみながら　天東桝黒「り」の上から重ねて墨書。

四一頁下　七　ぶぐ　天東桝黒赤国濁点墨書。

四二頁上　四　じがうさんがう　天東桝黒赤国濁点墨書。

六　ぼんなふ　天東桝黒赤国濁点墨書。

ぼだい　天東桝黒赤国濁点墨書。

四三頁下　四　はて　天東桝ちぎった小紙（不定形）を貼り付けて墨書。黒擦り消して墨書。赤□に切り取る。国某字の上から重ねて墨書。

四五頁下　五　左右

天東桝黒□に切り取り、裏打ちして活字を捺す。**赤**□に切り取る。**国**□に切り取り、裏打ちしたまま空白。

一〇　せうむ

東桝□に切り取り、裏打して活字を捺す。**黒**□に切り取り、裏打ちして墨書。

四七頁上　六　おしはかる

天□に切り取り、裏打ちして墨書。**東桝**ちぎった小紙（不定形）を貼り付けて墨書。**黒**某字の上から重ねて墨書。**赤**□に切り取る。**国**□に切り取って裏打ちしたまま空白。

五〇頁上　二　うたゝね

天東桝黒国二文字分切り取り、裏打ちして活字を捺す。「たゝ」は一字分の連綿活字。**赤**□に切り取る。

三　たのむ

天東桝黒擦って消す。**国**「だ」。

下　五　欸《か》

天東桝「る（類）」の上から重ねて墨書し、振り仮名を附す。**黒**旁の部分のみ上から重ねて墨書。振り仮名は附けず。**国**訂正せず。

五一頁上一一　見れば

天桝赤「め」の上からちぎった小紙（丸形）を貼り付けて墨書。**黒**「め」を擦り消して墨書。**東**ちぎった小紙（不定形）を貼り付けて墨書。

五二頁上　一　大かいぢ　東桝国濁点一つ欠損。複「ち」と看做す。

下　二　かぢか　天東桝国黒濁点墨書。

五四頁上　九　はてかな　天「か」はちぎった小紙を貼り付けて墨書。「な」は某字（桝は「ろ」）の上から重ねて墨書。黒擦り消して墨書。赤二字分切り取る。国二文字分某字の上から重ねて墨書。

五六頁下一一　きつねづか　東桝国濁点活字。但し一点欠損（東国）もしくはやや見える程度（桝）。複濁点を採用せず。

五九頁上　四　たるときこへ　赤上から墨でなぞる。

六一頁下　六　なにとして　天某字の上から重ねて墨書。但し「に」は元の字も「に」。東黒赤国「な」のみ某字の上から重ねて墨書。「に」は元のまま。桝「な」のみちぎった小紙（不定形）を貼り付けて墨書。「に」は元のまま。

六三頁下　四　おし斗　天東桝黒国某字の上から重ねて墨書。

六　なをさだ　東桝黒濁点活字。国濁点なし。

六四頁上　六　ちぶさ　東桝赤国濁点活字。複濁点なし。

六六頁上　四　げすしく　桝濁点なし。東国濁点活字。但し一点欠損。複濁点を採用。

六八頁上	三	とらに	**天桝黒**「に」の上から墨でなぞる。
下	五	いも	**国**「も」の上から墨でなぞる。
	七	こほり	「ほり」は一字分。**天桝**ちぎった小紙（丸形）を貼り付けて墨書。**東**ちぎった小紙（正方形）を貼り付けて墨書。**黒**「也」を擦り消して墨書。**国**擦り消して墨書。
		したに	**天東桝**ちぎった小紙を貼り付けて墨書。**黒国**「も」の上から重ねて墨書。

（伊藤慎吾）

四十二のみめあらそひ

底　本　『近世文学資料類従　仮名草子編19』所収　横山重旧蔵本。現蔵者不明のため、以下の書誌情報は、該書小野晋氏解説より抜粋。

書　型　写本、一冊、胡蝶装。たて二四・八センチ×よこ一七・三センチ

表　紙　薄茶文様、金糸入り緞子。原装。おもて表紙と裏表紙の見返しには、天地に金銀箔、中央に金粉を刷いた色紙を用い、更にその余白に雲形模様をかき、野草に蜻蛉、または連山に飛雁を配した細かい彩画を描き入れている。

題　簽　なし。

外　題　なし。

内題　なし。ただし、本文冒頭の文章より「四十二のみめあらそひ」と名付ける。

丁数　十九葉。両面書き。前一葉、後二葉には文字がなく、本文は十六葉。すべての料紙に金銀泥で描かれた下絵がある。多くは桔梗・菊・杜若・撫子などの草花であるが、なかには茄子・柿なども描れ、両面書きの曲流に紅葉、藤に飛蝶の図柄などもある。

行数　九～十二行。ただし、二オは六行、十二オは三行、終葉は四行で終わっている。

字数　一行約二十字。

本文　平仮名漢字交じり。振仮名、清濁、句点なし。一部に見せ消ちあり。

印記　おもて表紙見返しに、方印「子孫永存・雲煙家蔵書記」、長方小印「アカキ」、長方印「よこ山」。本文最終葉余白に方印「月明荘」、長方小印「アカキ」。

所在　現在所在不明。

本書の紹介は、翻刻には石田元季著『江戸時代文学考説』（昭和三年六月刊）に「四十二のみめあらがひ」と題したものと、東雅明校『つゆ殿物語・四十二のみめ諍ひ・あづま物語』（古典文庫第七十一冊、昭和二十八年六月刊）におさめられたものとの二種類がある。影印には本翻刻の底本とした小野晋解説『近世文学資料類従　仮名草子編19』（昭和四十九年七月刊）がある。該書は孤本であり、上記三種の翻刻と影印はすべて同一の本によるものである。

備考

本書の冒頭部に「いさゝむかしの四十二の物あらそひの名をかりて、此あまたの女の中を、四十二人えりいたして、四十二のみめあらそひと名を借て廿一にあはせ、」とあるように、室町時代に成立した『四十二の物あらそひ』になぞらえて、歌合わせ形式を借りた遊女評判記。

成立について、石田元季氏は寛永十年以前とし、東雅明氏は寛永三年以前とする。

作者は烏丸光広に擬せられるようであるが、存疑とすべきか。ただし、和歌の教養がありしかも遊里の事情にも通じている人物であることは否定できず、光広のような人物に擬せられるのも尤もなことであろう。

横山重氏は、下絵を俵屋宗達のものと考えてほぼ誤りのないところであろう、という見解をもっていたらしい
（入口敦志）

水鳥記

本書には、大きく写本系と刊本系がある。さらに、刊本系には、上方板と江戸板の二種があり、写本系には絵巻物も存している。これまで刊本系に関しては、江戸板が『続帝国文庫』三十二編、『近世文芸叢書』小説三、『江戸叢書』巻七などに翻刻されてきたが、誤字や文字の改変、本文の振り仮名の省略などの点において原態を伝えているとは言い難かった。上方板は未翻刻である。そこで、当巻では、この両板をあわせて収録し、今後の研究に資することとした。なお、写本に関しては、後述のごとく池上家所蔵本の翻刻が備わっているので、ここに割愛した。

当解題では、この両板をまとめて記述することにする。

一、刊本系

◉上方板

寛文七年五月中村板

底　本　秋田県立図書館蔵本（91／壬／81）

書　型　大本　改装　袋綴、二巻合一冊

たて二五・七センチ×よこ一七・四センチ

表　紙　改装青色表紙

題　簽　後補・中央・墨書

「水鳥記　上下全」

序　題　「水鳥記　序」

目録題　「水鳥記上（～下）目録」

内　題　「水鳥記上（～下）」

尾　題　「序ノ終」

「水鳥記上（～下）終」

柱　刻　「水鳥記上　一（～三十六）」

「水鳥記下　一（～十八、又十八、十九～四十五）」

匡　郭　四周単辺

たて二〇・三センチ×よこ一五・一センチ

本文の版心部の縦線無し、但し、挿絵丁には有り。

丁　数　上巻　三十六丁　うち序文一丁半、目録半丁

下巻　四十六丁　うち目録一丁

行　数　序文、目録、本文とも毎半葉十行

字　数　序文一行十九字前後、本文一行十六字前後

挿　絵　上巻　見開き二図、十六ウ・十七オ、二十五ウ・二十六オ

片面九図、五オ、八オ、十オ、十三オ、十九オ、十九ウ、二十七オ、三十二オ、三十五ウ

下巻　見開き六図、三ウ・四オ、二十一ウ・二十二オ、二十六ウ・二十七オ、二十八ウ・二十九オ、四十一ウ・四十二オ、四十三ウ・四十四オ

片面十図、六ウ、又十八オ、又十八ウ、二十五オ、三十三オ、三十四オ、三十六ウ、三十八オ、三十九オ、四十オ

本　文　漢字、平仮名交じり、振り仮名、清濁あり、句読「。」（「・」も混じる）。

刊　記　寛文七年五月吉日

寺町二条下ル町

中村五兵衛

印　記　「種丸」カ（朱・円形、巻首）、「康美（園）」（楕円双枠、刊年下方）他。

所　在　底本の他に、天理大学附属天理図書館蔵（二巻合一冊、改装麻葉模様水色行成表紙、原題簽「水鳥記（ヤブレ）」、「兎角菴」朱印）、酒田市立光丘文庫蔵（二巻合一冊、脱落丁のある不完全本、序文最終半丁存、本文下巻四十丁まで存、題簽墨書、国文学研究資料館収蔵マイクロフイルムによる）など。

その他　底本の序文は半丁毎に裁断されつなぎ合わされている。則ち、本来あるべき、序　一オ、一ウ、二オ、二ウが、一オ、二ウ、二オ、一ウの順番に綴じられている。当巻では本来の順に改めて翻刻した。下巻に又丁、一丁有り。

◉江戸板

無年記三月松会板

底　本　東京大学総合図書館蔵青洲文庫本（E24 85）

書　型　大本　改装　袋綴、三巻三冊

たて二七・四センチ×よこ一八・八センチ

表　紙　改装縹色表紙

題　簽　なし。

序　題　左肩・打付書「水鳥記　上（～中、下）」

「水鳥記　序」

目録題　「水鳥記《すいてうき》目録《もくろく》」

内　題　「水鳥記巻之中（～下）」但し、巻上にはなし。

尾　題　なし。

柱　刻　「水上　一（～十七）」

「水中　十八（～廿七）」

「水下　廿八（～四十一終）」

匡郭　四周単辺
たて二二・四センチ×よこ一六・六センチ

丁数　上巻　十七丁　うち序文一丁半、目録一丁半
中巻　十丁
下巻　十四丁

行数　序文毎半葉十行、目録毎半葉十行、本文毎半葉十五行

字数　序文一行十九字前後、本文一行二十五字前後

挿絵　菱川師宣風
上巻　見開き一図、五ウ・六オ
片面三図、九オ、十二オ、十五オ
中巻　片面三図、廿オ、廿三オ、廿六オ
下巻　片面四図、三十オ、卅三オ、卅六オ、四十オ

本文　漢字、平仮名交じり、振り仮名、清濁あり、句読なし。

刊記　三月吉日　松会開板

印記　「青洲文庫」（巻首）、「綿貫」（朱・陽・長方形、巻尾）、「八文字屋／蔵書之印」（朱・陽、巻下巻首）

所在　底本の他に、京都大学付属図書館蔵（改装三巻合二冊、下巻のみ刷題簽、左肩、子持枠「水鳥記　下」、大惣旧蔵本）、早稲田大学中央図書館蔵（三巻合一冊、紺色表紙、刷題簽、左肩、子持枠、「曲亭文庫」朱印）、東北大学附属図書館狩野文庫蔵（三巻合一冊、青色表紙、刷題簽、左肩、子持枠「新板／水鳥記」、「藤井蔵書」「渋江蔵書」他）、神宮文庫蔵（三巻三冊、青色表紙、題簽墨書「水鳥記　延宝八年梓行作者不詳上」「水鳥記中（～下）」、後表紙見返しに墨書「延宝八年梓行作者不詳寛政二年迄百七年云々」）、国立国会図書館蔵（三巻合一冊、題簽墨書、刊記「三月吉日」の上に「寛文二年」の書き込みあり、「榊原家蔵」「故榊原芳野納本」朱印）、天理大学附属天理図書館蔵（三巻合一冊、青色表紙、刷題簽、左肩、子持枠「新板／水鳥記　下」、表紙に桂窓朱筆「二百七十九」）、大

阪府立中之島図書館蔵（三巻三冊、青色表紙、題簽墨書、上巻表表紙に「寛文二　出版」の付箋）、慶應義塾図書館蔵（三巻合一冊、「幸田ノ私印」「待賈堂」朱印）、東洋文庫蔵岩崎文庫（三巻三冊、浅黄色表紙、外題墨書打付「明暦元年印本（朱色）水鳥記　松会板珍本　上（～下）」、「喜多村蔵」「只誠蔵」「永田文庫」朱印他、表紙見返しに「瀬木根只誠記」の識語）、西尾市岩瀬文庫蔵（三巻合一冊、紺色表紙、題簽欠、裏表紙に書付「山東軒近世奇跡考～江戸板也」、表表紙に書付「山崎美成本」、「花廼家文庫」（双枠、朱印）他）、＊西宮市立中央図書館蔵（三巻合一冊、紺色表紙、題簽墨書、挿絵に着彩）、阪本龍門文庫蔵（三巻三冊、藍色押紋様原表紙、隅入り刷題簽「新板／水鳥記上（～下）」、「水谷文庫」旧蔵、上巻表紙見返しに水谷不倒手識張紙「〇水鳥記　三冊」として、「奥附「三月吉日」の上に年号ありしを削りたるに似たり、されど予数本見たれど未だ年号のあるものに接せず、挿絵を見るに師宣盛時の筆なれば寛文の中頃以後の刊本なるべき歟。又別に京都中村五兵衛にて刊行したるもの二冊あり、そは寛文七年五月の版なり。」」、各冊裏表紙見返しに「天保八丁酉年仲春上旦求之」の墨書、龍門文庫公開電子テキストによる）、水戸彰考館蔵（三巻三冊、隅入り刷題簽、左肩「新板／水鳥記上（～下）」、国文学研究資料館収蔵マイクロフイルムによる）など。

＊は菊池真一氏のご調査による。

その他

底本には、巻下三十二丁オモテ十四行から三十四丁オモテにかけて、濁点ならびに句点「。」の書き込みがあり、当箇所は他本によって校訂した。

底本や東北大蔵本は書型が二七センチを超える。岩瀬文庫、神宮文庫、大阪府立中之島図書館蔵本などが二七センチ弱、国会、東洋文庫蔵本などが二五センチをやや上回る。現在のところ、本文の異同や版式にさしたる相違は見られない。

二、写本・絵巻系

所　在　池上家蔵（イ）写本二冊（「酔翁」「幸為」朱印）、（ロ）絵巻物二巻（成島司直筆、狩野董川画、嘉永五年五月二十日完成、序文、目録欠）、天理大学附属天理図書館蔵（上下巻一冊、終丁識語に「文政四辛巳年～」、本文後に「寛文七年五月吉日」、白紙三十二箇所程度、「東斎図書」印他）、東洋文庫蔵岩崎文庫（三軸、外題「水鳥記絵詞　蜂（龍、盃）」、彩色挿絵、巻首に「香木舎文庫」朱印）、内閣文庫蔵（一冊、文鳳堂雑纂四十七、「文化四年丁卯三月十八日一校畢」、松会板の写し）、（一冊、墨海山筆、弘化三年三月写）、関西大学総合図書館蔵（仮綴、書外題「明暦元年印本／水鳥記　松会板珍本　上」（中、下巻は書名以下のみ）、挿絵あり、松会板の写し、上巻二枚目に、「瀬木根只誠記」の識語写し）、川崎大師平間寺蔵（「水鳥記絵巻」、屋代弘賢旧蔵、「不忍文庫」印、文化二年八月二十二日写、尚雨画）。

以下、国文学研究資料館収蔵マイクロフイルムより。筑波大学附属図書館蔵（上下二冊、彩色挿絵入り、「八文字屋蔵書之印」、下巻に「今文政七申年～」、本文末尾に「慶安三年五月吉日　池上太郎右衛門」）、新潟大学蔵佐野文庫（上下二冊、挿絵入り、「雀田氏蔵」印、本文末尾に「慶安三年五月吉日　池上太郎右衛門蔵書」）、河野信一記念館蔵（一冊、「大島氏図書」「小沢文庫」印、本文末尾「慶安三年五月吉日」）、川崎市市民ミュージアム蔵（池上家文書、上巻一冊）など。

その他　池上家蔵写本は中道等氏により、（ロ）の絵巻本を底本に、（イ）の写本を校合して翻刻されている（参考文献1）。また、古江亮仁氏によると、（イ）は樽次自筆本であり、樽次から幸為に贈与したものかとも推考されている（参考文献2）。右平間寺蔵絵巻等についても同氏著述による。

備考

一、上方板の秋田県立図書館本は序文に錯簡があり、原態を逸しているが、印面は鮮明で初印に近いと推察される。天理本の方は板面に不鮮明な箇所もあり、後印と目される。したがって、秋田県立図書館本の方を底本とした。天理図書館本と底本との間には本文の異同や版式の相違は見られない。なお、底本上巻の一番目の章題には○がついていない。

二、江戸板は、前記のように多数の伝本が確認され、所見以外にも存していよう。ただ、かなり流布したものか、原題簽を有するものは少なく、本文にも傷みのあるものも多い。底本も原表紙や題簽を逸し、一部濁点・句点の書き込みなどもあり、写真などでは注意を要するが、板面は他本に比べて良好なのでここに用いた。書型の寸法、色合いは後補のものもあるが、匡郭の寸法は底本との僅少な差違のみであり、版式を大きく外れるものではない。

三、本作を書林目録に見ると、寛文十年刊書籍目録「舞并草紙」の項に、

　二冊　水鳥記

寛文十一年刊書籍目録同項に、

　水鳥記　二

延宝三年刊書籍目録、貞享二年板広益書籍目録巻三「物語類」、元禄五年刊書籍目録同項、元禄十二年刊新版増補書籍目録「舞并草紙」に、

　二　水鳥記

延宝三年刊新増書籍目録の天和三年増補書「仮名」に、

　二　水鳥記　茨木氏

天和元年刊書籍目録大全同項に、

　二　水鳥記《すいてうき》　茨木氏　弐匁五分

元禄九年・宝永六年書籍目録大全同項、正徳五年書籍目録大全同項に、

　二 中村　水鳥《すいてう》記　茨木氏　弐匁三分

とあり、すべて二冊本、中村板のみの記載である。

四、山崎麓の『日本小説書目年表』（ゆまに書房覆刻）には、

○水鳥記　三　地黄坊樽次／菱川師宣画　寛文二年原版は三月吉日松会開板とあるもので、寛文七年に二版、更に宝暦十四年に至り、半紙本として「酒戦談」と改題三版、尚「楽機嫌上戸」と題せるも亦本書の改題本

とあり、江戸板と上方板が混同されている。前記、所在の項の国立国会図書館本、あるいは大阪府立中之島図書館本などに、寛文二年などとあるのはこれらに拠ろう。また、東洋文庫蔵本の表表紙見返し、関根只誠識語（「只誠」印）には、

水鳥記之印本二本有、一本は寛文二年京板さし絵なし一本は江戸板、年号なしといへと明暦元年板にて、此本則江戸板なり

とある。この識語を写したものが関西大学蔵本である。ここでは江戸板を明暦元年刊（参考文献3）とし、寛文二年板は挿絵がないものと言う。当初挿絵がなくて刊行

され、あとから挿絵がつけられた仮名草子の例としては『似我蜂物語』などもあり、これはすこぶる興味ある説ではある。この寛文二年刊説は、じつは山東京伝の『近世奇跡考』巻五などに見えていた。

世に流布の印本二本あり、一本は寛文二年京板、一本は江戸板上木の年号なし、ともに絵入のかながき本也（国立国会図書館蔵本による）

また、近年では、横山重氏『書物捜索』下、一九九頁「欠冊本を買う」にも、

めずらしい本がいくつかあった。万治の「雪女」、寛文二年の「水鳥記」、…（略）などは、刊記のある下巻があった。…（略）これらは戦災で焼けた

とある。しかし、この点に関して、水谷不倒は、『新撰列伝体小説史』「水鳥記」（著作集第一巻）の中で、

著者の知れるは、寛文七年の京版（二冊もの）と、江戸版の年号なきもの（三冊もの）との二種にして、…（略）すると京伝の寛文二年といふのは七年の誤

りではなかろうか。もし、二年本もあるなら、七年本・無年本と三種にならなくてはならぬが、京伝は二本と言ってをる。此点が少し疑はしく思はれる。と、否定している。明暦刊説は見えない。

たしかに、仮に寛文二年板があったとするなら、無刊記寛文書籍目録（寛文六年ごろ刊か、朝倉治彦氏は本集成第二十六巻解題で、寛文七年二月から八年四月刊とも推定されている）には登載されていたのではなかろうか。前述のようにこれがないことは、その可能性が低いとも考えられる。もっとも、当目録も寛文前期の書物は漏れが多いと言われているので、明確な根拠とはなり得ないが。

江戸後期では、考証に熱心な小山田与清も『擁書漫筆』三で、やはり中村板、松会板の二本しかあげていない。『曲亭蔵書目録』には「水鳥記　合巻　一冊」とある。前記早大蔵本松会板であったろうか。また、『蜀山人蔵書目録』には、「水鳥記三巻」「酒戦談一巻半本　水鳥記異板」とある。前者は江戸板であろう。したがって、現在、明暦元年板はもとより寛文二年板についても、その刊行は確認できない。なお、水谷不倒「仮名草子」（著作集第六巻）には、上方板の表紙写真が掲載されており、原題簽（下部破れ）が確認できる。天理図書館蔵本と同一と思われる。

五、江戸板の刊年は未詳である。画者については、『龍門文庫善本書目』には師宣画とし、水谷不倒も前述識語のようにそう考えているが、もとより署名はない。師宣と考えられていた『私可多咄』もそうでない可能性もあるという（参考文献4）。ただ、本書の上下の雲形や波形などは、署名のある天和二年刊『狂歌旅枕』（本集成第二十四巻収載）ときわめて類似している。したがって師宣の可能性も高いであろう。またその時期は、雲形が田中喜作氏の言われる畳雲とは相違するので（参考文献5）、寛文中後期以後とも言えそうである。

六、上方板と江戸板との間には、句読点、平仮名・漢字の使用、振り仮名の有無、仮名遣いなど、さまざまな面で表記上の相違が見られる。仮に江戸板が後出とすると、江戸板ではことさらこれらを換えている感も否めない。

また、表記のみでなく、語句や本文においても異同がある。その箇所は四十カ所以上にのぼる。左に、その一例をあげておく。前に上方板の丁数、本文、後ろ（　）内に江戸板の該当部分と丁数を示した。

上巻

（一ウ）「上戸になすべき為の」（へ引いれん）（一ウ）

（三ウ）「しゆゑんのみちに」（じやうご）（四オ）

（十二ウ）「馬かたを、まねきよせ（つゝ）。これはいかなる神ぞと。のたまへば（いふ）」（八ウ）

（十四オ）「すぢかひ（へ）ばしをも打渡《うちわた》（わた）り。～柴《しば》ざ（しばさ）かな」（十オ）

（二十九ウ）「そこふか、老人といひ。大病をうけ。おもひ切たるこそ、だうりなれ、かゝるくせものに、わたりあはゞ。」（おもひ切たるそこふか、老人といひ、大病をうけ、のみしにせんといふことはたうりなれ、かゝるくせ者にわたりあはゝ）（十六ウ・十七オ）

下巻

（四ウ）「それ、よき大将《たいしやう》（酒）と申《まう》すは。むかふへも、かゝり（おさへ）。あとへも、ひき（さし）。」（中巻二十一ウ）

（十ウ）「氏子《うぢこ》なれば。ふびんをたれ。しらせんために来《きた》る也《なり》。いまは、はや。かへるとて。五《ご》たいより。あせをながし。こん〱となない（ナシ）てぞ、しづまりける」（中巻二十五オ）

（十一オ）「いけがみ三郎兵衛強盛《つよもり》（成《なり》）」（中巻二十五ウ）

（十六ウ）「はせむかひ。ひつくみ、さしちがひ。おつつ（のんす）。まくつつ（さいつ）。ひまなくぞ」（下巻二十九オ）

（二十七ウ）「いたみ（「もろはく」付加）なれば。こらへずして。」（下巻三十四オ）

（二十九ウ）「両方《りやうはう》。おめき。さけぶ（のむ）声《こゑ》」（下巻三十四ウ）
（三十二ウ）「大《おほ》ぜいたをれ（ゑひ）ふしたるは」（下巻三十七オ）
（四十ウ）「みぞをとび。川《かわ》をこし。くがちをはしる事《こと》は（ナシ）」（下巻三十九ウ）

右の異同箇所を、前述池上家蔵古写本（イ）と照合すると、ほとんど上方板の方に一致する。江戸板の方に一致するのは、次の二箇所のみである。

（十三ウ）「げにも、鈴《すゞ》（錫《すゞ》）あり」（九ウ）
（十八オ）「柴《しば》ざ（芝《しば》さ）かなに銚子《てうし》をそへて」（十一ウ）

この点から、上方板は池上家蔵古写本系を基にして上刻したものと判断される。したがって、上方板の方が古態を有し、原作の写本に忠実であることが判明する。江戸板では、中には右にあげたように酒関連の用語に転じたものもあり、酒戦談としてよりいっそうの趣向を加えた感がある。

七、古写本と刊本との間にも多くの相違がある。ただ、全体的構成としては、刊本上巻第一、二話が写本の話順を組み直しているだけで、他は写本に準じ、上下の巻分けも同一である。紙幅の関係から、前記中道氏翻刻書を用いて、上方板との主な異同内容のみを掲げておく。大きく次の四点が指摘できる。（　）内は上方板丁数、刊は刊本、写は写本（以下、同）。

（1）酒合戦の時日が、刊本では写本より半年ほど繰り上げられ、本文の季節や月などがそれに合わせて改稿されている。また、写本の成稿時期は奥付から慶安三年五月と推察される。

上第三話　刊「慶安元年　八月三日」（写「慶安二年　四月三日」）（十ウ）
上第七話　刊「八月中旬」（写「四月下旬」）（三十三ウ）
同　刊「慶安元年　八月十日」（写「慶安二

年　四月廿日」）（三十六ウ）

下第二話　刊「八月中旬」（写「卯月下旬」）、刊「ところ〳〵は～うたがはる」（写「四方の梢も若緑」）（七オ）

下第六話　刊「あきの野なれば～ちくさの中を」（写「茂れる夏野の草を」）（十六ウ）

巻末後跋日付　刊ナシ（写「慶安三年五月吉日」）（四十五ウ）

（2）「五ケ条の制札」の記述が写本にはなく、刊本において加筆されている。

上第六話、刊「五ケ条の制札を立らるゝ事」の一話全体（写ナシ）

（3）刊本では、酒戦の結末は樽次の勝利に終わっているが、写本では双方和睦とされる。以下、写本における当章の該当箇所の文章を掲げる。

底深樽次和睦の事

（…前半略）此うへはたてあはんずるものは両将ならで外になし、かく申それがしも宵より数度のせりあひにはげしくしゐつけられ、今は前後をぼうじて弓もなき空穂ばかりつけたる躰なれば、もはや御すけ申す事もなりがたし、此時節をうかゞひ必死の合戦あるべくは、両将の御いのちもあやうく、この内徳坊もかへってないそん坊になるは必定なり、たゞ興のつきざるうち双方御和睦しかるべしと申ければ、底深樽次両将も、げに尤いしくも申出けるよ、いかさま互に今よりは、ことぶき長く汲かはすこそめでたかるべけれとて双方たがひにうちやはらぎ、心のどかにくみかはし給ふほど、三日三夜ぞうつりける、さて樽次はさらばとて、函谷の関にあらねども鳥をかぎりに大師がはらを立いでゝ、南がはらに帰陣あり

（4）刊本では一揆の退治という構想が下巻目録に記されるが、写本にはない。ただし、刊本でも具体的な「一揆」の件は記されない。また、刊本では、当章に

江戸の地名が読み込まれるが、写本には見えない。

その他、狂歌、人名、地名、跋文などにも異同箇所がある。若干追記しておく。

●上巻

写「抑大蛇と字することは、昔歎の河上に年をへしをろちがいさほし、身をかへ酒をめで、もろこし岷江の末なきがごとく、凡河水を酒となして飲つくすとも、これはかぎりといふことあらねば、世の中にてもかやうにぞよびけるとぞ」（刊ナシ、底深の紹介として）

刊「当世は」の狂歌（写「いぶかしな神もいつはるよありとやかんだといへどひや酒もなし」）（十三ウ）

刊「ゆんでは海」の狂歌第三句（写「ぞそびえたる」）（十五オ）

刊「しな川に」の狂歌（写「品川にのぼればくだるいをふねのふなにはあらずよしやのめきみ」）（十八オ）

刊「ほの〳〵と」の狂歌第三、四句（写「のまれし酒の銭をしぞおもふ」）（二十三ウ）

●下巻

刊「せつしやうせきの」（写「玄翁和尚の」）（八オ）

刊「またを九二郎常佐」（写「ましを与四郎常佐」）、刊「池上左太郎忠成」（写「池上左太郎そこなし」）（十一オ）

刊「くすしなどに行かよひ」（写「くすし」ナシ）（四十五オ）

刊「もしほくさに～かは」（写「もしほ草にかきあつめ侍るは、名もなにはの物がたり、人の見るめのよしあしさへもわかたねば、げに水鳥のしたやすからぬかも／慶安三年五月吉日」）（四十五ウ）

八、水鳥記をめぐる面々のうち、池上家の人物比定、考証等については、古江亮仁氏著書に詳細なので参照されたい。また、五ヶ条の制札の文面が写本にはないが、池上家には杉板の断欠そのものが保存されており（大田南畝も『調布日記』に記す）、文面は七ヶ条である（参考文献2同書）。

地黄坊樽次は、伊丹城春作。父の横死後、幼少にして酒井家に取り立てられ、後、林羅山に師事、医学も修めて大塚下屋敷で酒井忠清に仕えた。没年は、黒木千穂子氏によると、五十四歳あるいは五十七歳で、酒合戦の時は三十一、四歳という若さであったという（参考文献6）。寛文十一年四月七日没、江戸谷中日蓮宗妙林寺（廃寺）に葬られた。

大蛇丸底深は、池上太郎右衛門幸広。江戸初期川崎大師河原に開墾のため移住し、その祖は日蓮宗本門寺をも創建した一族。慶安三年一月十二日没、大師駅前池上家墓地に眠る。享年には諸説あり、水鳥記では「としつもつて六十九」（上巻二十七ウ）とあるので、これにしたがうと享年七十歳となる。すると、写本が完成したとされる慶安三年五月は、底深が死没した年でもあり、追善のため両者和睦として供えたものであったろうか。

九、本作は、板本だけでなく写本でもかなり流布したと推察される。前記、河野信一記念館蔵本は、池上家古写本系である。新潟大学蔵佐野文庫本は古写本系の本文と同時に、五ヶ条の制札文をも含む。つまり、両系を併せ持つようである。筑波大学蔵本も同様のようである。後代の写本にはこのような混合が見られるが、河野記念館蔵本のような古写本の転写本が伝存することは、本作の写本での流通を示している。

十、板元中村五兵衛は朝倉治彦氏によると、寛永代から元禄半ばまでの活動が確認できる（参考文献7）。寛永十七年刊『あだ物語』には「御池通俵屋町」とあるという（静嘉堂文庫蔵本には所付がない）。延宝九年刊『日蓮大聖人御伝記』（東大蔵）には「寺町二条下ル町」とある。抄物では『灯前夜話』（東大蔵）にも同住所。万治四年刊『むさしあぶみ』（初版は河野板）も同住所である。なお、江戸店もあったようだ。寛文二年七月刊『妙正物語』

（国立国会図書館蔵）は「江戸通石町三丁目／中村五兵衛」と記す。『改訂増補近世書林板元総覧』では、承応三年刊『天正記』も江戸店刊行と記すが、東大霞亭文庫蔵本や国立国会図書館蔵本などには二重枠の大きな木記で刊年と書肆名があるだけで所付はない。『徳川時代出版者出版物集覧』には両方に入れている。ただ、本書は蔵板がかなり多いので後日の調査に俟ちたい。他に未見であるが、寛文九年刊『格致余論』、元禄八年刊『察病指南』などの医書も手がけたようだ。総じて近世前期における京・江戸両地にかけての老舗板元であったと言える。当書肆は日蓮宗関係の書物も刊行しているので、『妙正物語』や本書のような本門寺系関係一族の『水鳥記』を手がけたのも、その一環かとも推測されるが、それらは、今後の課題としたい。

十一、最後に改題本について記しておく。

書名「楽機嫌上戸　たのしみきげんじょうご」

底　本　東京国立博物館蔵本（と6450）

書　型　大本　原装　袋綴、五巻五冊
　たて二五・四センチ×よこ一八・一センチ

表　紙　縹色原表紙

題　簽　後補・左肩・墨書
「楽機嫌上戸壱（～五尾）」
「新板□入／楽機嫌□」（□はヤブレ、原題簽・左肩・子持枠国立国会図書館蔵本による）

序　題　楽機嫌上戸

目録題　なし。

本文題　なし。

尾　題　なし。

柱　刻　丁付のみ。
巻一「一（～十八ノ十九）」
巻二「二十（～三十六）」
巻三「二一（～十二、十四、十五）」
　＊十三丁目が欠
巻四「十六（～三十）」

巻五「三十一（〜四十五）」
匡郭　四周単辺
たて二〇・〇センチ×よこ一五・三センチ
本文の版心部の縦線なし。
丁数　巻一　十八丁、うち序二丁
巻二　十七丁
巻三　十三丁
巻四　十五丁
巻五　十五丁
行数　序文毎半葉七行、本文同上方板
字数　序文一行十四字前後
挿絵　巻一　見開き一図　十六ウ・十七オ
片面四図　五オ、八オ、十オ、十三オ
巻二　見開き一図　二十五ウ・二十六オ
片面二図　二十七オ、三十二オ
巻三　見開き一図　三ウ・四オ
片面一図　六ウ

巻四　見開き三図　二十一ウ・二十二オ、二十六ウ・二十七オ、二十八ウ・二十九オ
片面一図　二十五オ
巻五　見開き二図　四十一ウ・四十二オ、四十三ウ・四十四オ
片面六図　三十三オ、三十四オ、三十六ウ、三十八オ、三十九オ、四十オ
本文　中村板と同じ。
刊記　宝暦拾四年／申三月
京都書林
万屋九兵衛板
印記　「徳川宗敬氏寄贈」
所在　他に、国立国会図書館蔵（後装、二巻合一冊、原題簽、上巻十四丁補写、挿絵上巻十九丁オ・ウ、下巻十八丁オ・ウ欠、朱筆、墨筆による多数の書き込み有り、表紙に朱筆にて「一名水鳥記」「別名難波物語」、「大西氏蔵書」「静幽文庫」「玉川文庫」印）。

その他

京都大学蔵など。

本作は上方板を改題し、五冊本に改めたもの。もとの序文・目録等を削除し、新たに胡盧生の序文を付す。挿絵も、十九オ・ウ、三十五ウ、又十八オ・ウの五図を省く。左に序文を記す。

楽機嫌上戸

唐の大和の昔より。軍戦《ぐんせん》多きが中に。項羽《こうう》高《かう》祖《そ》の争《あらそ》ひ。源氏平家《げんしへいけ》の軍《いくさ》より。名高きも世にまれなるぞかし。これは人ゝ聞なれてめづらしからず。爰《こゝ》に樽次《たるつぐ》のいわれを書あらはし機嫌上戸《きけんじやうご》となづけ。雨中徒然《うちうつれ〴〵》の慰《なくさみ》とせり。世の諺《ことはざ》に。下戸《げこ》の立たる蔵《くら》はなけれども。上戸《じやうご》の傾《かたふけ》し家は多しとかや。されば子夏《しか》といへる人は。酒ゆへに身を失《うしな》ひ。阮籍《げんせき》といふ人は。酒にて難《なん》を遁《のが》ると聞けば。酒には咎《とが》なふて。飲《のむ》人にこそよしあしはあるぞかし。狂《きちがい》の水といふことのあれは。寿《いのち》を延《のぶ》る薬とよぶ人もあり。誉《ほむ》るも毀《そし》るも百年をまたず。持仏堂《ぢふつだう》に置《おき》所なき身となれば。気まゝに飲むもよしといへるもおかし。そのおかしきを書《かき》集《あつ》め。人の笑を催すも又おかし　胡盧生撰

備　考

一、国立国会図書館蔵本は、本書の後刷本（序文年記は四月、六月二日に明和元年に改元）。新たに附言や洛下如水撰の序文が付された。上巻三十五丁（うち序文一丁、附言一丁）、下巻四十四丁。序文は次の通り。

王充《わうじう》が論衡《ろんかう》に麒麟鳳凰聖代《きりんほうわうせいたい》にあらねども出るのいや出んのとむつかし以唐土《もろこし》の理屈《りくつ》の中に只太平の道路《だうろ》には酔人《すいじんを、》多しとなん是に過《すぎ》たる瑞《ずい》やあるあら楽《たのし》の時津風《ときつかぜ》三国一の機嫌上戸《きげんしやうご》五の巻に管《くだ》まきて四方の君子に咲《わらは》れんといふ爾　宝暦甲申初夏吉　洛下如水撰

二、明和九年刊書籍目録「軽口」の部に

五　楽機嫌上戸　故芦生

とある。

参考文献

1 昭和十六年七月十日発行『池上文庫』「水鳥記」池上幸健方（非売品）

2 『大師河原酒合戦』（多摩川新聞社、平成十年）一三一頁など。

3 柏崎順子氏「松会版書目」（書誌学月報　別冊10　青裳堂書店、平成十四年）にも見えない。

4 佐藤悟氏「菱川絵本の諸問題」（『千葉市美術館　菱川師宣展』他）

5 「師宣の初期絵入本に就て」（『浮世絵』昭和三年稿、本集成第三十三巻朝倉治彦氏解題参考資料、深沢秋男・菊池真一氏編『仮名草子研究叢書』第一巻、クレス出版、平成十八年などに所収）

6 「『水鳥記』の周辺」（「大妻国文」三十二号、平成十三年三月）

7 「私の書賈集覧」（『近世文学・作家と作品』中央公論社、昭和四十八年）

（花田富二夫）

杉楊枝

本作は、これまで『古典文庫』三五一（倉島節尚氏編、昭和五十一年）と、『噺本大系』第四巻（武藤禎夫・岡雅彦氏編、昭和五十一年）に翻刻が備わる。ただし、巻四に関しては初板の存在が知られていない。前者の底本には、延宝板（東大霞亭文庫蔵本ならびに国立国会図書館蔵本）と元禄十六年板（吉田幸一氏蔵本）が用いられ、後者には延宝板と享保板（東大霞亭文庫蔵本）が用いられた。本集成では、巻一、二、三、五、六に延宝板の東京大学総合図書館蔵霞亭文庫本を用い、巻四には、元禄十六年板と推定される東京国立博物館蔵本を用いた。

作者は序文に江戸麻生住の里木予一とある。『日本小説書目年表』には「茶人野本道元の匿名」と記すが根拠は示されておらず、現在でも確認できていない。一休咄と竹斎物語を手本に、両名を主人公とした狂歌入り滑稽談である。諸本には、初板の延宝八年板を基に、元禄十四年板、元禄十六年板、享保五年板が備わり、初板に補刻・修訂・削除がなされながら刊行された。この補刻・修訂箇所はかなり複雑であり、精査が望まれるのであるが、古典文庫倉島氏解説に詳細な解説があるので、今はそちらに譲りたい。また、本集成に用いた東京国立博物館蔵本はこれまで未調査であったので、当解題では本書を重点的に記述することにする。

以下底本について記す。

◉巻一、二、三、五、六

底　本　東京大学総合図書館蔵霞亭文庫本（霞亭490）

書　型　半紙本　原装　袋綴　六巻六冊（巻四のみ別板）

たて二三・〇センチ×よこ一五・六センチ

たて二二・二センチ×よこ一五・七センチ（巻四）

表紙　原表紙　黒色　毘沙門格子空押紋様
　　後装　砥粉色替表紙（巻四）
題簽　原題簽　左肩　無枠
　　「杉楊枝　一休和尚竹斎両人咄　一」
　　「すきやうし　二」
　　「杉楊枝　三」
　　「すきやうし　四」
　　「杉楊枝　五」
　　「すきやうし　六終」
序題　「杉楊枝　序」
目録題　「杉楊枝第一（三、五、六）」
　　「杉楊枝《すきやうじ》第二」
　　＊巻四は目録欠
内題　「杉楊枝《すぎやうし》第一」
　　「杉楊枝《すきやうじ》第二」
　　「杉楊枝第三（四、五、六）」
尾題　なし

柱刻　「杉一　○一（～二十九終）」
　　「杉二　○一（～卅二終）」
　　「杉三　○一（～卅一終）」
　　「杉四　○二（～廿八）」
　　＊●廿七
　　「杉五　○一（～廿四終）」
　　「杉六　○一（～廿八終）」
匡郭　四周単辺　たて一六・四センチ×よこ一二・一センチ
　　たて一六・四センチ×よこ一一・六センチ（巻四）
丁数　巻一　二十九丁、うち序二丁、目録半丁
　　巻二　三十二丁、うち目録半丁
　　巻三　三十一丁、うち目録半丁
　　巻四　二十六丁半
　　巻五　二十四丁、うち目録半丁
　　巻六　二十八丁、うち目録半丁、跋二丁、刊記半

丁

行数　序　毎半葉八行、目録　五行、本文　毎半葉十行

字数　序　一行十八字前後、本文　一行二十一字前後

挿絵　巻一　片面五図　七ウ、十三オ、十七ウ、二十二ウ、二十八ウ

巻二　片面六図　六ウ、十一ウ、十七オ、廿一ウ、廿六ウ、卅二終オ

巻三　見開き一図　十三ウ・十四オ

片面五図　三オ、八オ、十八ウ、廿四ウ、廿九オ

巻四　見開き一図　十ウ・十一オ

片面四図　六オ、十六オ、二十ウ、廿四ウ

＊廿八ウ図欠

巻五　見開き一図　九ウ・十オ

片面四図　六オ、十六オ、十九ウ、廿四終オ

巻六　片面五図　四ウ、八ウ、十三オ、十六オ、廿二ウ

本文　漢字平仮名交じり、振り仮名、清濁あり、句読点なし。

刊記　延宝八年孟春日

江戸通新両替町三丁目

林文蔵板行

印記　「霞亭文庫」

所在　底本の他、天理大学附属天理図書館蔵（六巻六冊、石田元季氏筆後補書題簽、欠丁箇所有り）、国立国会図書館蔵（改装六巻合二冊、書題簽、欠丁箇所有り、三馬旧蔵）など。

◉巻四

底本　東京国立博物館蔵本（と5076）

書型　半紙本　袋綴　六巻六冊

たて二一・九センチ×よこ一五・二センチ

各巻、朱色の覆表紙が付く。

表紙　縹色原表紙（表面の縹色がはがれた箇所を有する）

題簽　覆表紙　左肩打付墨書

「杉楊枝　一（〜六）」

原表紙　左肩打付墨書

巻一、二、六「杉楊枝一、二、六」

後補題簽墨書

巻三、四、五「杉楊枝三、四、伍」（破損箇所有り）

序題　「杉楊枝　序」

目録題　「杉楊枝第一」

「二（〜六）之巻」

＊序の次に目録一括掲載

内題　同東大本

尾題　目録「目録終」

他なし。

柱刻　「杉一　〇一（〜五、一ノ四、五〜二十九終）」

＊一ノ四に〇なし、●二十三

「杉二　〇二（〜十九、二十の二十一、廿二〜卅二終）」

＊●三、十七、廿七

「杉三　〇二（〜十七、十八ノ九、二十〜卅一終）」

＊●七、十二、十八ノ九

「杉四　〇二（〜廿九終）」

＊●廿七

「杉五　〇二（〜廿四終）」

＊●九

「杉六　〇二（〜廿七、（廿八）」

匡郭　たて一六・四センチ×よこ一二・一センチ

丁数　巻一　三十丁半、うち序文二丁半、目録二丁半、

最終丁後表紙貼付

巻二　三十丁

巻三　二十九丁

巻四　二十八丁

巻五　二十三丁

巻六　二十六丁半、最終丁後表紙貼付がはがれている。

行数　東大本と同じ。

字数　東大本と同じ。

挿絵　巻一、二、三、五、六は東大本と同じ。
巻四、廿八ウ図有り。

本文　東大本と同じ。

刊記　□五月吉日　日本橋南詰　万□清□（四郎カ）板

印記　「森本幸」、「徳川宗敬氏寄贈」他

所在　底本の他に、吉田幸一氏蔵（改装六巻合二冊、「元禄十六年未五月吉日　日本橋南詰　万屋清四郎板」、「兎角菴」印）

その他　挿絵に関して、巻五の六丁オ、九丁ウ・十丁オについては、汚れ・破損などのため、国立国会図書館蔵本のものを用いた。また、巻四については、東京国立博物館蔵本（以下東博本）に書き込みなどがあるため、東大霞亭文庫蔵本の享保板を用い、廿八丁ウのみ東博本を掲載した。巻四の目録は、東博本冒頭の目録より翻刻した。また、東博本にはカスレた箇所を墨でなぞった所も存する。

巻四には、書誌事項に記したように二十七丁目が補刻のため、漢字の振り仮名などが脱落している。左にその箇所を元禄十四年板（天理大学附属天理図書館蔵）によって補っておく。数字は行数。

二十七オ　1夜《や》中、猶《なを》　2更《さら》に　3捨《すて》ん　4脳《のう》、廻《まは》し、程《ほど》に　5先《まつ》　6病闘者《ひやう（とう）しや》、一越《いつ（こつ）》　7小便《せうべん》　8歎《なげ》く　9顔《かほ》　10穴《あな》、明置《あけをき》

二十七ウ　1死《し》する、遺言《いゝこん》　3夢《ゆめ》　4六十《むそじ》　5先《さき》だて　7為方《（せん）はう》　8黒《くろ》薬　9居侍《（ゐ）はへ》る　10小便《せうべん》

備考

一、諸本について、右の底本二部は、初板本ならびに第三次板本にあたる。残りの第二次板本、第四次板本につい

ての詳細も倉島氏解説に見えるので、以下、要件のみを記す。

第二次板本　元禄十四年板、半紙本六巻六冊、砥粉色表紙、打付書題簽、刊記「元禄十四年辛巳五月吉日　江戸日本橋万町　万屋清四郎」、目録を冒頭に一括し、初板本に補刻・修訂を加えたもの。
天理大学附属天理図書館蔵

第四次板本　享保五年板、半紙本六巻六冊、刊記「享保五庚子年十一月吉日／浪花書林　吉文字や／市兵衛」、巻一の十六丁以下（「源氏のしらはた」・「越中下帯」）、巻五の十七丁ウ・十八丁以下（「木乃伊の切売」）、巻六の廿二丁ウ・廿三丁以下（「枕屏風の歌」）欠、柱に●丁有り。
関西大学総合図書館蔵（灰白色原表紙、左肩無枠原題簽完備、巻五の六丁目の丁数字欠、公印のみ）、早稲田大学中央図書館蔵（黄白色原表紙、左肩無枠原題簽一部墨書、巻四の十二丁目は補写、巻三最終丁墨筆「安永八年巳未年正月～」、「田吉」他黒印）東洋文庫蔵岩崎文庫（改装六巻三冊、黒印他）、東北大学狩野文庫蔵（改装六巻五冊巻一・二合冊、後補題簽、「山忠」他黒印、書込有り）、東京大学国文学研究室蔵（六巻六冊、砥粉色原表紙、左肩無枠原題簽）、吉田幸一氏蔵（古典文庫解説）、刈谷市立図書館蔵村上文庫（五冊、巻四欠、巻六を第四冊目とする、国文学研究資料館収蔵マイクロフイルムによる）、他、不完全本については省略する。

二、延宝八年板については、現在三本が存しているが、それぞれ取り合わせ本であることが、倉島氏の調査で判明している。以下に氏の結論を転載する。

	（延宝東大本）	（延宝天理本）	（延宝国会本）
巻第一	延宝版	元禄十六年版	享保版
巻第二	延宝版	享保版	享保版
巻第三	延宝版	元禄十六年版系後刷	享保版
巻第四	享保版	元禄十六年版系後刷	享保版
巻第五	延宝版	元禄十六年版系後刷	延宝版初刷
巻第六	延宝版	延宝版	延宝版初刷

（古典文庫三一四頁より）

三、本作を書林目録に見ると、
貞享二年刊の改正公益書籍目録「物語類」の項に

六　杉楊枝

次いで、元禄五年刊書籍目録、元禄十二年刊新版増補書籍目録なども同様。
延宝三年刊新増書籍目録「す　仮名」に

六　杉楊枝

元禄九年・宝永六年書籍目録大全、正徳五年書籍目録大全「す　かな」には

六　いづみ　杉やうし　六匁

とあり、「いづみ」からの板行も推察されるが、現在まで確認されていない。

四、林文蔵は、『改訂増補近世書林板元総覧』（以下『板元総覧』）によると、新両替町の他に、京橋南三丁目ともあり、延宝四年『定家家隆歌合』等を刊行している。元禄三年の『江戸惣鹿子名所大全』巻六等には「書本屋」ならびに「書物屋」としても掲載され、書写を専門とした時期もあり、元禄頃までひととおりの名を知られていた書肆であったようだ。

万屋清四郎については不詳。ただし、万屋清兵衛は、速水香織氏によると（参考文献1）、元禄十五年三月刊の『龍韜品』から宝永四年あたりまで、「日本橋南詰」を用いている。これは、万町辺りを指したものであったろう。『徳川時代出版者出版物集覧』では、他に清四郎刊として、元禄十六年の『俳諧なげ頭巾』、元禄九年の『大和名所鑑』

などをあげ、『板元総覧』には、宝永二年の『後柏原院御著到百首和歌』をあげている。これらによると、清四郎は、元禄後年から宝永初年にかけて活動したようであり、当作の元禄十六年もその時期に合致している。そして、それは清兵衛の所付時期とも重なっているので、清四郎と清兵衛は極めて近い関係であったろう。

初代万屋清兵衛は貞知とも称して、正徳ごろまで活躍したことが知られている。そして、天和三年八月刊『詩法初学抄』が最初の出版物とされ、西鶴本をはじめ、八文字屋本や俳書などを広く手がけた著名店であった（参考文献2・3・4・5）。

五、本作は、初板以後、補刻修訂がなされた。全面的に覆刻したものから部分的修訂にまで及ぶ。延宝板から元禄十四年板にいたり、その修訂された箇所は倉島氏一覧表によって指摘されている。

天理図書館蔵元禄十四年板では、目録を冒頭に移し、補刻を示す柱の●はないが、巻二では、飛び丁による補刻がなされ、挿絵が削除された。その他、補刻に及んだ丁は、巻一で、十九、二十、二十一丁、巻二で二十ノ二十一、巻三で、三、四、五、十、巻六で、十、十一、十七丁などが考えられる。

これに、元禄十六年板では、更に補刻を加えた。柱に●があるものが、その該当丁と見なされる。その箇所は、吉田幸一氏蔵本で八丁に及ぶ。東博本は九丁であるが、後表のごとく、巻二で、吉田幸一氏蔵本が●のところが、○であったり、逆に、前者で○のところが●であったりする。また、巻三では、吉田本が○のところが●となっており、都合総計で一丁増えたものである。これより、同じ元禄十六年板でも、吉田幸一氏蔵本と東博本は相違しており、同一の板様ではない。東博本の補刻丁が若干増えており、それだけ享保板に近づいていると言えようか。

なお、その他、●は付されないが多くの補刻丁が存し、それらには振り仮名や濁点の脱落、あるいは不明字体の表記箇所などが存している。そして、これらの補刻箇所が享保板に引き継がれた。その詳細については、ここでは略し、後の一覧表に代えたい。また、本作を含み、これら補刻・修訂の全容については、さらに全板種を対象にした包括的な精査が必要であるので、今後、他日を期したい。

万屋関係主要参考文献

1　速水香織氏「万屋清兵衛出版年表」（『皇學館論叢』第三十六巻第二号、平成十五年四月）

2　同「江戸書肆万屋清兵衛の初期活動」（『近世文藝』七十九号、平成十六年一月）

3　石川了氏「西鶴時代万屋清兵衛出版年表稿」（西鶴選集『好色五人女』解題、おうふう、平成七年）

4　塩崎俊彦氏「万屋清兵衛関係書目稿」（『山手国文論攷』二十号、平成十一年三月）

5　加藤定彦氏「出版・書肆から見た関東俳諧史」（『関東俳諧叢書』第二十巻、平成十二年）

初板との異同表

東博本と東大霞亭文庫本との異同についてのみ記す。他板との関係は倉島氏一覧表を対照されたい。濁点の微妙なものや文字の摩滅などによるカスレなどは除いた。また、●丁も全面的な補刻のため省略した。「古表」は古典文庫別表（一～十三）を指し、すでに記載があるもの。＊は私注。

巻	丁・行	東博本	東大霞亭
巻一	十二ウ2	魚《うを》	魚《を》
	十八オ8	難	難《かたし》
	10	冷飯《ひゑめし》	冷飯《れいはん》
	十九ウ7〜10	「古表」三 ＊十九丁ウラは下部のみを修訂。	
	二十オ2	重代《ちう》	重代《ぢう》
	3・4	「古表」三	
	7	旦那《たんな》	旦那《だんな》
	8	せい謐《ひつ》 （「謐」の字体やや不詳）	静謐《せいひつ》
	9	くちはぜんを	くちうせんを
	二十ウ1	たふらはず	さふらはず
	2	「古表」三	
	2	破《やぢる》	破《やぶる》
	7	損《たん》じる	損《そん》じる
	8	先《まっ》	先《まづ》

二十一オ	ノド匡郭切れ。	切れナシ。
5	「古表」三	
6	子細《さい》	子細《しさい》
ウ2〜4	「古表」三	
7	ぞんし	ぞんじ
8	声か	声が
9	引《ひき》	引《びき》
二十三オ・ウ	●「古表」二	
二十七ウ2	ふくり	ふぐり
10	川岸《かはきし》	川岸《かはぎし》
二十八オ10	観《くはん》し	観《くはん》じ
二十九オ2	なるそ、驚《をどろ》き	なるぞ、驚《おどろ》き
4	下帯《したをひ》	下帯《したおび》
5	かくまて	かくまで
9	口号《すさみ》て	口号《ずさみ》て
巻二		
三オ・ウ	●	
四オ1	汝《そち》、皺入道《しはにうとう》	汝《なんぢ》、皺入道《しはにうどう》

7	いて〱	いで〱
ウ8	ましとて	まじとて
五ウ1	訇《の、》れる	訇《の、し》れる
4	伝《た》へ	伝《つた》へ
九ウ2	給へそ	給ひて
十一オ3	伊《い》さ＊（判読不明）	伊《い》弉《さ》諾《なみ》
4	二れ	世《よ》に
十五オ2	衆人、愛敬	衆人《しゆにん》、愛敬《あいきやう》
7	黄むく	黄《き》むく
10	求《く》男	求男《ぐなん》
ウ5	願、福徳智恵の男	願《くはん》、福徳智恵《ふくとくちえ》の男《おとこ》
6	かんくたき、くわら	つゝしんて、ぐわら
7	とひ飛	とひて
9	込て	込かく

＊当丁は、吉田幸一氏蔵元禄十六年板や天理蔵元禄十四年板、享保板とも相違。

＊当丁は享保板と一致。

十六ウ	匡郭下線欠。	有り。
十七オ・ウ	●　挿絵も改刻。	
十八ウ5	ざん言《げん》…たか	讒言《さんげん》…たが
9	さはかす	さはがす
10	三世想《さう》、現在《げんさい》	三世《せ》想《さう》、現在《げんざい》
十九オ・ウ	＊当丁（カスレ有り）は、吉田幸一氏蔵元禄十六年板や享保板は●、天理蔵元禄十四年板、延宝板は○。	
二十ノ二十一オ・ウ	「古表」五ならびに解説 ＊改刻の上、行詰めをし、挿絵を削除。	
二十二オ7	然《ぬん》	然《ねん》
ウ	「古表」五	
二十七オ・ウ	● ＊吉田幸一氏蔵元禄十六年板、天理蔵元禄十四年板は○。	
二十八ウ6	「又」の字不完全。	
7	出合《てあひ》	出合《いてあひ》

巻三

10	あけ…なから	あげ…ながら
二オ1	「第」の字体不詳。	
3	猿が池《いけ》	猿《さる》か池《いけ》
4	「網」の字体不詳。	網
7	桃花《たうくわ》…比、京	桃花《たうくは》…比《ころ》、京《きやう》
9	秋	秋《あき》
三オ	挿絵相違	
ウ6	里の人	里人
10	へけれ…いれす	べけれ…いれず
四オ8	「古表」七、某《それじ》	某《それがし》
ウ6	「古表」七	
五オ1	「古表」七	
2	物、夜嵐	物《もの》、夜《よ》嵐《あらし》
3	仏果《くわ》、願《ぐわん》	仏果《くわ》、願《ぐはん》
5	「古表」七	
6	善果	善果《せんくわ》
7	菩提心《ぼたひしん》	菩《ほ》提心《だひしん》

五ウ1	浅は…通り	浅《あさき》は…通《とを》り
2	極楽	極楽《ごくらく》
6	筋	筋《すち》
7	安楽…浜辺	安楽《あんらく》…浜辺《はまべ》
9	末世	末《まつ》世
六ウ	「古表」七	
	*六ウ、東博本はカスレた箇所を墨でなぞったり、書き入れたりしている。	
七オ・ウ	●	
	*吉田幸一氏蔵元禄十六年板は〇。	
十オ4	「古表」七	
9	扇子《にふき》	扇子《あふき》
ウ1	なと	など
2	ものとも	ものども
4	われ	それ
5	正しく	正《まさ》しく
8	ものとも	ものども

9	僉議《せんき》…とも、とれ	僉議《せんぎ》…ども、どれ
十一オ・ウ	＊元禄十四年板と同丁（吉田幸一氏蔵元禄十六年板は補刻丁）。	
十二オ・ウ	●	
十八ノ九オ・ウ	●	
	＊改刻の上、行詰めをし、挿絵を削除。	
巻四		
四ウ10	目□る	
五オ	「古表」九	
	＊東博本は一部修訂、延宝天理本は修訂せず、天理十四年板は修訂有り。	
九オ	「古表」九	
	＊東博本は修訂せず、延宝天理本、天理十四年板は修訂有り。	
十九オ8	「古表」九　見さるは又夢なり	
十九ウ2	其…狸《たへき》	
9	に手を	
10	やまさり	

	*吉田幸一氏蔵元禄十六年板ならびに天理十四年板とも相違。	
巻五		
二十一オ・ウ	*摩滅少なし。	
二十二オ・ウ	「古表」九	
二十七オ・ウ	●	
二十九オ5	「をきこえけ」摩滅。	
二オ3	「鹿」の字体不詳。	
4	「置ける」の「け」の字体不詳。	
7	方に	方も
10	「古表」一一	
五オ	*摩滅	
六ウ	*摩滅のため2・3・9行目の文字で墨でなぞったのがある。	
七オ・ウ	「古表」一一	
	*補刻のため漢字に振り仮名脱落有り。	
九オ・ウ	●	
	*挿絵も改刻。	

巻六

十一オ1~3	「古表」一一「に」「す」「り」なし。	
	＊行頭文字は摩滅（吉田幸一氏蔵元禄十六年板と相違）。	
十二オ4	「身」の字体不詳。	
ウ2	前生《たんやう》	前生《せんしやう》
4	宣《ひたま》ひ	宣《のたま》ひ
5	「自」の字体不詳。	
10	座禅《させん》の「禅」の字体不詳。	座禅《さぜん》
十四ウ10	ども（摩滅）	されども
十七オ10	「古表」一一（なりたとへ）	
十七ウ・十八オ・ウ	カスレ	
九オ・ウ	カスレ	
十オ7	「輿」の字体不詳（振り仮名「こ」を「故」）。	輿《こし》
9	御門	御門《ごもん》
10	どうと	どうど
十ウ2	輔車《ほうさき》	輔車《ほうかまち》
7	そは…内裏《たいり》	そば…内裏《だいり》

9	南無《む》	南無《なむ》
10	「我」の字体不詳。	
十一オ 1	荘子《そうし》、睡《す》、蜀《よく》	荘子《そうじ》、睡《すい》、蜀《しよく》
3 5 10	亦・形・並の字体不詳。	
4	種《たの》、願《くはん》	種《たね》、願《ぐはん》
6	中着《きんちやく》	巾着《きんちやく》
ウ 1	「常」の字体不詳。	
9	武州《ふしう》	武州《ぶしう》
10	すへ	すべ
十七ウ 2	天変《へん》	天変《べん》
3	奢《をこり》	奢《をごり》
9	席《せさ》	席《せき》
十八オ 1	衣類《るい》…美《ひ》	衣類《いるい》…美《び》
2	持る	持《もて》る
3	もつともて	もつとして
5	性名《わいめい》	性名《せいめい》
6	少一…枝葉《しはう》	少一《せういつ》…枝葉《しえう》

9	円画《あんぐ》	円画《あんぐは》
ウ2	れは	れば
4	物	物《もっ》
5	日のに	日のみ
6	一時	一時《いちじ》
7	近さ	近き
9	如図《つのごとく》	如図《づのごとく》

（花田富二夫）

【假名草子集成　前責任者】
朝倉治彦（あさくら　はるひこ）

大正十三年東京生。昭和二十三年國學院大学国文科（旧制）卒、二十五年同大学特別研究科（旧制）修。国立上野図書館司書・国立国会図書館司書（昭和六十一年依願退職）。元四日市大学教授兼図書館長。仮名草子その他、著編書論文多し。

●編者略歴

【編集責任者】
深沢秋男（ふかさわ　あきお）

昭和十年生れ。法政大学卒業。元昭和女子大学教授。〔主要編著書〕『可笑記大成』（共編　笠間書院）『仮名草子研究文献目録』（共編　和泉書院）『仮名草子研究叢書』（共編　クレス出版）など。

【共編者】
伊藤慎吾（いとう　しんご）

昭和四十七年生れ。國學院大学大学院博士課程修了。現在恵泉女学園大学非常勤講師。〔主要論文〕「神仏の噂」（『寺社縁起の文化学』所収　森話社）「神詠と呪歌」（『和歌をひらく』第四巻所収　岩波書店）など。

入口敦志（いりぐち　あつし）

昭和三十七年生れ。九州大学大学院博士前期課程修了。現在国文学研究資料館助教。〔主要編著書〕『仮名草子話型分類索引』（共編　若草書房）『社家文事の地域史』（共著　思文閣出版）など。

花田富二夫（はなだ　ふじお）

昭和二十四年生れ。熊本大学大学院文学研究科修士課程修了。現在大妻女子大学教授。博士（文学）。〔主要編著書〕『仮名草子研究―説話とその周辺―』（新典社）新日本古典文学大系『伽婢子』（共編著　岩波書店）など。

四しやうのうた合　㈶東洋文庫所蔵

上巻　表紙

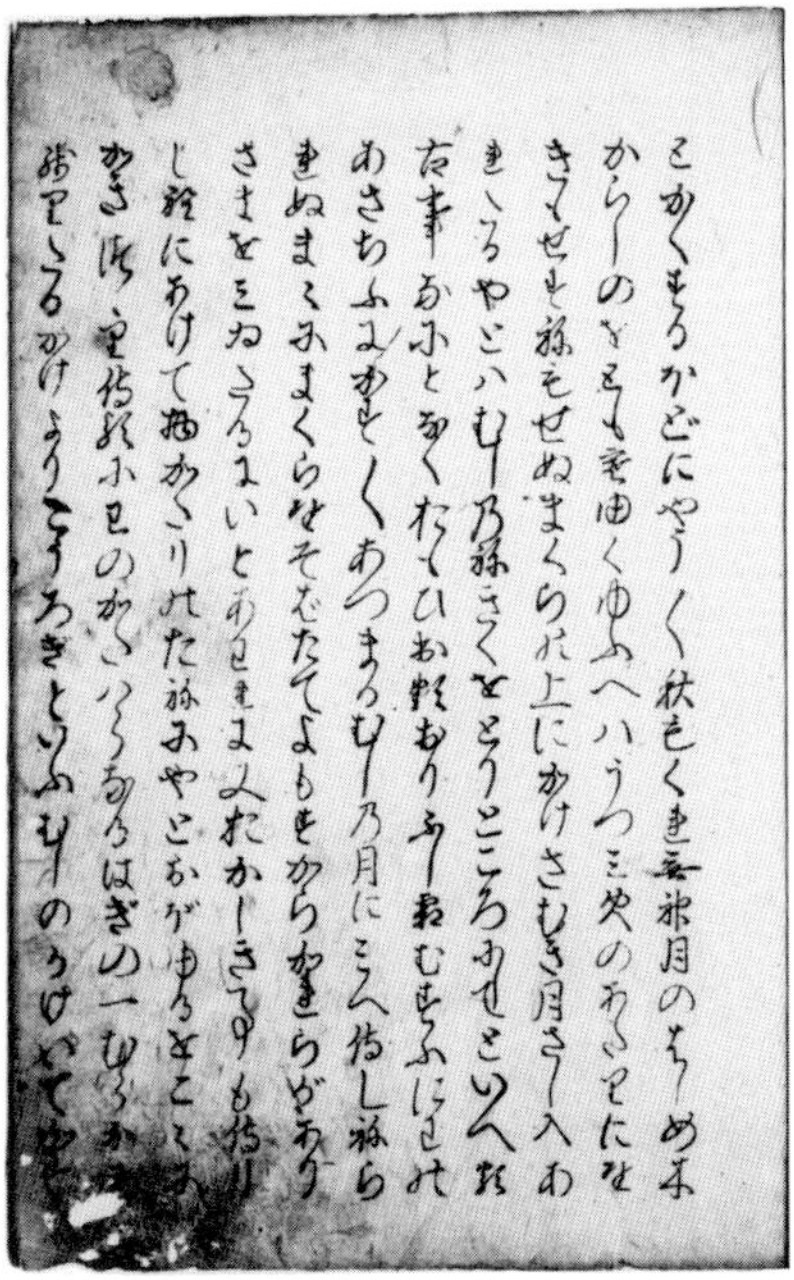

上巻　巻首

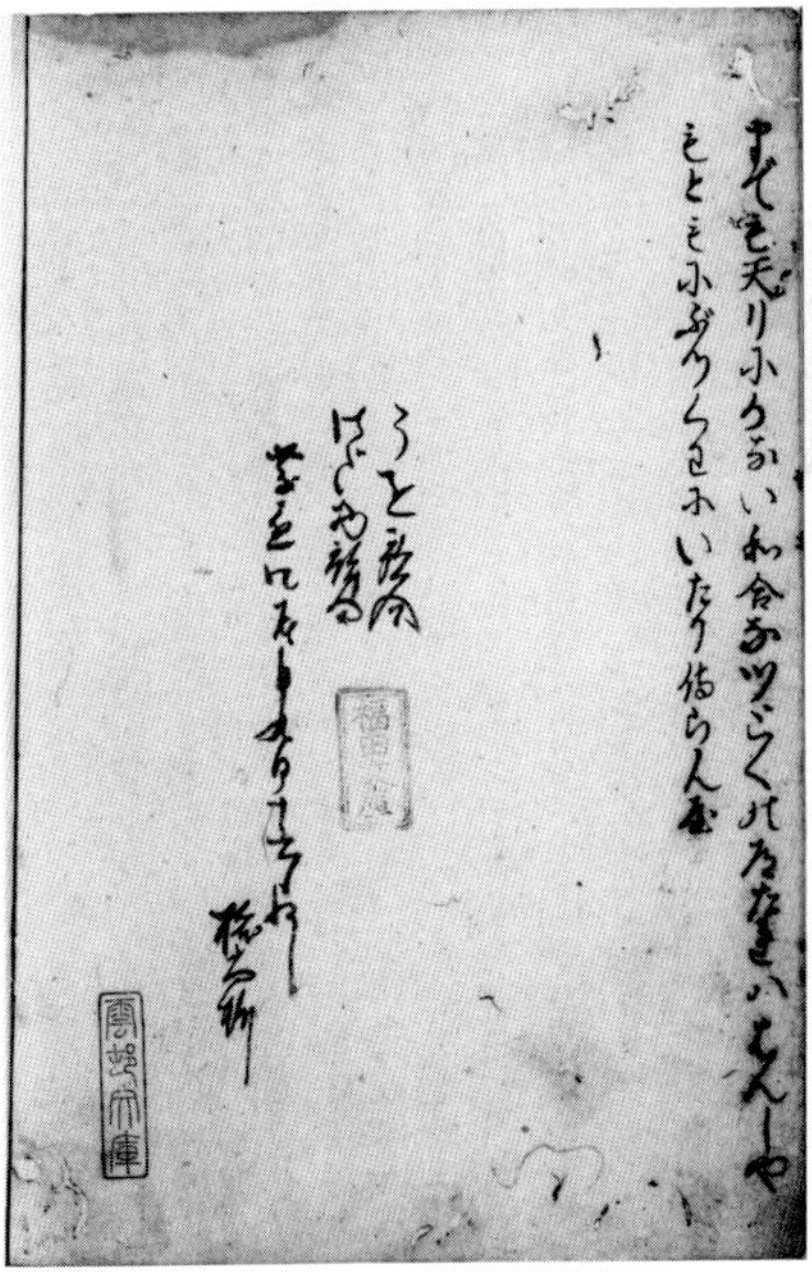

下巻　巻尾

四十二のみめあらそひ　「近世文学資料類従　仮名草子編19」勉誠出版刊より

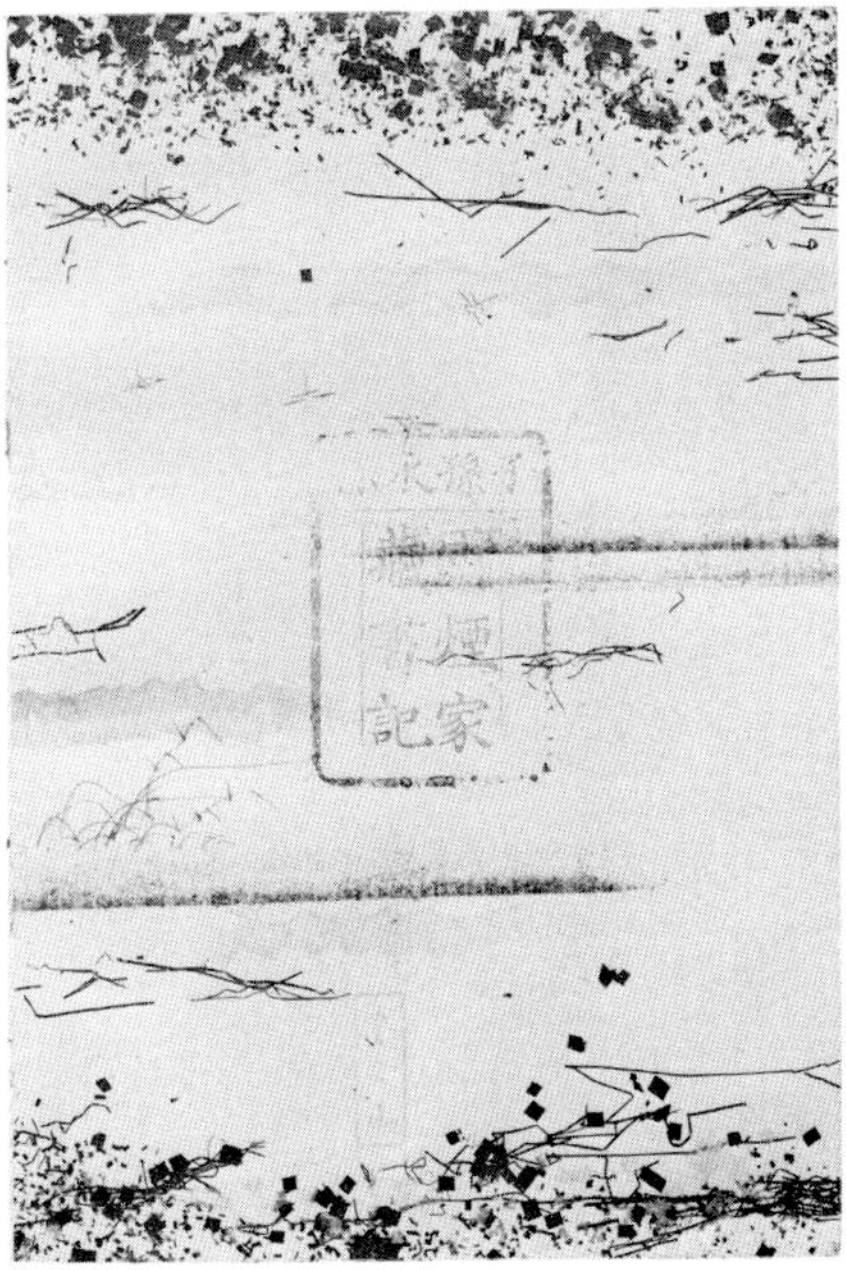

表紙　裏

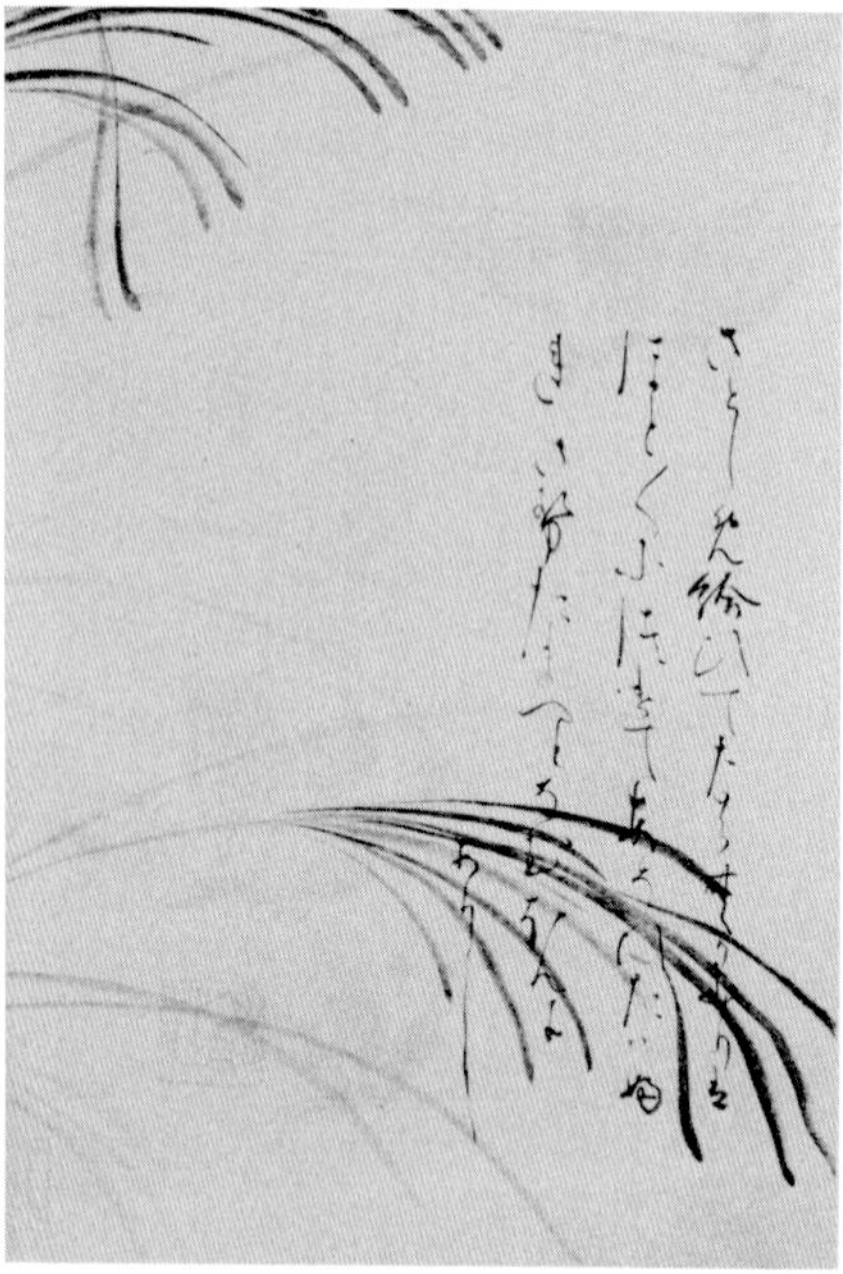

本文巻尾（16ウ）

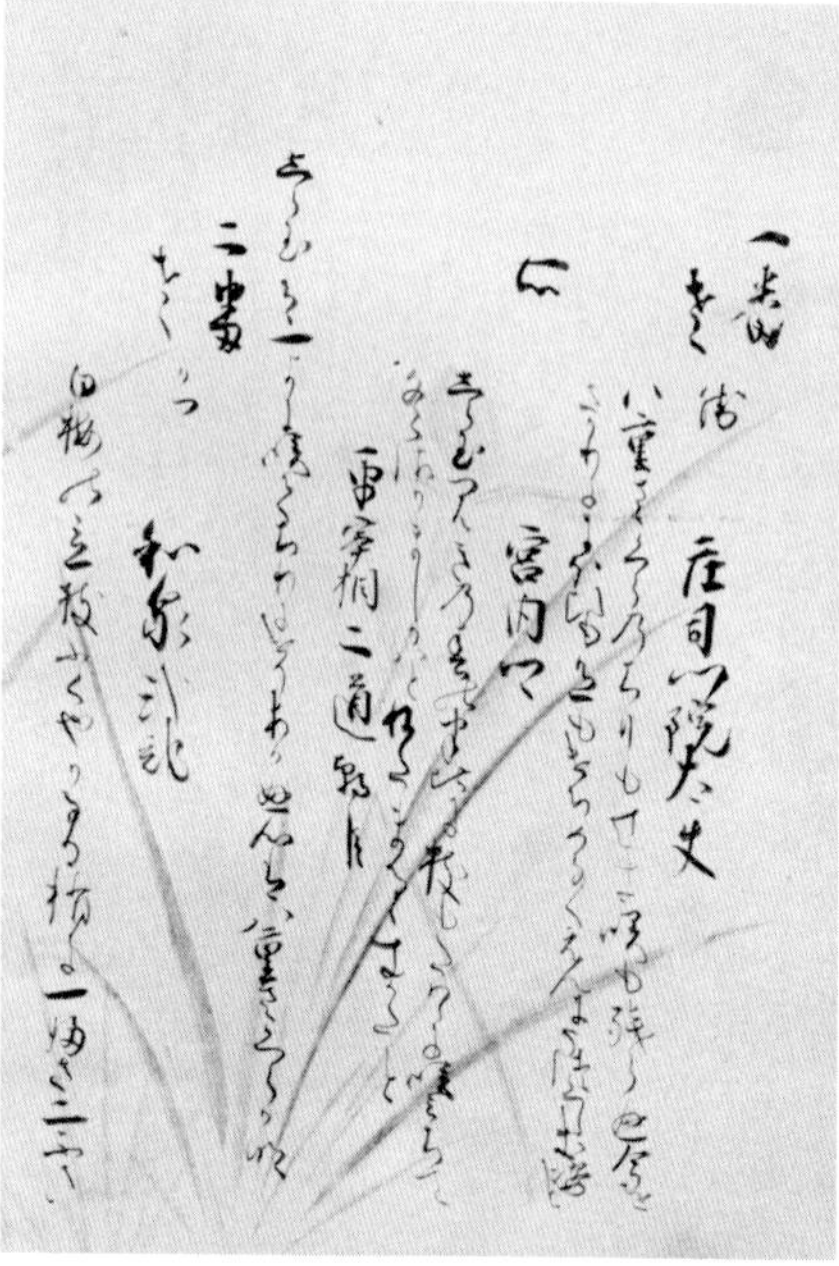

本文（２ウ）

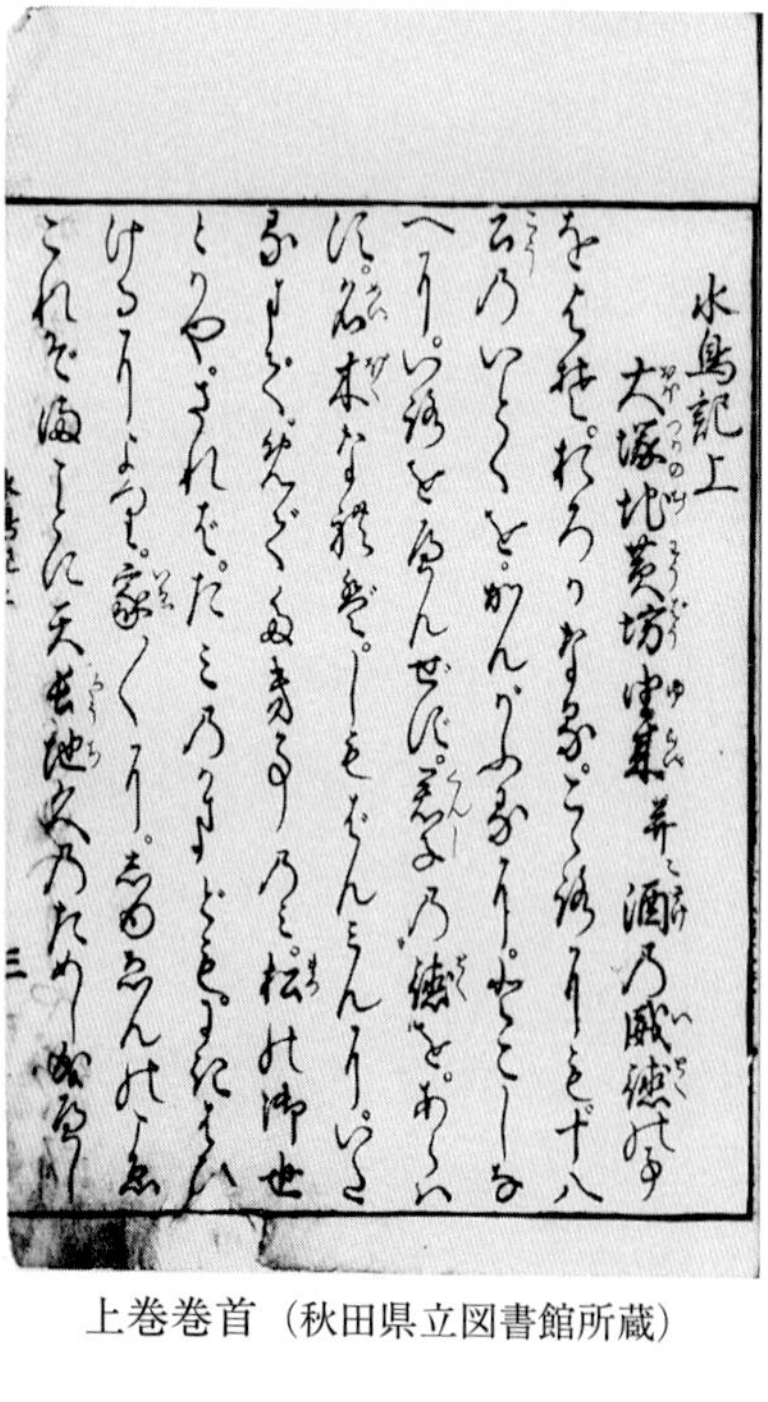

上巻巻首（秋田県立図書館所蔵）

上巻表紙（天理大学附属天理図書館所蔵）

水鳥記（寛文七年上方板）

水鳥記（松会板）

上巻表紙（財団法人阪本龍門文庫所蔵）

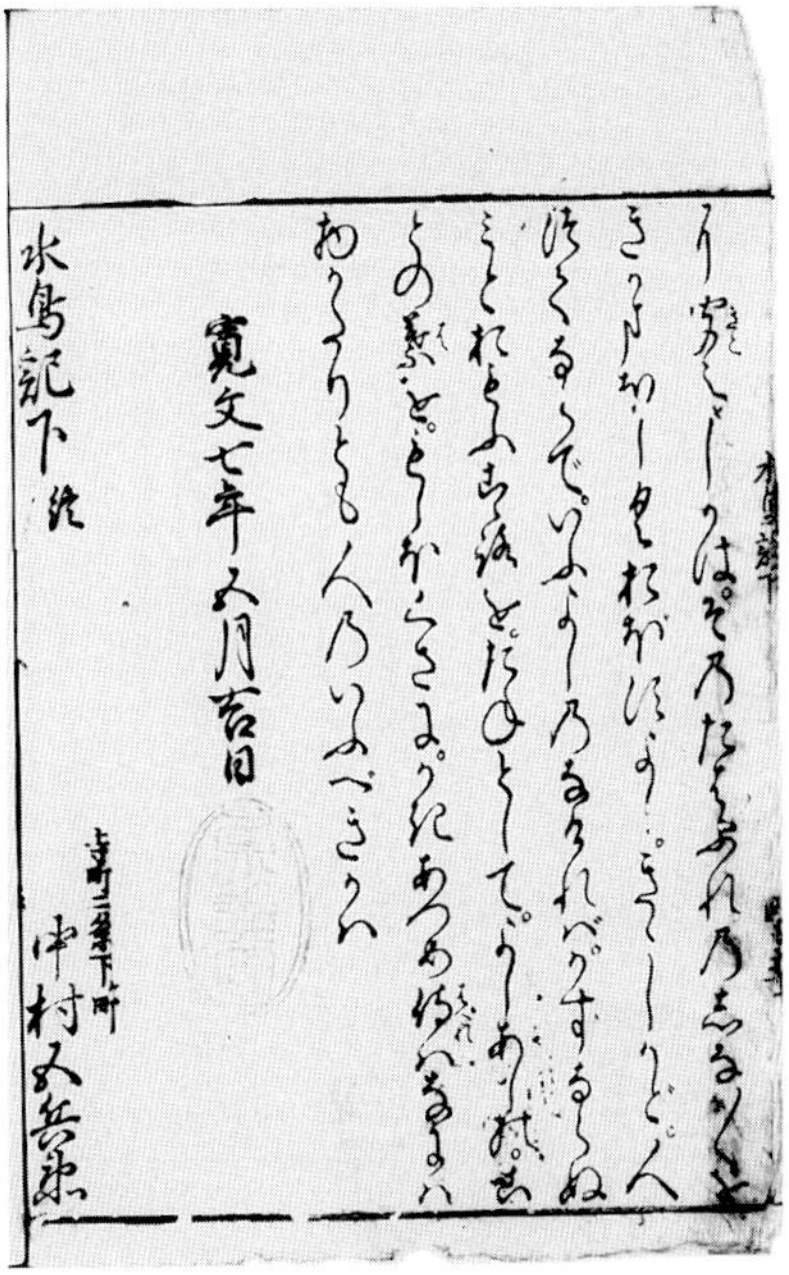
下巻刊記（秋田県立図書館所蔵）

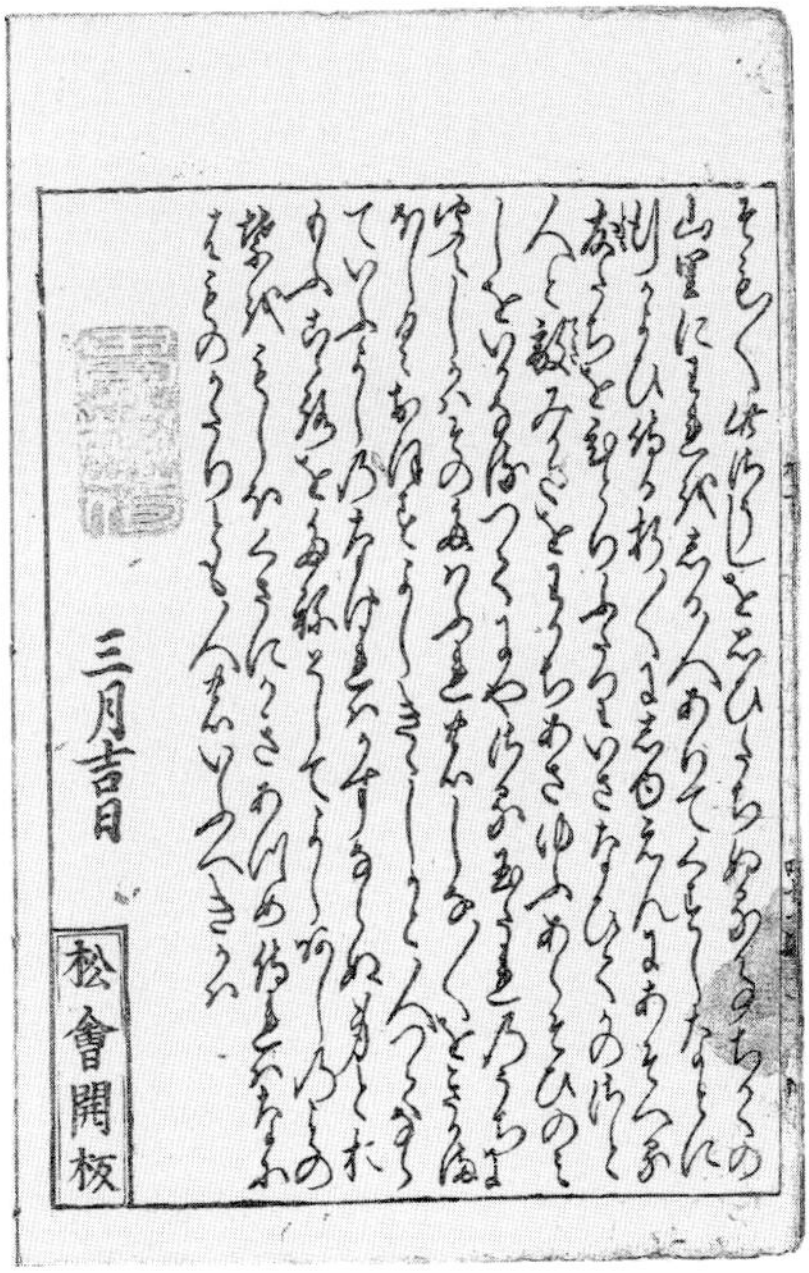

下巻刊記（東京大学総合図書館所蔵）

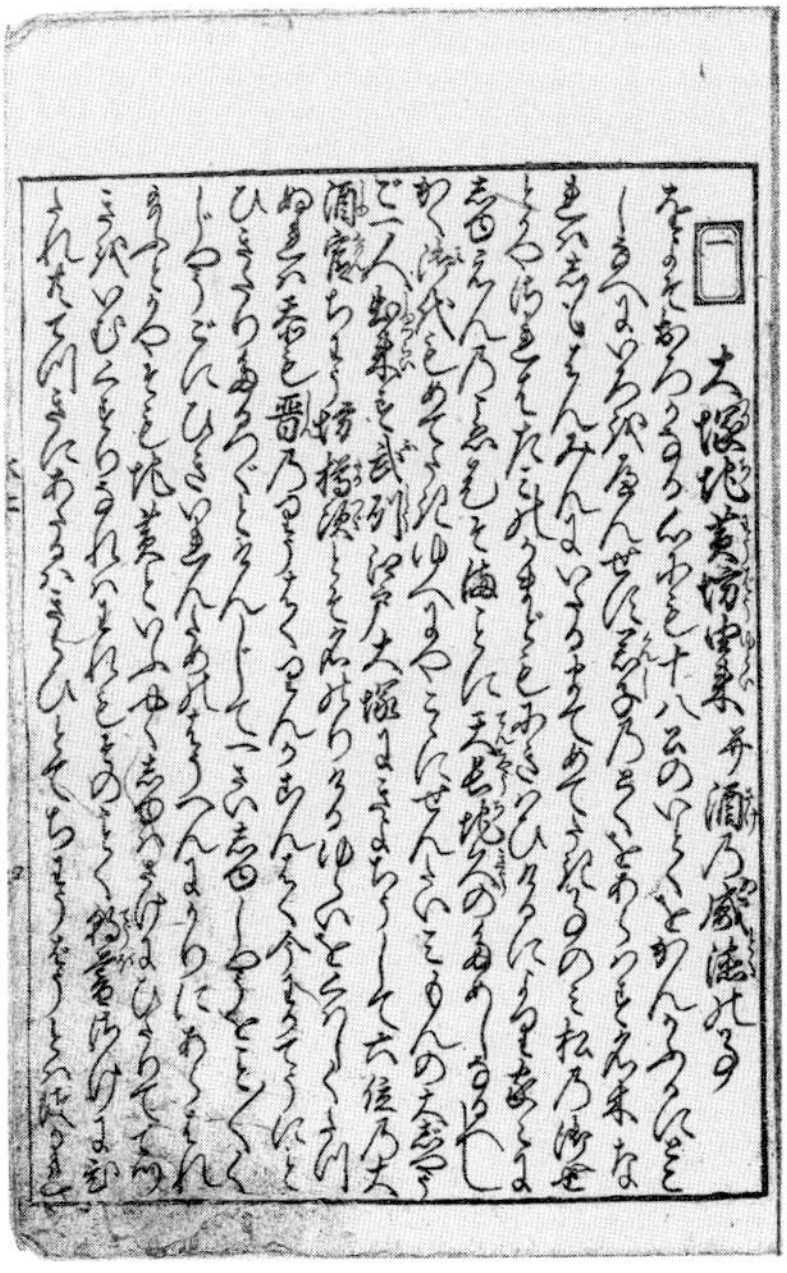
上巻巻首（東京大学総合図書館所蔵）

杉楊枝　東京大学総合図書館所蔵

巻一　表紙

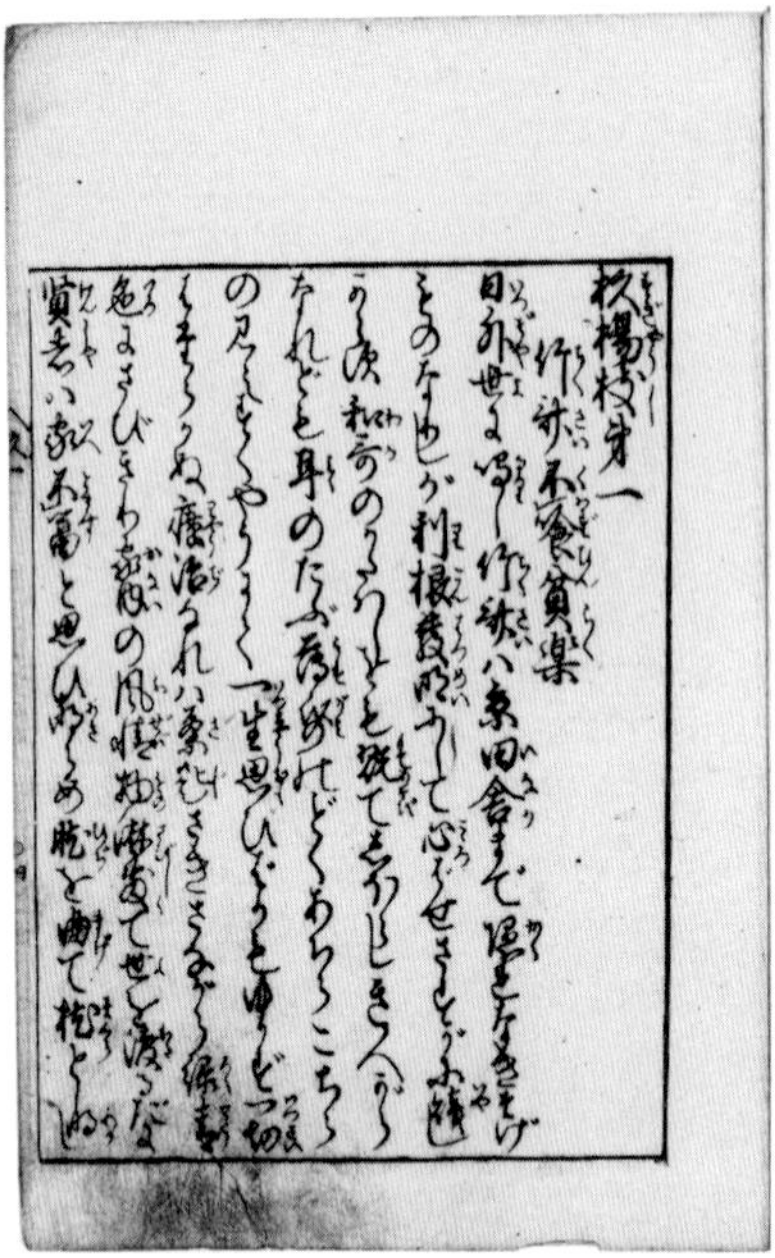

巻一　巻首

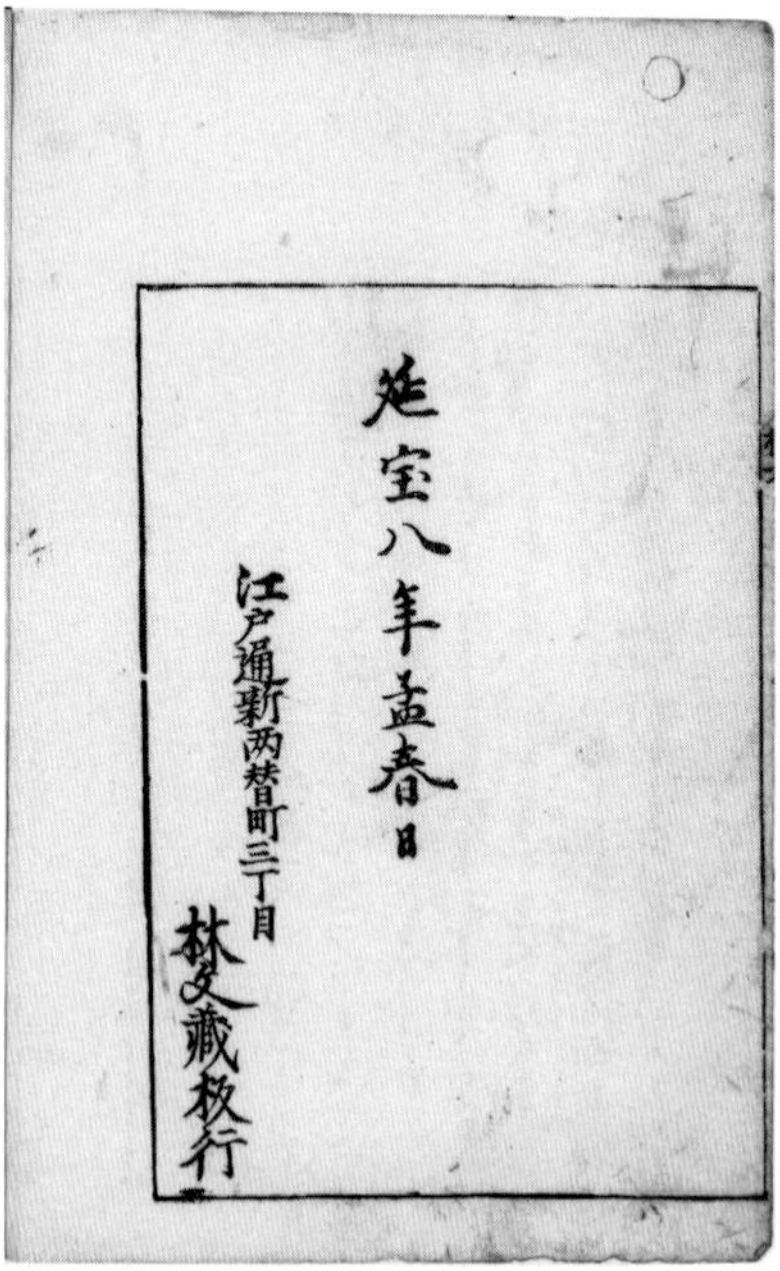

延宝八年孟春日
江戸通新两替町三丁目
林文蔵板行

巻六　刊記

假名草子集成　第四十二巻

二〇〇七年七月一五日　初版印刷
二〇〇七年七月二五日　初版発行

編　者　深沢秋男
　　　　伊藤慎吾
　　　　入口敦志
　　　　花田富二夫

発行者　今泉弘勝
印刷所　株式会社三陽社
製本所　渡辺製本株式会社

発行所　株式会社　東京堂出版
東京都千代田区神田神保町一―一七(〒一〇一―〇〇五一)
電話　東京　〇三―三二三三―三七四一　振替　〇〇一三〇―七―二七〇

ISBN 978-4-490-30540-1 C 3393
Printed in Japan